BASTEI
LÜBBE

Über die Autorin

Vicky Hartman ist das Pseudonym einer bekannten niederländischen Autorin. Sie studierte Jura und Kriminologie an der Universität Amsterdam und ist eine große Liebhaberin der Bücher von Patricia Highsmith und Henning Mankell. *Der Tote von Domburg* ist ihr erster Kriminalroman mit der Kommissarin Laurien Minnaar in der Hauptrolle. Weitere Bände, die ebenfalls in der Provinz Zeeland spielen, sind in Vorbereitung.

Vicky Hartman

DER TOTE VON DOMBURG

Kriminalroman

Ins Deutsche übertragen von
Axel Plantiko

BASTEI LÜBBE

BASTEI LÜBBE TASCHENBUCH
Band 15 679

1. Auflage: Mai 2007

Vollständige Taschenbuchausgabe

Bastei Lübbe Taschenbücher in der Verlagsgruppe Lübbe

Deutsche Erstausgabe
Titel der englischen Originalausgabe: *De Dode van Domburg*

Titelillustration: Bille Fuchs, Köln
Textredaktion: Andrea Kalbe
Umschlaggestaltung: Bille Fuchs, Köln
Satz: hanseatenSatz-bremen, Bremen
Druck und Verarbeitung: GGP Media GmbH, Pößneck
Printed in Germany
ISBN 978-3-404-15679-5

Für André

1

Laurien blieb zögernd in der Türöffnung stehen. Sie schlug den Mantelkragen hoch, rannte dann die fünfzig Meter von ihrem Haus zum Parkplatz und war klitschnass, als sie ihr Auto erreichte.

Der Verkehr kam bereits am Turfkaai zum Stillstand. Laurien trommelte auf das Lenkrad, in einer Viertelstunde hatte sie eine Verabredung in Vlissingen. Vielleicht würde in ein paar Monaten ein Zimmer in dem Heim frei. Nach dieser hauchdünnen Chance wollte sie mit beiden Händen greifen, denn schon nach wenigen Wochen schlugen die Wellen hoch. Die Einzige, die von allem nichts zu spüren schien, war Maatje selbst.

Auch heute Morgen hatte sich eine Diskussion nicht vermeiden lassen. Olmer war mit griesgrämigem Gesicht nach unten gekommen. Wie lange sollte Maatje eigentlich bleiben? Jeder Tag war einer zu viel; sie war doppelt so alt wie er, und immer noch schmatzte sie und redete mit vollem Mund. Wollte sie *Gute Zeiten, schlechte Zeiten* sehen, bekam sie ihren Willen, und wenn gerade keine *Gute Zeiten* liefen, dann zappte sie rüber zu *Omroep Zeeland.* Wenn er aber mal zwei Minuten Fußball sehen wollte, dann fing sie wie wild an zu kreischen. Und dann diese Scheißschlagermusik – Frans Bauer! Wirklich, ihm war mittlerweile fast nach der klassischen Musik seiner Eltern zu Mute. Dummerweise hatte Laurien auch noch zu fragen gewagt, ob es in der Schule irgendetwas Besonderes gegeben habe. Er hatte seinen Stuhl umgeschmissen und die Tür derart heftig hinter sich zugedonnert, dass sämtliche Fenster in den Rahmen geklirrt hatten.

Langsam setzten sich die Autos wieder in Bewegung. Ein Lastwagen schien in einer Kurve umgestürzt zu sein, sodass eine Fahrspur weniger zur Verfügung stand. Mit zehn Minuten Verspätung erreichte sie das Stadtviertel. Laurien schaltete zurück, wegen der Bremsschwellen auf der Straße konnte sie nicht schneller fahren.

Als sie in die Van Karnebeekstraat einbog, meldete sich ihr Handy. Bevor sie die grüne Taste drückte, stopfte sie sich den kleinen Lautsprecher fester ins Ohr. Die Zentrale teilte ihr mit, sie solle nach Domburg fahren. Am Strand sei ein Toter angespült worden. Die Streifenpolizisten seien bereits an Ort und Stelle.

»Das kommt mir äußerst ungelegen.«

»Der Tod kommt selten gelegen«, hieß es aus der Zentrale. »Tut mir leid, Mädchen. Auftrag von Emma. Solange nicht eindeutig klar ist, ob es sich um einen Mord handelt, musst du hin, hat sie gesagt.«

»Wo ist Pier?«

»Im Büro. Holst du ihn ab?«

»In zehn Minuten bin ich da.«

Bevor sie nach Middelburg zurückfuhr, rief sie im Heim an. Im Laufe des Tages würde sie einen neuen Termin vereinbaren.

Die Rückfahrt verlief glatter als die Hinfahrt, doch durch die Suche nach einem Parkplatz verlor sie Zeit. Das Dienstgebäude der Kriminalpolizei in der Vrijlandstraat stammte noch aus den sechziger Jahren, als jeder noch mit dem Fahrrad fuhr, und der kleine Parkplatz war damals auf die wenigen Autobesitzer und Dienstwagen zugeschnitten worden.

Laurien nahm zwei Stufen auf einmal, als sie die Treppe zum dritten Stock hinaufstürmte. Unter ihrem Schreibtisch stand die Tasche mit den notwendigen Utensilien wie der Digitalkamera. Der Technische Dienst machte zwar auch Fotos und Videoaufnahmen, doch manchmal waren ihre eigenen Fotos durchaus hilfreich. Mit der Tasche über der Schulter eilte sie in die Kantine, wo Piers Stimme alle anderen übertönte. Sie winkte ihm zu. Er nahm noch einen Biss von seinem Kuchen, wischte sich die Krümel aus den Mundwinkeln und lief zu seinem Büro, um sich die Jacke zu holen. Ungeduldig wartete sie im dunklen Gang, während der Wind mit den Eingangstüren spielte.

»Kann das der Technische Dienst nicht auch ohne uns erledigen?«, fragte er und knöpfte seine Jacke zu.

Laurien spitzte die Lippen, als wollte sie ihm einen Kuss geben. Gemeinsam starteten sie einen Sprint zum Parkplatz. Sie gewann. Er keuchte. Sie nicht. Sie grinste, als er krampfhaft versuchte, seinen Atem wieder unter Kontrolle zu bringen.

»Armer Pier, aber lange Beine alleine bringen es nun mal nicht.«

»Im Sommer können wir ja mal einen Halbmarathon laufen, dann wirst du den Unterschied zwischen einem glatzköpfigen Klappergestell und einem grauhaarigen Dickerchen schon noch kennen lernen.«

»Mann oder Frau?«, fragte Pier, als sie Middelburg hinter sich gelassen hatten.

»Ein Mann. Die Leute von der Streife meinten, es handle sich um einen älteren Mann.«

Sie trat das Gaspedal durch.

»Mensch, Laurien!«, stöhnte Pier und klammerte sich an den Griff über der Tür. Um ihm entgegenzukommen, nahm sie den Fuß wieder etwas vom Gaspedal. Er rutschte tiefer in den Sitz, ließ den Griff aber nicht los.

»Ist es Selbstmord?«

»Könnte sein«, sagte Laurien. »Früher gingen alte Menschen manchmal ins Wasser, um zu sterben. Selbstmord durch Ertrinken hat etwas Schönes an sich. Es erinnert an eine Umkehrung der Geburt. Das Meer als Fruchtwasser, in das man zurückkehrt.«

Die sich plackenden Scheibenwischer kamen nicht gegen den Regen an, der Wind rüttelte am Lenkrad. Die Felder links und rechts der Straße waren nach der Ernte von Zwiebeln und Kartoffeln bereits wieder umgepflügt. Jetzt kam kein Trecker mehr durch den fetten Kleiboden. Sie schaltete Blaulicht und Sirene ein und schoss knapp an den Autos vorbei, die sich in der Kurve an die Seite drückten.

Laurien wies auf den spitzen Turm von Domburg.

»Hast du dir das Mondriaan-Fenster angesehen?«

»Irgendwann werde ich es wohl schaffen. Wo wurde die Leiche angespült?«

»An der Duinstraat, unten am Weg zum Strand.«

»Fahr mal etwas ruhiger, Laurien. Am Rathaus geradeaus, nein, lass die Mühle links liegen. Hier in die Weverijstraat, an den Fischerhäuschen vorbei, und die Verlängerung ist dann die Duinstraat. Nicht so schnell, hier wird es verdammt schmal!«

Von der anderen Seite kam der Krankenwagen und hielt direkt neben ihnen.

»Das also hätten wir wieder einmal überlebt«, sagte Pier. »Zufrieden?«

»Vollkommen.«

Laurien lachte Harm zu, der das Fenster herunterkurbelte. »Gute Zeit habt ihr da hingelegt, Leute. Aber unsere war besser. Wir sind nach euch losgefahren.«

»Mit deinem Fahrstil wirst du irgendwann noch mal in meinem Wagen landen. Und dann kannst du verdammt froh sein, dass du nicht in das Auto mit dem pietätvollen Kreuz auf der Heckscheibe geschoben wirst«, sagte Harm.

»Herzliches Beileid zum Tod deiner Mutter«, sagte Gijs. Der Sanitäter beugte sich über Harm hinweg.

»Danke«, erwiderte Laurien.

»Was geschieht denn nun mit deiner Schwester?«

»Wenn ich das wüsste … Tiemen und ich haben noch versucht, mit meiner Mutter darüber zu reden.«

»War deine Mutter krank?«

»Das nicht, aber sie war siebenundsiebzig. Für sie war es gar keine Frage: Maatje durfte nicht abgeschoben werden, wie sie es nannte. Tiemen und ich mussten Maatje bei uns aufnehmen.«

»Das macht ihr doch wohl nicht, oder?«

»Vorerst bleibt uns keine andere Wahl. Olmer gerät mit jedem Tag mehr in Rage über sie. Er ist siebzehn, was willst du da erwarten?«

»Kann sie nicht in ein Tagesheim?«

»Ja, bis vier Uhr. Danach geht sie zu Tiemen. Eine Woche hat es gedauert, bis wir den Fahrer des kleinen Busses soweit hatten, dass er Maatje morgens am Vismarkt abholt und nachmittags zum Laden bringt.«

»Auch ganz schön lästig für Tiemen.«

»Wenn Maatje sich wenigstens ruhig verhalten würde. Sie mischt sich in alles ein, schleppt Notenbücher von Mozart heran, wenn jemand eine CD von Andriessen haben will, oder sie glotzt einen Kunden mit offenem Mund an, wenn der sich eine CD anhört und dabei mitsummt. Tiemen lacht darüber, aber ich finde das unmöglich.«

»Prima Kerl, der Tiemen. Nicht jeder wäre damit einverstanden, seine Schwägerin ständig im Laden um sich zu haben.«

»Wir können sie ja nicht einfach ihrem Schicksal überlassen, und ich kann meine Arbeitszeiten schließlich nicht beliebig einteilen. Maatje mit ins Büro zu nehmen, ist ein Ding der Unmöglichkeit. Wenn Tiemen in ein paar Wochen nach Marburg geht, werde ich Urlaub nehmen müssen. Maatje steht zwar auf einer Warteliste, doch es kann Monate dauern, bis irgendwo ein Platz frei wird.«

»Weißt du schon irgendwas Näheres?« Gijs nickte zum Strand hinüber.

»Laut ersten Meldungen ein Ertrunkener.«

Laurien streifte Latex-Handschuhe und Plastikschuhe über. Die Kapuze seines Regenmantels tief über die Augen gezogen, lief Gijs vor Pier und ihr her. Lauriens Versuch, ihr Gesicht trocken zu reiben, war nur von kurzem Erfolg gekrönt.

2

Am Strand stiegen sie über die Absperrung und näherten sich dem, was eher einer achtlos weggeschmissenen Puppe als einem Menschen glich. Frans stand als Wachposten daneben. »Der bescheuertste Streifenmann des gesamten Korps«, sagte Pier leise.

Zu beiden Seiten des Absperrbandes standen mindestens zwanzig Gaffer, zum größten Teil Spaziergänger mit Hund. Ein spindeldürrer Mann mit einem langen Regenmantel schlenderte davon, kurz darauf verschwanden auch eine Frau und ein Ehepaar, das Arm in Arm unter einem Regenschirm lief. Etwas weiter unten hielt Margriet einen Mann auf, der sich dem Toten durch das Wasser zu nähern versuchte.

»Gab es irgendwelche Meldungen über einen Mann, der über Bord gegangen ist?«, fragte Frans.

»Soweit wir wissen, nicht«, antwortete Pier. »Aber es ist noch früh. Wart ihr schnell hier?«

»Zufall. In Domburg gab es einen Nachbarschaftsstreit.«

»Da habt ihr ja Glück gehabt, dass ihr den Anruf gehört habt«, sagte Laurien. »Sperrt bitte auch den Strand von der See her ab, zwischen den beiden Reihen Pfähle.«

»Welche?«

»Welche könnte ich wohl meinen, wenn nicht die da?« Ungeduldig zeigte sie auf die beiden angrenzenden Reihen.

Frans pfiff Margriet heran. Kommentarlos schnappte sich die junge Polizistin das Band und begann mit der Arbeit. Gijs schubste Frans zur Seite, kniete sich neben den Toten und befühlte den Hals.

»Vermutlich kein natürlicher Tod. Wir nehmen ihn nicht mit«, sagte er.

»Kannst du ihn nicht unterwegs im Krankenwagen an einer Herzattacke sterben lassen?«, fragte Pier. »Was hältst du davon, Laurien?«

»Ich will erst wissen, was los ist«, sagte Laurien. »Hat ihn der Hausarzt schon gesehen?«

»Lasst lieber den Leichenbeschauer kommen«, sagte Gijs.

»Habt ihr ihn angerufen?«, fragte Laurien.

»Sturm? Noch nicht«, sagte Frans.

»Kenne ich nicht«, meinte Laurien.

»Sie ist neu.«

»Wo ist der Technische Dienst?«

»Noch nicht benachrichtigt.«

»Absperrung nur zur Hälfte erledigt, Leichenbeschauer und Technischer Dienst nicht angerufen. Ihr seid wirklich Spitze«, sagte Laurien.

Sie holte ihr Handy hervor.

»Der Technische Dienst ist unterwegs. Die Leiche gehört uns. Du kannst gehen, wenn du willst«, sagte sie zu Gijs. »Es gibt keine Vermisstenanzeige, und es liegt auch keine Meldung vor, dass jemand über Bord gegangen ist. Weder hier noch auf der anderen Seite.«

Sie fröstelte in ihrem Plastikmantel, der Regen tropfte ihr vom Kragen in den Nacken. Bis die Leichenbeschauerin und der Technische Dienst den Toten untersucht hatten, blieb die Leiche genauso liegen, wie sie gefunden worden war. Und bis dahin würde Laurien selbst völlig erstarrt sein.

»Wie ist der Mann hierhin gekommen?«, fragte Margriet.

»Wir haben noch nicht mit der Untersuchung begonnen.« Laurien hörte, wie schroff ihre Stimme klang. »Am wahrscheinlichsten erscheint mir, dass er heute Nacht von der Flut an den Strand gespült wurde. Durch den starken Nordwestwind war die Brandung ziemlich kräftig«, sagte sie ein wenig verbindlicher. Margriet konnte schließlich nichts dafür, dass dieser Frans nur halbe Arbeit ablieferte.

»Hat er denn im Wasser gelegen?«

»Wenn ihm am Strand unwohl geworden wäre, hätte er wie ein Neugeborenes dagelegen.«

»Meinst du?«

»Schau dir die Leiche doch genauer an. Die See hat ihre Beute mit Gewalt ausgespuckt.«

»Irgendjemand kann ihn auch aus seinem Auto in den Sand geschleudert haben.«

»Das geht nur, wenn man einen Wagen mit Vierradantrieb hat, und selbst dann … Wer eine Leiche beseitigen will, sucht sich eher die Dünen aus.«

»Kein Mord?«

»Habe ich das gesagt?«

Laurien holte den Gezeitenkalender aus der Tasche: Heute Nacht war gegen drei Uhr Hochwasser gewesen, der Tote musste demnach vorher ins Wasser geraten sein. Jetzt war es kurz nach zehn. Um viertel nach drei würde erneut Hochwasser sein, wenig Zeit also für die Untersuchung.

Sie ging neben der Leiche in die Hocke. Soweit die Haut zu sehen war, konnte sie keine Wunde entdecken, auch nicht dort, wo das Genick gebrochen war. In weitem Bogen lief sie um den Toten herum in Richtung Wasser. Sämtliche Spuren, die hätten zeigen können, wie der Mann an den Strand gekommen war, hatte die ablaufende See weggespült. Vom Strandweg bis zu der Stelle, wo die Leiche lag, gab es dermaßen viele Fußabdrücke, dass es der Spurensicherung schwerfallen würde, daraus schlau zu werden.

»Könnte er hergeschleppt worden sein?«, fragte Pier.

»Durch die See. Lass uns abwarten, was die Leichenbeschauerin und der Technische Dienst herausfinden.« Der Regen klatschte ihre kurzen Haare an der Stirn fest.

»Hast du diesmal etwa vor, ihre Meinung gelten zu lassen?«

»Wie heißt es doch so schön: Schuster, bleib bei deinen Leisten«, meinte Laurien. »Die dürfen etwas in den Wald hineinrufen und wir ziehen die Schlussfolgerungen daraus.«

»Letzteres ist deine Aufgabe, du bist der Boss. Ich bin nur der Handlanger«, sagte Pier mit einem breiten Grinsen. »Natanja wurde stinksauer, als ich ihr das sagte. Ich sollte beweisen, dass ich mehr Eier in der Hose hab als du.«

»Was fällt dir an dem Toten auf?«, fragte Laurien. Piers Geschichten über seine Ex-Frau kannte sie mittlerweile auswendig. Sie zog das rechte Hosenbein hoch und kniete sich in den Sand.

»Was machte er am Strand?«

»Erst die nackten Tatsachen, dann die Fragen.«

Sie beugte sich über die Leiche. Ein voller Schopf weißer Haare, auch wenn in der Mitte der Schädel bereits ein wenig durchschimmerte. Buschige Augenbrauen, spitze Nase und schmale Lippen, soweit sie es überhaupt erkennen konnte, ohne den Mann zu verlagern. Das Gesicht war nach vorne gestreckt, mit einer Wand aufgewehten Sandes darum herum, die linke Hand griff klauengleich ins Nichts, der rechte Arm klemmte gefaltet unter dem Oberkörper, die Beine waren angezogen.

»Ich kenne den Mann«, sagte Laurien. »Einen Teil des Gesichts kann man sehen. Markanter Kopf.«

Pier rappelte sich hoch. »Wer ist es?«

»John Campbell. Ein Engländer, der schon seit Jahren in Middelburg wohnt. Stevi und ich haben seinen Sohn Louw vor etlichen Monaten verhört, nach dem Tod eines vierzehnjährigen Mädchens aus Serooskerke. Wir hatten ihn wegen Beteiligung in Verdacht. Er ist noch mal davongekommen.«

»Ich kenne diesen Louw Campbell auch, aber als Middelburger Junkie«, sagte Pier. »Ein Kokser, der uns keine Sorgen bereitet. Jedenfalls nicht als Dealer.«

»Ich bin davon überzeugt, dass er mit Drogen handelt und von seinem eigenen Vorrat nascht. Louw war zutiefst beleidigt, dass ich ihn vorgeladen habe, und noch mehr, als ich ihn unter Druck setzte. Eine derartige Behandlung war er wohl nicht gewohnt.«

Bevor Laurien Fotos machen konnte, stieg eine junge Frau mit einer Tasche in der Hand über die Absperrung. Sie hatte größte Mühe, den Regenschirm festzuhalten. Natürlich nahm Pier ihr diesen ab, und natürlich schüttelte er ihn so, dass ihr das Regenwasser in den Nacken spritzte. Verärgert zog die Frau den Regenschirm wieder an sich und hielt ihn sich über den Kopf.

»Sturm«, sagte sie mit einem Nicken.

»Laurien Minnaar.« Sie streckte ihre Hand aus.

Die Frau übersah die Hand. Pier zog eine Grimasse.

»Der hat es hinter sich«, stellte die Ärztin nach kurzer Untersuchung fest. Sie hob den Kopf des Toten ein wenig an, legte ihn danach wieder vorsichtig in den Sand. »Ich nehme an, dass nichts verändert werden soll, bevor Fotos gemacht worden sind. Der Tote ist ein gut gekleideter Mann. Für euch sicherlich leichter zu identifizieren als ein Penner.«

»Ach ja?«, fragte Laurien. Die Leichenbeschauerin sollte sich gefälligst nicht in ihre Arbeit einmischen. »Können Sie schon etwas über die Todesursache sagen?« Ihr Siezen klang überaus akzentuiert.

»Ich gebe keine Bestätigung eines natürlichen Todes ab. Mehr kann ich zu diesem Zeitpunkt nicht sagen. Ruft mich, wenn der Technische Dienst seine Arbeit gemacht hat.«

»Und wo gehen Sie hin?«

»Ich sitze in meinem Auto und arbeite.«

Sie packte ihre Sachen zusammen.

»Sie ist noch jung, Laurien. Sie muss noch viel lernen«, sagte Klaas hinter ihr.

Laurien hatte die beiden Beamten vom Technischen Dienst, die in weiße Anzüge mit Kapuze gekleidet waren, nicht kommen hören.

»Trotzdem ein heißes Teil«, meinte Willem.

»Laurien hört das nicht gerne. Man soll die Menschen nach ihren Fähigkeiten beurteilen«, sagte Pier.

»Womit sie wirklich Recht hat«, sagte Klaas. »Ich will, dass man mich als qualifizierten Hauptwachmeister des Technischen Dienstes einschätzt und nicht als Typen, der seine Zeit bis zur Pensionierung absitzt.« Er seufzte. »Ich kapiere nicht, wie ich überhaupt mit dir zusammenarbeiten kann.«

»Männer beurteile ich nie nach ihrem Äußeren. Sonst würde ich es nicht mit dir in einem Raum aushalten.«

»Quatsch nicht so viel, Willem. Wenn du die andere Seite der Plastikplane befestigst, liegt der Tote wenigstens im Trockenen.«

Klaas nahm die Videokamera und ließ sie über den Fundort gleiten. So ganz nebenbei erfasste sie auch die umstehenden Leute. Willem machte mit dem Fotoapparat Detailaufnahmen von der Leiche.

Erneut beugte sich Laurien über den Toten. Sie kniff die Augen zu, um sich nichts entgehen zu lassen, das sich später als wichtig erweisen könnte. Der um mindestens hundertzwanzig Grad verdrehte bloße Fuß, der Schuh, ein Slipper mit Quasten, die angezogenen Beine, die unter dem linken Oberschenkel hervorragende rechte Hand. Sie betrachtete den Schuh noch etwas genauer. Das Profil war tief und kaum abgelaufen.

»Pier meinte, du kennst ihn, Laurien.« Klaas packte seine Kamera ein.

»Campbell. Er besitzt ein paar Souvenirläden. Einer davon liegt am Markt in Middelburg, neben der *Drukkery,* der Buchhandlung. Den Laden hat er seinem Sohn überlassen, die beiden anderen betreibt er noch selbst.«

»Meinst du den Anker? In solche Geschäfte gehst du doch bestimmt nicht«, sagte Klaas. »Da verkaufen sie nur Mist. Feuerzeuge in der Form einer nackten Frau.«

»Neben Kitsch gibt es auch Geschenkartikel. Der Tote sitzt oder saß mit Tiemen im Gewerbeverein. Bei Versammlungen muss er äußerst dominant aufgetreten sein. Der Sohn ist aus anderem Holz geschnitzt, wir werden ihn gleich aufsuchen. Der Tote ist ehemaliger Soldat, ein englischer Pilot, der hier während des Krieges abgestürzt und nie mehr aus Zeeland weggezogen ist. Machst du bitte auch noch Detailaufnahmen von den Händen, Klaas?«

»Hättest du mich nicht ein paar Sekunden früher fragen können? Jetzt habe ich meine Kamera gerade eingepackt.«

»Damit warst du dann eben etwas voreilig. Schau mal, die linke Hand weist am Rücken leichte Schrammen auf. Das kann passiert sein, als die See ihn den Strand hinauftrieb, der Sand hier am Strand ist sehr grobkörnig. Außerdem will ich die genaue Stellung der Hände auf den Fotos haben.« Sie betrachtete die Innenfläche der Hände. »Sieht aus, als wenn er in Stacheldraht gefasst hätte. Bist du so weit?«

»Meinetwegen kann die Leiche jetzt bewegt werden«, sagte Klaas.

»Holst du Sturm?«, wandte sich Laurien an Pier. »Aber bitte ein bisschen plötzlich, ich bin bis auf die Knochen durchweicht.«

Klaas rief Frans, um die Leiche umzudrehen. Der Kopf des Toten folgte der Bewegung des Rumpfes mit einer kurzen Verzögerung. Margriet schoss davon und beugte sich am Dünenrand weit vornüber. Seit die Berufsanfänger das Alter ihres Sohnes Warre hatten, erinnerten sie Laurien an Kinder, jünger als sie selbst jemals gewesen war. Auch empfindlicher, weniger vorbereitet auf das, was sie zu sehen bekamen.

Sturm öffnete den Mund mit einem Spachtel und schaute sich die Kehle an, untersuchte den Brustkasten, die Lendengegend. Zusammen mit Laurien drehte sie den alten Mann um. Sie befühlte den Nacken, ließ die Hände über die Wirbelsäule gleiten, untersuchte Beine und Füße.

»Ich vermute Tod durch Ertrinken«, sagte sie schließlich. »Wenn man das Alter des Toten in Betracht zieht, kann man von einem Unglück oder Selbstmord ausgehen. Vorläufig kannst du davon ausgehen, dass ich dies dem Staatsanwalt mitteilen werde.«

»Er kann über Bord geworfen worden sein«, bemerkte Laurien. »Oder er wurde an den Strand geschafft, nachdem er irgendwo anders ermordet worden ist.«

»Letzteres erscheint unwahrscheinlich, außer wenn er in der Badewanne ertrunken ist. Ich muss ihn noch näher untersuchen, aber soweit ich das jetzt beurteilen kann, wurde keine Gewalt angewendet. Vielleicht finde ich ja Druckspuren auf der Haut, die auf einen Mord hindeuten, und dann werde ich dir das mitteilen. Doch erwarten tue ich es nicht.«

»Können Sie sagen, wann der Tod eingetreten ist?«

»Ungefähr.« Die Leichenbeschauerin holte ein Thermometer aus ihrer Tasche und führte es ins Ohr. »Ich schätze zwischen gestern Abend nach elf und heute Morgen vor sechs, aber nagle mich nicht darauf fest. Du darfst den Einfluss des Wassers und die kalte Nacht nicht außer Acht lassen.«

»Kann es auch früher Abend gewesen sein. So um acht Uhr herum?«

»Das ist zu früh. Gegen zehn wäre noch möglich, aber wahrscheinlich war es eher zwölf Uhr. Ich kann erst mehr dazu sagen, wenn ich ihn untersucht habe.«

»Dann gehe ich vorläufig von ungefähr zwölf Uhr aus.«

»Das ist deine Sache. Lass ihn ins Leichenschauhaus bringen, der Staatsanwalt kann nach meiner Entscheidung beschließen, ob er eine Unbedenklichkeitsbescheinigung ausstellen will.«

Laurien wies auf den Nacken.

»Der ist nach dem Tod gebrochen«, sagte Sturm. »Er wird wohl gegen einen Pfahl geschleudert worden sein. Das verursacht eine leichte Rötung. In anderthalb Stunden will ich mit der Obduktion beginnen. Sorg dafür, dass zwei von euch anwesend sind.«

»Wir rufen Sie an, wenn er ins Leichenschauhaus gebracht wird.«

Sturm verschwand grußlos.

»Kerniges Persönchen«, sagte Pier.

Laurien winkte Willem und Klaas zu sich.

»Schaut euch noch mal das Genick an.« Sie trocknete sich das Gesicht mit dem Ärmel ab, ein sinnloses Unterfangen.

»Das haben wir doch schon getan«, sagte Klaas. »Aber ich werde es noch einmal tun, wenn es dir Spaß macht.«

»Es ist gebrochen«, sagte Willem.

»Sturm meinte, das sei durch die Pfähle im Meer gekommen, als er angespült wurde.«

»Dann wird es wohl so gewesen sein«, sagte Pier. »Hör mal, Sturm hielt die Umstände für unverdächtig.«

»Davon gehe ich aber nicht so ohne Weiteres aus. Die Pfähle sind mit Schalentieren bedeckt, was bei einem Aufprall faserige Wunden hinterlassen würde, und hier kann man bestenfalls von einer leichten Rötung sprechen. Vergiss die Brandung nicht. Ein Toter gibt nicht nach, der Kopf knallt auf eine Sandbank, das Wasser verbiegt gleichzeitig den Rumpf und das Genick bricht wie ein dünner Zweig.«

»Ändert das irgendwas?«, fragte Willem.

»Laurien findet Sturm nicht kompetent genug, und sie will wissen, ob wir ihr zustimmen«, sagte Pier. »Lasst uns das Ergebnis der Obduktion abwarten.«

»Teure Markenkleider«, warf Willem ein. »Wird wohl ein Deutscher sein.«

»Sachte, sachte. Kann sein Mantel durch die Gewalt des Wassers weggespült worden sein?«, fragte Laurien.

»Möglich«, sagte Klaas.

»Es stürmte, es regnete, und der Tote ist ein alter Mann. Bestimmt hat er einen Mantel getragen.« Sie machte eine Notiz: Mantel oder Jacke?

Im Grau über dem Meer zeigten sich ein paar helle Flecken. Trocken war es immer noch nicht, doch es goss nicht mehr in Strömen. Der Wind war so kalt, dass Laurien nur das Allernotwendigste notierte und hoffte, den Rest im Kopf zu behalten.

»Es sei denn, dass er früher am Abend ins Wasser geraten ist.«

»Eine zusätzliche Zeitspanne zu den fast zwölf Stunden, die Sturm bereits vorgegeben hat?«, fragte Laurien. »Mach noch ein paar Fotos vom Nacken, Klaas. Hat er etwas in den Taschen seines Jacketts?«

»Was willst du nun? Fotos oder Durchsuchung. Ich kann nicht alles gleichzeitig machen.«

»Ich möchte, dass du zunächst in seinen Taschen nachschaust.«

Seufzend legte Klaas die Kamera beiseite, zog dem Toten das Jackett aus, klopfte auf die Taschen und holte einen Schlüsselbund daraus hervor, bevor er das Kleidungsstück in einen Plastiksack stopfte.

»Das war's«, sagte er.

»Kein Taschentuch oder Portemonnaie?«, fragte Laurien.

»Sucht doch selbst, wenn ihr mir nicht glaubt.«

»Im November ist hier keine der Strandbuden mehr in Betrieb«, sagte Laurien. »Was kann so ein alter Mann am Strand gesucht haben?«

»Gestern Abend war hier am Meer richtig was los. Enorme Wellen, Schaumkronen, mannshohe Brandung. Windstärke acht, neun. Nirgendwo kann man die Elemente derart gewaltig erleben wie am Strand. Campbell kann der Versuchung nicht widerstehen und will das Schauspiel noch einmal betrachten. Er strauchelt, verliert das Bewusstsein, die Flut kommt und er ertrinkt. Eine tragische Verkettung von Umständen«, sagte Pier.

»Es war Nordwestwind. Bei Windstärke acht schafft es ein alter Mann nicht bis zum Strand, er wird zur Küste hochgeblasen, ob er will oder nicht. Und wenn er durch einen Sturz das Bewusstsein verloren haben sollte, müsste man eine Wunde sehen können.« Laurien wühlte im weißen Haar herum. Nirgends getrocknetes Blut.

»Er muss ja nicht unbedingt so spät an den Strand gegangen sein. Das Unwetter kann ihn überrascht haben. Am frühen Abend war das Wetter noch normal, da ging kaum Wind«, sagte Pier. »Es wäre auch möglich, dass er einen Herzanfall bekam oder ihm schlecht wurde. Er fiel bewusstlos zu Boden. Und wegen des Unwetters waren keine Spaziergänger da, die ihn hätten finden können. Oder er lag dort die ganze Zeit bewusstlos und wurde vom Unwetter überrascht.«

»Dennoch finde ich es verwunderlich, dass er hier liegt. Er musste wissen, dass schlechtes Wetter im Anmarsch war.«

»Muss er denn dem Wetterbericht geglaubt haben? Na hör mal«, sagte Pier. »Um acht Uhr bin ich bei schönem Wetter in die Kneipe gegangen, und ungefähr um zwölf kam ich klitschnass nach Hause. Befände ich mich nicht in der Blüte meines Lebens, hätte mich der Wind in den Binnenhaven geweht.«

Laurien nahm ihr Handy und rief das Bestattungsunternehmen an. Danach meldete sie sich bei Sturm und teilte ihr mit, die Leiche stünde in anderthalb Stunden im Leichenschauhaus zur Verfügung. Bevor Sturm auflegen konnte, sagte Laurien, dass sie so schnell wie möglich ein Untersuchungsergebnis haben wolle.

Sie ging zu Margriet. »Würdest du bitte die Flutlinie ablaufen und nach Dingen aus den Taschen des Toten sowie nach dem zweiten Schuh Ausschau halten?« Sie wies in Richtung Oostkapelle. »Bei dem heftigen Wind und der starken Strömung kann der Mann in Oostkapelle ins Wasser geraten sein. Kümmer dich aber zunächst um die Absperrung. Wer hat den Mann gefunden?«, fragte Laurien Frans.

»Der Hund eines Spaziergängers.«

»Hast du Namen und Adresse aufgenommen?«

»Vom Spaziergänger und vom Hund. Hier.« Er hielt ihr den Notizblock unter die Nase. »Der Mann kannte den Toten nicht.«

»Mein Hund kläffte etwas an, das wie ein Sandhaufen aussah. Als ich näher herankam, erwies es sich als das Hinterteil eines Menschen«, sagte der Zeuge. »Ich habe den Hund weggezogen und die Polizei angerufen. Zwei Polizisten haben den Sand weggefegt und fragten mich, ob ich den Toten kenne. Glücklicherweise ist er aber nicht von hier.«

»Ist Ihnen gestern Abend irgendetwas Besonderes aufgefallen?«

Einen Moment blieb es still.

»Auf dem Parkplatz am Aufgang zum Strand war illegal ein Campingwagen abgestellt, der dann heute Morgen verschwunden war.«

Klaas übergab Laurien mehrere Plastikbeutel.

»Wahrscheinlich ist nichts Brauchbares dabei. Im Freien findet man selten etwas Besonderes. Ich hasse Tote, die im Freien herumliegen, und am meisten hasse ich Menschen, die dann auch noch ausgerechnet am Strand sterben müssen. Es ist fast unmöglich, ihre letzten Minuten zu rekonstruieren.« Er ruderte mit den Armen herum. »Das Meer, der Wind und der Regen haben hier ganze Arbeit geleistet. Wenn ich mal einen Mord begehen sollte, dann nur bei auflaufendem Wasser. Wenn mich niemand dabei sieht, habe ich verdammt gute Karten, mir die Polizei vom Hals zu halten. Und wenn ich dann noch etwas Glück habe, wird die Leiche kilometerweit entfernt angespült. Diese hier kann doch sogar auf einer anderen Insel oder mitten auf dem Meer ins Wasser geraten sein.«

»Eine andere Insel? Das ist nicht sehr wahrscheinlich. Ich tippe auf Oostkapelle. Oder nicht viel weiter. Maximal vier Kilometer.«

Willem drehte sich eine Zigarette, fuhr mit der Zunge über den Rand des Papiers und stopfte den fertigen Glimmstängel in die Tasche, als Klaas ihn durchdringend anschaute. Laurien rieb sich die Hände.

»Ich bräuchte jetzt Kaffee und ein Stück Apfeltorte. Warmer Kaffee alleine wäre auch schon in Ordnung, ein herrlicher Kaffee, der so richtig schön dampft … Am liebsten gleich zwei Tassen.«

»Für mich lieber etwas Stärkeres.«

»Mit dir wird es noch ein trauriges Ende nehmen, Willem«, prophezeite Klaas. »Mit Mäßigung kommst du am weitesten. Wenn du während der Arbeit schon ans Trinken denkst, bist du auf dem besten Weg zum Alkoholiker.«

»Spar dir deine Predigten für Laurien auf, die hat an einer Tasse nicht genug, die muss gleich zwei haben. Mir genügt ein klitzekleiner Schnaps.«

Margriet kam mit dem Wind im Rücken auf sie zugelaufen.

»Ein Spaziergänger hat eine Brieftasche und einen Schuh gefunden. Vielleicht sind sie vom Toten.«

»Wo und von wem wurden sie gefunden?«, fragte Laurien.

»Näher zu Oostkapelle als zu Domburg.«

Laurien öffnete die Brieftasche.

»Campbell, John Fitzgerald.« Sie schaute von der Leiche auf das Foto im Führerschein. »Tiemen hat ihn mir einmal vorgestellt. Er ist Witwer, erinnere ich mich jetzt, wo ich das Foto sehe.«

Sie rechnete aus, dass er zweiundachtzig Jahre war; älter, als sie gedacht hatte.

»Gib mir bitte den Namen des Mannes, der den Schuh und die Brieftasche gefunden hat«, sagte Laurien. Sie streckte ihre Hand aus.

»Er war bereits verschwunden, bevor ich ihn danach fragen konnte«, sagte Margriet.

Laurien seufzte.

»Immer Namen und Adresse festhalten, am besten vom Personalausweis. Jetzt hast du einen Zeugen laufen lassen«, sagte Pier.

Laurien steckte die Brieftasche in einen Plastiksack, schrieb *J. F. Campbell* auf das Etikett, vermerkte die ungefähre Fundstelle und tat dasselbe mit dem Schuh. Sie entfernte sich ein wenig von Pier und Margriet, um sich die Lage des Toten und die Umgebung so genau wie möglich im Gedächtnis einzuprägen. Irgendetwas am Tod an dieser Stelle war widersprüchlich.

Sie setzte Pier ab und fuhr dann zum Vismarkt, da sie trockene Kleider anziehen wollte. Auf dem Küchentisch lag eine CD von Maatje, die sie mit nach oben nahm, bevor Olmer sich darüber aufregen konnte.

Olmer war heute Morgen nicht zu halten gewesen. Seine Tante

hatte so laut mitgesungen, dass sie seine CD übertönt hatte. Als er dann seine CD etwas lauter gestellt hatte, war er angemeckert worden, während Maatje niemand aufforderte, ihre Musik ein wenig leiser zu drehen. Seine eigene Mutter hatte zugelassen, dass Maatje in einem Strickpullover mit einem kleinen Bär darauf das Haus verlassen hatte. In einer Hose, die vier Nummern zu groß gewesen war, und dabei kaufte sich Laurien selbst alle vierzehn Tage etwas Neues, um möglichst gut auszusehen. Maatje stank aus dem Mund und benahm sich wie eine Idiotin, was sie natürlich auch war, aber wenn man schon geistig behindert war, dann brauchte man doch nicht auch noch so aufzutreten. Er wollte bei Warre einziehen, lieber in der kleinen Studentenbude seines Bruders in Tilburg hocken, als unter einem Dach mit dieser Trine. Tiemen und sie hätten sie getrost bei Oma lassen können, Maatje hätte ja sowieso nicht gemerkt, dass die Oma tot ist. Sein ganzes Leben lang hatte er um einen Hund gebettelt, aber ein Hund hätte ja zu viel Scherereien gemacht, und jetzt hatten sie Maatje ins Haus genommen. Eltern waren schon rätselhafte Wesen.

3

Bevor sie zum Anker ging, ließ Laurien Stevi herausfinden, wer der Hausarzt von Campbells Sohn war. Nach fünf Minuten betrat Stevi zusammen mit Pier das Büro. Sie legte den Namen mit der Telefonnummer auf den Schreibtisch.

»Wo ist Jan?«, wollte Laurien wissen.

»Zuhause. Seine Frau hat angerufen.«

Stevi blieb stehen. Laurien dankte ihr und fragte, ob noch irgendetwas sei.

»Falls es sein muss, begleite ich dich gerne«, sagte Stevi.

»Wenn gleich drei Leute die schlechte Nachricht überbringen, ist das zu viel. Du solltest dich lieber mit dem Protokoll des Einbruchs mit schwerer Körperverletzung beschäftigen. Ich hörte gestern, dass sich das Opfer außer Lebensgefahr befindet. Wie weit bist du damit?«

»Nicht sehr weit. Es ist nicht einfach, alles genau zu protokollieren.«

»Wenn du willst, dass der Täter hinter Gitter kommt, kann es nicht präzise genug sein. Durch eine kleine Unachtsamkeit kann das gesamte Verfahren vom Richter eingestellt werden.«

»Würdest du mir helfen?«

»Wenn ich zurückkomme und nichts Dringenderes zu tun ist«, versprach Laurien.

»Danke. Heute Morgen war der Staatsanwalt in meinem Büro. Er suchte dich, las über meine Schulter mit und fing trotzdem an zu toben.«

»Hans Ekelmans versucht, sich wichtig zu machen. Halte dich auf der Arbeit an die Richtlinien, nach einiger Zeit geht es dir in

Fleisch und Blut über. Du kannst es. Wenn du dir mal die Beine vertreten willst, machst du dich nach Domburg auf.« Sie gab ihr die Angaben zu dem Campingwagen auf dem Parkplatz. »Spür den Wagen auf.«

»Ich weiß nicht, was mir mehr auf den Geist geht«, sagte Pier, nachdem Stevi gegangen war, »ihr Eifer oder Jans Bequemlichkeit.«

»In Stevi steckt eine Kriminalpolizistin, bei Jan habe ich da so meine Zweifel.«

Sie nahm das Telefon und wählte die Nummer des Hausarztes.

Louw war nicht sehr groß und vor allem mager. Genau wie sein Vater trug er Slipper mit Quasten. Er hatte ein schönes Oberhemd und eine Cordhose an. Goldkettchen, Goldarmband, drei Ringe, die er beim Verhör nicht getragen hatte. Er erschrak, als er Laurien und den Hausarzt erblickte.

»Minnaar, Kriminalpolizei. Wir möchten gerne mit Ihnen reden.«

Er nahm sie mit in das Büro hinter dem Laden, wo jede Menge Schachteln an der Wand aufgestapelt waren, und stellte sich vor den Bildschirm des Computers.

»Ich komme mit einer unerfreulichen Nachricht. Ihr Vater ist gestorben«, sagte Tromp, der Hausarzt.

»Unser Beileid«, sagte Laurien.

Louw Campbell atmete tief durch. »Das Herz?«

»Nicht die Todesursache, an die wir als Erstes denken«, antwortete Tromp.

»Zu viel getrunken?« Louw drehte sich im Sprechen um und machte einige Eingaben im Computer, wonach der Bildschirmschoner über den Monitor huschte.

»Die Ergebnisse der Laboruntersuchungen liegen noch nicht vor. Er wurde erst heute Morgen am Strand von Domburg gefunden, aber er starb gestern Abend oder heute Nacht«, sagte Tromp.

»Muss er ganz schön was getankt haben«, sagte der Sohn und

schaute vom Computer zu ihnen hin. »Haben die Strandbuden im November denn noch geöffnet?« Er schüttelte den Kopf. »Verrückt! Sich ausgerechnet in Domburg zu Tode zu trinken!«

»Ihr Vater ist ertrunken, Herr Campbell«, sagte der Arzt. »Wahrscheinlich im Meer.«

»Unternahm Ihr Vater häufiger Strandwanderungen?« Laurien blätterte in ihrem Notizblock und zückte ihren Kugelschreiber.

»In den letzten dreißig Jahren habe ich von ihm nichts dergleichen gehört. Gestern Abend gestorben, sagen Sie?«

»Zumindest geht die Leichenbeschauerin vorläufig davon aus. Vielleicht auch früh in der Nacht«, sagte Laurien.

»Dann kann der Tote nicht mein Vater sein. Er war ein Mann fester Prinzipien und Gewohnheiten. Abends hat er Middelburg nicht verlassen. Sechs Abende in der Woche kam er nicht weiter als bis zu seiner Stammkneipe an der Sint Jansstraat. Wenn da zugemacht wurde, ging er nach Hause und legte sich ins Bett. Montagabend ist bei St John's dicht, dann probte er mit dem Kammerorchester bei sich zuhause in der Olmenlaan. Gestern war Mittwoch. Fragen Sie mal bei St John's nach. Würde mich schon sehr wundern, wenn er den Abend nicht da verbracht haben sollte.«

»Ich fürchte, dass Sie dennoch mit dem Schlimmsten rechnen müssen. Ich hätte gerne, dass Sie ihn identifizieren. Am besten noch heute Nachmittag.«

»Ganz wie Sie wollen.«

»Gibt es sonst noch Familienangehörige?«, fragte Laurien.

Sie betrachtete ihn etwas aufmerksamer. Er hatte die bleiche Gesichtsfarbe eines Menschen, der ungesund lebt.

»Ich bin das einzige Kind, wenn Sie das meinen. Meine Mutter hat noch einen Bruder, mit dem er sich im St John's zum Trinken traf, und er hat eine Schwester in England.«

»Freunde, Bekannte?«

»Kneipenkumpel. Orchestermitglieder. Die nannte er seine Freunde.«

»War Ihr Vater nach dem Tod Ihrer Mutter sehr niedergeschlagen?«, fragte der Hausarzt.

Ein brüllendes Gelächter. »Mein Vater und depressiv? Nein, das passte nicht zu ihm. Wieso überhaupt? Er hat doch nicht etwa Selbstmord begangen?«

»Würde es Sie überraschen?«

»Absolut.«

Als sie den Laden verlassen hatten, steckte sich Tromp eine Zigarette an.

»Es scheint ihn nicht sonderlich berührt zu haben, doch das ist eine typische Haltung, um den Schrecken zu verbergen.«

»Drogen?«

»In den letzten Jahren hat er nichts mehr genommen.«

»Das glaube ich nicht.«

Laurien betrat Emmas Büro. Emma versteckte schnell ihren Lippenstift. Laurien lächelte. Jede Stunde schminkte Emma ihre Lippen. Wenn sie um acht Uhr ins Büro gekommen war, musste dies also das dritte Mal gewesen sein.

Vor einem Jahr war Emma Kommissarin geworden. Für einige ältere Kollegen war es ein Schock gewesen, dass eine Frau um die vierzig plötzlich ihre Vorgesetzte wurde. Die Kritik hatte in dem Maße abgenommen, wie sie sich als effizient und gerecht erwies. Laurien war anfangs gut mit ihr ausgekommen. Unter einer zehn Jahre jüngeren Frau zu arbeiten, war ihr in der alten Männerkultur der regionalen Polizeieinheit als Fortschritt erschienen. Doch Emma wollte jedem ihren Arbeitsstil aufzwingen.

»Weißt du schon mehr über den Toten von Domburg?«, fragte Emma.

»John Campbell aus Middelburg. Zweiundachtzig Jahre. Unternehmer. Die Leichenbeschauerin hält es für einen Unfall oder Selbstmord. Ich schließe Mord oder Totschlag nicht aus.«

»Liegen Anzeichen oder Hinweise dafür vor?«

»Nicht direkt«, antwortete Laurien. »Eher ein komisches Gefühl.«

»Ich will Fakten.«

Laurien nickte, auch wenn sie nicht einer Meinung mit Emma war. »Tatsache ist, dass er keinen Mantel trug, und das bei dem gestrigen Wetter.«

»Genau. Kein Mantel. Aber der Zusammenhang mit einem Mord will sich mir nicht erschließen.« Emma zog die Tastatur des Computers zu sich heran. »Ich brauche dir doch wohl nicht zu erzählen, dass je stärker die Strömung ist, desto nackter das Opfer angespült wird.«

»Da gibt es noch etwas. Seine Schuhe.«

»Was ist damit?«

»Die sind noch nicht eingelaufen. Nur Touristen gehen mit neuen Schuhen an den Strand. Jeder Einheimische weiß, dass Salzwasser und Dünensand das Leder zersetzen. Der Tote ist zweiundachtzig, gehört also zu der Generation, die noch sparsam mit den Dingen umgeht. Da läuft man nicht mit neuen Schuhen am Strand herum. Genauso wenig begibt sich jemand in diesem Alter ohne Mantel an die frische Luft, jedenfalls nicht spät abends, und schon gar nicht, wenn ein Unwetter angekündigt wurde.«

»Tolle Tatsachen. Du glaubst also wegen eines fehlenden Mantels und neuer Schuhe an den Füßen an Mord oder Totschlag?«

»Ich bin froh, dass du einer Meinung mit mir bist.« Laurien setzte sich auf den Rand von Emmas Schreibtisch. »Wirklich, ich weiß es außerordentlich zu schätzen, dass du meine Meinung teilst.« Sie lachte lauthals, lachte, bis auch Emma lachen musste.

»Kann es ein Unfall gewesen sein?«

»Ich denke, dass uns das jemand glauben lassen will. Aber für einen Unfall war er zum verkehrten Zeitpunkt am Strand. Der Sohn meint, sein Vater könnte gestern Abend unmöglich am Strand gewesen sein. Abends hätte er Middelburg nie verlassen. Und außerdem meinte der Sohn, sein Vater sei nicht schwermütig gewesen. Selbstmord würde ihn überraschen.«

»Wir warten den Bericht der Leichenbeschauerin ab. Die Verdachtsmomente sind mir zu vage.«

Emma beugte sich über ein Protokoll.

In der Kantine kam Stevi auf Laurien zu.

»Ich habe mich in Domburg um den Campingwagen gekümmert. Der gehörte deutschen Touristen. Die haben den Parkplatz nach einer Viertelstunde verlassen. War ihnen zu windig. Muss ich da dranbleiben?«

»Kann man die Leute auftreiben?«

»Der Wagen steht hier auf dem Parkplatz von Het Groene Woud.«

»Dann dürfte es ja nicht allzu viel Mühe kosten.«

»Er hat nur eine Viertelstunde am Strandaufgang gestanden.«

»Und in genau diesen fünfzehn Minuten kann einer der Insassen etwas gesehen haben.«

Pier setzte sich mit einem Stück Apfeltorte neben Laurien auf die Heizung.

»Teilen?«, fragte er und gab ihr seine Gabel. »Wird dir warm von.«

»Von kalter, klitschiger Apfeltorte?«

»Dann eben nicht. Habe ich dir übrigens schon erzählt, dass Natanja gestern Abend plötzlich im De Mug aufgetaucht ist? Hing ihrem Freund am Hals, so einem Schleimer. Ich kapiere nicht, was sie an dem findet. Und tat dann so, als wäre sie überrascht, mich da zu treffen. Dabei weiß sie ganz genau, dass ich seit der Scheidung jeden Abend im De Mug sitze. Ich habe gespürt, dass sie mir gleichgültig ist. Sogar die Erinnerungen an sie werde ich abschütteln. Im kommenden Winter renoviere ich mein Haus und verkaufe es. Weihnachten mache ich eine schöne Reise. Keine traurigen Feiertage mehr, das ist vorbei.«

»Prost.« Laurien hob den Becher mit lauwarmem Automatenkaffee hoch und trank ihn mit einem Zug aus. »Komm, in dieser grauen Umgebung verdampfen selbst die optimistischsten Gedanken. Wir besuchen Campbells Schwager, bevor du wieder rückfällig wirst.«

»Dann können wir die Sache heute Nachmittag abschließen.«

»Erst wenn Emma das will.«

»Wirklich? Ich nehme dich beim Wort, dass sie das letzte Wort hat und nicht du.«

»Solange wir nicht wissen, ob es sich um Mord handelt, wird nichts abgeschlossen«, sagte Laurien. »Lass uns erst mal anhören, was der Schwager zu sagen hat.«

Nachdem sie ihm ihr Beileid ausgesprochen hatten, setzte sich der Schwager. Mit der Hand umklammerte er den Gehstock.

»Gestern habe ich John noch im St John's in der Sint Jansstraat gesehen. Kennen Sie das Café?«

»Mein Kollege und ich kennen Middelburg«, sagte Laurien. »Sind Sie zusammen mit ihm nach Hause gegangen?«

»Wegen dem Rheuma und den Durchblutungsstörungen in meinen Beinen muss ich mit dem Auto nach Hause, John geht zu Fuß. Gestern wollte ich ihn nach Hause fahren, wegen dem schlechten Wetter, aber er war verabredet. Kam öfter vor. Er blieb da immer hängen, bis die geschlossen haben. Das ist mir zu spät.«

»Mit wem war er denn verabredet?«

Er zog die Schultern hoch. »John tat gerne geheimnisvoll. Ich wusste nie, ob er es ernst meinte oder nicht. Ich blieb schon mal und habe geguckt. Manchmal kam jemand, manchmal auch nicht.«

»Haben Sie gestern Abend gewartet?«

»Es war Regen angesagt, da wollte ich vorher zuhause sein.«

»Wissen Sie, welchen Nachhauseweg Herr Campbell genommen hat?«, fragte Pier.

»John läuft immer entlang dem Jüdischen Friedhof am Seisplein, wo er vor Kurzem noch jemanden vom Zaun geholt hat.« Er hustete.

»Lassen Sie sich ruhig Zeit«, sagte Laurien.

»Dann überquert er das Wasser, und auf der anderen Seite vom Seissingel geht er in den Jodengang, am Schuppen von dem Malerbetrieb vorbei. Dadurch kürzt er ein paar Meter ab, aber wenn er Pech hat, stolpert er in der unbeleuchteten Gasse über irgendwelches Zeug, das da rumliegt.«

»Sie hielten es jedenfalls für unklug«, sagte Laurien.

»John gab damit an, dass er vor nichts und niemandem Angst hat. Hätte er aus dem Krieg mitgenommen, behauptete er immer. Für mich war das einfach Dummheit. Um zu seinem Haus in der Olmenlaan zu kommen, musste er dann auch noch an der Sportschule vorbei, wo Schilder mit ›Betreten verboten‹ stehen. Ich habe ihn vor Boxern gewarnt, denen ich nicht gerne im Dunkeln begegnen würde.«

»Er war nicht ängstlich«, sagte Pier.

»John nicht. Ein Aufschneider war das. Ich hätte ihn mal sehen sollen, wie er den Scheißkerl da vom Zaun am Seisplein gepflückt hat, meinte er.«

»Das haben Sie eben schon einmal erwähnt. Worum ging es da?«

»Alleine schon wegen diesem Gesocks nehme ich das Auto. Das ist die Unterwelt, sag ich Ihnen, die da im Dunkeln zum Vorschein kommt. John war auch vorher schon öfter ekelhaften Jugendlichen am Friedhof begegnet. Nicht dass sie ihm was getan haben, aber er hatte das Gefühl, dass sie hinter seinem Rücken über ihn lachten. Das waren Typen mit klirrenden Ketten und kahlgeschorenem Schädel. Neonazis, die alte Menschen überfallen, beklauen und zusammenschlagen. Ich hab ihm vor Kurzem noch gesagt, dass man sich in unserem Alter nicht mehr damit abrackern soll, zu Fuß zu gehen, aber niemand war so eigensinnig wie John … Woran ist er gestorben? Das Herz?«

»Nein.«

»Dann ist er wahrscheinlich von dem Kerl totgeschlagen worden, den er sich da beim Friedhof geschnappt hat, oder?«

»Was ist da vorgefallen?«, fragte Laurien. Wenn es so weiterging, konnte es noch Stunden dauern.

»Er hatte einen der Typen, der über das Gitter klettern wollte, heruntergezogen. Er hat versucht, den Kerl mit zur Polizeistation Achter de Houttuinen zu schleppen, aber der konnte sich losreißen. Hat er John ermordet?«

»Wir untersuchen alle Möglichkeiten. Wir haben Ihren Schwager am Strand von Domburg gefunden. Er ist gestern Abend gestorben«, sagte Laurien.

»Dann ist es unmöglich John. Domburg, sagten Sie? Nach Domburg kommt er nie. Ein paar Mal im Jahr nach Vlissingen, aber nur tagsüber.«

»Was tat er in Vlissingen?«

»Soweit ich weiß, besuchte er dort den Soldatenfriedhof. John war Pilot bei der Royal Air Force, bis er irgendwo zwischen Oostkapelle und Domburg abstürzte. Ganz Walcheren stand unter Wasser.«

»Wissen Sie, wann er abgestürzt ist?«, fragte Pier.

»1943. Im Spätsommer.«

»Wurde Walcheren nicht erst im Herbst 1944 unter Wasser gesetzt?«

»Kann sein«, sagte er verärgert. »Es war schrecklich, daran erinnere ich mich noch sehr gut. John landete in den Dünen, er war der einzige Überlebende. Meine Schwester hat ihn ins Krankenhaus gebracht, wo er in der Leichenhalle vor den Deutschen versteckt wurde. Außer der Wirbelsäule war alles gebrochen, was ein Mensch sich nur brechen kann. Jedem erzählte er von seinem letzten Flug über Deutschland, als könnte er es immer noch nicht glauben. Später stellte sich heraus, dass bei diesem letzten Einsatz alles schiefgegangen ist. Seine Bomben waren auf unschuldige Gefangene niedergegangen, und sein bester Freund hatte beim Absturz das Leben verloren. John war erster Pilot gewesen, sein Freund zweiter Pilot.«

»Und der liegt in Vlissingen«, sagte Pier.

»Sein Name war Louis. John hat seinen Sohn nach ihm benannt.

Es traf sich gut, dass mein Vater, also sein Schwiegervater, auch Louis hieß.«

»Wie war die Ehe Ihrer Schwester?«

»Das geht Sie einen Dreck an. Sie ist schon seit zehn Jahren tot.«

»Dennoch wüssten wir es gerne.«

»Es war keine schlechte Ehe. Wenn sie sich mal in die Haare gerieten, dann wegen Louw. Jannetje verwöhnte ihn bis zum Geht-nicht-mehr, und John versuchte einen ganzen Kerl aus ihm zu machen. Louw machte alles, was Gott verboten hat: Drogen, Spielen und Frauen. Der Junge bekam alles in den Schoß gelegt, im Januar kriegte er den Middelburger Laden seines Vaters. Die beiden anderen führte John selbst. Er wollte erst einmal sehen, ob der Laden vernünftig läuft, und Louw sollte sich beeilen, eine Familie zu gründen: Bevor er starb, wollte John Enkelkinder haben. Dafür konnte nur Louw sorgen. Um Louw zu zeigen, dass es ihm Ernst damit war, hat er in seinem Garten Spielgeräte errichten lassen. Kinder aus der Nachbarschaft kamen dorthin zum Spielen, aber Louw ging das total am Arsch vorbei. Und das hat er auch gezeigt. Um seinen Vater zu piesacken, denke ich mir … Der Junge taugt einfach nichts.«

»Weil er keine Kinder haben wollte?«

»Louw hat nicht einmal darüber nachgedacht. Als John ihm erzählte, wie viel Spaß die Nachbarkinder in seinem Garten hätten, hat Louw seinen Vater nicht mehr besucht. Auch nicht, als sich John in den letzten Wochen darüber beschwerte, dass da nachts immer so ein kahl geschorener Kerl in seinem Baumhaus saß; übrigens derselbe, den er vorher von dem Gitter am Seisplein gezogen hatte.«

»Hat er beim Bezirkskommissariat Achter de Houttuinen Anzeige erstattet?«, fragte Laurien.

»John war nun mal so. Der Polizist dort nahm ihn nicht für voll, ich glaube, ihm wurde sogar verboten, sich weiter darüber zu beschweren. Danach ist er noch zur Kriminalpolizei in der Vrijlandstraat gegangen. Da ist jemand der Sache nachgegangen, aber das hat nichts gebracht. Logisch, wenn ein Kripo-Beamter nur mal so am Tag gucken kommt. Die Faschisten lassen sich doch nur im Dunkeln blicken.«

Laurien machte sich eine Notiz.

»Louw Campbell nahm seinen Vater also auch nicht für voll?«

»Es ist nicht schön, dass ich das sagen muss, aber Louw hat seinen Vater wirklich gequält. Er hätte sich doch ohne Weiteres eine Freundin suchen können. Stirbt John ohne Aussicht auf Enkelkinder, dann erbt meine Tochter alles. Jedenfalls hat er das gesagt. Aber ich weiß nicht, ob er es ernst gemeint hat. Auf jeden Fall wäre es nur gerecht, wenn John mich und meine Tochter in seinem Testament berücksichtigt hätte.«

»Ach ja?«, fragte Laurien.

»Ich habe für einen Hungerlohn geholfen, Johns Laden aufzubauen.«

»Was machte Ihr Schwager gestern Abend in Domburg?«

»Er war dort nicht, und deshalb hat er da auch nichts gemacht.«

»Kann er diese Verabredung denn nicht in Domburg gehabt haben?«

»Ausgeschlossen. Um mit ihm zu reden, musste jeder ins St John's kommen.«

Im Auto notierte Laurien, dass der Schwager ein Motiv gehabt haben könnte, Campbell zu töten.

»Laurien, der Mann bewegt sich mit seinem Rheuma doch wie ein Fragezeichen«, sagte Pier. »John sah dagegen erheblich robuster aus. Selbst wenn er es gewollt hätte, der hätte niemals genügend Kraft besessen, John unter Wasser zu drücken.«

»Wir haben seine Tochter noch nicht gesehen.«

»Er hat doch selbst gesagt, dass John manchmal irgendetwas erzählt hat. Zwischen Traum und Tat kann sich eine große Kluft auftun. Ich sehe jedenfalls keinen Grund, Gewaltanwendung zu vermuten.«

In ihrem Büro setzte sich Laurien an den Computer. Stevi hatte eine Notiz hinterlassen: Die Deutschen hatten niemanden gesehen.

Laurien überspielte die Fotos, die sie am Strand gemacht hatte, in den Computer. Sorgfältig schaute sie sie sich an: die Haltung der Leiche, die aufgetürmten Sandwälle rund um den Körper, den nackten Fuß und den Schuh mit tiefem Profil. Die an der Absperrung herumstehenden Leute ließ sie einen nach dem anderen auf dem Bildschirm erscheinen, vergrößerte sogar die Ausschnitte, erkannte aber niemanden.

In der Polizeikartei las sie, dass sich Campbell in den letzten Monaten bei Achter de Houttuinen mindestens vier Mal über einen Jungen in seinem Garten beschwert hatte, zum letzten Mal vor einer Woche. Dabei war vermerkt, dass Campbell nach Alkohol gerochen hätte; mit anderen Worten, der Beamte hatte die Sache fallen lassen. Der Computer spuckte außerdem aus, dass Campbell bei der Kriminalpolizei in der Vrijlandstraat gewesen war. Jemand vom Empfang hatte ihn ins Kommissariat gebracht. Jan hatte die Angelegenheit in die Hand genommen. Laurien rief ihn zu sich.

»Ich bin in der Tat in der Olmenlaan gewesen und habe mich dort umgeschaut. Aber ich habe nichts Außergewöhnliches feststellen können.«

»Du hättest auf jeden Fall mit mir Rücksprache nehmen müssen.«

»Campbell war hier mit seiner Beschwerde an der falschen Adresse. Es war schon pures Entgegenkommen, dass ich da nachgeschaut habe, um ihm einen Gefallen zu tun.«

»Und in dem Baumhaus nichts gefunden?«

»Ach, nur so Sachen von Jugendlichen. Du weißt ja, wie die sind. Dem alten Mann habe ich lieber nichts davon erzählt.«

Laurien seufzte.

»Es ist nicht gerade leicht, dir immer wieder deutlich zu machen, dass gemeinsame Beratungen sinnvoll sein können. Es gibt Grund zu der Annahme, dass sich Herr Campbell die Sache nicht aus den

Fingern gesogen hat. Außerdem finde ich hier nirgends deine Untersuchungsergebnisse in dem Protokoll. Das kann dich einen Vermerk kosten.«

»Ich war nicht dazu verpflichtet, mir die Sache anzuschauen.«

»Du machst etwas ganz oder du lässt es.«

Jan schmiss die Tür hinter sich zu.

Laurien rief die Sekretärin des Staatsanwalts an. Hans Ekelmans saß in einer Besprechung. Laurien schaute auf die Uhr. Fast ohne zu überlegen, aß sie sämtliche Butterbrote auf und arbeitete dabei an einem liegen gebliebenen Protokoll. Sie trank die hundertste Tasse Kaffee an diesem Tag und holte Pier ab, um mit ihm einen kleinen Spaziergang in der Nähe des Kommissariats zu machen. Sie überquerten die Vrijlandstraat, gingen um die Ecke und kamen an seinem Haus vorbei.

»Ich bin heilfroh, wenn ich aus dieser Gegend hier weg bin«, sagte Pier. »Erst jetzt, wo ich wegziehen will, fällt mir auf, wie deprimierend es hier ist. Meinetwegen könnten sie das ganze Viertel abreißen, inklusive meinem Haus.«

»So übel sind die Häuser doch gar nicht.«

»Sollen wir tauschen? Ich möchte gerne im Zentrum wohnen. Man muss sein Haus beschreiben können. Zum Beispiel das Haus mit dem Fisch im Fenster über der Eingangstür. Dann weiß man sofort, dass ich euer Haus am Vismarkt meine, und gleichzeitig sieht man den Platz vor sich, mit der Überdachung auf der linken Seite, unter der der Fisch verkauft wurde, die alten Bäume, die holprigen Pflastersteine. Wie Natanja und ich so bescheuert gewesen sein konnten, hier etwas zu kaufen, kapiere ich nicht mehr. Ich glaube, ich werde mir ein Apartment in der Reigerstraat suchen.«

»Ein Fischreiher auf der Fensterbank.« Laurien lachte. »Verkauf lieber erst mal dein Haus.«

4

Nach etlichen Telefonaten hatte Laurien in Erfahrung gebracht, dass Campbell am 17. August 1943 beim Rückflug von einem Bombenangriff auf Peenemünde in Norddeutschland abgestürzt war. Dort befand sich das Entwicklungszentrum für V-Waffen und gelenkte Raketen. Campbell hatte den Auftrag, die Unterkünfte der Ingenieure zu zerstören, doch durch leichten Wind war er vom Kurs abgekommen. Seine Bomben gingen auf die Gefangenenbaracken des Doralagers nieder, wo qualifizierte Techniker untergebracht waren, die für die Montage der V2 eingesetzt wurden. Niemand überlebte diesen Bombenangriff.

Nachdem die Maschine später durch Abwehrgeschütze getroffen wurde, stürzte sie zwischen Domburg und Oostkapelle ab. Schwer verwundet überlebte John Campbell das Unglück und heiratete die Krankenschwester, die ihn gepflegt hatte. Sie blieben in Zeeland. Neben seiner Beschäftigung als Verwalter beim Fährdienst in Vlissingen baute Campbell innerhalb kurzer Zeit ein Geschäft für Schiffsbedarf auf. Der Laden lief gut, wuchs und entwickelte sich zu einer Kette von Touristengeschäften.

Emma schaute um die Ecke.

»Hast du den Selbstmord in Domburg abgeschlossen?«

»Für mich steht noch nicht fest, dass es sich um Selbstmord handelt.«

»Sturm ist sich dessen sicher.«

»Ich halte es für verfrüht, ihre Schlussfolgerung zu teilen.«

Emma betrat das Zimmer. Sie schob einen Aktenstapel beiseite und setzte sich auf den Schreibtisch.

»Du lässt die Angelegenheit jetzt ruhen. Seit zwei Monaten liege ich dir wegen der Tätigkeitsberichte und einer Gesamtübersicht in den Ohren. Von allen Abteilungen habe ich die Unterlagen bekommen, außer vom Dezernat Schwerverbrechen. Ich komme mit meiner Etatplanung in die Bredouille. Du kannst mir diese Woche doch wenigstens eine grobe Übersicht liefern.«

»Während draußen am Strand ein Toter gefunden wurde?«

»Du hast mich gehört. Pier hilft dir.«

»Na gut. Was ist unsere wichtigste Aufgabe? Die Aufrechterhaltung der Verwaltung. Zwei Mitarbeiter sind fulltime damit beschäftigt. Wirklich zu blöde, um noch Worte darüber zu verlieren. Überall wird gekürzt und gespart, unsere Recherchen machen wir mit weniger Leuten als vor zehn Jahren, und dann muss ich mich hinter meinen Schreibtisch klemmen, um Zahlen und Berichte zu sortieren. Hat Jochem seinen Bericht schon abgeliefert?«

»Jochem ist so gut wie fertig damit.«

»Kann er Pier nicht mit diesem Verwaltungskram helfen?«

»Ausgeschlossen! Die Drogenabteilung ist vorläufig mit der Nehalennia-Schule im Breeweg beschäftigt. Da ist ein Dealer aktiv. Realschule und Gymnasium.«

»An der Nehalennia?«

Laurien unterdrückte ihren Schrecken. Olmer hatte mit Drogen nichts am Hut. Emma schaute sie an.

»Hast du ein Kind auf der Schule?«

»Mein Jüngster. Zwölfte Klasse Gymnasium, naturwissenschaftlicher Zweig. Der hat sicher nichts damit zu tun.«

»Natürlich nicht. Sagt dir der Name Erik Tromp etwas?«

»Der Sohn des Hausarztes?«

»Den meine ich. Er wurde heute Morgen vor Schulbeginn auf der Toilette mit einer ganzen Ladung Koks erwischt, den er in der Schule verscherbeln wollte. Bestellungen werden meistens am Wochenende in einer Disko in Vlissingen aufgegeben. Dort ist die Kontrolle aber so scharf, dass er das Zeug lieber in der Schule verteilt. Er kann oder will den Namen nicht preisgeben, von wem er die Ware bekommt. Die Schulleitung hat alle oberen Klassen der Realschule und des Gymnasiums in der Schulkantine zusammengetrieben und das Drogendezernat angerufen. Jetzt sind die Kollegen dabei, die Taschen und die Kleidung jedes einzelnen Schülers zu durchsuchen.«

»Die beste Methode, um einen Dealer zu warnen.«

»Es ist schade, aber nachvollziehbar, dass die Schule gleich Alarm geschlagen hat. Das Drogendezernat hat die Sache voll im Griff. Halte dich da raus, durch dein Kind gehörst du zu den Betroffenen. Du setzt dich an deinen Schreibtisch. Und sieh gefälligst zu, dass du schnell damit fertig wirst, sonst komme ich durch dich in Schwierigkeiten.«

»Ich habe Angst.«

»Du hast mich verstanden. In der Zwischenzeit werden Stevi und Jan Jochem helfen. Sie wissen bereits Bescheid. Im Übrigen verstehe ich nicht, wie du hier in so einem Saustall arbeiten kannst.«

»Das kommt daher, dass du mir neue Aufträge erteilst, bevor die alten abgeschlossen sind.«

Doch das hörte Emma nicht mehr.

»Erik Tromp? Nie gesehen oder von gehört«, sagte Tiemen. »Warum?«

»Ich dachte, Olmer hätte mal über ihn gesprochen. Ein beliebter Junge. Ich frage mich, ob Olmer Kontakt zu ihm hat. Dieser Erik experimentiert mit Drogen.«

Nicht aus Besorgnis, sondern aus Unruhe rief sie Olmer an. Er war nicht zuhause oder nahm nicht ab. Klar, am Donnerstagnachmittag spielte er Poolbillard. Sie suchte Pier in der Kantine auf. Er aß dort zusammen mit Stevi und Jan. Pier hatte die beiden über den Stand der Dinge mit Campbell informiert.

»Habt ihr viel zu tun für Jochem?«

»Geht so. Sollen wir etwas für dich erledigen?«, fragte Stevi, bevor Jan antworten konnte.

»Ihr könnt heute Nachmittag die Aussage des Zeugen vom Strand aufnehmen und mit einem Foto von Campbell durch die Kneipen in Domburg ziehen. Feststellen, ob er irgendwo eingekehrt ist. Ich erwarte zwar nicht, dass dabei etwas herauskommt, aber ich möchte vollständige Erkenntnisse für das Protokoll haben. Auf euren Schreibtischen liegen Fotos von Campbell. Pier, begleitest du mich zur Olmenlaan?«

»Was machen wir da?«, fragte er unterwegs.

»Dort ist das Haus von Campbell.«

»Ich dachte, Emma hätte gesagt, dass die Sache abgeschlossen ist.«

»So gut wie. Ich will nur sichergehen, dass in seinem Haus kein Abschiedsbrief liegt.«

»Nicht jeder Selbstmörder hinterlässt einen Abschiedsbrief.«

»Pier, irgendetwas stimmt da nicht. Campbell hat Middelburg abends nie verlassen, sowohl sein Sohn als auch sein Schwager waren sich dessen absolut sicher.«

»Es wird irgendeine einfache Erklärung dafür geben.«

»Mord oder Totschlag, an einen Unfall oder ein Unglück glaube ich nicht. Verkehrte Zeit, verkehrter Ort. Wenn es einen Brief gibt, bin ich geneigt, Selbstmord in Erwägung zu ziehen.«

»Warum soll er denn nicht mal von seinen Gewohnheiten abgewichen sein? Vielleicht wohnt in Domburg eine Freundin, die er der Familie gegenüber verborgen gehalten hat. Aus einer Laune heraus beschließt er, an den Strand zu gehen. Hohe Wellen mit Schaumkronen, ein tolles Schauspiel.«

»Und dann?«

»Ein Unfall oder Herzanfall.«

»Lass uns gehen.«

»Emma möchte, dass wir Übersichten erstellen und deinen Schreibtisch aufräumen.«

»Wenn wir mit der Olmenlaan fertig sind.«

»Haben wir was falsch gemacht?«

»Emma hat Angst vor einer Prüfung durch das Ministerium. Wahrscheinlich hat irgendeiner der Beamten mit zu viel Zeit einen Drohbrief geschrieben. Jedes Mitglied des Stabes zittert und will, dass die Vorgesetzten auch mitzittern. Emma schlottert am meisten, aber wir haben keine Zeit für derartige Spielchen.«

»Ich weiß nicht, Laurien. Emma hat klar und deutlich gesagt, dass wir uns nicht mehr mit Campbell beschäftigen dürfen.«

»Sie muss von unserem Besuch in der Olmenlaan doch nicht unbedingt erfahren. Wir haben Campbells Schlüssel. Ich will diese Sache abschließen und ich gehe nicht alleine.«

»Das ist das Letzte, was ich mitmache. Danach gehe ich zurück ins Büro. Komm Laurien, so schlimm ist es doch auch wieder nicht. Ein bisschen in der Kantine herumhängen und um fünf Uhr Feierabend. Auf jeden Fall mal was anderes als Leichen sortieren.«

Sie fuhren am Seisplein entlang.

»Campbell hat sich nach diesem Vorfall am Friedhof vier Mal über Belästigung durch den Jungen beklagt. Der Kerl hat den alten Mann regelrecht verfolgt. Achter de Houttuinen ist der Sache nicht ein einziges Mal nachgegangen«, sagte Laurien.

»Sie werden ihre Gründe dafür gehabt haben. Siehst du die Sportschule auf der anderen Seite des Grünstreifens? Daneben steht Campbells Haus.«

»Ich kenne die Sportschule. Warre hat da Judo gemacht. Mir ist noch nie aufgefallen, wie stilvoll die Villa ist. Ganz schön großes Haus für einen alleinstehenden Mann.«

Laurien stellte das Auto in der Auffahrt ab.

»Ich sehe schon, das Haus ist durch eine hohe Hecke von der Sportschule getrennt. Deshalb ist es mir nie aufgefallen. Schau dir das an, eine Rutsche, ein Gestell mit unterschiedlichstem Spielzeug und ein Trampolin für die Nachkommen.«

»In den Baum hat er sogar ein kleines Haus hineingebaut«, sagte Pier.

Sie liefen um das Haus herum.

»Die Gardinen sind zu«, sagte Laurien. »Ob die wohl vor oder nach dem Tod zugezogen wurden?«

»Sie werden einfach noch nicht wieder zurückgezogen worden sein.«

Laurien ging zur Rückseite. Der Garten wurde durch einen langen Zaun begrenzt.

»Offensichtlich gibt es keinen direkten Durchgang zum Jodengang, deshalb musste er über das Gelände der Sportschule. Lass uns hineingehen.«

Keiner der Schlüssel passte. Laurien schaute Pier erstaunt an.

»Er hatte den Schlüsselbund seiner heimlichen Freundin in Domburg in der Tasche«, sagte Pier.

»Red keinen Unsinn!«

Sie holte mehrere Schlüssel aus dem Handschuhfach ihres Autos und versuchte es mit ihnen. Die Tür sprang auf. Der zur Eingangstür passende Schlüssel lag auf einem kleinen Tisch in der Diele. Bevor sie weitergingen, zogen sie Überschuhe an. Laurien lief direkt durch eine Zwischentür in die Garage. Dort stand ein ziemlich neuer Volvo.

»Wie steht es mit deiner Theorie, dass er seine Freundin besucht hat?«, fragte Laurien.

»Vielleicht hat sie ihn abgeholt, und er hat seinen Schlüssel vergessen.«

»Dann wäre er bei einem Unfall oder einer Herzattacke aber nicht alleine gewesen.«

»Er kann ein Taxi genommen haben.«

»Wir sollten das Haus systematisch unter die Lupe nehmen.«

Sie gab Pier ein Paar Handschuhe. Auf der Platte des Sekretärs lagen säuberlich geordnete Stapel Papier. Kein Abschiedsbrief.

Es war warm im Haus, der Thermostat stand auf dreiundzwanzig Grad. Überall fanden sich Fotos einer Frau, wahrscheinlich Jannetje. Warum nirgends ein Bild seines Sohns? Oder der glücklichen

Familie, von ihm und seiner Geliebten? Trotz der Fotos machte dieses Haus einen seelenlosen Eindruck, als sei hier seit Jannetjes Tod nichts mehr ersetzt oder auch nur umgeräumt worden. Als habe Campbell auf bessere Zeiten gewartet. Oder auf den Tod. Doch diesen Tod hatte er ganz sicher nicht erwartet.

Nirgends lag eine Zeitung herum oder eine Jacke achtlos über einem Stuhl. Kein schmutziges Geschirr im Waschbecken. Nur auf einem Beistelltischchen im Wohnzimmer stand ein bis zum Rand gefülltes Cognacglas.

»Für einen echten Cognactrinker eine Todsünde«, sagte Pier.

»Während er sich einschenkte, muss Campbell durch etwas oder jemanden gestört worden sein. Ein Einbrecher? Später Besuch?«

»Wegen eines zu vollen Glases? Damit überzeugst du Emma nicht.«

Laurien rief Willem an. Er sollte zur Olmenlaan kommen und nach Fingerabdrücken auf dem Glas und der Flasche suchen. Willem protestierte, der Fall sei abgeschlossen, doch Laurien unterbrach ihn, jetzt nehme es kaum Zeit in Anspruch, während sie es später sehr bereuen könnten, wenn sie es unterließen.

Eine Viertelstunde später schnupperte Willem am Cognac. Nachdem er die Fingerabdrücke genommen hatte, fragte Laurien, ob er am Strand schon Haare von Campbell aufgesammelt habe. »Natürlich«, sagte er und verschwand, bevor sie ihn noch mehr fragen konnte.

Laurien holte ihren Notizblock aus der Innentasche und schrieb ein paar Dinge auf. Auf dem antiken Schrank standen Delfter Vasen mit dem typischen Blau, an der gegenüberliegenden Wand hing eine Schiffsuhr. Hier und da standen Figuren und Plastiken herum, die Wände waren mit düsteren Ölbildern aus dem neunzehnten Jahrhundert geschmückt, aber mit nur einem einzigen Seegemälde. Auf der Anrichte lag eine Sammlung silberner Taschenuhren. Der Mord war von keinem in Panik geratenen Einbrecher begangen worden.

Abgetrennt durch eine Schiebetür war ein separates Musikzimmer eingerichtet, in dessen Mitte ein Bechsteinflügel stand. An der Wand Regale mit CDs. Laurien berührte nichts und schaute sich nur sorgfältig um. In einem Schrank mit Schiebetüren war eine quadrophonische Lautsprecheranlage untergebracht.

Auf dem Schreibtisch im Arbeitszimmer stand eine alte Schreibmaschine, in der Schublade lagen zum Versand fertig gemachte Rechnungen mit nicht sonderlich hohen Beträgen. In einem Kasten mit der Aufschrift ›Buchhalter‹ befand sich ein großes Kassenbuch. Obenauf in diesem Kasten lag die Kopie eines kurzen Briefes mit Campbells Bitte, den Kassenbestand mit den Einkäufen zu vergleichen. Der Brief war vor vier Tagen geschrieben worden. Ein weiterer Brief war für den Buchhalter. Campbell würde die Polizei einschalten, wenn es nicht bald eine Erklärung für die Unterschiede zum vergangenen Jahr gebe. Der Karteikasten war ziemlich voll. »Im Todesfall«, las Laurien auf einem gelben Zettel, der daraufgeklebt war. »In diesem Kasten Geschäftsadressen. Liste mit Privatadressen im Sekretär.« Fühlte er sich bedroht, oder war dies nur die nüchterne Vorsichtsmaßnahme eines alten Mannes?

»Dieses Haus macht den Eindruck«, sagte Laurien, »als werde es möbliert vermietet und warte auf die nächsten Gäste. Anstelle eingerahmter Abbildungen von verschneiten Berggipfeln sind aus Versehen ein paar Fotos zurückgeblieben.«

»Bist du jetzt zufrieden? Wir können gehen, wir haben keinen Abschiedsbrief gefunden«, sagte Pier.

»Das überrascht mich keineswegs. Campbell hat keinen Selbstmord begangen. Wer seinem Leben ein Ende bereiten will, interessiert sich nicht dafür, wie er sein Haus hinterlässt. Und er trinkt sich Mut an, lässt nicht ein volles Glas stehen. Er muss in seinem abendlichen Ritual gestört worden sein. Ein so penibler Mensch wie Campbell hätte sein Glas abgewaschen und weggestellt.«

»Campbell ist Witwer. Er vermisst seine Frau und bekommt einen Koller. Denkt vielleicht, dass er senil wird, als er zu viel in sein Glas eingeschüttet hat. Und macht sich auf zum Meer.«

»Wie?«

»Jemand hat ihn gebracht. Du hast doch selbst gesagt, dass es nicht das Schlechteste wäre, sich selbst im Meer zu ertränken. Lass uns damit aufhören und ins Büro zurückfahren.«

Im Büro rief Laurien die Taxizentrale an. An jenem Abend war niemand nach Domburg, Oostkapelle oder Zoutelande gebracht worden. Danach fuhr sie nach Hause. Olmer war noch nicht da. Sie hinterließ eine Nachricht und hoffte, er würde sie anrufen, sobald er zurück war.

Der Kneipenwirt von St John's stand in der Türöffnung, schaute zum grauen Himmel hinauf und grüßte einen Kollegen etwas weiter die Straße hinunter.

»Das Wetter kannste heute vergessen, Kleine. Siehst kaputt aus. Harten Tag gehabt?«

»Geht so. War John Campbell ein Stammkunde?«

»Seit Jahren. Sein Schwager hat mir eben erzählt, dass er gestorben ist. Als Campbell das Lokal gestern Abend um halb zwölf verließ, war er so lebendig wie ein Fisch.«

»Trug er einen Mantel?«

»Na, da konnte er bei dem Wetter auch froh sein. Es fing gerade an zu gießen.«

»Bist du sicher, dass er einen Mantel anhatte?«

»Hab ihm doch selbst reingeholfen. Der kam nie ohne Mantel, sogar noch an heißen Sommertagen. Alten Menschen ist leicht kalt.«

»War er niedergeschlagen?«

»War er nie.«

»Und gestern Abend?«

»Hat große Reden geschwungen, wie immer. Sein Schwager haute ab, ich musste kurz in die Küche. War kein Problem, sonst waren ja keine Gäste da. Als ich wiederkam, war ein anderer Gast gekommen. Campbell hatte alle Register gezogen, quatschte wie ein Wasserfall.«

»Mit wem redete er denn?«

»Keine Ahnung. Kannte ihn nicht, war nicht von hier.«

»Kannte Campbell ihn denn?«

»Könnte sein. Hatte vor, Campbell heute Abend nach dem zu fragen. Passiert ja nicht jeden Tag, dass jemand um elf Uhr Cola Light bestellt.«

»Hast du mitbekommen, worüber die sich unterhalten haben?«

»Hab nichts gehört, aber war unter Garantie wieder der Krieg. Campbells Lieblingsthema.«

»Wie sah der Mann aus?«

»Groß und mager, ungefähr sechzig, vielleicht etwas älter. Kein ganzer Kerl, wenn du mich fragst.«

Laurien lachte.

»Eine Frage habe ich noch. War Campbell lebensmüde?«

»Du kennst ihn doch.«

»Ich nicht. Tiemen hatte mit ihm zu tun, ich kannte ihn nur vom Hörensagen.«

»Wenn du ihn gekannt hättest, hättest du die Frage nicht gestellt. Campbell genoss das Leben. Konnte sich nicht von den Geschäften losreißen, selbst wenn er seinem Sohn mehr Verantwortung gab. Wollte ihn ruhighalten. Wollte Enkelkinder haben, bevor es ins Grab ging. Solange der Bursche seine Eier noch beisammen hatte, gab der Alte die Hoffnung nicht auf. Und seine Geschäfte auch nicht.«

Laurien lief hinten um die Gärten herum über den kleinen Pfad. Olmers Fahrrad war noch nicht da. Auf der Pinnwand in der Küche las sie, dass sein Schulunterricht vor drei Stunden beendet gewesen sein musste. Sie fuhr mit dem Rad zu Johns Schwager. Es dauerte eine Weile, bevor er die Tür öffnete. Verwirrt schaute er sie an, sie hatte ihn aus dem Mittagsschlaf gerissen.

»Gehört dieser Schlüsselbund Ihrem Schwager?«, fragte sie.

»John hatte keinen Schlüsselbund. Wenn er wegging, legte er den Schüssel hinter das Regenrohr. Er trug nie mehr als ein Taschentuch und etwas Kleingeld mit sich herum. Er war in allem sehr genau.

Wenn er nach Hause kam, schloss er die Tür ab, legte den Schlüssel sofort in den Schlüsselkasten im Zählerkasten und den Schlüssel vom Zählerkasten auf eine Leiste des Oberfensters, sodass er ihn nie verlieren konnte.«

»Hast du noch mal mit Sturm über den Fall Campbell gesprochen?«, fragte Laurien Hans Ekelmans. Entgegen ihrer ursprünglichen Absicht war sie zum Büro weitergefahren.

»Sie bleibt bei ihrer Meinung. Selbstmord durch Ertrinken. Die Unbedenklichkeitsbescheinigung ist ausgestellt. Die Leiche wurde dem Bestattungsinstitut übergeben.«

»Hat Sturm sich noch dazu geäußert, wie der Selbstmord begangen wurde?«

»Sie wird dir ihren Bericht übergeben.«

Laurien hatte sich gerade an ihren Schreibtisch gesetzt, als Sturm mit dem vorläufigen Bericht unter dem Arm hereinkam.

»In seinen Lungen befand sich Meerwasser. Todesursache Ertrinken. Ein nicht-natürlicher Tod. In Anbetracht seines Alters befand sich der Tote in einem beachtlichen Allgemeinzustand.«

»Spuren von Gewalt?«

»Keine. Außer am Genick, das nach dem Tod gebrochen ist«, sagte Sturm. »Ich bleibe bei der Diagnose Selbstmord. Ich habe Campbells Hausarzt konsultiert. Der Tote war Witwer. Er hatte nur geringen Kontakt zu seinem einzigen Kind, einem Sohn, von dem er enttäuscht war. Möglicherweise war er depressiv.«

»Mord oder Totschlag schließen Sie aus?«

»Der Mann war noch kräftig genug, um sich zu wehren, wenn von außen Gewalt angewendet worden wäre. Dafür liegen keinerlei Anzeichen vor.«

»Es sah so aus, als habe man ihn auf den Strand geworfen.«

»Durch die See«, sagte Sturm. »Gestern Abend war Hochwasser. Die Verletzungen sind erst nach dem Tod entstanden.«

»Auch die im Nacken?«

»Wiederholst du immer jede Frage?«

Nachdem Sturm gegangen war, las Laurien den vorläufigen Bericht durch, danach ihre eigenen Notizen. Sie seufzte, ordnete die Aktenmappen auf ihrem Schreibtisch und ging mit dem Bericht zu Klaas und Willem.

»Willem ist nicht da«, sagte Klaas. »Der musste raus, um zu rauchen. Er fühlt sich wie ein Paria und ist froh, dass es nur noch drei Jahre bis zu seiner vorzeitigen Pensionierung sind. Ich auch, aber ich verlasse mich nicht darauf, die Regierung kann ja plötzlich wieder verrückt spielen. Seine Sucht kostet ihn jede Stunde mindestens fünfzehn Minuten.«

Laurien wartete, während Klaas den Bericht überflog.

»Ich kann damit leben.«

»Du glaubst also auch, dass es Selbstmord war? Für mich sind dabei zu viele Fragen unbeantwortet geblieben.«

»Emma und Sturm sind nicht blöde.«

Pier nahm den Hörer ab, als sie ins Büro kam. Mit dem Kopf in den Händen hörte er zu, murmelte irgendetwas Beruhigendes und legte wieder auf.

»Ein sechzehnjähriger Junge ist gestern Abend nicht nach Hause gekommen, und heute Morgen ist er auch nicht auf der Werft in Vlissingen erschienen. Er macht eine Lehre als Schweißer. Wenn er ohne triftige Begründung fernbleibt, bekommt er einen Vermerk.«

»Wer hat denn angerufen?«

»Seine Mutter.«

»Hat sie bei den Freunden nachgefragt?«, wollte Laurien wissen.

»Niemand hat ihn gesehen … Was sollen wir machen?«

»Sechzehn, sagst du? Und vor vierundzwanzig Stunden verschwunden?«

»Seine Mutter meint, er würde regelmäßig für ein paar Tage ausbüchsen, aber dann hätte sie immer eine Idee, wo er stecken könnte. Diesmal nicht.«

»Hat sie denn Gründe, sich Sorgen zu machen?« Laurien wickelte sich enger in ihre Weste ein. Es zog in dem Zimmer.

»Nicht unbedingt. Sie hat nur Angst, dass er seine Arbeit verliert. Ich schlage vor, dass wir noch vierundzwanzig Stunden warten, bevor wir etwas unternehmen.«

»Du hast mit seiner Mutter gesprochen. Gib es an Achter de Houttuinen weiter. Hier, der vorläufige Bericht von Sturm zu Campbell.«

Pier blätterte ihn schnell durch.

»Wer von der Polizei war bei der Obduktion?«, fragte Laurien.

»Ich war dabei, als sie den Magen leerpumpte und den Körper auf Verletzungen hin untersuchte. Sie hat etwas am Nacken herumgeschnitten, sonst nichts.«

»Bei der Diagnose Selbstmord bleiben Fragen offen, zum Beispiel die, wem der Schlüsselbund gehört. Dem Schwager waren die Schlüssel unbekannt, und in der Olmenlaan haben wir festgestellt, dass sie nicht in Campbells Schlösser passen.«

»Laurien, du hast die Sache selbst vermasselt, indem du öffentlich Sturms Qualifikation angezweifelt hast. Jetzt ist es zur Prestigeangelegenheit geworden. Sturm ist zum Staatsanwalt gelaufen. Wenn du nicht so verbissen aufgetreten wärst, hätte Ekelmans die Leiche ganz sicher in die Gerichtsmedizin schicken lassen.«

»Hans will keine abweichende Meinung hören, und bestimmt nicht von einer einfachen Polizistin.«

»Natürlich ergreift er Partei für Sturm. Er ist seit dem Studium mit ihr befreundet, sie waren Mitglieder derselben Studentenverbindung. Sie sind jung und ehrgeizig. Und sie ist nicht umsonst Polizeiärztin auf Walcheren geworden. Gib zu, dass deine Argumente schwach sind.«

»Nein.«

»Ekelmans ist zu Emma gegangen. Auch sie gibt Sturm Recht.«

»Sie ist eine Kriecherin.«

»Und Ekelmans muss zeigen, wer der Chef ist. Selbst wenn du

die besten Argumente hast, der wird nicht nachgeben. Du bist der Trottel. Ich gehe davon aus, dass Sturm ganz genau weiß, was sie tut. Die Untersuchung war flüchtig, aber gut genug. Klaas und ich waren anwesend. Der Technische Dienst sah ebenfalls keinen Grund für weitere Nachforschungen. Ich habe den Sohn über Sturms Entscheidung informiert, er kann die Vorbereitungen für die Einäscherung treffen.«

Ihr Handy klingelte. »Ich bin ausdrücklich nicht damit einverstanden«, sagte sie, bevor sie das Gespräch annahm. »Man lässt einen Mörder laufen.« Sie betätigte die grüne Taste. »Minnaar.«

»Hallo, Laurien. Kannst du pünktlich nach Hause kommen? Eben hat mich die Schule angerufen. Olmers Klassenlehrer will uns um halb neun sprechen«, sagte Tiemen. »Olmer wird doch nicht zu dieser Gruppe gehören, von der du erzählt hast?«

»Es erscheint mir unwahrscheinlich, dass er mit uns über das Wetter reden will. Du solltest Olmer selbst fragen.«

»Ich werde aus ihm nicht schlau. Er hat meine Mutter angerufen, dass sie sich um Maatje kümmern soll. Er hat genug davon, weiter das Kindermädchen zu spielen.«

Pier schaute sie fragend an, als sie das Handy abgestellt hatte. Sie hatte keine Lust, ihm zu erklären, was da an der Nehalennia vor sich ging. Im Übrigen wusste er es wahrscheinlich schon, Nachrichten verbreiteten sich schnell im Büro. Sie zog ihren Mantel an. Wenn Pier glaubte, sie würde es dabei bewenden lassen, lag er falsch. Eine Minnaar ließ sich nicht so schnell aus der Fassung bringen. Die Glocke von Sint Jan schlug fünf, als sie am Vismarkt ankam. Der Regen tanzte auf dem Pflaster.

5

Lauriens Schwiegermutter saß neben Maatje auf dem Sofa und sah fern.

»Hast du eine Ahnung, worüber der Klassenlehrer mit uns reden will?«, fragte Tiemen.

»Du hast doch mit ihm gesprochen, nicht ich. Wir werden es ja gleich sehen. Hattest du einen harten Tag?«, fragte Laurien, als würde sie den Text aus einem vergessenen Theaterstück hervorkramen. In schwierigen Situationen hatten Tiemen und sie neutrale Gespräche geführt, wenn die Kinder anwesend waren. Jetzt spielte sie das Spiel wegen Tiemens Mutter.

»Ging so.«

»Ich bin beim Bäcker gewesen. Köpfchen, Köpfchen.« Maatje tippte sich an die Stirn.

»Sie kann mehr, als deine Mutter vermutete«, sagte Tiemen.

»Irgendwelche Schwierigkeiten mit ihr im Laden?«

Zeitverschwendung, dieses ganze Gerede.

»Sie hat über Kopfhörer Musik gehört, hat den Hörer an einen Kunden weitergegeben und ihm dann geraten, in den anderen Musikladen weiter die Straße raufzugehen. Meine Musik sei schlecht. Es war, als hörte ich deine Mutter reden. Der Kunde musste grinsen.«

Olmer half beim Kochen. Laurien rührte das Gehackte, gab Zwiebeln und ausgelassene Speckwürfel hinzu, dann Knoblauch, Tomaten, Paprika, Chiligewürz und ein Glas braune Bohnen. Mit viel geriebenem Käse darüber schob sie die Schüssel in den Ofen, während Olmer den Tisch deckte. So erkannte sie ihn wieder, auch wenn er blass aussah. Laurien riss einen Beutel mit Tortillachips auf, legte sie in eine

Schale und goss Wasser und Wein ein. Den Salat machte sie mit Olivenöl, Honig und Himbeeressig an. Auf den Boden von Maatjes Teller strich sie Apfelmus. Über diesen Tag wurde geschwiegen. Laurien wollte keine Diskussion im Beisein ihrer Schwiegermutter.

Neben dem Klassenlehrer saß Jochem, Chef des Drogendezernats.

»Olmer wurde mit einer kleinen Menge Koks erwischt«, sagte Jochem.

Tiemen fluchte in sich hinein, er ballte die Fäuste und entspannte sie dann wieder langsam.

»Olmer?«, fragte Laurien. »Das ist unmöglich. Hatte er das Kokain in seiner Tasche?«

»Ein Klassenkamerad hatte ein Päckchen für Olmer bei sich.«

»Das beweist doch nichts.«

»Olmer hat es zugegeben«, sagte Jochem.

»Olmer kokst? Unmöglich, er weiß doch, wie gefährlich das Zeug ist.« Sie schaute Tiemen an. »Was hältst du von der Sache?«

»Du musst dich irren, Jochem. Olmer verhält sich ziemlich kindisch oder kindlich, ganz wie du willst. Warre steckte in dem Alter mitten in der Pubertät. Um uns eins auszuwischen, hätte der vielleicht was genommen, aber Olmer nicht.«

»Übertreib nicht. Soweit wir das beurteilen können, hat er keine dramatischen Mengen konsumiert«, sagte Jochem. »Ich habe das Päckchen geöffnet und traute der Sache nicht. Das Labor hat es sofort untersucht. Was Olmer über Tromp bekommen hat, war nicht weiter schlimm, es bestand nur zu einem Achtel aus Koks, der Rest war Aspirin. Hilft gegen Kopfschmerzen, mehr nicht. Tromp hat es verschnitten, um mehr daran zu verdienen, vielleicht aber auch, um keine Probleme mit dir zu bekommen, Laurien. Kokainabhängig wird man von solchen Mengen jedenfalls nicht. Die anderen Päckchen enthielten die normale Zusammensetzung. Bei Olmer wird der Wunsch, mal einen Rausch zu erleben, bestenfalls den Eindruck von Benebelung hervorgerufen haben.«

»Wusste Olmer, was er da kaufen wollte?«

»Laurien«, sagten Tiemen und Jochem gleichzeitig, »so kindisch ist er nun auch wieder nicht.«

»Das ist er wohl, du kennst ihn nicht.«

»Ich habe mit ihm gesprochen«, sagte Jochem. »Er hat zugegeben, Koks geschnupft zu haben.« Er blätterte in seinen Notizen. »Zwei Mal. Meistens neige ich dazu, das nicht zu glauben, aber in Anbetracht der Qualität, die er bekommen hat, denke ich, dass er dicht bei der Wahrheit geblieben ist. Wenn er aus Erfahrung wüsste, welche Wirkung Koks haben kann, hätte er sich nicht mit dem zufriedengegeben, was ihm da geliefert wurde.«

»Wie kam Tromp an das Zeug?«

»Wer hat dir seinen Namen genannt?«

»Du gerade und Emma.«

»Er verteilt es für einen unbekannten Dealer. Tromp gibt keinen Namen preis. Ich bin mir noch nicht sicher, ob er es nicht will oder nicht kann.«

»Wie bekommt er den Stoff denn geliefert?«

»Über ein Postfach in Vlissingen. Hier in Middelburg wird der Termin vereinbart. Die Nachrichten werden hinter einem losen Stein an der Seismühle versteckt. Wenn Tromp zwischendurch was braucht, geht er in ein Café in Vlissingen, wo er seine Bestellung in einem geschlossenen Briefumschlag beim Wirt hinterlässt.«

»Welches Café?«

Jochem kritzelte die Adresse auf ein Stück Papier und schob es Laurien zu. Sie hatte schon von der Kneipe an der St. Jakobskirche gehört.

»Könnte dort auch in der Disko gedealt werden?«, fragte Tiemen.

»Möglich, nicht mal unwahrscheinlich. Selbst wenn die Kontrolle da ziemlich scharf ist.«

»Dieses heimliche Koksen erklärt wohl auch Olmers miese Stimmung in der letzten Zeit«, sagte Tiemen langsam. »Seit er in diese

Disko geht, ist er störrisch und abweisend. Vorher brachte er nette Freunde mit nach Hause, jetzt sehen wir die nicht mehr.«

»Wollen Sie den Schulpsychologen einschalten? Olmer lässt sich sicher nicht grundlos verleiten«, sagte der Klassenlehrer.

»Ich sehe keinen Sinn darin, ihn zu einem Psychologen zu schicken«, sagte Tiemen. »Von Hause aus muss ihm mehr als klar sein, dass es sich da um saugefährliches Zeug handelt. Wir schaffen das schon selbst.«

Laurien hielt den Mund, auch wenn sie anderer Meinung als Tiemen war.

»Die Schule hat ihn für vier Tage vom Unterricht ausgeschlossen, um darüber nachzudenken. Er hatte die Absicht, high zu werden. Wir müssen einfach ein Exempel statuieren.«

»Was meinen Sie nun? Nachdenken oder ein Exempel statuieren?«, fragte Laurien.

»Beides. Olmer kommt noch ziemlich gut dabei weg. Erik wurde der Schule verwiesen, und wegen der anderen Jungen wird die Schulleitung in Kürze eine Entscheidung treffen.«

»Für das Schnupfen von Aspirin ist diese Strafe aber ganz schön hart.«

»Sie können froh sein, dass Erik erwischt wurde, bevor Olmer abhängig von diesem Zeug wurde.«

»Mir erscheint das immer noch aberwitzig. Olmer schnupft Koks!«

»Vielleicht hat Erik ihn dazu verleitet. Er ist ein dominanter Typ, mit sehr viel Überzeugungskraft.«

»Dem Jungen kann es doch egal sein, ob Olmer Drogen nimmt. Doch was Sie sagen, ist gar nicht so abwegig. Jemand anderes, jemand mit mehr Autorität will Olmer, koste es was es wolle, abhängig machen … Wartet mal … Sollte ihn jemand hereingelegt haben, weil er mein Sohn ist und ich jemanden aus der Drogenwelt weniger sanft anfasse als das Drogendezernat? Rache, ungewollt hintertrieben durch Tromp, der auf höheren Gewinn aus war.«

Jochem zeigte ein mitleidiges Lächeln. »Hatten wir es eben nicht über ›kindisch‹?«

»Diese Vermutung ist weniger absurd, als du denkst.«

»Wir passen auch viel zu wenig auf ihn auf«, sagte Tiemen auf dem Nachhauseweg.

»Einen Siebzehnjährigen kann man nicht festbinden«, sagte Laurien.

»Das wirst du noch erleben. Vorlaufig Hausarrest. Wir werden uns beide Zeit für ihn freimachen müssen.«

»Wenn du damit sagen willst, dass ich weniger arbeiten soll, kennst du meine Antwort.«

»Das sage ich doch gar nicht«, meinte Tiemen. »Na ja, vielleicht meine ich es doch. Und noch etwas: Wegen der vier Tage Ausschluss vom Unterricht bin ich anderer Meinung als du. Meinetwegen hätten sie ihm getrost einen Monat verpassen können.«

»Vier Tage für das Schnupfen einer kleinen Linie Aspirin?«

»Nein, Koks mit Aspirin ist mehr als genug.«

»Jochem meinte, die Wirkung sei absolut gering.«

»Jochem ist ein komischer Kauz. Der sieht doch selbst wie ein halber Junkie aus, mit seinen zerfetzten Jeans und dem verwaschenen T-Shirt«, sagte Tiemen. »Dessen Meinung kann mir gestohlen bleiben. Und selbst wenn da nur Aspirin drin gewesen wäre, Olmer ist davon ausgegangen, dass es Koks ist. Ich wüsste mal gerne, warum er in diesem Schuljahr seine alten Freunde für diese Horde mit dem verwöhnten Doktorssöhnchen an der Spitze aufgegeben hat.«

»Und du kanntest diesen Knaben nicht einmal?«

»Das ist auch nicht nötig. Jemanden, der meinen Sohn mit Koks versorgt, mag ich nicht. Obwohl es Olmers eigene Entscheidung ist, ob er kokst oder nicht. Er ist ein Schwächling, ein Mitläufer!«

»Bis heute Nachmittag habe ich es nicht eine Sekunde für möglich gehalten, dass Olmer so blöde sein könnte, sich auf Drogen einzulassen. Ich kann es immer noch nicht richtig begreifen.«

»Irgendetwas stimmte nicht mit ihm, er verhielt sich in der letzten Zeit unmöglich. Wenn man ihn etwas fragte, war er zu lahmarschig, um einem eine vernünftige Antwort zu geben.«

»Tiemen, wir hätten uns Gedanken darüber machen müssen, dass da etwas faul war, aber wenn du im Zusammenhang mit Olmer das Wort ›Drogen‹ hättest fallen lassen, hätte ich dich für verrückt erklärt. Warum hat er nicht darüber gesprochen? Vor allem das Verheimlichen macht mich so sauer.«

»Er weiß, wie wir darüber denken. Da macht es für ihn nicht viel Sinn, darüber zu reden.«

»Oder jemand übte derartigen Druck auf ihn aus, dass er es nicht wagte, den Mund aufzumachen.«

»Das glaube ich nicht. Er wollte zu einer anderen Clique gehören als zu diesen braven Knaben, die er uns vorher angeschleppt hat. Vielleicht hat er nicht sofort kapiert, dass dieser Erik mit Drogen zu tun hatte. Aber als er dahinterkam, hätte er Widerstand leisten müssen. Gleich wirst du von Olmer hören, dass er die Unschuld selbst ist. Siehst du schon, wie er uns mit seinen blauen Augen anguckt? Waren das wirklich Drogen, die mir der Erik gegeben hat? Hätte ich nie für möglich gehalten. Ist das denn schlecht? Das ist doch nicht dein Ernst.«

»Du bist enttäuscht«, sagte Laurien.

»Er ist ein Schwächling. Ich höre ihn schon sagen, Erik hätte ihm verklickert, das sei ungefährliches Zeug, mit dem er sich besser auf seine Hausaufgaben konzentrieren könne. Und da er weiß, wie wichtig uns gute Schulnoten sind, hat er es dann eben ausprobiert. Der versteht es, die Dinge gleich wieder so zu verdrehen, dass es an uns liegt. Welche Wahl hat er denn mit Eltern, die nie zuhause sind, und die, wenn sie da sind, ihre ganze Aufmerksamkeit der Tante schenken? Olmer hat immer irgendeine Ausrede parat, und du wirst ihm gleich wieder auf den Leim gehen.«

»Trotzdem passt das alles bei Olmer nicht zusammen. Jemand will mich treffen und benutzt ihn als Werkzeug. Vor ein paar Wochen habe ich Louw Campbell verhört. Er war so zugeballert wie eine Kuh mit BSE, aber zugeben, dass er Drogen nimmt, wollte er nicht, egal wie sehr ich ihn unter Druck gesetzt habe. Der wusste angeblich nicht mal, wie Drogen aussehen. Meine Unterstellung, dass er vielleicht manchmal etwas unter dem Ladentisch verhökert, wies er entrüstet zurück. Dann hätte er doch sicher nichts dagegen, wenn ich seinen Laden mal so richtig auf den Kopf stelle, habe ich gefragt. Er schaute mich nur verächtlich an und meinte, ich solle tun, was ich nicht lassen könne. Soweit er informiert sei, würde ich mit so mageren Verdachtsmomenten nie und nimmer einen Hausdurchsuchungsbefehl bekommen. Ich fragte ihn, ob er sich darüber im Klaren sei, dass eine Durchsuchung seines Ladens nicht gerade förderlich für seinen Ruf in der hiesigen Geschäftswelt sei, und ganz gewiss auch nicht für sein Ansehen bei seinem Vater. Du hättest sehen sollen, wie der mich angefunkelt hat. So ein Blick stimmt einen nicht gerade fröhlich.«

»Hat er es zugegeben?«

»Natürlich nicht. Ich habe ihn nicht packen können, der Mann ist aalglatt. Im Weggehen kniff er die Augen zusammen und sagte, von einer Frau Maljaars-Minnaar habe er ein anderes Verhalten erwartet. Wohl von der Polizeibeamtin Minnaar, aber nicht von der Frau eines Geschäftsmannes, nicht von der Mutter zweier Söhne. Ihn bedrohe niemand ungestraft. Schließlich habe er seine Kontakte.«

»Du hast ihn doch nicht zu hart rangenommen?«

»Ich? Komm, Tiemen, das ist nicht mein Stil. Aber ich habe ihn auch nicht wegen seiner blauen Augen verhört. Da war ein Mädchen an einer Überdosis gestorben. Ich musste alle Register ziehen, aber er ließ sich nicht aus der Reserve locken. Er ging als freier Mann mit einem ausgestreckten Mittelfinger. Arroganter Kerl! Seine Rache scheint subtiler zu sein, als ich ihm zugetraut hätte. Revanche über Olmer. Es wäre doch die ideale Vergeltung, Olmer genau das durchmachen zu lassen, dessen ich ihn beschuldigt habe. Nahezu genial, wenn es nicht so zum Kotzen wäre.«

»Glaubst du das wirklich, oder ist das nur der Versuch, Olmer von vorneherein zu entschuldigen?«

»Olmer hat sich nie für Koks interessiert, er bricht den Kontakt zu seinen anständigen Freunden ab. An Zufall glaube ich nicht. Louw hat sein Spiel vorzüglich gespielt.«

»Was hat Louw davon, wenn Olmer Drogen nimmt? Wahrscheinlich kennt er noch nicht einmal seinen Namen.«

»Es geht nicht um unseren Sohn, kapier das doch endlich. Es geht um mich! Ich habe ihn bei den Eiern gepackt. In seinem kranken Hirn hat er sich wahrscheinlich eingebildet, er sei nicht abhängig, solange ihn niemand als Abhängigen betrachtet.«

»Noch einmal: Was hat Louw davon, wenn Olmer zu koksen beginnt?«

»Er glaubt, mir damit das Maul stopfen zu können.«

»Du hast keinen Beweis.«

»Nein, aber ich weiß, dass ich ziemlich dicht dran bin. Ich habe heute mit Louw Campbell gesprochen. Als er mich sah, hat er einen Riesenschreck bekommen. Diese Reaktion überrascht mich jetzt nicht mehr.«

»Mit deiner Verschwörungstheorie versuchst du nur, Olmer freizusprechen. Er könnte ja auch nie etwas Böses tun. Du hast ihn verwöhnt, und jetzt siehst du, was dabei herausgekommen ist.«

»Hast du noch alle Tassen im Schrank? Hör mal zu: Louw Campbells größte Sorge heute Morgen war, so schnell wie möglich seinen Computer auszuschalten. Ich wüsste gerne, womit er gerade beschäftigt war.«

»Die Polizei ist bei Junkies nun mal nicht sonderlich beliebt.«

»Das war anders, da ging es um mehr. Ich konnte seine Angst fast riechen.«

Als Tiemen seine Mutter wegbrachte, kam Olmer nach unten. Laurien saß an dem langen Tisch in der Küche, die Kerzen brannten, vor ihr standen ein Glas Cola für Olmer und Kaffee für sie.

»Ist das wahr, was wir in der Schule gehört haben, Olmer?«

»Woher soll ich das wissen?«

»Dein Klassenlehrer hat uns erzählt, dass du harte Drogen nimmst.«

»Das ist stark übertrieben.« Mit einem überheblichen Grinsen schaute er auf Laurien herab. Sie stand ruckartig auf.

»Glaubst du etwa, du könntest mich einschüchtern? Setz dich gefälligst hin! Bis vor fünf Minuten wollte ich nicht glauben, dass du so dumm sein kannst, Drogen zu nehmen, aber durch dein Auftreten hast du mich endgültig überzeugt. Setz dich, und zwar ein bisschen dalli!«

»Nun mal langsam, ich bin doch kein Angeklagter.«

Langsam schob er einen Stuhl zurück. Die Hand seiner Mutter schoss nach vorne, und auf seiner Wange blieb ein roter Fleck zurück, den er vorsichtig mit seinen Fingern abtastete.«

»Es ist gesetzlich verboten, sein Kind zu schlagen.«

»Du solltest dich besser informieren. Noch ist es kein Gesetz. Dass du unter die Kokser gegangen bist, Olmer ... Ich finde keine Worte dafür.«

»Dann halt doch einfach den Mund.«

Sie baute sich drohend vor ihm auf.

»Noch einmal so ein Ton, dann wirst du spüren, dass dieser Klaps auf die Backe nicht mehr als ein sanftes Streicheln war. Du bist ein unglaublicher Idiot! Warum, Olmer? Wie oft und wie?«

Laurien ging um den Tisch herum und holte tief Atem, bevor sie sich setzte. Olmer ließ den Kopf hängen.

»Hast du mich nicht gehört? Warum, wie oft und wie? Antworte!«

»Erik hatte von jemandem was bekommen, um einem Freund eine Freude zu machen.« Seine Stimme überschlug sich.

»Jemand? Name!«

»Wie soll ich das wissen? Ich habe nicht danach gefragt. Das tut man nicht.«

»Und du hast nicht gesagt, dass er seinen Scheiß behalten soll?«

»Woher sollte ich denn wissen, was in dem Päckchen ist? Ich habe nichts gespürt. Und ich habe mich nicht richtig zu sagen getraut, dass ich es nicht mehr wollte.«

»Du meintest also, es wäre eine Lösung, wenn du weiterkokst?«

»Ich hatte vor, nicht mehr in die Disko zu gehen. Wenn ich mehrere Wochenenden hintereinander zu Warre nach Tilburg fahren würde, würden sie mich in der Disko bestimmt vergessen.«

»Oh Olmer, wie vernünftig du doch bist!« Sie öffnete die Arme.

»Bitte, tu mir einen Gefallen und heb dir deinen Kitsch für Tiemen auf.«

Er stand bereits auf, um die Flucht zu ergreifen. Laurien deutete auf seinen Stuhl, und mit pikiertem Gesicht ließ er sich fallen.

»Wie oft hast du das Zeug genommen?«

»Zwei Mal. Warre meinte, ich solle mit euch darüber reden, egal wie sauer ihr sein würdet.«

»Sauer ist vorsichtig ausgedrückt, Olmer. Dein Vater wird sich noch ausführlich mit dir darüber unterhalten, und ich gedenke es auch nicht einfach dabei zu belassen. Bist du eigentlich noch zu retten? Du kennst doch die Risiken! Du bist ein naiver Mitläufer, ein Idiot, ein … Was sollen wir nur unternehmen, um es nicht noch einmal dazu kommen zu lassen?«

»Nichts. Predigten habe ich mir heute schon zur Genüge anhören müssen.«

»Klüger scheinst du dadurch nicht geworden zu sein.«

»Hör mal, ich habe doch gesagt, dass ich nicht wusste, was Erik mir da gab.«

»Tiemen hat Recht: Es war schon immer deine Stärke, anderen die Schuld in die Schuhe zu schieben. Eine schlechte Zensur in einer Klassenarbeit, und es liegt am Lehrer oder der Klasse. Es war nie anders. Als kleiner Junge wusstest du schon, wie du Warre die Schuld geben konntest, wenn du etwas ausgefressen hattest. Ständig hattest du Ausreden parat. Wie oft hast du gekokst?«

»Wirklich, zwei Mal.«

»Eine ehrliche Antwort, Olmer Maljaars!«

»Zwei Mal, heute wäre es das dritte Mal gewesen.« Seine Stimme überschlug sich schon wieder. Um sich möglichst klein zu machen, hatte er sich ganz nach vorne geschoben. »Oder nein, ich wollte es ins Klo schmeißen.«

»Die Disko bleibt verbotenes Terrain, und nach der Schule heißt es melden im Laden. Außerhalb der Schule kein Schritt mehr ohne Begleitung. Kapiert?«

»Da spiele ich nicht mit.«

»Dann kommt es zur Alternative: Wenn du dich ein einziges Mal nicht an die Auflagen hältst, steht am nächsten Tag ein Polizeiauto vor der Schule. Auf der Wache wissen sie, wie man mit Jungen wie dir umspringen muss. Wenn du dich an die Vereinbarung hältst, hast du im Laden wenigstens deine Ruhe und bekommst keinen Ärger. Du hast die Wahl.«

Mit dem Fuß aufstampfend verschwand Olmer nach oben.

Tiemen ließ sich über unannehmbares Betragen aus. Olmers Proteste peitschten ihn zu noch größerer Lautstärke, immer heftigeren Ausdrücken hoch.

Laurien konnte es nicht mehr mit anhören. Es war zehn Uhr, der Tag war lang gewesen, doch an Schlaf war vorerst nicht zu denken. Sie schnappte sich das Auto und fuhr nach Vlissingen. Auf der Smalle Kade gab es freie Parkplätze. Sie lief in Richtung der St. Jakobskirche. Ehe sie es sich versah, stand sie vor der Kneipe, die Jochem erwähnt hatte. Es machte keinen Sinn hineinzugehen, aber mal einen kurzen Blick hineinwerfen konnte nicht schaden. Von der Tür aus sah sie im hinteren Teil des dunklen Raumes den Schatten eines Mannes. Er musste mit irgendetwas gerechnet haben, denn ohne dass sie darauf gefasst war, sprintete er zur Hintertür und verschwand.

Der Wirt baute sich vor ihr auf und quatschte sie an: Was er ihr denn kredenzen dürfe? Sie stieß ihn kurzerhand zur Seite. Ein Gast schob seinen Stuhl genau in dem Moment zurück, als sie vorbeiwollte, sodass ihr Rückstand noch größer wurde. Die Tür führte in einen dunklen Gang. Sich vorwärts tastend erwischte sie eine Türklinke und kam in einen Innenhof. Sie stolperte über eine Kiste, rappelte sich wieder hoch und setzte die Verfolgung fort. Der Mann rannte vor ihr her, gehüllt in einen Regenschleier. Sie spurteten an der Kirche vorbei, hetzten durch eine schmale Gasse, wetzten um mehrere Ecken.

Ihr Herz schlug wie wild. Ein kurzer Sprint lag ihr mehr als ein Ausdauerlauf. Dem Mann ebenfalls, auch sein Tempo wurde langsamer. Sie waren jetzt eher Geher als eine Frau, die einen Mann verfolgt. Der Abstand verringerte sich nicht, doch sie hatte den Kerl noch immer im Blick. Mehrmals brüllte sie ihm zu, er solle stehen bleiben. Vergeudeter Sauerstoff. Laurien schlidderte über die nassen Pflastersteine, der Regen schlug ihr ins Gesicht. Sie wusste schon nicht mehr, wie und wo sie liefen. In der rechten Tasche ihres Mantels steckte ihr Handy, aber ein Anruf kostete Zeit und würde den Vorsprung des Mannes vergrößern. Sie wischte sich den Regen aus dem Gesicht. Er bog in einen dunklen Bereich ab und war plötzlich verschwunden. Im Näherkommen sah sie, dass er sich in den Bellamypark verkrümelt hatte. Auf gut Glück lief sie kreuz und quer herum. Es war so dunkel, dass er sich nur zwei Meter in die Büsche zu schlagen brauchte, um nicht mehr gesehen zu werden. Sie hatte den Mut schon fast aufgegeben, als sie ihn mitten auf dem Weg stehen sah. Er hatte sich eine Mütze über den Kopf gezogen. Sie rief ihm zu, er solle stehen bleiben. Der Mann hob die Arme hoch und rannte weg. So sehr sie auch suchte, sie konnte ihn nirgends mehr aufspüren.

Zwölf Minuten später versuchten Polizisten im Matsch Fußabdrücke zu nehmen. Kurz darauf stand Emma vor ihr. Sie fragte, was hier los sei.

»Er hat sich nicht die Mühe gemacht, es mir zu erzählen. Wenn jemand vor mir wegrennt, laufe ich hinterher.«

»Wer war es?«

»Keine Ahnung, Louw Campbell war es nicht. Dieser Mann war größer.«

»Hast du Louw Campbell gesucht?«

»Nein.«

»Was hast du in dem Café gemacht?«

»Ich wollte dort etwas trinken.«

»Du gehst doch nicht zum Spaß ausgerechnet in diese Kneipe.«

»Der Mann hat mit einer Polizeiaktion gerechnet. Wurde er von jemandem aus der Truppe gewarnt?«

»Such nicht nach Ausflüchten. Jochem tobt. Die Adresse hattest du von ihm. Er kam zwei Minuten nach dir, und einzig dir ist es zu verdanken, dass der Mann fliehen konnte. Dieses Café war für das Drogendezernat der einzige Anhaltspunkt, um eine ganze Bande hochzunehmen. Jetzt kann er wieder von vorne anfangen.«

»Du wirst sehen, dass ich Recht habe.«

Im Büro zeigte Emma auf den Computer. »Erkennst du den Mann?«

Nach einer halben Stunde schaltete Laurien den Computer aus. »Es war zu dunkel, und er hatte eine Mütze über den Kopf gezogen. Wenn man das Tempo zugrunde legt, muss er entweder eine mäßige Kondition haben oder älter als vierzig sein.«

»Kümmer dich nicht weiter darum. Wenn Jochem es nicht alleine schafft, gebe ich dir Bescheid. Du hast genug mit deinem Sohn zu tun. Sei froh, dass du momentan nicht mehr am Hals hast als das Aufarbeiten der liegen gebliebenen Aktenberge.«

Die letzten hundert Meter zum Vismarkt lief sie, zu müde, um das Auto noch in einer der engen Parklücken zwischen dem Turfkaai und ihrem Haus einzuparken. An einem Abend wie diesem wäre sie gerne direkt bis vor die Haustür gefahren.

Tiemen, Kerzen, Wein und Verdi, danach war ihr jetzt zu Mute, vor allem keine erneute Diskussion über Olmer. Maatje und Olmer schliefen bereits. Sie ließ sich auf das Sofa fallen. Tiemen legte sich dazu, den Kopf in ihrem Schoß. Sie schob ihn weg und stürzte sich ausgehungert auf eine Schale mit Erdnüssen. Sie nahm ein Glas und schenkte sich den letzten Rest Wein aus der Flasche ein, während sie von dem flüchtenden Mann in Vlissingen erzählte.

»Du hättest lieber zuhause bleiben sollen.«

»Um mir den Krach zwischen dir und Olmer anzuhören? Nein danke.«

»Krach? Ich darf doch wohl noch sagen, was ich davon halte. Du bügelst immer alles glatt, und jetzt sehen wir ja, wozu das führt.«

»Es liegt also an mir?«

»Könnte sein.«

»Na ja. Mal überlegen.« Laurien setzte sich aufrecht hin. »Vielleicht könntest du Recht haben. Es könnte an meiner Arbeit liegen.«

»Ach, Laurien, benutz doch mal endlich deinen Verstand. Es ist deine Art, seinen Schuldanteil zu bagatellisieren. Hat er sich diesen Stoff etwa nicht selbst in die Nase gezogen? Du darfst seinen Ausreden nicht glauben. Er bekommt jetzt eine letzte Chance, sonst soll er sich zum Teufel scheren. Es ist schon eine ganz schöne Scheiße mit so einem Sohn.«

»Dramatisiere die Sache doch nicht unnötig. Lass uns für heute Abend damit aufhören«, sagte Laurien.

Tiemen entkorkte eine neue Flasche.

»Für mich nichts mehr, danke.«

»Wenn der Junge mal ein Bier zu viel trinken würde, könnte ich es ja noch verstehen«, meinte Tiemen. »Aber das hier nicht. Mein Sohn nimmt Drogen! Er weiß doch, was für ein gefährliches Zeug das ist.«

»Sei ein gutes Vorbild für Olmer und trink etwas weniger.«

»Das musst du gerade sagen. Wein ist gut fürs Herz und die Blutgefäße, während ich über Rauchen, Schlucken, Fixen oder Koksen noch nie etwas Positives gelesen habe.« Er setzte das Glas auf dem Tisch ab, verschloss die Türen, kontrollierte die Fenster, stellte den Ofenschirm vor den Kamin und verschwand grußlos.

Eine halbe Stunde später musste sie sich einen Ruck geben, um nach oben zu gehen und sich auszuziehen. Tiemen stellte sich schlafend. Sie ließ ihre Hände über ihn gleiten. Er drehte sich zu ihr um.

»Du willst natürlich wissen, was ich heute Morgen bei Maatjes Sozialarbeiterin in Vlissingen erreicht habe«, sagte Laurien. »Leider nicht viel. Die Van Karnebeekstraat gefiel mir auf den ersten Blick eigentlich ganz gut, eine Anlage mit Doppelhäusern auf großzügigen Grundstücken. Aber weiter bin ich nicht gekommen.«

»Warum hast du nicht mit ihr gesprochen?«

»Die Zentrale meldete sich. Am Strand von Domburg war eine Leiche gefunden worden. Du kennst den Mann übrigens.«

»Ja?«

»John Campbell, der Vater des Kerls, über den wir vorhin gesprochen haben.«

»John ist tot?« Er setzte sich aufrecht hin. »Bei manchen Leuten glaubt man, sie hätten das ewige Leben gepachtet. Er war so einer.«

»Was für ein Mensch war er?«

»Ein unwahrscheinlich aktiver Mann, für sein direktes Umfeld ziemlich ermüdend, vermute ich. Ein Perfektionist. Wenn er sich in irgendetwas verbissen hatte, ließ er davon nicht mehr ab.«

»Wie meinst du das?«

»Na ja, er wusste beispielsweise alles über Händel. Die unglaublichsten Details ... Was hast du eben gesagt? Du hast über die Zentrale erfahren, dass er tot ist?«

»Ja. Am Strand.«

»Ich kann es noch nicht glauben. Sichtlich krank war er nicht. Herzinfarkt vielleicht?«

»Nein, das nicht. Er saß doch bei dir im Vorstand des Gewerbevereins.«

»Bis vor ungefähr zwei Jahren. Er wollte mehr Zeit für seine große Leidenschaft haben, die Musik. Energie genug hatte er. Gestern hat er ein Klavierstück gekauft, das er mit seinem Lehrer einstudieren wollte. Wir haben über das schöne Wetter und die schlechten Voraussagen für den Abend geredet.«

»Ich habe gehört, dass er auch in einem Kammerorchester gespielt hat.«

»Ja, hier in Middelburg. Dass er schon älter war, merkte man nur daran, dass er sich nicht vom Fleck rühren wollte. Den konnte nichts aus der Stadt bringen. Kann es vielleicht ein Schlaganfall gewesen sein? Schade, ich habe ihn gemocht.«

»Er ist anscheinend im Meer ertrunken und wurde am Strand gefunden.«

»Ertrunken? Das ist doch nicht möglich.«

»Die Leichenbeschauerin ist davon überzeugt.« Laurien gähnte. »Glaubst du, dass wir schlafen können? Ich bin hundemüde.«

»Du vielleicht. Ich werde wohl kein Auge zukriegen«, sagte Tiemen. »Hätte nie gedacht, dass Olmer so ein Trottel ist.«

Die Äste des Baums peitschten zwischen dem Fenster und der Straßenlaterne am Vismarkt hin und her. Sie vertrieben das Licht und holten es wieder zurück. Wenn Laurien die Augen schloss, sah sie den toten Mann am Strand liegen, die angezogenen Beine, den einen nackten Fuß, die Augenbrauen voller Sand. Wehrlos. Sie wälzte sich eine Stunde im Bett herum. Nichts ist so nervtötend wie wach liegen. Sie setzte sich auf den Rand des Bettes, nahm ihren Notizblock vom Nachtschränkchen und zeichnete einen Menschen, dessen eine Hand in Höhe des Fußes im Sand steckt. Er hatte seine Hände nicht nach vorne gestreckt, um den Sturz abzufangen. Daneben zeichnete sie eine Puppe in Fötushaltung: So hätte Campbell nach einer Herzattacke am Strand liegen müssen. *Natürliche Todesursache? Unfall? Selbstmord? Mord?,* schrieb sie auf. Die ersten beiden Möglichkeiten strich sie durch, nach kurzem Zögern auch die dritte. Blieb nur noch Mord. Haltung und Zeitpunkt konnten auf Selbstmord deuten, doch jemand mit Plänen für die nahe Zukunft hatte noch nicht genug vom Leben, notierte sie. Durch Tiemen waren ihre Zweifel an Sturms Diagnose noch verstärkt worden. Um einen Selbstmord auszuschließen und den Mord wahrscheinlicher zu machen, musste sie nach den Motiven suchen.

Sie zog einen Kreis um »Lebenslust« und »Mord«, bevor sie die Nachttischlampe ausmachte und an ihre warme Stelle im Bett kroch. Tiemen wachte auf.

»Ich habe noch kein Auge zugemacht«, sagte er schläfrig.

»Das habe ich gemerkt.«

»Ich habe noch einmal über John Campbell nachgedacht. Selbstmord ist unmöglich. Bei ihm könnte ich mir einen Autounfall vorstellen, der Mann fuhr nicht, der raste durch die Stadt. Aber Ertrinken, nein, unmöglich. Nicht zu der Zeit, nicht in Domburg. Seine Abende gehörten dem Café, er weigerte sich sogar, Middelburg für sein Orchester nach sechs Uhr zu verlassen. An Sonntagnachmittagen war er bereit, außerhalb der Stadt mitzumachen, abends unter keinen Umständen. Ich habe mit Orchestermitgliedern gesprochen, die vergeblich Himmel und Hölle in Bewegung gesetzt haben, um ihn mitzubekommen. Der Mann war über achtzig. Warum sollte er bei derartigem Sturm im Meer baden wollen? Ausgerechnet eine Frostbeule wie der? Bist du sicher, dass du Domburg meintest? Nicht Vlissingen?«

»Warum?«

»In Vlissingen liegt ein Freund von ihm auf dem Soldatenfriedhof. Außer Middelburg war Vlissingen der einzige Ort, mit dem er etwas zu tun hatte. Aber Domburg? Vielleicht schaute er schon mal über das Meer, weil er Heimweh nach seinem Vaterland verspürte, obwohl er kein Mann war, der sich große Gedanken über die Vergangenheit gemacht hätte. Ich habe auch nie Heimweh bei ihm entdecken können.«

»Die Leichenbeschauerin besteht auf Selbstmord. Alter Mann,

Witwer, muss einsam sein und wird wohl noch um seine Frau trauern. So die Begründung, und Minnaar darf ein Protokoll schreiben. Als wenn ich nicht seit neunundzwanzig Jahren bei der Polizei bin, davon zwölf in der Abteilung Kapitalverbrechen, Morddezernat. Ein Unfall ist es bestimmt nicht gewesen. Wenn man bei Nordwestwind am Strand läuft und sich nicht mehr halten kann, wird man zu den Dünen hinaufgetrieben und nicht zum Meer. Selbstmord? Mehr als zweifelhaft.«

»Du hast Recht. Er war mit einem neuen Musikstück beschäftigt, nicht mit dem Tod. Im Übrigen, auch wenn er an diesem Tag keine Noten gekauft hätte, ein Mann wie Campbell begeht keinen Selbstmord, er hing am Leben, er hatte Pläne, als lägen noch vierzig Jahre vor ihm.«

»Worüber hat er gestern gesprochen?«

»Verrückter kann man es sich kaum ausdenken. Er erzählte von einem neuen Geschäft, in dem hier seiner Meinung nach Drogen unter dem Ladentisch verkauft werden. Von einem Leserbrief, den er an die Zeitung geschickt hat und in dem es darum geht, dass die Polizei nicht funktioniert, dass sie das Scheißverhalten junger Leute aus Randgruppen fördert. Da war noch etwas ... Ja, jetzt weiß ich es wieder. Er sprach von einem Mitarbeiter in Middelburg, den er wegen Betruges fristlos hatte entlassen müssen.«

»Hatte er das Geschäft nicht schon an seinen Sohn übertragen?«

»Das heißt ja nicht, dass er sich nicht darum gekümmert hat. Der Mann konnte einfach nicht anders. Es war ihm vorher noch nie passiert, dass jemand den Mut hatte, ihn zu bestehlen. Er war außer sich. Welchen Umfang die Unterschlagung hatte, konnte er noch nicht überblicken. Ich musste über die Art lachen, wie er das erzählte. Wenn man ihn mochte, fand man ihn witzig. Auch wegen des englischen Akzentes, den er immer noch nicht abgelegt hatte.«

»Die meisten Zeugen beschreiben ihn als sehr eigensinnigen Menschen, aber das ist ja kein Grund, ihn zu töten. Das Motiv fehlt.«

»Selbstmord ist noch unwahrscheinlicher.«

»Für dich. Die Leichenbeschauerin betrachtet das klinischer. Alter, Zustand der Leiche nach dem Tod, und sie hat sich Informationen über seine Lebensumstände geben lassen.«

»Bist du die Einzige mit abweichender Meinung?«

»Ach, weißt du, die Leichenbeschauerin trötet irgendetwas in die Luft, und die ganze Meute flötet es ihr nach. Wir haben genug um die Ohren, da kommt Sturms Verhalten der Lahmarschigkeit unserer Leute sehr entgegen. Die Sache Campbell ist abgeschlossen, was soll ich mir da noch weiter Gedanken machen? Pier ist schon lange froh, dass wir uns nicht mehr damit beschäftigen müssen, und Jan und Stevi stimmen ihm immer zu, selbst wenn Pier den größten Unsinn verzapft.«

»Sind deine Argumente denn überzeugend genug?«

»Sie hören mir doch noch nicht einmal zu. Pier meint, ich hätte Autoritätsprobleme und könnte es nicht vertragen, dass Sturm eine Frau vom Fach ist. Die Vorgesetzten stellen Überlegungen an und wir führen aus. An diese Rollenverteilung müssten wir uns halten, dann wären wir auch nicht dafür verantwortlich, wenn sich etwas als falsch erweist. Klaas denkt genauso darüber wie Pier. Die Vorgesetzten stünden nun einmal über uns, weil sie es besser wissen. Je weniger man selbst Überlegungen anstellt, desto besser. Und Willem ist vor allem froh, dass er nicht im Regen auf den Knien im Sand herumkriechen muss. Ich brauche erst gar nicht vorzuschlagen, die Sache zu verfolgen. Ein Auftrag der Kommissarin hat nun mal mehr Gewicht als ein Auftrag der Chefin des Morddezernats. Als ob wir nicht auch dafür da wären, unsere Vorgesetzten vor allzu großen Schnitzern zu bewahren und dabei zu helfen, die richtigen Entscheidungen zu treffen … Himmel hilf, ich habe alle Hände voll damit zu tun. Unsere Vorgesetzten können schreien so viel sie wollen, Hauptsache ist, dass sie tun, was wir ihnen einflüstern. Aber mein Team besteht aus lauter Jasagern.«

Tiemen zog sich die Bettdecke über den Kopf und schlief, bevor sie das Zimmer verlassen hatte. In der Küche holte sie sich ein Glas Milch. Ein Auto fuhr über die Schroebrücke, nachts wirkten die Geräusche verstärkt. Aus ihrer Tasche nahm sie die Videokassette, die der Technische Dienst am Strand gemacht hatte. Schon wieder etwas, an dem Emma Anstoß nehmen würde. Material durfte nicht mit nach Hause genommen werden. Sie schaute sich die Aufnahmen mehrfach an. Die Leiche lag unter einer Plastikplane, die Haare wehten ihr um den Kopf. Bilder von der Nackenpartie, dem Jackett, darunter Pullover und Hemd. Langsam glitt die Kamera über die Gaffer. Um sich ein vollständiges Bild machen zu können, würde sie morgen die Fotos des Technischen Dienstes und der Leichenschau anfordern.

Mit dem Becher in der Hand schaute sie auf den Vismarkt. Der Wind schien sich zu legen, auch wenn die Äste sich noch kräftig bogen. Das Schaufenster des Ladens auf der anderen Seite des Vismarkts, wo es Sint Jansstraat hieß, war schwach beleuchtet. In fünf Stunden klingelte der Wecker, und wenn sie jetzt nicht zu Bett ginge, lohnte es sich nicht mehr.

6

Auf dem Schreibtisch lag eine Nachricht von Pier. Er war auf der Polizeistation Achter de Houttuinen. Dort lagen noch einige Akten von ihnen herum, die sie dringend benötigten. Sie rief ihn an und sagte ihm, dass sie sich nachmittags im Büro treffen sollten. Pier fragte, ob es direkt nach der Mittagspause möglich sei, da er geplant habe, diesen Freitagnachmittag frei zu nehmen. Sie sagte, dass sie versuchen würde, daran zu denken, aber sie hasse es wie die Pest, alleine in diesem verdammten Aktenberg zu wühlen. Zeitverschwendung sei das, sonst nichts.

Laurien ging zu Ekelmans. Sie legte ihm einige Akten zur Unterschrift vor. Er fragte mit einem sadistischen Lächeln, ob sie durch das Umräumen des Gerümpels ihren Schreibtisch leer bekomme. Bevor sie etwas zu Campbell sagen konnte, griff er nach seiner Tasche. In einer Viertelstunde hatte er eine Sitzung. Sie ließ die Akten bei ihm liegen.

Emma saß in einer Besprechung. Laurien lief zu Klaas. Ob er schon etwas mehr über die Umstände am Strand wisse? Überrascht sagte er, die Sache sei doch abgeschlossen. Sie wünschte ihm angenehme Ruhe, ging zurück in ihr Büro und überlegte kurz. Als sie die Aktenstapel sah, schnappte sie sich den Mantel.

Im Anker traf sie nur das Ladenmädchen an. Louw arbeitete heute in Veere.

»Bist du gut mit dem alten Herrn Campbell ausgekommen?«, fragte Laurien, während sie einen Delphin aus Stein betrachtete.

Das Mädchen zuckte die Achseln. »Ging so.«

»Und wenn dein Chef in einer der Filialen ist, bist du dann ganz alleine im Laden?«

»Bis sein Vater letzte Woche Ron entließ, waren wir hier zu zweit.«

»Warum wurde er denn entlassen?«

»Er meinte, Ron hätte ein Buch gestohlen. Das stimmte nicht. Ich war dabei, als er es sich von Louw geliehen hat. Ich habe noch gesagt, dass Ron bescheuert wäre, ein Buch zu lesen, noch nicht einmal für sich selbst, sondern nur um den Kunden besser helfen zu können.«

»Warst du auch dabei, als Herr Campbell Ron entlassen hat?«

»Das nicht.«

»Von wem hast du es denn gehört?«

»Von Ron. Wenn der nicht zurückkommt, suche ich mir einen anderen Job.«

Es dauerte zehn Minuten, dann hatte das Ladenmädchen die Adresse von Ron in Oostkapelle gefunden.

Nach einem Abstecher zu Tiemens Musikgeschäft lief Laurien über die Lange Delft zum Vismarkt. Olmer lag noch im Bett und hörte Musik. Sie zog die Gardinen zurück.

»Es ist fast elf Uhr, und du hast dich immer noch nicht angezogen. Dein Vater wartet auf dich. Tu mir einen Gefallen und beeil dich. Im Laden kannst du dich mit einer ordentlichen Strafarbeit vergnügen, deine Zeit wirst du dafür brauchen.«

»Ich bleibe lieber zuhause.«

»So siehst du aus.«

»Das ist doch nicht normal, wie Tiemen mit mir umspringt.«

»Das hättest du dir früher überlegen müssen. Dein Vater ist enttäuscht von dir. Du kannst ihm beweisen, dass du nicht so bist, wie er dich sieht, dann wird er ganz schnell einlenken.«

Kahle Pappeln hoben sich scharf gegen den stahlblauen Himmel ab. Gerade Wege durchschnitten frisch gepflügte Äcker. Möwen pickten in dem eben erst gedüngten Feld. Nach der Ernte war der Zwiebelgeruch für einige Zeit verschwunden. Zeeland, ihr Land.

Ron wohnte in der Nähe der Kirche. Er verlangte ihren Ausweis, noch bevor sie sagen konnte, dass sie von der Polizei käme. Seine Geschichte stimmte mit der seiner Kollegin überein. Auf die Nachricht vom Tode John Campbells reagierte er wie ein Zweiundzwanzigjähriger: ein alter Mann. Die krepieren eben einfach.

»Ein Verlust?«

»Für den Laden nicht. Ein Griesgram war das.«

»Er hat dich bei einem Diebstahl erwischt.«

»Ich hatte ein Buch ausgeliehen. Es geschah häufiger, dass ich etwas mit nach Hause nahm, wenn ich tagsüber keine Zeit hatte, darin nachzuschauen. Um Missverständnisse zu vermeiden, notierte ich die Dinge auf einem Zettel, den ich unter die Kasse legte. Louw war dabei. Der Zettel muss dort noch liegen.«

Laurien machte sich eine Notiz.

»Ich wollte meine Unschuld beweisen und den Zettel holen, aber Herr Campbell stellte sich vor die Kasse und sagte, er hätte mich durchschaut. Sicher wollte ich auch noch einen Griff in die Kasse tun. Im laufenden Geschäftsjahr hätte ich den Umsatz von anderthalb Monaten unterschlagen. Er wüsste nicht, wie ich es getan hätte und wer mir dabei geholfen hätte, aber es würde ihm nicht schwer fallen, das zu beweisen.«

»Du brauchtest doch nur zu Louw zu gehen und ihn zu bitten, seinem Vater die Sache zu erklären.«

Ron sprang auf. »Dieser Louw ist noch schlimmer als sein Vater. Er behauptete, er wüsste nichts von dem Ausleihen, und ich wäre ein Dieb. Meinetwegen kann der krepieren wie sein Vater!«

»Na, na.«

»Das ist mein voller Ernst! Welcher Arbeitgeber nimmt denn einen Geschäftsführer, der des Diebstahls beschuldigt wird? Aber Louw und sein Vater können mir nichts anhaben, ich habe Beweise. Das läuft nämlich so: Der Verkäufer liest über einen Laserstrahl den Code des von dem Kunden gewünschten Artikels ein und hält so den Vorgang im Computer fest. Abends habe ich dann einen Ausdruck von den Netto-Einnahmen gemacht, und zwar aufgeteilt in Barzahlung und Scheckkarte. So kann man immer feststellen, ob alles in Ordnung ist. Ich habe Louw nie getraut, und das aus gutem Grund, und deshalb habe ich auch jedes Mal eine Kopie des Ausdrucks mit nach Hause genommen. Für den Fall, dass er meine Angaben fälscht.«

Ron schaute sie triumphierend an.

»Gibst du mir die Kopien?« Laurien hielt die offene Hand hin. Als habe er ihre Frage erwartet, nahm er eine Mappe vom Tisch.

»Was machen die Campbells mit den Originalausdrucken?«, fragte Laurien.

»Die legen sie in einen Safe, aber die Kombination davon kenne ich nicht.«

»Warum hast du den beiden nicht getraut?«

»Dem Alten wohl, aber Louw nicht. Auch nicht, als er der Chef wurde. Als ich da gerade angefangen hatte, hat er manchmal was aus der Kasse genommen. Wenn ich es sah, habe ich ihn einen Zettel unterschreiben lassen, sonst hätte ich dafür aufkommen müssen. Der taugt nichts.«

Laurien schaute auf. Schon wieder jemand, der meinte, Louw sei ein Taugenichts.

»Warum?«

»Mein Vater arbeitet im Hafen von Vlissingen. Louw schleicht da manchmal rum, ohne dass er da was zu suchen hat. Mein Vater ist überzeugt, dass er mit Drogen herummacht. Erst war er vor allem in Rotterdam, aber da ist der Hafen jetzt total dicht, jedes Gramm wird durch Röntgenapparate entdeckt. Jetzt läuft der Handel über Vlissingen. Und Louw spielt. Zwei Abende pro Woche sitzt er im Spielcasino von Breda. Ich bin ihm selbst mehrere Male hinterhergefahren. Wenn er verloren hat, ist er am nächsten Tag unausstehlich, und das ist fast jedes Mal der Fall. Da ist doch wohl klar, dass er viel Bargeld braucht. Er ist der Dieb, nicht ich!«

Ron trat ihr zu selbstsicher auf. Sie würde mal Els, ihre Freundin seit dem Kindergarten, danach fragen müssen, wie anfällig Kassencomputer für Betrügereien sind. Els war Wirtschaftsprüferin, und wenn die nicht kompetent genug sein sollte, dann kannte sie noch jemand anderen, der ihr helfen konnte.

Bevor sie nach Middelburg zurückfuhr, stellte Laurien sich auf den Parkplatz beim Fremdenverkehrsverein von Oostkapelle und ging ihre Notizen durch. Der Regen trommelte aufs Dach. Ihr Blick fiel auf die kleine Erinnerungstafel für die Kriegsgräber an der Hecke des Friedhofs auf der anderen Straßenseite. Sie ging auf den Friedhof und suchte nach den Kriegsgräbern. Sie fand nur eines, von einem gefallenen englischen Matrosen, mehr gab es nicht in Oostkapelle. Völlig durchnässt stieg sie wieder ins Auto. Nachdem sie sich einmal den Kriegsgräbern gewidmet hatte, konnte sie ebenso gut über den Soldatenfriedhof von Vlissingen, wo hunderte Angehörige der Alliierten Streitkräfte begraben lagen, nach Middelburg zurückfahren.

Der schneidende Wind sorgte dafür, dass sich der Regen noch kälter anfühlte. Laurien zog den Reißverschluss ihres Regenmantels bis zum Kinn hoch. Der Friedhof in Oostkapelle hatte geschützter gelegen als der in Vlissingen. Sie schlenderte zu einem Holzschuppen, wo gerade ein paar Männer Pause machten. Der kleine Raum war mit blauem Rauch gefüllt.

»Kennen Sie einen Engländer, der schon seit über einem halben Jahrhundert auf Walcheren wohnt?«, fragte sie den Friedhofswärter. »Er spricht mit einem leichten englischen Akzent.«

»Na klar. Er war Pilot, und der Gefallene, der bei uns liegt, war sein zweiter Mann. Der Alte ist ziemlich geschwätzig.«

»Hat er auf Sie den Eindruck eines schwermütigen Menschen gemacht?«

»Der Engländer? Wenn der in der heutigen Zeit geboren wäre, dann würde man dem diese moderne Sache nachsagen, an der meine Enkel leiden, Hyperaktivität. Das ist ein Großmaul ... Wenn alle Engländer so sind, dann ist es kein Wunder, dass sie Kolonien brauchen, um ihr Volk irgendwo unterzubringen.«

»Wann war er denn zum letzten Mal hier?«

»Ungefähr vor zwei Wochen, als wir noch schönes Wetter hatten. Er saß da unter der hohen Eiche auf der Bank und hat mit jemandem geredet. Ich habe nicht gehört, worum es ging, aber sie waren nicht gerade einer Meinung, das konnte man deutlich sehen. Später haben sie sich beruhigt.«

»Kannten sich die beiden?«

»Nicht gut, der alte Herr gab dem anderen zum Abschied die Hand und holte eine Visitenkarte aus der Brieftasche. Er bekam keine Karte zurück, das weiß ich sicher. Ich habe mehr oder weniger darauf gewartet, schließlich muss so ein alter Herr ja nicht verschwenderisch mit seiner Adresse um sich werfen.«

»Gab es da noch etwas, das Ihnen auffiel?«

»Der andere sah traurig aus, als wenn traurig dreinschauen eine Gewohnheit von ihm wäre. Wie ein Bluthund mit herabhängenden Augenlidern, aber kahl, völlig kahlgeschoren.«

Während der Friedhofswärter wegging, schoss Laurien etwas durch den Kopf, das mit Campbell zu tun hatte, worüber der Wärter aber nicht gesprochen hatte. Sie nahm ihren Notizblock und trug »Soldatenfriedhof« mit zwei Fragezeichen dahinter ein. Noch ehe sie im Auto saß, wusste sie, dass sie vergessen hatte, nach dem Alter, der Größe und dem Körperbau des zweiten Mannes zu fragen. Sie hatte keine Lust, noch einmal zurückzulaufen. Sollte es erforderlich sein, konnte sie sich immer noch informieren.

Auf der Strecke zwischen Vlissingen und Middelburg gab es keinen Mordfall; nur Händel, das Auto und sie.

Ungefähr um drei Uhr schlenderte Laurien durch die Innenstadt zum Laden. Das Barometer war innerhalb von sechs Stunden um zehn Millibar gestiegen. Der Wind hatte sich gelegt, die Sonne schien kräftig durch blattlose Zweige. In ihrem gefütterten Mantel war es Laurien warm. Für morgen wurde erneut stürmisches Wetter vorhergesagt.

Tiemen und Olmer lachten, als sie ihnen die Brötchen mit Fleischkroketten unter die Nase hielt. Lauriens Sucht, meinte Tiemen. Der einzige Süchtige im Haus sei Tiemen, sagte Olmer trocken, sein Vater könne es keinen Tag ohne Alkohol aushalten. Tiemens Gesichtsfarbe verdunkelte sich sofort. Laurien schlug vor, sie sollten sich zanken, wenn sie wieder auf Arbeit sei.

Zum strammen Novemberwetter passten die wehmütigen Klänge der *Slawischen Tänze* von Dvorák. Tiemen legte die Papiere auf dem Tisch zu einem Stapel zusammen, und Olmer verteilte die Teller.

Tiemen erzählte, er habe für heute Nachmittag ein Treffen mit der Sozialarbeiterin des Hauses in der Van Karnebeekstraat vereinbart, sie komme hier in den Laden. Für Maatje müsse eine Lösung gefunden werden, sie alle drei könnten ihre Anwesenheit wohl nicht mehr lange ertragen. In Lauriens Ohren klang das ziemlich brutal, doch sie konnte ihm nur Recht geben.

Sie rief Pier auf seinem Handy an. An den Hintergrundgeräuschen konnte sie hören, dass er im De Mug saß.

»Hast du etwas über den vermissten Jungen gehört?«

»Er ist noch nicht wieder aufgekreuzt.«

»Hast du die Adresse?«

»Statenlaan.«

»Ich werde mit seiner Mutter reden.«

»Dann hol mich ab.«

Es nieselte, die Statenlaan mit ihrer endlos langen Reihe trister Nachkriegswohnungen verstärkte ihr unbehagliches Gefühl. Laurien erzählte von Ron und über das, was Tiemen über Campbell gesagt hatte. Dass Selbstmord oder ein Unfall ihr immer unwahrscheinlicher erscheine.

»Will Emma weitere Recherchen?«

»Nein«, sagte Laurien.

»Dann solltest du die Angelegenheit besser ruhen lassen. Nur für den Fall, dass du der Sache von dir aus weiter nachgehen willst: Ich werde an diesem Wochenende mein Haus neu anstreichen.«

»Natürlich gebe ich mich nicht damit zufrieden. Hier ist es.«

Frau Verhulst öffnete die Tür sofort.

»Hat Nico schon von sich hören lassen?«, fragte Laurien.

»Nein.«

Schwere dunkle geschlossene Gardinen, die Wände mit Gemälden bedeckt. Auf kleinen Tischen und dem Kaminsims brannten Kerzen. Laurien zückte ihren Notizblock.

»Sie haben im letzten Jahr auf der Polizeistation Achter de Houttuinen«, sie schaute in ihre Papiere, »sechs Mal gemeldet, dass Ihr Sohn verschwunden ist. Diesmal haben Sie sich an die Bezirkspolizei gewandt.«

»Sonst geht er immer zu meinem Ex-Mann. Wenn es mir zu lange dauert, rufe ich die Polizei an und sage meinem Mann, dass ich die Polizei benachrichtigt habe. Dann ist Nico noch am selben Tag zuhause. Diesmal hat mein Ex-Mann den Jungen nicht gesehen. In den letzten Wochen verhielt er sich komisch, und ich dachte, dass Sie mehr Erfahrung mit solchen Sachen haben als unsere Polizeistation. Sie schauen über die Gemeindegrenzen hinweg. Wenn Nico nicht bald zurückkommt, verliert er seine Arbeit.«

»Dürfen wir mal einen kurzen Blick in sein Zimmer werfen?«

An den Wänden des kleinen Schlafzimmers hingen lauter Poster von Hardrock-Bands. Eine schwarz gestrichene Wand war Fotos von Nico in schwarz-weiß vorbehalten: kahl geschorener Kopf, Ketten, schwarzes Leder, Hakenkreuze. Laurien setzte sich neben die Mutter aufs Bett und griff nach deren eiskalter Hand.

»So ein Zimmer stimmt einen nicht unbedingt fröhlich«, sagte Pier.

Es war nicht klar, ob die Mutter Pier verstanden hatte, jedenfalls reagierte sie nicht darauf. Laurien hatte das Bild von Campbell vor Augen, das sich langsam in das Foto von dem Jungen an der Wand verwandelte.

»Frau Verhulst, kennen Sie oder Nico vielleicht Herrn Campbell?«

Bevor Nicos Mutter antworten konnte, dröhnten schwere Fußstapfen auf der Treppe. Ein kahler Kopf schob sich um den Türpfosten. An den Schläfen ein Hakenkreuz als Tätowierung, ein Piercing durch die rechte Augenbraue und die Unterlippe, Ohrringe auf beiden Seiten.

Eine ärmellose Jacke entblößte nackte dünne Arme mit weiteren Tätowierungen, an der Lederhose klirrten Ketten.

Unwillig brummte Nico etwas, als Laurien ihn fragte, wo er gewesen sei. Irgendwo. Er war vorsichtig. Laurien notierte sich, dass sie ihn in den nächsten Tagen ohne seine Mutter sprechen wollte, dahinter vermerkte sie, sie müsse der Frage nachgehen, ob es eine Beziehung zwischen Campbell und Nico Verhulst gäbe. Außerdem zwischen Nico und dem Mann auf dem Friedhof in Vlissingen.

Als sie zurückgingen, fragte Pier, ob es wahr sei, dass Olmer sich auf Drogen eingelassen habe. Von Jan hatte er erfahren, dass Laurien durch ihre Jagd auf einen Mützenmann die Ermittlungen vermasselt hatte.

»Unsinn«, sagte sie kurz angebunden. »Jan erzählt viel, wenn der Tag lang ist. Oder glaubst du, dass Olmer ein Junkie ist?«

»Nein.«

»Die Leute von der Sucht klatschen wie die Waschweiber. Jeden Erfolg schreiben sie sich auf ihre Fahne, und jeden Misserfolg schieben sie anderen in die Schuhe. Die machen nie etwas verkehrt.«

»Jochem besitzt ein großes Ego.«

»Er kann keine Kritik vertragen. Schlimmer noch, er weigert sich schlichtweg zuzuhören, wenn er etwas selbst getan haben könnte, das in seinen und den Augen der anderen nicht vollkommen ist. Jochem hat mir auch die Schuld gegeben, dass sie kein Geständnis aus Louw Campbell herausholen konnten. Er ist der Einzige der gesamten Mannschaft, der vernünftige Verhöre durchführen kann, ich hätte seiner Meinung nach die Finger von Campbell lassen müssen, auch wenn ich Louw wegen Totschlags oder vielleicht sogar wegen

Mordes vernommen habe. Er hat nicht einmal zugehört, als ich ihm das sagte. Ein großes Maul hat der, mit dem er lediglich Plattitüden von sich geben kann. Er ist davon überzeugt, Louw sei nur ein harmloser Konsument, nicht mehr. Dass er auch dealt oder auf jeden Fall Kurierdienste leistet, will Jochem nicht glauben. Meine Anschuldigungen hat er als nicht fundiert bezeichnet. Und die Folgen würden auf meine Rechnung gehen. Ich denke, dass die Rechnung über Olmer bezahlt wird, Rache mithilfe eines Siebzehnjährigen.«

»War das Louw, den du gestern verfolgt hast?«

»Nein. Aber ich hatte ihn dort auch gar nicht erwartet. Ich wollte mich nur mal umschauen. Jochem hatte mir die Adresse gegeben. Ich wusste ja nicht, dass er ausgerechnet gestern Abend um halb elf eine Razzia machen wollte. Er suchte einen Lieferanten von Louw. Ungewöhnlich ist nur, dass der Mann mit der Polizei gerechnet hat. Er steckte mit dem Wirt und einigen Gästen unter einer Decke. Im Nachhinein überrascht mich das am meisten. Woher konnten sie wissen, dass für gestern Abend eine Razzia geplant war? Jochem dreht es wieder so, dass ich geplaudert haben soll, aber das ist natürlich purer Unsinn. Er muss mit anderen darüber gesprochen haben, und ich wüsste gerne, mit wem. In unserem Laden gibt es ein Leck, und das befindet sich nicht in der Abteilung Kapitalverbrechen … Verdammt schade, dass ich den Flüchtenden habe entwischen lassen.«

»Und das trotz deiner Kondition.«

»Um die du mich beneiden kannst. Verfolge du mal auf hohen Absätzen einen Mann.«

Laurien fuhr mit dem Fahrrad über die Schroebrücke in Richtung Vismarkt. Hinter dem Gewässer bog sie statt nach rechts links ab und nahm den Weg entlang der äußersten Gracht. Sie ließ die beiden Mühlen hinter sich und kam zum Jüdischen Friedhof. Hier hatte Campbell jemanden vom Zaun heruntergeholt. War das das Vorspiel zu seinem Tod gewesen? Das Wetter war immer noch trübe, die Vorhersagen versprachen Aufheiterungen. Mit etwas Phantasie sah sie, wie sich der Himmel etwas aufhellte.

Sie überquerte erneut das Wasser, bog links ab, danach rechts und erreichte dann die Olmenlaan. Der Hausmeister der Sportschule zeigte ihr den Stundenplan. Nach neun Uhr abends waren keine Kurse mehr angesetzt. Er selbst hatte die Schule um zehn nach neun abgeschlossen. Campbell kannte er. Wenn es irgendetwas zu meckern gab, war er immer zur Stelle gewesen, doch zufällig hatte es letzte Woche nichts zu klagen gegeben. Am Nachbarhaus war ihm nichts Besonderes aufgefallen.

Laurien klingelte bei Campbells anderen Nachbarn.

»John gestorben?« Die Frau setzte sich auf den Stuhl neben dem brennenden offenen Kamin. »Ach, wir haben uns schon über die geschlossenen Gardinen gewundert. Mein Mann hat dort geklingelt, aber niemand machte auf. Wir haben auch auf Louws Anrufbeantworter gesprochen.«

»Hatten Sie viel Kontakt mit Herrn Campbell?«

»Sie wissen ja, wie das so ist. Im Sommer haben wir schon mal zusammen ein Glas Weißwein im Garten getrunken. Ansonsten war er ein rüstiger Mann vom alten Schlag, er wusste alles über Middelburg, und in den Sommermonaten war er Stadtführer. Er hat uns auch mal ins Rathaus mitgenommen, und gemeinsam haben wir den Langen Jan bestiegen.«

»Einen Besuch des Zeeuws Museum in der Abtei konnten wir gerade noch abwenden. Wir mögen nämlich keine Museen«, sagte der Mann.

»Wissen Sie, dass er sich ungeachtet seines hohen Alters gerne in die Politik unserer Stadt einmischte?«, fuhr die Frau fort. »Einer der Dezernenten, ein guter Bekannter von uns, erhielt jeden Monat mindestens einen Brief mit Ratschlägen und Beschwerden von ihm. Das kann man lustig finden oder auch nicht, jedenfalls hing davon ab, ob man ihn mochte.«

»Wie war denn sein Verhältnis zu seinem Sohn?«

»Sein Sohn? Ein Nichtsnutz, der eher nach der Mutter kommt. Vater und Sohn haben sich eine Zeit lang überhaupt nicht gut miteinander vertragen, aber das schien in letzter Zeit besser zu gehen. Er hat übrigens nie ein schlechtes Wort über seinen Sohn fallen lassen, was an sich schon eine beachtliche Leistung darstellt. Haben Sie den mal kennen gelernt?«

»Ja.«

»Der Kerl ist unsympathisch«, sagte der Nachbar. »Haben Sie das Baumhaus gesehen?«

»Meinen Sie das zwischen Ihrem Garten und dem von Herrn Campbell?«

»Für seine Enkelkinder. Der alte Herr war felsenfest davon überzeugt, dass darin Neonazis schliefen. Überall sah er junge Leute, die ihn belagerten. Das hängt wohl auch mit der Sportschule zusammen, durch die er sich belästigt fühlte.«

»Sie auch?«

»Bei uns liegt noch ein Haus dazwischen. Da laufen widerliche Typen rum. Die Polizei sollte sich mal darum kümmern.«

»Haben Sie ihn Mittwochabend gesehen?«

»Gesehen wäre zu viel gesagt. Aber gehört. Er kam zur üblichen Zeit nach Hause, kurz nach halb zwölf. Als wir ihn hörten, gingen wir gerade zu Bett.« Der Nachbar schaute seine Frau an. »War es nicht so?«

Laurien klingelte auf der anderen Straßenseite, schräg gegenüber von Campbells Haus. Ein Hund schlug an. Eine Frau öffnete. Sie rief ihren Mann herbei, vielleicht hatte der ja Campbell gesehen, als er den Hund nach draußen gelassen hatte.

»Mittwochabend. Als der Regen wie aus Waschkübeln auf uns niederprasselte?«

Laurien nickte.

»Ja, da habe ich ihn noch gegrüßt. Ich machte eine Bemerkung über den Wetterumschlag, aber ich glaube nicht, dass er mich gehört hat. Ich weiß nicht einmal, ob er mich gesehen hat. Er lief gebückt und hatte den Mantelkragen hochgeschlagen.«

»Ist Ihnen sonst noch etwas Außergewöhnliches aufgefallen?«

»Das Wetter, sonst nichts.«

»Fuhr vielleicht ein Auto durch die Straße, das sie vorher noch nie gesehen hatten?«

Der Mann dachte kurz nach.

»Direkt nachdem er sein Haus betreten hatte, hielt ein Auto unter der Laterne.« Er zog Laurien zum Fenster und wies auf die Sportschule. »Nicht vor Campbells Haus, dort wurde die Lampe vor etwa einer Woche kaputt geworfen. Das Auto war ein alter Volvo, ein Kombi mit defektem Auspuff. Durch das Licht der Straßenlaterne konnte ich sehen, dass der Wagen blau war. Das alte Volvo-Blau, Sie kennen die Farbe sicher, man sieht sie heutzutage nicht mehr oft. Zwei Leute saßen darin.«

»Sind Sie da ganz sicher?«

»Meinen Augen fehlt nichts, neben dem Fahrer saß noch jemand.«

»Stiegen die Leute aus?«

»Darauf habe ich nicht gewartet. Es herrschte ja ein Sauwetter, und ich habe den Hund im Schuppen abgetrocknet. Als ich fünf Minuten später aus dem Fenster schaute, war das Auto verschwunden.«

Laurien ging zu Campbells Haus. Bei ihrem letzten Besuch hatte sie den Reklameprospekt übersehen. Durch den Regen war das Papier auf den Fliesen festgeklebt. Sie kniete sich daneben, deutlich waren Fußabdrücke darauf zu sehen. Aus der Fahrradtasche holte sie eine Taschenlampe und Plastikbeutel. Zwei unterschiedliche Sorten Fußabdrücke zeichneten sich ab. Eine von Schuhen mit tiefem Profil und eine andere von einem größeren Schuh, Größe vierundvierzig, schätzte Laurien. Die Abdrücke lagen neben- und übereinander. Campbell hatte Schuhe mit tiefem Profil getragen. Vorsichtig löste Laurien den Prospekt von den Fliesen.

Auf der Wache Achter de Houttuinen war der Polizist, der Campbells Anzeige behandelt hatte, nicht anwesend. Laurien erhielt dessen Privatnummer. Seine Frau nahm ab. Ihr Mann sei in der Sportschule, sie würde ihn bitten, sie zurückzurufen.

Laurien zog die Tastatur des Computers zu sich heran und rutschte im Sessel nach unten. Im Dossier »Campbell« notierte sie alle neuen Informationen und Erkenntnisse. Noch einmal las sie sämtliche Notizen durch. Es gab keinen Zweifel, der Mann musste gewaltsam ums Leben gekommen sein. Im Nachhinein ärgerte sie sich, dass sie nicht nach Fingerabdrücken an seinem Hals gesucht hatte. Die waren nicht immer leicht zu erkennen, und außerdem erschienen sie nicht unmittelbar nach dem Tod. Sie war stocksauer, dass nur Sturm das Opfer untersucht hatte. Nach kurzem Zögern rief sie Anna Vriens an. Bevor Anna ihre Stelle als Gerichtsmedizinerin in Rijswijk angetreten hatte, war sie jahrelang Polizeiärztin in Zeeland gewesen – und sie wohnte noch immer in Middelburg, in der Loskade. Laurien hatte oft mit ihr zusammengearbeitet. Sie erklärte ihr die Problematik. Anna riet ihr, noch einmal mit Sturm zu reden, ohne Auftrag wollte sie sich nicht in die Angelegenheit einmischen.

Fragen im Überfluss, die sie unter ein paar Fakten im Dossier vermerkte. Wer war Campbell gewesen, und warum musste er sterben? Was hatte er plötzlich mitten in der Nacht an der Spitze von Walcheren zu suchen gehabt? Das passte nicht in das Verhaltensmuster eines Mannes mit festen Gewohnheiten. Wie war er an den Strand gelangt? Nicht über den Strandweg von der Duinstraat, sie war sich sicher, dass er aus dem Meer herangespült worden war. Unter Berücksichtigung der Strömung und des starken Windes vermutete sie, dass er bei Hochwasser aus Oostkapelle nach Domburg abgetrieben worden war.

Auf der Karte von Walcheren sah sie, dass der Duinweg in Oostkapelle der erste Pfad hinter Domburg war, an den man mit dem Auto dichter heranfahren konnte. Bei allen anderen dazwischenliegenden Aufgängen musste man einen längeren Fußmarsch in Kauf nehmen.

Um halb zwölf hatte Campbell das Café verlassen, und zwar alleine. Danach war er noch in der Nähe seines Hauses gesehen worden. Die Autofahrt von seinem Haus in Middelburg nach Oostkapelle oder Domburg dauerte ungefähr fünfzehn bis zwanzig Minuten. Der Tod konnte also gegen Mitternacht eingetreten sein, Sturms Bericht zufolge der wahrscheinlichste Todeszeitpunkt. Ein langer Fußmarsch war ausgeschlossen, schon alleine deshalb, weil ein Mann seines Alters nicht sehr schnell hätte gehen können. Das Gebiet konnte deshalb vorläufig auf die Strecke zwischen dem Duinweg in Oostkapelle und der Duinstraat in Domburg eingeschränkt werden. Wenn er in der Badstraat in Domburg ins Wasser geraten wäre, hätte er eher etwas nördlich von Westkapelle oder noch weiter an der belgischen Küste an Land getrieben worden sein müssen.

Laurien legte ein weiteres Dossier mit dem Namen »Nico Verhulst« an. Während sie dessen äußerliche Merkmale festhielt, fragte sie sich, ob es Nico gewesen sein könnte, der Campbell das Leben sauer gemacht hatte. Sie ordnete die Papiere auf ihrem Schreibtisch und säuberte den Bildschirm mit einem Brillen-Putztuch: Jetzt war alles für den Beginn der Ermittlungen fertig. Es war ein Puzzle mit Einzelteilen, die auf den ersten Blick nichts miteinander zu tun hatten. Ihre Aufgabe war es, das Puzzle zu ordnen. Bei jedem neuen Fall hatte sie Angst, dass sie versagen könnte, doch meistens war sie erfolgreich, wenn sie sich einmal darin verbissen hatte. Das war das Schöne an ihrer Arbeit, die Herausforderung des scheinbar Unmöglichen. Sie hätte keinen anderen Beruf haben wollen.

Für Tiemen war das anders gewesen. Er war nach der Realschule zur Polizei gegangen, weil er keine Lust auf einen Bürojob gehabt hatte. Damals waren sie schon fest miteinander befreundet gewesen, siebzehn waren sie damals. Zusammen hatten sie die Polizeischule besucht. Die Arbeit an sich gefiel ihm ganz gut, doch die hierarchischen Strukturen und die blöden Witze der Kollegen gingen ihm immer mehr gegen den Strich. Es waren scheußliche Jahre. Aber was sollte er anderes tun als das, wozu man ihn ausgebildet hatte? Er war ein Mann, und Männer hatten nun einmal einen Beruf auszuüben.

Seltsam war nur, dass niemand in der Dienststelle merkte, wie er sich fühlte. Im Gegenteil, man bewunderte ihn wegen seiner scheinbaren Ausgeglichenheit. Niemand bekam mit, wie viel Mühe es ihn kostete, Befehle von Leuten zu empfangen, die er als weniger qualifiziert betrachtete, wie lästig er es fand, nicht ausrasten zu dürfen, wenn schon wieder sexistische Witze gerissen wurden. Zuhause nörgelte er nicht herum, er schwieg und war unerreichbar. Seine Klarinette blieb oft wochenlang unberührt. Seit Jahren schon sang er in einem Chor, wozu er plötzlich keine Lust mehr hatte. Ein Wochenende konnte in fast absoluter Stille vorüberstreichen. Zu jener Zeit wurde er spindeldürr, er vergaß zu essen, oder ihm war so schlecht, dass er keinen Happen hinunterbekam. Laurien fraß sich den Kummer von der Seele; Tiemens Kilos setzten bei ihr an. Er bemerkte nicht einmal mehr, wenn sie ihre Spitzenunterwäsche anzog, oder er drehte sich einfach weg. Sie war total verunsichert. Auf der Arbeit war sie die Erste, die sich für Überstunden meldete. Dem hatte sie dann ihre Karriere zu verdanken. Trotz ihrer Mutterschaft war sie unbegrenzt einsetzbar, sie war ein ganzer Kerl.

Sieben Jahre waren sie verheiratet, und Warre war schon auf der Welt, als Tiemen zusammenbrach. Der Therapeut, bei dem er Hilfe suchte, erklärte ihm, dass es an seiner Arbeit liege. Laurien erinnerte sich daran, wie erleichtert sie gewesen war, dass nicht die Spannungen in ihrer Ehe der Grund für seine Situation waren. Tiemen kündigte und widmete sich ein Jahr lang Warre und der Musik. Er spielte Klarinette in einem Kammerorchester und bekam in einer Amateur-Operngesellschaft eine Rolle als Bariton. Sie sorgte für das Familieneinkommen. Nach diesem Jahr machte Tiemen einen Berufswahltest, bei dem herauskam, dass er großes Interesse am Geschäftsleben hatte. So war er zu seinem Musikgeschäft gekommen.

Im Winter reiste er oft auf ausländische Märkte, wo er immer wieder interessante Notenblätter fand. Irgendwann würde er auf die unbekannten Impromptus von Brahms stoßen. Daneben verkaufte er neue CDs mit klassischer Musik. Vor allem wegen der deutschen Touristen war das Geschäft schneller gewachsen als sie erwartet hatten. Tiemen hatte Ahnung von dem, was er verkaufte, und das honorierte die Kundschaft.

Ihre Ehe scheiterte nicht an Lauriens Überstunden. Tiemen wusste, dass nach Wochen der Überlastung wieder ruhigere Zeiten anbrechen würden. Was sie außerdem gelernt hatten, war die Tatsache, dass Schweigen nicht immer das Klügste war.

Olmers Mund verzog sich zu einem nervösen Grinsen, als Maatje von der Disko anfing, in die sie heute Abend mit ihrer Freundin vom Tagesheim gehen wollte.

»Toll tanzen«, sagte sie.

»Schnauze!«, schnaubte er.

»Na, na«, sagte Laurien. »Eifersüchtig?«

»Die ganze Zeit über muss sie mit ihrer blöden Disko angeben.«

»Ist noch jemand von deinen Klassenkameraden bei dir gewesen?«

»Niemand«, sagte Olmer. »Wahrscheinlich verbieten es die Eltern.«

Laurien brachte Maatje und ihre Freundin zur Disko im Tagesheim. Maatje zog die Jacke ihrer Freundin an, die Freundin die von Maatje. Sobald sie sich anschauten, lachten sie sich kaputt. Arm in Arm betraten sie das Gebäude.

7

Wie jeden Samstag brachte ihr Tiemen Kaffee und die Zeitung ans Bett, bevor er im Badezimmer verschwand. Laurien stopfte sich die Kissen in den Rücken, der erste Schluck Kaffee war halt doch der schönste des gesamten Tages.

Tiemen machte sich auf den Weg ins Geschäft. Olmer schlief aus. Sie legte ihm einen Zettel hin, er solle sie anrufen, wenn er wach sei. Das würde kaum vor ein Uhr sein, schätzte sie. Nachdem sie mit ihr zusammen gefrühstückt hatte, brachte sie Maatje zu Tiemen. Danach ging sie in die Vrijlandstraat. Dort herrschte Ruhe. Wer nicht unbedingt anwesend sein musste, ließ sich samstags nicht im Büro blicken.

Sie ging die Akte Campbell durch, unterstrich hier und da ein paar Sätze und kam zu dem Schluss, dass sie vor allem noch einmal mit Louw sprechen sollte. Das Ladenmädchen hatte gesagt, er habe sich für heute freigenommen, um die Einäscherung vorzubereiten. Laurien rief Pier an und fragte, ob er sie begleiten könne.

»Laurien, wir haben Wochenende, mein freier Tag.«

»Zufällig stecken wir aber mitten in der Untersuchung eines Mordfalls.«

»Der inzwischen abgeschlossen ist, weil es sich offensichtlich um einen Selbstmord handelt. Geh mit deinen Kindern in den Zoo oder fall Tiemen auf den Wecker, aber lass mich bitte damit in Ruhe.«

»Dann rufe ich eben Stevi an.«

»Viel Glück. Ach … Sei's drum. In einer halben Stunde bin ich bei dir.« Pier legte auf.

Laurien sagte in der Zentrale Bescheid, sie sei bei Louw Campbell, falls jemand etwas von ihr wolle. Die Frau in der Zentrale reagierte kaum.

»Ich bin vor zwölf zurück.«

In der Eile stolperte Laurien auf dem Parkplatz fast über einen hervorstehenden Stein. Es war sicher nur eine Frage der Zeit, bis sich hier jemand den Hals brechen würde. An ihrem Auto wartete sie auf Pier.

»Ich bin total bescheuert, aber ich muss dich vor dir selbst schützen. Du fragst ihn nicht nach Olmer!«, sagte Pier, bevor er einstieg.

»Das hatte ich auch nicht vor.«

Louw Campbell wohnte in der Thibautstraat, in einem kleinen Bungalow außerhalb der Stadt. Auf dem Dach stand eine Wetterfahne. Der Wind kam noch immer aus Nordwest. Louw öffnete, zögerte einen Moment, ob er die Tür zuschmeißen sollte, ging ihnen dann aber doch unwillig voraus nach drinnen.

Laurien blieb vor Schreck stehen, als sie das Wohnzimmer betrat; so viel Unordnung schaffte nicht einmal Olmer in seiner Bude. Louw ließ sich aufs Sofa fallen. Seine Backenknochen stachen aus den eingefallenen Wangen hervor. Leerer, verstörter Blick. Mit dem Fuß stieß er einen Aschenbecher zur Seite.

»Was wollen Sie?«

»Das ist eine gute Frage, auf die nur Sie die Antwort kennen. Warum sollten wir Sie sprechen wollen?«, fragte Laurien.

Pier setzte sich neben Louw aufs Sofa, seine Kollegin blieb stehen.

»Keine Ahnung.«

Er stützte seinen Kopf mit den Händen. Laurien ließ die Stille lange dauern.

»Nein. Dann sollten wir noch einmal über Ihren Vater reden.«

»Ich dachte, Sie hätten die Akte längst geschlossen.«

»Ach, ja? Ich würde aber gerne mehr über Ihren Vater erfahren. Es sei denn, Sie wollen ein anderes Thema anschneiden.«

»Was soll ich über ihn sagen? Er betrachtete sich selbst als Kriegshelden.«

»War er das nicht?«

»Darum geht es nicht. Er quatschte ständig darüber. Als ob der Krieg einzig geführt wurde, damit er zeigen konnte, wie tapfer er gewesen ist. Mit jedem Jahr wurde er heldenhafter. Durch diesen Scheißkrieg wusste er, und nur er ganz alleine, wie die Welt auszusehen hat.«

»Ein Weltverbesserer.«

»Einer, der in alles seine Nase stecken musste, meinen Sie wohl. Wenn er konnte, erzählte er mir ständig, was ich zu tun hatte. Ich hatte einfach keinen Bock mehr, ihm zu gehorchen. Ich lebte mein Leben, er das seine. Geschäftlich kamen wir gut miteinander klar, ansonsten trennten uns Welten.« Da Laurien schwieg, fuhr er fort. »Er sah in mir einen Deckhengst für seine Enkelkinder, für die er schon einen Spielplatz eingerichtet hatte. Da musst du doch meschugge sein.«

»Ihr Vater wollte ein glückliches Familienleben für Sie.«

»Nein, darum ging es ihm nicht. Er wollte mich und jeden anderen nach seiner Pfeife tanzen lassen. Mindestens einmal pro Woche schickte er einen Leserbrief an die *Provinciale Zeeuwse Courant.* Er ließ kaum eine Sitzung des Gemeinderates aus. Der Gewerbeverein musste ihn aus dem Vorstand werfen, aber die Nörgelei nahm kein Ende, es musste immer nach seinem Willen gehen. Ständig musste er unaufgefordert seinen Senf dazugeben, ganz egal um welchen Blödsinn es sich handelte. Ein Beispiel aus jüngster Vergangenheit: Einen Jungen, der auf dem Zaun des Jüdischen Friedhofs saß, riss er herunter, weil dieser möglicherweise ein Grab hätte beschmieren können. Zunächst versuchte der Junge, die Angelegenheit friedlich beizulegen, aber daran war meinem Vater nicht gelegen. Wer um diese Uhrzeit auf dem Zaun saß, hatte böse Absichten, und zuhören war nicht gerade die Stärke meines Vaters. Der Junge riss sich los, und für meinen Vater war das ein Schuldeingeständnis, mit dem er zur Polizei marschierte. Doch zu seinem großen Ärger tat die überhaupt nichts.«

»Kennen Sie den Jungen?«, fragte Pier.

»Nein, ich habe ihn aber gesehen, er verfolgte meinen Vater. Letzte Woche stand er vor dem Laden. Er tat nichts weiter, er stand dort nur herum.«

»Haben Sie ihn angesprochen?«

»Ich bin doch nicht lebensmüde. So ein Glatzkopf und lauter Tätowierungen, dazu klirrende Gürtel und Ketten, Sie kennen diese Kerle doch besser als ich, mit denen lasse ich mich auf keine Diskussion ein. Deshalb wollte ich ja auch von meinem Vater, dass er ihn in Ruhe lässt.«

»Ein kluger Rat.«

»Aber in den Wind gesprochen. Der Junge forderte ihn heraus. Er lauerte ihm vor der Kneipe auf und johlte ihm bis zu seinem Haus hinterher. Oder er ließ sein Moped stundenlang vor seinen Fenstern heulen. Oder er versteckte sich in diesem idiotischen Baumhaus. Er wollte ihn auf die Palme bringen, und mein Vater wäre nicht mein Vater gewesen, wenn er sich nicht hätte auf die Palme bringen lassen. Warum wollen Sie das denn alles wissen? Der hat doch nichts mit dem Tod meines Vaters zu tun?«

Seine unruhigen Augen glitten über Lauriens Gesicht. Als sie seinen Blick erwiderte, wichen sie aus, und schnell schob er mit dem Fuß eine kleine Schachtel aus ihrem Blickfeld.

»Was wollen Sie uns verheimlichen? Sie kennen diesen Jungen.«

»Ich habe doch gerade gesagt, dass ich ihn nicht kenne. Sie haben mich auf dem Kieker, das weiß ich schon lange. Was wollen Sie denn diesmal von mir?«

»Wenn jemand ein deutliches Bild von Ihrem Vater zeichnen kann, dann sind das doch wohl Sie. Deshalb sind wir hier. Sie sind sein einziges Kind. Wie lief es in der Ehe Ihrer Eltern?«

»An manchen Tagen gut. Zum Beispiel am 17. August, dem großen Gedenktag für den Flugzeugabsturz. Dann gingen wir zu der

Stelle, wo er runtergekommen ist, und mein Vater legte eine Schweigeminute ein. Ansonsten gab es zwischen meinen Eltern meistens Krach. Meine Mutter wurde während der Zeit, in der mein Vater untergetaucht war, von ihm schwanger. Das Kind war eine Totgeburt. Mein Vater hätte damals so klug sein sollen, in sein Land zurückzukehren, denn meine Mutter konnte ein unglaubliches Biest sein, aber stattdessen schwängerte er sie noch ein zweites Mal. Für meinen Vater blieb das tote Kind der ideale Sohn. Was ich auch tat, es war immer zu spät und nie gut genug. Ist dies hier eigentlich ein Verhör?«

»Ist es denn erforderlich, dass ich Sie verhöre? Besitzen Sie einen Schlüssel zum Haus Ihres Vaters?«

Seine Hände zitterten dermaßen, dass es ihm nicht gelang, seine Zigarette anzuzünden.

»Nein. Als ich an meinem sechzehnten Geburtstag das Haus verließ, musste ich meine Schlüssel abliefern. So war mein Vater nun mal. Nach dem Tode meiner Mutter hat er mir die Schlüssel wieder angeboten, aber da wollte ich sie dann nicht mehr.«

»Und wer hat Schlüssel vom Haus?«

»Seine Putzfrau, die wohnt zwei Straßen von hier entfernt.«

»Was haben wir denn da?« Pier kramte zwischen den Sofakissen herum. Er zog einen kleinen Beutel hervor, riss ihn auf und tauchte einen Finger hinein. Dann rieb er sich damit über das Zahnfleisch. »Unverschnitten.«

»Wie kommt das hierher?«, fragte Louw.

Pier durchwühlte die Sofakissen noch einmal und brachte zwei weitere Beutel zum Vorschein.

»Sicher herbeigeflogen, wie? Lohnt sich der Verkauf von Drogen mehr als das Verhökern von putzigen Porzellanwindmühlen?«

»Es ist für den Eigengebrauch.«

»Sie bekommen es zurück, wenn ich weiß, wer es Ihnen geliefert hat.«

Louw ließ sich zurückfallen. Es blieb still, dann schüttelte er den Kopf. Laurien zog leise die Tür zu, als sie das Haus verließen.

Unterwegs beratschlagte Laurien telefonisch mit Emma.

»Können wir ihn wegen Drogenbesitz verhaften?«

»Du beschäftigst dich doch wohl nicht immer noch mit Campbell? Die Sache ist abgeschlossen.«

»So gut wie abgeschlossen. Nur noch eine Kleinigkeit. Kostet praktisch keine Zeit. Der Sohn ist voll auf Drogen. Ich würde ihn gerne verhaften.«

»Nur wegen der Drogen? Reichte die Menge denn zum Dealen?«

Laurien zögerte. »Nein.«

»Solange ein Konsument keine Schwierigkeiten macht, lassen wir ihn laufen. Gerichtspraxis.« Emma klang ungewohnt resolut. »Warum willst du ihn denn hochnehmen?«

»Das weiß ich nicht«, sagte Laurien ehrlich. »Mehr aus einem Gefühl heraus. Als Schutz vor sich selbst. Irgendwas ist da im Busch, er hat Angst. Bei uns wäre er sicher aufgehoben.«

»Ich will harte Fakten, Laurien! Montagmorgen sehen wir weiter … Ach was, wir sehen Montag überhaupt nicht weiter«, verbesserte sie sich. »Dieser Fall ist endgültig abgeschlossen. Aber durch dein ewiges Nachhaken hätte ich das fast vergessen. Schließlich hatten wir etwas anderes vereinbart. Kommst du damit voran?«

»Geht so.«

»Was heißt das?«

»Kaum. Es ist Wochenende, verstehst du?«

»Du bist in deiner Arbeit umständlich, Laurien. Das habe ich dir schon häufiger gesagt. Aber das kommt auch daher, dass du nicht in der Lage bist, das zu tun, was ich von dir verlange.«

»Ich bin nun mal nicht mit dem Talent einiger Kollegen gesegnet, die ganz genau wissen, wie sie an ihr Ziel kommen.«

Bevor Emma antworten konnte, beendete sie das Gespräch. Dass sie von etwas anderem gesprochen hatte, war Emma offenbar entgangen.

Die Putzfrau bestätigte, dass Louw keine Schlüssel besaß.

»Beides ganz schöne Dickschädel, aber in der letzten Zeit lief es besser.«

»Bekam Herr Campbell oft Besuch?«

»Wenn ich dort war, nur selten. Zufällig kam in der vergangenen Woche jemand vorbei. Herr Campbell hat ihn mit ins Musikzimmer genommen.«

»Worum ging es?«

»Ich war ja nicht dabei. Herr Campbell sagte später, dass der Vater von diesem Besucher während einem Bombardement umgekommen ist.«

»Wie sah er denn aus?«

»Ich habe ihn gar nicht gesehen. Nur sein Auto, einen großen blauen Kombi.«

Laurien setzte Pier vor seinem Haus ab. Das Wetter war umgeschlagen. Der Wind hatte aufgefrischt und dunkle Wolken zogen schnell am Himmel vorüber.

Der Polizist von Achter de Houttuinen brauchte nicht lange in seinem Gedächtnis zu wühlen, um sich an Campbell zu erinnern.

»Merkwürdiger alter Mann. Wenn vor seiner Einfahrt Hundescheiße auf dem Bürgersteig lag, dann kam er hier gleich mit dem Namen des Hundebesitzers auf die Wache. Vor ungefähr einer Woche beschwerte er sich spät abends über halbwüchsige Jungen, die versucht hätten, über den Friedhofszaun zu klettern. Ich sagte ihm, er solle mal etwas weniger trinken, dann würde er auch nicht mehr so viele Gespenster sehen. Das hätte ich besser nicht sagen sollen. Ein Weichei wäre ich, mit Schiss vor widerlichen Typen. Neonazis würden versuchen, Grabsteine zu besudeln, und ich würde mich über ein Glas Cognac aufregen. Polizei, nee, von der hielt der wirklich nicht viel.«

»Waren es Neonazis?«

»Der Streifenwagen ist dort gewesen. Von beschmierten Grabsteinen oder Beschädigung des Zauns konnte keine Rede sein. Es ist wie verhext: Kaum habe ich Nachtdienst, schon kommt dieser Campbell hier hereingestolpert. Und immer hat er einen in der Krone. Derselbe Junge vom Friedhof hat seiner Meinung nach auch die Straßenlaterne vor seinem Haus kaputtgeschmissen. Er wollte keinen Namen nennen, er sei schließlich nicht von der Nationaal-Socialistische Beweging. Bei anderer Gelegenheit hatte er damit keine Schwierigkeiten. Wahrscheinlich hatte er Angst, Ärger zu bekommen. Wir haben den Streifenwagen extra durch die Olmenlaan fahren lassen, aber die Kollegen haben nichts Außergewöhnliches festgestellt. Irgendwann habe ich dann aufgehört, alles zu Protokoll zu nehmen, der ging mit seinen Beschwerden einfach zu weit. Vor einer Woche habe ich ihm verboten, hier noch einmal nachts auf die Wache zu kommen. Der hatte eine Fahne von hier bis Vlissingen. Wenn er unbedingt seine Beschwerden loswerden wollte, dann während der Dienstzeit und nüchtern, habe ich ihm gesagt.«

»Er ist tot. Die Leichenbeschauerin hält es für Selbstmord.«

Der Polizist pfiff. »Campbell? Das ist wirklich das Letzte, was ich mir bei dem Mann vorstellen kann.«

8

Die Fotos von Campbell lagen in einer Mappe im Büro von Klaas und Willem. Darauf war nichts Besonderes zu sehen. Laurien ging damit zum Schreibtisch unter dem Fenster und richtete noch zusätzlich eine Lampe darauf. Jetzt konnte sie die Einzelheiten der Detailaufnahmen besser erkennen, und ihr fielen unscheinbare Streifen am Nacken auf, direkt unter dem Haaransatz. Als die Leiche am Strand gelegen hatte, waren diese Spuren nicht zu sehen gewesen. Aber handelte es sich wirklich um Flecken? Es konnten auch Schatten sein, die beim Fotografieren entstanden waren. Sie verglich die Fotos mit ihren eigenen auf dem Computer und staunte darüber, was sie dort sah. Auch auf ihren Fotos waren diese unscharfen Flecken zu erkennen. Sie vergrößerte sie und verglich sie mit denen von Klaas. Es war keine Einbildung. Sie brannte ihre Fotos auf eine CD.

Ohne die Flecken im Nacken zu erwähnen, schrieb Laurien einen kurzen Brief an Anna Vriens, in dem sie darum bat, sich die Fotos einmal anzuschauen. Am Montag würde sie sich bei ihr melden. Als P. S. schrieb sie ihre Telefonnummer darunter und klebte den Umschlag sorgfältig zu. Im Computer fand sie die Hausnummer von Anna Vriens.

Auf dem Weg zu Anna kamen ihr bereits wieder Zweifel. Wenn dieser nichts Besonderes auffallen sollte, würde sie die Sache erst einmal ruhen lassen. Sie steckte den Umschlag in den Briefkasten und radelte zum Bahnhof zurück, um Warre abzuholen. Er hatte versprochen, früh nach Middelburg zu kommen. Der Zug aus Roosendaal fuhr auf den überdachten Bahngleisen ein. Als sie gerade ihr zweites Schloss am Rad anbrachte, kam Warre aus dem Bahnhof geschlendert.

»Hallo, Laurien.«

Er beschleunigte den Schritt, schlüpfte in die Schlaufen des kleinen Rucksacks und breitete seine Arme weit aus. Er hielt Laurien fest umschlungen. Um ihr einen Kuss zu geben, musste er sich tief bücken, denn er brachte es auf über zwei Meter, und Laurien reichte ihm noch nicht einmal bis zur Schulter. Sie war gerührt, dass ihr zwanzigjähriger Sohn sie an sich zog und seine Wange auf ihren Kopf legte. Schließlich war es noch nicht lange her, dass er es peinlich gefunden hatte, zusammen mit seiner Mutter auf der Straße gesehen zu werden.

»Du siehst gut aus«, sagte sie. »Wie war die Woche?«

Das dunkle Haar und die tiefbraunen Augen hatte er von ihr und ihrer Mutter. Olmers blonde Haare und blauen Augen entsprachen den Genen der Maljaars, und dennoch ähnelten sich die Brüder.

Warre betrachtete sie eingehend, während er ihr Fahrrad übernahm und den Rucksack auf den Gepäckträger warf. »Angenehmer als deine, schätze ich.«

»Du meinst Olmers Freveltaten«, spottete Laurien.

»Du scheinst das nicht gerade ernst zu nehmen.«

»Er hat doch nur ein paar Mal geschnupft.«

»Ja, Koks. Aber er raucht auch Joints, und wenn er in der Disko eine Pille ergattern kann, lässt er die auch nicht aus.«

»Olmer?«

»Träum du ruhig weiter«, sagte er. »Olmer hat einen Januskopf. Zuhause spielt er den braven, unschuldigen kleinen Jungen, aber mir gegenüber prahlt er mit Joints, Pillen und Erik.«

»Das kann doch reine Angeberei sein.«

»Der hat gehascht und Pillen geschluckt, um dazuzugehören. Vor ein paar Wochen bot ihm jemand in der Disko Kokain an. Mir hat er erzählt, er hätte eine Linie geschnupft, ohne groß dabei nachzudenken. Ganz schön bescheuert, sich einfach so darauf einzulassen. Nun ja, Olmer ist nun mal Olmer. Letzte Woche bekam er wieder was von Erik. Er hat nicht viel gespürt, ein schönes Gefühl, mehr nicht, und seine Kopfschmerzen gingen davon weg. Aber das ist Quatsch. Dass ihr ihm nichts angemerkt habt, kapiere ich nicht.«

»Wir hatten nicht damit gerechnet, und wir fanden es prima, dass Olmer mal was unternahm. Bei dir habe ich mir ja auch nie Gedanken darüber gemacht, ob du Drogen nimmst. Wir haben Vertrauen in euch.«

»Olmer wollte wissen, was ich denn nehme. Natürlich habe ich schon mal einen Joint geraucht, wer hat das nicht? Aber von den harten Sachen habe ich immer die Finger gelassen, durch dich weiß ich viel zu gut, welchen Ärger man sich damit einhandeln kann. Ich habe Olmer von dem Mädchen erzählt, das vor ungefähr zwei Jahren bei Ritthem gefunden wurde. Es hatte zum ersten Mal gekokst, und es hat einfach aufgehört zu atmen. Du hast den Dealer nie erwischt, der ihm den Stoff gegeben hat. Olmer erschrak, er hatte nie darüber nachgedacht, wie gefährlich Kokain sein kann … Diese Woche würde er die Bestellung noch abnehmen, aber die nächsten Wochenenden wollte er bei mir verbringen. Dann würde er nicht mehr zur Clique gehören, und sie würden aufhören, ihm etwas aufzudrängen.«

»Olmer mit Haschtüten und Aufputschpillen!« Der Gedanke schockte sie mehr als das Kokain. »Hat er noch etwas gesagt, ob ihn jemand gezwungen hat? Zum Beispiel Erik?«

»Wenn irgendetwas falsch zu laufen droht, liegt es für Olmer immer an einem anderen. Er behauptet, Erik hätte ihm praktisch keine Wahl gelassen. Ich habe Erik angerufen, und der sagte, es habe keinerlei Zwang gegeben. Dem glaube ich eher als meinem Bruder.«

»Wirklich?«

»Träum ruhig weiter!«

Auf dem Küchentisch lag eine Trauerkarte. Dienstagmorgen sollte John Campbell nach einem Trauergottesdienst in der Englischen Kirche in engstem Kreis eingeäschert werden. Laurien fluchte leise vor sich hin. Das Beweismaterial wäre futsch, außer wenn Anna Vriens noch ganz schnell reagieren würde.

Während des Essens fing Tiemen erneut an, sich über Olmers Drogen auszulassen. Der Junge ließ den Wortschwall gelassen über sich ergehen. Tiemen redete sich immer mehr in Rage, bis Warre ihn beruhigte. Mit Brüllen könne man gar nichts erreichen. Dem musste Tiemen beipflichten.

Das Thema Drogen war ausführlich behandelt. Also ein anderer Gesprächsstoff. Mit äußerster Konzentration versuchte sich Laurien zu erinnern, worüber sie sich vor Olmers Kokain-Experimenten unterhalten hatten. Das Einzige, was ihr einfiel, war Maatje, die sich hartnäckig weigerte, etwas anderes als Pommes Frites, Mayonnaise und Apfelmus zu essen. Als Laurien etwas darüber sagte, brach Maatje in Tränen aus und sagte, sie wolle nach Hause, sie sei lange genug bei Laurien und dem mit der Musik gewesen. Laurien versprach ihr, nach dem Essen eine Partie Mensch-ärger-dich-nicht mit ihr zu spielen. Maatje stimmte zu, aber nur wenn sie gewinnen dürfe. Warre rettete den Frieden. Er scherzte mit Maatje, die sich alle Mühe gab, ihn zu verstehen. Sie lachte über alles, was er sagte. Er sprach über die Statue auf dem Vismarkt, als handle es sich dabei um seine Freundin und als dürfe einzig er ihren gespitzten Mund küssen.

Maatje wählte die roten Steine, Laurien musste die blauen nehmen. Maatje stellte ihre Steine schon mal auf das Feld, einer war sogar schon einige Schritte vorgerückt. Tiemen saß im Arbeitszimmer am Computer und brachte seine Buchhaltung auf den neuesten Stand. Warre und Olmer schauten Fußball. Wenn sie nicht an der Reihe war, summte Maatje die Musik im Hintergrund mit. Sie strengte sich unermüdlich an zu gewinnen. Als sie dachte, Laurien schaue nicht hin, rückte sie mit ihrem Stein vor. Die Zunge hing ihr weit aus dem Mund, wodurch der Speichel am Kinn herabtropfte.

Am Sonntagmorgen war es noch windig, doch es regnete nicht. Nach dem Frühstück machte sich Warre nach Tilburg auf. Tiemen und Laurien setzten ihn am Bahnhof ab.

»Komm diese Woche doch mal bei mir vorbei«, sagte er zu Laurien. »Dann können wir reden, und ich koche auch für dich.«

Er schlug die Wagentür zu, hob eine Hand und verschwand im Bahnhof, ohne sich umzuschauen.

Laurien hatte auch an diesem Wochenende zu wenig mit ihm gesprochen. Sie erstickte in Schuldgefühlen, die Jungen waren mit einer Mutter an der Seitenlinie aufgewachsen. Als sie klein gewesen waren, war es ohne sie gegangen; Tiemen konnte genauso gut ein Pflaster auf das kaputte Knie kleben und ihnen Limonade einschenken. Sie hatte sie zu Bett gebracht, ihnen vorgelesen und mit ihnen geredet. Während der Pubertät musste sie feststellen, dass ihr der Kontakt durch die tägliche Überlastung entglitt. Warre entwickelte plötzlich eigensinnige Auffassungen, von denen sie zunächst gar nichts mitbekam: Die Polizei war eine verwerfliche reaktionäre Organisation, die er in einem Atemzug mit der Welthandelsorganisation nannte. Im ersten Semester schaffte er keine einzige Klausur. Für den Erfolg müsse man sich entscheiden, war sein Slogan, und er habe sich nun einmal nicht für den Erfolg, sondern für das Leben entschieden. Tiemen schenkte dem wenig Beachtung und meinte, je mehr Laurien sich auf die Abnabelungs- und Pubertätsprobleme einlasse, desto länger würde es dauern. Diese Zauberformel war erfolgreich. Warre machte die verlorene Studienzeit wieder wett, und mit seiner Abneigung gegen jede Art von Kommerz war es mittlerweile wohl auch vorbei, wenn man sich seine umfangreiche Sammlung von CDs und DVDs anschaute.

Tiemen schlug vor, sich in Domburg frischen Wind um die Nase wehen zu lassen. Sie nahmen die südliche Straße entlang der Küste und parkten am Aufgang von der Duinstraat. Nichts erinnerte mehr daran, dass hier vor vier Tagen eine Leiche angespült worden war. Sie liefen den Hoge Hil hinauf, am Horizont zog ein Fischerboot vorbei. Von ihrem Aussichtspunkt aus wies Laurien auf die sanfte Bucht, von der aus Campbell aus Oostkapelle angetrieben worden sein konnte.

Durch die Dünen liefen sie nach Schloss Westhove, um dort Kaffee zu trinken. Sie mieden jedes verfängliche Thema, Laurien zeigte auf die blattlosen Dünenrosen, die auch am Strandaufgang in Oostkapelle wuchsen. Sie überlegte, ob Campbell dort ins Meer getrieben sein könnte. Erst wenn sie selbst davon überzeugt war, dass es sich nicht um Mord gehandelt hat, würde sie die ganze Angelegenheit von sich abschütteln können.

Tiemen fragte, ob es hilfreich für sie sei, wenn sie über Oostkapelle zurückfahren würden. Warum auch nicht? Sie parkten im Duinweg und gingen am Naturschutzgebiet mit den Ponys entlang zum Strand hinauf.

»Ich kann es noch nicht beweisen, aber hier hat Campbell in Gesellschaft seines Mörders die letzten Schritte auf festem Grund gemacht.«

»Wie viele Spuren sind seit Mittwochabend verschwunden?«

»Eine ganze Menge.« Vorsichtig brach Laurien von einer Dünenrose einen Zweig ab und pulte an der Unterseite die Stachel ab. »Meine Vorgesetzten verlangen von mir, dass ich mich mit der Zusammenstellung der Arbeitsprotokolle beschäftige. So ein Blödsinn!«

»Betrachte es doch als ein paar gemütliche Tage.«

»Wenn es nichts Vernünftiges zu tun gäbe, wäre mir das ja auch egal, aber wir müssen dahinterkommen, warum dieser Campbell ermordet wurde, wie und vor allem von wem. Je mehr Zeit verstreicht, desto schwieriger wird es, einen Mord aufzuklären, und desto größer ist auch die Gefahr, dass es zu weiteren Opfern kommt. Ich bin stocksauer, dass Emma ohne Rücksprache Stevi und Jan an das Drogendezernat ausgeliehen hat. Dies war eine Scheißwoche. Emma und Hans nehmen mich nicht ernst. Du bist sauer auf Olmer, Warre flieht nach Tilburg, und Olmer spielt mit dem Feuer …«

Tiemen nahm Laurien in den Arm. »Ich war zu grob. Aber mit so einem Sohn ist es auch nicht gerade einfach.«

»Hat Warre noch mit dir über Olmer geredet?«

»Warum?«

»Olmer kifft und schluckt auch noch Aufputschpillen.«

Ohne ein Wort zu sagen liefen sie zum Strand, schlenderten gegen den Wind an der Küstenlinie entlang und wanderten mit dem Wind im Rücken wieder zurück.

9

Peter de Haas, Redakteur der *Provinciale Zeeuwse Courant,* rief an. Bevor Laurien sich überlegt hatte, dass sie ihm ohne Emmas Einwilligung keinerlei Auskunft geben durfte, fragte er sie, ob sie für sich selbst und ihre Familie um Personenschutz gebeten habe. Konsterniert wollte sie wissen, was er damit meine, doch er legte einfach auf.

Emma rief sie zu sich herein, als sie an deren offener Tür vorbeilief.

»Geht's voran?«

»Nicht wirklich.« Laurien unterdrückte ihren Ärger.

»Schau nicht so böse drein. Ich weiß ja, dass dir diese administrativen Pflichten stinken. Wenn mir die da oben nicht im Nacken säßen, würde ich dich ja auch nicht damit belästigen. Ich muss Rechenschaft darüber ablegen, was jeder Einzelne tut, und wenn ich das nicht haarklein nachweisen kann, gibt es sofort unglaublichen Stunk. Ich würde dir auch gerne dabei helfen, aber du steckst nun mal besser in der Materie drin als ich.«

»Als wenn es nichts Besseres zu tun gäbe!«

»Es ist ja auch nicht das Schlechteste, mal einen Gang zurückzuschalten, Laurien. Zum Beispiel in aller Ruhe alte Fälle zu Ende zu bringen. Ich könnte es nicht aushalten, ständig an einem überquellenden Schreibtisch arbeiten zu müssen.«

»Weil du das nicht ertragen kannst, muss ich meine Zeit vergeuden. Dass ich immer im Rückstand bin, ist wohl in erster Linie darauf zurückzuführen, dass wir unterbesetzt sind.«

»Deine Abteilung hat weniger zu klagen als das Drogendezernat. Da muss Jochem alleine zusehen, wie er das geregelt bekommt.«

»Jetzt hat er Stevi und Jan, während ich mich mit meinem Team auf Campbell stürzen müsste. Der Öffentlichkeit können wir schlecht verkaufen, dass wir einen Mörder einfach laufen lassen.«

»Die Akte ist geschlossen, denn es hat keinen Mord gegeben. Und zur Abwechslung solltest du dich mal an die Vorschriften halten.«

»Warum?«

»Du hast doch wohl genügend Managementkurse mitgemacht, um zu wissen, dass dein kreativer Umgang mit den Vorschriften deine Leute verunsichert. Wenn du dich ein wenig gewissenhafter verhalten würdest, wäre die Erstellung der Arbeitsprotokolle ein Klacks für dich, dann würden deine Mitarbeiter ihre Fälle nämlich selbst genauer festhalten. Die wissen oft nicht, welche Anforderungen du in welcher Situation an sie stellst.«

»Die haben genug auf dem Kasten, um selbst Verantwortung zu übernehmen. Wenn du allerdings meinst, dass sie nicht wegen jedem Geschiss zu mir kommen sollen, hast du Recht. Ich will sie nicht ständig kontrollieren und am Gängelband führen.«

»So, dazu hast du also keine Lust.«

»Leisten wir etwa keine gute Arbeit? Im Landesvergleich haben wir in unserer Abteilung eine hohe Aufklärungsrate. Das liegt daran, dass ich dem Team zu einem guten Teil die Freiheit gebe, das zu tun, worin die Stärke jedes Einzelnen liegt.«

»Damit du deine Alleingänge machen kannst.«

»Was ist dagegen einzuwenden? Manchmal kann ich noch nicht einmal erklären, womit ich mich gerade beschäftige, und doch ist das Verfolgen meiner Spur entscheidend für die Ermittlung. Wenn ich weiß, dass ich richtig liege, will ich, dass das Team auf mich hört. Wer nicht dazu in der Lage ist, passt nicht in mein Team.«

Es wurde still.

»Wie geht es deinem Sohn?«

»Danke, prima.«

»Jan erzählte, er gehöre zu den Drogenkonsumenten auf der Nehalennia.«

»Man hat versucht, ihn an Drogen zu gewöhnen, ihn abhängig zu machen. Das ist etwas anderes.«

»Wie meinst du das?«

»Er hat hauptsächlich Aspirin geschnupft. Ich habe Grund zu der Annahme, dass Louw Campbell mir ein Bein stellen will. Ich habe ihn wegen der vierzehnjährigen Drogentoten aus Serooskerke in die Mangel genommen. Er hatte dem Mädchen unverschnittenes Kokain gegeben, während es ihr sonst verschnitten geliefert wurde, aber ich habe die Beweise nicht zusammenbekommen und musste ihn laufen lassen. Vorher hatte ihn die Polizei offenbar noch nicht im Visier. Er selbst nimmt auch Drogen, funktioniert dabei jedoch im gesellschaftlichen Sinne einwandfrei, und soweit wir wissen, stiehlt er nicht. Solange er nicht zum Problem wird, kann er ungestört weitermachen. Das Ausmaß seines Drogenhandels ist erheblich größer als vom Drogendezernat vermutet. Ich habe es Jochem gemeldet, aber der dürfte sich kaum darum gekümmert haben.«

»Wie bist du auf ihn gekommen?«

»Sein Name wurde genannt. Er war nicht gerade erfreut, dass ich ihn ins Rampenlicht gezerrt habe, und ich vermute, dass er jemanden darauf angesetzt hat, meinem Sohn etwas aufzuschwatzen. Um mich wissen zu lassen, dass er sich von mir nicht unterkriegen und sich vor allem nicht von mir in die Karten schauen lassen würde … Während des Verhörs trat er mir zu selbstbewusst auf, so als wisse er, dass ich ihm nichts anhaben kann.«

»Weit hergeholt, Laurien. Kein einziger Beweis.«

»Ich bleibe an ihm dran. Er erschrak, als er mich nach dem Tod seines Vaters sah, und er war erleichtert, als er erfuhr, dass ich ihm nur die Mitteilung von dessen Tod machen wollte. Was steckt dahinter? Wie war sein Verhältnis zu seinem Vater, dem Anti-Drogen-Propheten? Du solltest mal Vater Campbells Briefe lesen, die er verschickt hat. Alle Junkies in ein Entziehungslager und die Dealer an den nächsten Baum. Sein letzter Leserbrief zur toleranten Drogenpolitik ist gerade eine Woche alt. Hat Louw seinen Vater ertränkt, als dieser dahinterkam, dass sein Sohn die Finger immer noch nicht von den Drogen lassen konnte? Die Sache stinkt.«

»Du hast ein paar vage Verdachtsmomente. Ich brauche Beweise.«

»In der Zwischenzeit wird Campbell am Dienstag eingeäschert … Ich muss dir übrigens mitteilen, dass ich in Kürze Pflegeurlaub nehmen muss. Du solltest dich darauf einstellen.«

»Du weißt, dass das bei unseren Vorgesetzten gar nicht gerne gesehen wird.«

»Ich habe aber keine andere Wahl. Meine Schwester wohnt bei uns im Haus, und wenn Tiemen im Zuge seiner Arbeit ins Ausland reist, werde ich sie versorgen müssen.«

»Kann sie nicht in ein Heim für betreutes Wohnen?«

»Maatje steht auf der Warteliste.«

»Und das Tagesheim? Ich habe bisher nur Gutes darüber gehört.«

»Ja? In das geht sie schon seit Jahren. Nachmittags um vier kommt sie nach Hause. Dann kümmert sich Tiemen um sie, aber wenn er in einem Monat wegen seiner Arbeit für längere Zeit nach Marburg muss, bin ich an der Reihe.«

»Soll ich mal anrufen?«

»Wenn du meinst, dass das hilft.«

»Die Sozialarbeiterin hat Unterstützung versprochen, aber sie kann nichts garantieren. Sie heißt Trudy«, sagte Tiemen.

»Wie kommst du dazu, sie bei ihrem Vornamen zu nennen?«

Nach diesem Techtelmechtel vor ein paar Jahren während einer Messe gehörte nicht viel dazu, ihre Eifersucht anzufachen. Es hätte nichts zu bedeuten gehabt, hatte ihr Tiemen damals versichert, nicht mehr als eine Eskapade für eine Nacht.

»Nicht so argwöhnisch, Laurien. Sie ist nicht mein Typ. Trudy war dabei, als Maatje im Laden abgesetzt wurde. Es dauerte keine fünf Minuten, da zog deine Schwester ihre Show ab. Sie schlug um sich und schrie so lange, bis sie zum Bäcker durfte. Ihre Stimme war bestimmt bis zum Ende der Lange Delft zu hören. Bislang war das ihr bester Auftritt dort.«

»Wie lange müssen wir noch warten?«

»Acht oder neun Monate.«

»Das ist zu lang.«

»Maatje ist nicht der einzige Dringlichkeitsfall. Wenn man Trudy glauben darf, ist jede Situation eine Krisensituation. Ich habe gar nicht erst erwähnt, wie es inzwischen in unserer Familie aussieht. Wenn ich berichtet hätte, dass unser Junge ein Junkie ist, würde Maatje vielleicht in der Liste aufrücken. Stell dir vor, dass er sie da mit reinzieht.«

»Olmer ist kein Junkie!«

Olmer war bei Tiemen im Laden. Für Laurien bedeutete das, ein paar Stunden ganz alleine für sich zu haben. Zu ruhelos für ein Buch, griff sie nach einer Zeitschrift, in der sie herumblätterte.

Sie dachte gerade daran, dass sie Els seit Wochen nicht mehr gesehen hatte, obwohl sie nur zwei Straßen entfernt wohnte, als es draußen klingelte und diese vor der Tür stand.

»Gehst du mit ins Kino?«

»Was läuft denn da?«

»*Fahrenheit 9/11* von Moore.«

Laurien schminkte sich die Lippen und zog sich schnell eine andere Hose an, während Els ein Glas Wein trank. Unterwegs erzählte Els von ihrer Arbeit.

»Weißt du, dass ich inzwischen einer der ältesten Knochen bei uns im Büro bin? Die jungen Wirtschaftsprüfer siezen mich. Anfangs habe ich sie noch korrigiert, jetzt belasse ich es dabei. Wenn sie bleiben, ist es noch früh genug, ihnen das Du anzubieten.«

»Wie steht's mit deinem Verlobten?«

Laurien hatte seinen Vornamen vergessen.

»Wer? Ich will keinen Verlobten mehr, die bleiben nie lange frisch. Ich verstehe nicht, dass du es so lange mit Tiemen aushältst.«

»Momentan keine Klagen. Alle drei Jahre ein neuer Verlobter, das wäre mir zu stressig.«

»Herrlich alleine, ich brauche auf niemanden Rücksicht zu nehmen. Ein Verlobter müsste schon über außergewöhnliche Qualitäten verfügen, wenn er bei mir noch eine Chance haben wollte.«

»Es gab da noch etwas, was ich dich fragen wollte.«

»Wahrscheinlich, ob ich einen alleinstehenden Kollegen in die Arme schließen will«, sagte Els. »Einen hübschen knackigen Kerl in einer strammen Uniform.«

»Da habe ich nur einen aus zweiter Hand im Angebot. Es geht um eine andere Sache … Ich kenne jemanden, der sich mit Ausdrucken von Kassencomputern und Kopien dieser Ausdrucke eindeckt. Ich komme nicht dahinter, werde aber das Gefühl nicht los, dass er irgendetwas ausfrisst.«

»Du willst wissen, wie er Unterschlagungen kaschieren kann?«

Els dachte nach.

»Bei den heutigen Computern kann man wahrscheinlich nicht so ohne Weiteres in die Kasse greifen, oder?«, fragte Laurien.

»Wahrscheinlich hat jeder Angestellte seinen eigenen Code«, sagte Els. »Die würde ich zuerst einmal kontrollieren. Die einfachste Methode zur Manipulation ist es, wenn man mit dem eigenen Code, oder noch besser mit dem eines anderen, Artikel zurückbucht, so als seien es Retouren. Da kann man dann zwischen zurückbuchen und Geld zurückgeben wählen. Das hängt von der Geschäftspolitik ab. Mit einem Gutschein kann man wenig anfangen, aber wenn man sich dafür entschieden hat, das Geld bar auszuzahlen, ist der Rest ein Kinderspiel.«

10

Laurien schlug die Zeitung auf der Seite mit den lokalen Nachrichten auf, während der Kaffee durchlief und sie sich ein Brot schmierte.

Polizeibeamtin missbraucht ihre Position

von Peter de Haas

Eine Beamtin der Regionalen Kriminalpolizei, die 46-jährige L. M. von der Dienststelle Vrijlandstraat, hat in ihrer Funktion als Polizistin ihre Position missbraucht, um eine Privatangelegenheit zu regeln.
Wie jetzt bekannt wurde, durchsuchte sie ohne Hausdurchsuchungsbefehl die Wohnung des 56-jährigen L. C., wohnhaft in Middelburg. Obwohl M. dort nichts Ungesetzliches fand, wollte sie ihn verhaften lassen, erhielt dafür jedoch keine Zustimmung. Der Vorwurf gegenüber C. lautete, er habe eine Gruppe junger Leute aus Middelburg zum Drogenkonsum angestiftet. Die Polizeibeamtin soll ihre Kompetenzen überschritten haben, weil ihr 17-jähriger Sohn O. M. zu der betroffenen Gruppe Jugendlicher gehört.
Zuvor hatte L. M. den Middelburger bereits einmal festgenommen, inhaftiert und verhört. Dabei soll es zu massiven Einschüchterungsversuchen gekommen sein. L. C. wurde der Beteiligung an einem Mord beschuldigt; er soll dem Opfer unverschnittenes Kokain gegeben haben. Mangels Beweisen musste er noch am selben Tag auf freien Fuß gesetzt werden.

Verschiedene glaubwürdige Quellen bestätigten der Zeitung gegenüber die Richtigkeit dieser Vorfälle. Der Sprecher der Regionalen Polizei verweigerte eine Stellungnahme.

Hier ging es nicht mehr nur um ein Verhör und einen Verdächtigen. De Haas spielte ein verdammt übles Spiel mit ihr. Sie kannte ihn nicht, wusste aber, dass er sich häufiger als Schlammschleuder betätigte. Wer von der Regionalen Polizei war da zu de Haas gegangen? Sie knallte die Zeitung auf den Boden.

Das Telefon klingelte. Emma hatte den Artikel auch schon gelesen.

»Ich möchte unverzüglich ein detailliertes Protokoll des Verhörs von dir haben.«

»Ich werde es dir auf den Schreibtisch legen.«

»Schick es per E-Mail. Wie konnte de Haas an diese Informationen gelangen?«

»Das sollte ich besser dich fragen.«

»Ich höre zum ersten Mal davon. Ich verstehe nicht, wie das in die Zeitung kommen kann«, sagte Emma.

»Irgendjemand aus der Vrijlandstraat muss de Haas gegenüber geplaudert haben. Jemand, der Zugang zu den Unterlagen hat.«

»Hast du Kontakt zu ihm aufgenommen?«

»Glaubst du, ich bin masochistisch veranlagt?«

»Also nicht?«

»Es muss jemand anderes sein. Auf jeden Fall jemand aus unserem inneren Kreis«, sagte Laurien.

»Solange du dafür keine handfesten Beweise hast, würde ich das nicht an die große Glocke hängen.«

»Dieser Artikel ist doch nicht vom Himmel gefallen«, sagte Laurien.

»Könnte er nicht von Louw Campbell selbst lanciert worden sein?«

»Das halte ich für unwahrscheinlich. Ein Geschäftsmann möchte kaum mit Drogen in Verbindung gebracht werden. Und ein Geschäftsmann ist er.«

»Es ist doch nicht etwa so, dass du auf diese Weise deine Frustration über den Fall Campbell abreagierst?«

»Wie kommst du denn darauf?«

Äußerst beherrscht legte sie auf.

Kurz darauf gab ihr Pier Recht: In der Dienststelle musste es ein Leck geben. Er zählte auf, wen er innerhalb des Korps für nicht vertrauenswürdig hielt. Eine lange Liste. Inzwischen hatte jeder von Olmers Aspirinkokain gehört, ebenso wie von Lauriens Theorie, dass der junge Campbell dahinterstecken müsse. Er selbst glaubte nicht daran, doch das war ja noch kein Grund, mit den Informationen zu de Haas zu laufen.

Laurien brachte Tiemen Kaffee und die Zeitung ans Bett.

»Da wurde ja schon kräftig telefoniert«, sagte er.

Sie konnte die Überraschung in seinem Gesicht lesen, als er den Artikel vor sich hatte.

»Wer hat denn diesen Unsinn verzapft? Seit wann schreibt dieser Berichterstatter von Kaninchenausstellungen über die Polizei? Der hat doch keine Ahnung davon. Hast du dir Louw Campbell wirklich so hart zur Brust genommen?«

»Ich habe ihn vernommen, und über diese Tatsache war er bereits dermaßen außer sich, dass jedes weitere Wort eine Provokation für ihn war. Entsprechend verhielt er sich. Aber ich habe mich dadurch nicht einschüchtern lassen.«

»Und Jochem?«

»Das musst du ihn selbst fragen. Ich habe Louw wegen des Mädchens aus Serooskerke vernommen. Dass ich ihn zu einem Geständnis von etwas bringen wollte, das er nicht auf dem Gewissen hat, ist purer Unsinn. Ich konnte es ihm nur nicht beweisen.«

Laurien klopfte an Maatjes Tür. Fünf Minuten später rief sie, Maatje solle endlich aufstehen. Etwas später trommelte auch Olmer an die Tür. Maatje antwortete, sie wolle zuhause bleiben. Laurien lief nach oben und zog ihr die Bettdecke weg. Erbost kleidete sich Maatje an, weigerte sich jedoch, ihre Zähne zu putzen. Am Frühstückstisch heulte sie untröstlich, weil sie eine Tasse Tee umgeworfen hatte. Dies war nicht ihr Tag. Lauriens Tag auch nicht.

Sie fuhr mit dem Fahrrad zum Büro, um das Verhör per E-Mail an Emma zu schicken. In der Kantine legte Willem die Zeitung heimlich verkehrt herum hin. Laurien fragte, ob er eine Ahnung habe, wer ihr diesen Streich gespielt haben könnte. Er nicht, sagte er abwehrend; habe sie denn nicht selbst mit dem Journalisten gesprochen? Ohne zu antworten ging sie weiter. Sie las das Verhör noch einmal durch. Da stand nichts drin, was sie nicht rechtfertigen konnte. Durch den Artikel hatte sie schon begonnen, an sich selbst zu zweifeln.

Anna Vriens schien am Freitagabend zu einem Kongress nach Paris gefahren zu sein. Heute Abend komme sie zurück, sagte ihre Sekretärin. Pier betrat ihr Büro und betrachtete missmutig die Stapel auf ihrem Schreibtisch.

»Die wollen aber auch nicht kleiner werden.«

»Dann mach dich ran.«

»Liegen die Fotos von Campbell dazwischen? Willem hat danach gefragt, er braucht sie für sein Protokoll.«

»Ich werde sie suchen«, sagte sie scheinheilig.

»Gehst du zur Einäscherung von Campbell?«

»Du doch sicher auch?«

»Ich glaube nicht, dass du dort einem möglichen Verdächtigen begegnen wirst. Sturm versteht schließlich ihr Handwerk.«

»Ich auch, Pier. Ich auch.«

Der Mittelstand von Middelburg, Veere und Domburg war erschienen. Johns Kammerorchester spielte, freundliche Worte wurden gesprochen, doch nicht durch den Sohn. Louw saß dort mit dem Kopf in die Hände gestützt und schaute nicht auf. In der Menge entdeckte Laurien de Haas. Er drehte sich um und verschwand. Sie sprach Paul Wolf an, auch ihn hatte sie nach dem Tod des Mädchens in Serooskerke verhört. Seine Aussagen hatten sich minutiös mit Louws Angaben gedeckt, sie hatte ihn bei keinem noch so winzigen abweichenden Detail packen können. Nach einem Kompliment für seine gründliche Vorbereitung hatte sie ihn ebenfalls laufen lassen müssen. Neben Wolf stand ein Mann mit Glatze, der ihr irgendwie bekannt vorkam.

»Bedeutet der Tod von Herrn Campbell einen großen Verlust für Sie?«

»Sicher«, sagte Wolf.

»In welcher Beziehung standen Sie denn zu ihm?«

Wolf drehte sich ohne ein Wort um und wollte verschwinden.

»Ich bitte Sie, mich für ein Gespräch in meinem Büro zu besuchen. Passt es Ihnen morgen?«

»Hab keinen Terminkalender dabei.«

»Ich rufe Sie wegen eines Termins an. Würden Sie mich bitte Ihrem Freund vorstellen?«

»Welchem Freund?«

Der Mann neben Wolf war in der Menge untergetaucht.

Vor zwölf Uhr war sie zurück. Auf ihrem Schreibtisch lag eine Nachricht, sie solle zu Emma kommen. Laurien notierte sich, sie müsse in dieser Woche Paul Wolf vorladen. Danach ging sie vergeblich die Fotos im Computer durch, um zu sehen, ob sich der Mann neben Wolf darunter befand. Es war schon fast ein Uhr, als sie zu Emma ging, doch die war zum Mittagessen unterwegs. Gegen zwei kam sie zu Laurien ins Büro.

»Ich sehe noch keine Fortschritte auf deinem Schreibtisch.«

Laurien zog die Augenbrauen hoch.

»Stöberst du etwa in meinen Akten herum?«

»Oberflächlich, Laurien. Mein Eindruck ist, dass die Stapel nicht niedriger werden.«

»Misst du jeden Tag nach? Mittlerer Stapel auf Lauriens Schreibtisch ein Komma acht Millimeter niedriger, rechter Stapel leider um zwei Komma neun Millimeter gewachsen, da jemand anders seinen Mist bei ihr abgelagert hat.«

»Du hättest dich lieber um die Büroarbeit kümmern sollen, statt während der Arbeitszeit einer Einäscherung beizuwohnen.«

»Dann mach doch aus Campbell einen Ermittlungsauftrag.«

Um zwei Uhr berichtete Tiemen telefonisch, Maatjes Betreuer habe ihn angerufen. Beim Abwaschen habe sie einem anderen Behinderten eine Bratpfanne über den Schädel gezogen. Der habe gesagt, Frans Bauer sei ein Schleimbeutel. Als die Heimleitung Maatje die Pfanne wegnehmen wollte, habe sie den gesamten Abwasch mit einem Ruck von der Anrichte gemäht und zur Verteidigung zwei Gabeln vor sich ausgestreckt. Die Leitung habe sie beruhigen können, doch Tiemen musste sie abholen kommen. Maatje besitze das Gift ihrer Mutter, habe er unterwegs gedacht.

Als Tiemen dann zum Tagesheim gekommen sei, sei Maatje ungewöhnlich träge gewesen. Sie habe ihn kaum angeschaut, auch nicht, als er einen Spaß mit ihr gemacht habe. Er habe die Leitung gefragt, ob sie ein Beruhigungsmittel bekommen habe. Zunächst sei das abgestritten worden, doch dann habe der Betreuer zugegeben, ihr ein Sedativum verabreicht zu haben. Da Maatje völlig apathisch gewesen sei, habe er vorgeschlagen, mit dem Arzt zu reden. Der Betreuer habe noch um den heißen Brei herumgeredet, bis er schließlich eingestanden habe, die Medizin auf eigene Faust gegeben zu haben. Tiemen habe ihm versprochen, die Sache nicht auf sich beruhen zu lassen.

Olmer hätte eine mit Pfannen um sich schlagende Tante stark gefunden. Er habe Maatje auszuhorchen versucht, doch diese sei kaum ansprechbar gewesen. Nach einer Tasse Tee habe Tiemen sie ins Bett geschickt. Innerhalb von fünf Minuten sei sie eingeschlafen.

Laurien fragte, ob es für den Behinderten, den Maatje geschlagen hatte, irgendwelche Folgen gehabt habe. Tiemen lachte. Welche Folgen? Höchstens etwas mehr Respekt vor Maatjes musikalischen Geschmacksverirrungen. Laurien war zu müde, um auf seine Scherze einzugehen.

Der Staatsanwalt habe keine Zeit für sie, es sei denn, es gebe etwas Dringendes, sagte die Sekretärin. Laurien gab ihr einen Computer-Ausdruck ihrer Erkenntnisse.

Jochem vom Drogendezernat schaute kaum von seinem Bildschirm hoch, als sie eintrat.

»Habe ich diesen schmeichelhaften Artikel von Peter de Haas dir zu verdanken?«, fragte sie.

»Weil du meinen Verdächtigen verjagt hast?«

»Habe ich das? Er muss über eine anstehende Razzia informiert gewesen sein, denn er war gerade im Begriff, sich abzusetzen. Ich habe ihn höchstens ein paar Sekunden früher aufgescheucht.«

»Blödsinn!«

»Du hättest dich stärker um Louw Campbell kümmern müssen. Er ist weniger unschuldig, als du denkst. Dass mich jemand zum Kotzen findet, ist zwar unbegreiflich, kann aber vorkommen. Wer meinen Sohn angreift, um mich damit zu treffen, bekommt es mit mir zu tun. Schreib dir das hinter die Ohren!«

»Campbell hat nichts damit zu schaffen, aber ich schließe nicht aus, dass er deine aggressiven Verhörmethoden nicht sonderlich schätzt und deshalb mit der Zeitung darüber gesprochen hat.«

»In der Lokalzeitung mit Hilfe eines Artikels die Aufmerksamkeit auf sich ziehen? Ein Geschäftsmann? Das glaubst du doch selbst nicht. Das war jemand, der Einblick in die Verhöre hatte und vielleicht derselbe, der nicht wollte, dass der Mann im Café geschnappt wurde. Irgendwann werde ich schon dahinterkommen. Hast du eine Idee, wen ich da verfolgt haben könnte?«

»Selbst wenn ich es wüsste, wärst du die Letzte, der ich es erzählen würde. Ich werde Louw Campbell noch einmal aufsuchen, aber erwarte bitte nicht zu viel davon.«

»Du warst noch nicht bei ihm?«, fragte Laurien.

»Zeitmangel.«

In Oostkapelle klingelte sie beim letzten Haus im Duinweg. Ein älterer Mann öffnete die Tür. Laurien fragte, ob er sich an irgendetwas Ungewöhnliches in den späten Abendstunden oder der Nacht von Mittwoch auf Donnerstag erinnere. Er bat sie nach drinnen, wo er sich an den Esstisch setzte.

»Mittwochabend? Als es zu stürmen und fürchterlich zu gießen begann?«

Laurien nickte.

Er strich sich über die Bartstoppeln. »Nun, ungewöhnlich ist es vielleicht nicht, aber eine Sache ist bei mir hängen geblieben. Ich hörte ein Auto mit Dieselmotor, das in Richtung Strand fuhr. Es sollte mich nicht wundern, wenn der Auspuff kaputt war.«

»Wie spät war es da ungefähr?«

»Die Schlussmusik der vorherigen Sendung war bereits beendet, aber die Nachrichten um Mitternacht hatten noch nicht begonnen. Das Auto fuhr demnach während des Reklameblocks vorbei. Ich hatte den Timer meines Radios aktiviert, und es ging in dem Moment an, als ich das Auto hörte. Ich dachte, es wären junge Leute, die auf dem Parkplatz am Strand ein vergnügliches halbes Stündchen verbringen wollten. Ich wunderte mich, weil sie bei schlechtem Wetter meistens einen anderen Ort aufsuchen. Fünfundzwanzig Minuten später kam das Auto wieder hier vorbei, ich habe darauf gewartet. Dem Geräusch nach zu urteilen war es kein neuer Diesel. Ich war Automechaniker, deshalb achte ich von mir aus immer auf diese Dinge. Mir fiel auf, dass der Wagen nicht schnell fuhr. Meistens donnern die auf dem Rückweg mit unheimlichem Karacho vorbei.«

»Haben Sie auch eine Idee, was für eine Automarke das war?«

»Ich bin sogar sicher, dass es ein Volvo war.«

Eine alte Dame in einem der Häuser weiter vorne hatte ebenfalls ein Auto in Richtung Strand fahren hören, konnte aber nichts Genaues zum Zeitpunkt sagen. Es war spät in der Nacht gewesen. Vor zehn Uhr war sie zu Bett gegangen, der Autolärm hatte sie aus dem Schlaf gerissen. Aber auf die Uhr hatte sie nicht geschaut.

Ein ungefähr achtzehnjähriges Mädchen war an jenem Abend unterwegs gewesen und gegen Mitternacht mit seinem Motorroller nach Hause gefahren. Ihm war nichts Besonderes aufgefallen. Das hätte aber nichts zu sagen, meinte es, die Sicht habe bei dem Regen und Wind höchstens zwei Meter betragen.

Niemand hatte zu diesem Zeitpunkt seinen Hund ausgeführt. Viele Anwohner waren wegen des Unwetters früh schlafen gegangen.

Im Büro ging sie die E-Mails durch. Eine Einladung zum Polizei-Weihnachts-Dinner, die sie löschte, bevor sie die gesamte Mail gelesen hatte; außerdem eine Nachricht über Sitzungsdaten, die sie ebenfalls löschte. Emma rief an, sie solle doch mal vorbeikommen. Laurien nahm ihren Notizblock und die Akte Campbell mit.

»Heute Morgen habe ich mit der Sozialarbeiterin über die Unterbringung deiner Schwester gesprochen. Sie tut wirklich ihr Bestes. Ihr steht sehr weit oben auf der Liste, aber da bewegt sich nur wenig, und in Zeeland fehlt es einfach an Heimen für betreutes Wohnen.«

»Danke«, sagte Laurien steif. Emma wollte ihr nicht helfen, sie wollte vor allem sich selbst helfen. »Du hast mich um mehr Fakten im Zusammenhang mit dem Tod von John Campbell gebeten. Hier sind meine Notizen. Ich stehe hinter dir, wenn du Ermittlungen anordnest.«

Emma überflog Lauriens Erkenntnisse.

»Ich sehe immer noch keine Notwendigkeit, Ermittlungen einzuleiten. Harte Fakten, danach hatte ich verlangt. Für die Verfärbungen am Hinterkopf wird Sturm sicher eine Erklärung haben.«

Zusammen mit Olmer und Maatje saß Laurien vor dem Fernseher. Maatje aß Chips, Olmer und sie schmierten sich einer nach dem anderen Toastbrote mit dem französischen Käse, der vom Wochenende übrig geblieben war. Der Junge sah besser aus als während der letzten Wochen.

Tiemen kam spät nach Hause, und Laurien roch, dass er einen Umweg über De Mug gemacht hatte. Mit den Lippen strich er ihr über die Wange. Grüße von Pier, mit dem er ein Bier getrunken hatte. Im Laden seien viele Leute gewesen, sie hätten kaum etwas gekauft, stattdessen über Olmer und die Zeitung geredet. Toll für sein Geschäft, ein koksender Sohn, eine falsche Ehefrau und die halbe Welt, die davon wusste. Wenn sie das nächste Mal mit de Haas spreche, solle sie doch bitte schön zuerst einmal an sein Geschäft denken, meinte er.

Die Zeiger ihres Weckers standen auf kurz vor zwölf, als das Telefon klingelte.

»Anna Vriens hier. Du hast doch noch nicht geschlafen?«

»Natürlich nicht. War die Reise schön?«

»Danke. Ermüdend, aber das sind Kongresse nun mal grundsätzlich.« Anna klang so, wie sie war: eine nette, etwas ältere Frau. »Als ich nach Hause kam, fand ich deinen Brief mit den Fotos. Dreht es sich um den Mann, dessentwegen du mich letzte Woche angerufen hast?«

»Herr J. Campbell.«

»Den Namen hast du damals schon erwähnt. Du hast Recht, Laurien. Soweit ich weiß, arbeitet Sturm gewissenhaft, deshalb meine Zurückhaltung während unseres Gesprächs. Aber diesmal hat sie Verordnungen missachtet. Ich hoffe, dass das Opfer noch nicht beerdigt ist.«

»Campbell wurde heute eingeäschert.«

»Das tut mir leid. Vergangene Woche wäre es ein Leichtes gewesen, die Fotos anzufordern. Wenn man genau hinschaut, sieht man unterhalb der Haare Abdrücke am Hinterkopf. Von Fingern? Möglicherweise wurde das Opfer unter Wasser gedrückt. Die Flecken sind undeutlich, und dennoch zweifelsfrei vorhanden. Des Weiteren sind leichte Wunden an der linken Hand des Opfers zu erkennen. Natürlich kann es sein, dass er ohne Handschuhe in seinem Garten gearbeitet und aus Versehen in Stacheldraht gegriffen hat. Die Fotos von der Obduktion wurden mir eben per E-Mail zugeschickt, und wenn man weiß, worauf man achten muss, bestätigen diese die Aufnahmen des Technischen Dienstes. Es hätte ja sein können, dass die Fotos der Spurensicherung verkehrt gedruckt worden sind, denn auf deinen Fotos waren die Flecken weniger gut zu sehen. Ich schließe auch nicht aus, dass die Nierengegend von einem Vorderfuß getroffen wurde. Du hast gut beobachtet, Laurien, denn auch ein geübter Betrachter übersieht sehr leicht minimale Verfärbungen unter dem Haaransatz.«

»Zu welchem Schluss kommst du?«

»Unter Berücksichtigung der Umstände und der Charakterbeschreibung des Toten schließe ich Mord oder Totschlag nicht aus. Aber du musst mir zugutehalten, dass die Informationen über die körperlichen Symptome summarisch sind und teilweise nach zwei Seiten hin auslegbar. Mittwoch um Mitternacht, sagtest du?«

»Laut Sturm. Er wurde Donnerstag frühmorgens am Strand gefunden.«

»Dann dürfte es nicht mehr viele Spuren geben.«

»Kannst du noch etwas zum Täter sagen? Zum Beispiel Links- oder Rechtshänder.«

»Mit der rechten Hand wurde mehr Druck ausgeübt. Ich nehme an, dass er Rechtshänder ist. Viel mehr kann ich dazu nicht sagen. Soll ich morgen mit den Fotos zu Sturm und dem Staatsanwalt gehen?«

»Gerne!«

»Gute Arbeit, Laurien. Ich kann nicht versprechen, dass ich Erfolg haben werde, aber ich werde mein Bestes tun.«

Sie machte sich einen Becher Milch warm und stellte sich damit vors Fenster. Der Mond ruhte auf den Dächern an der gegenüberliegenden Straßenseite und tauchte den Vismarkt in eine blaue Glut. Eigentlich müsste sie jetzt erleichtert sein, nachdem ihr Anna Recht gegeben hatte, doch sie verspürte keinerlei Euphorie. Sie war leer und ausgepumpt wegen des Streites zwischen Tiemen und Olmer vom heutigen Abend. Tiemen hatte wissen wollen, was Olmer vorhabe. Zuckersüß hatte Olmer gefragt, ob er zuhause einen Joint rauchen dürfe, dann brauche er nicht in die Disko oder in eine Kneipe zu gehen. Statt loszulachen, hatte sich Tiemen auf die Palme bringen lassen. Laurien hatte gefragt, wo sein Sinn für Humor geblieben sei. Er hatte sie nur vollkommen konsterniert angestarrt und dann Trost bei seiner Klarinette gesucht. Sie hatte das Tuten in Moll zehn Minuten ausgehalten, danach war sie zu Els geflüchtet. Die hatte gemeint, sie würden zu viel Wirbel um Olmer machen, der würde sich schon einkriegen. Sie hatten ein Glas Wein getrunken. Nach einer Stunde war Laurien wieder zuhause gewesen. Vater und Sohn schauten sich mit Maatje die Wiederholung eines Fußballspiels an.

Olmer hatte sich später in der Küche zu ihr gesetzt. Er schimpfte über Tiemen, der ihn nicht in Ruhe lasse. Sie und Tiemen hätten doch nie etwas zu seinen Joints gesagt, weil sie es nicht einmal bemerkt hätten. Sie sei ständig mit ihrer Arbeit beschäftigt, und Tiemen kümmere sich auch nur um seine Geschäfte. Das stimmte zwar nicht, überlegte sie bei sich, doch Olmers Wahrnehmung und Empfinden waren nun einmal so. Sie nahm sich vor, sich bei ihrem Hausarzt nach einem Jugendpsychologen zu erkundigen.

11

Um zehn vor sieben riss sie das Klingeln des Telefons aus tiefem Schlaf.

»Minnaar.«

»Zentrale. Der Bewohner eines Anwesens in der J. W. Thibautstraat wurde tot aufgefunden. Am Griff des Garagentors.«

»Heißt dieser Bewohner zufällig Louw Campbell?«

Am anderen Ende der Leitung raschelten Papiere. »Das ist richtig.«

Laurien ließ sich ins Kissen zurückfallen und rieb sich die Stirn.

»Ich komme. Würdest du bitte den Technischen Dienst, Pier, die Leichenbeschauerin und danach Stevi und Jan benachrichtigen?«

Während sie duschte, machte Tiemen Kaffee. Maatje kam verschlafen nach unten und fragte, ob sie zu spät für ihren Bus dran sei. Tiemen schickte sie wieder ins Bett, in einer Stunde würde er sie wecken. Olmer schlief derweil ungestört den Schlaf des Gerechten. Unterwegs wählte Laurien Piers Telefonnummer.

»Würdest du bitte etwas leiser sprechen?«, sagte er. Im Hintergrund hörte man das Gurgeln der Kaffeemaschine.

»Soll ich dich abholen?«

»Ich weiß, wo die J. W. Thibautstraat ist. Louw am Griff seines Garagentors aufgehängt. Ob da vielleicht doch ein Zusammenhang mit dem Tod seines Vaters besteht? Dann bekommst du ja deinen Fall.«

»Wir werden sehen.«

»Wenn wir uns nach dir gerichtet hätten«, sagte Pier, »würde Louw jetzt möglicherweise noch leben.«

So weit hatte sie auch schon gedacht.

»Anna Vriens wird heute Vormittag die Akte Campbell bei Sturm und Ekelmans noch einmal neu aufschlagen. Sie teilt meine Sichtweise.«

Pier pfiff auf der anderen Seite. »Das werden Emma, Sturm und Ekelmans alles andere als lustig finden. Ich bin mal gespannt, ob es dann zu Ermittlungen kommt.«

»Anna Vriens hat Abdrücke entdeckt, die da nicht hingehören.«

»Du machst es zu einer Prestigeangelegenheit.«

Es war eher trübe als regnerisch, und zuweilen zeigten sich sogar Löcher in der Bewölkung. Laurien holte die Tasche aus ihrem Büro, überquerte den breiten Schroeweg auf dem Weg zur viel engeren Statenlaan und bog hinter dem Wasser links ab in die Thibautstraat. Am ersten Grundstück blieb sie vor Louws Bungalow stehen. Die Wetterfahne auf dem Schornstein zeigte an, dass der Wind nach Westen gedreht hatte: noch mehr Feuchtigkeit im Anzug. Aus den Augenwinkeln bemerkte sie, wie ein Mann ihre Bewegungen konzentriert beobachtete. Pier kam ihr entgegen.

Die Kollegen vom Streifendienst hatten vor der Garage ein Zelt aus Segeltuch aufgebaut. Von der Hecke neben der Einfahrt bis zum Zaun des Nachbargartens war ein Polizeiband gespannt.

»Der Zweite innerhalb einer Woche, Frans«, sagte sie zum Streifenpolizisten.

Bevor sie das Segeltuch zurückschlagen konnte, stieg Sturm in großer Eile aus ihrem Auto. Sie lächelte schief, als sie Laurien erkannte und murmelte irgendetwas, es tue ihr leid, dass sie sich in dem Fall von voriger Woche nicht hätten einigen können. Das Segeltuch schlug im heftigen Wind, darunter standen Willem und Klaas. Willem mit einer Kippe im Mundwinkel. Klaas hatte sich umgedreht.

»Blas deinen Rauch gefälligst in die andere Richtung!«

»Mach mich nicht an!«

»Immer mit der Ruhe, Leute«, sagte Laurien. »Mach die Zigarette aus, Willem!«

Pier stieß sie an. »So etwas habe ich noch nie gesehen. Aufgehängt am Schwingtor einer Garage!« Er trat einen Schritt zurück. »Unmöglich!«

»Dass er hängt, beweist doch, dass es möglich ist«, sagte Klaas.

Laurien ging zu dem Toten. Sie schauderte. Louw Campbell hing in Hockhaltung an der Klinke, mit dem Kopf in einem kurzen Strang aus orangefarbenem Nylon. Die linke Seite berührte das Garagentor. Die Augen waren herausgetreten, die Zunge hing ihm aus dem Mund. Die Arme baumelten schlaff herab, das Hinterteil hing nur knapp über den bunten Pflastersteinen der Auffahrt.

»Was schätzt du, wie hoch die Klinke ist?«

Willem nahm ein Zentimetermaß. »Ein Meter und zehn. Ein ziemliches Kunststück, sich auf diese Weise um die Ecke zu bringen.«

»Das ist Mord«, sagte Stevi, die gerade das Segeltuch zurückgeschlagen hatte. »Das schafft man nicht alleine.«

»Erst hinschauen, dann Schlussfolgerungen ziehen«, sagte Laurien. »Würden Sie bitte einmal kommen?«, fragte sie Sturm.

Sturm brauchte nicht viel Zeit, um den Tod festzustellen.

»Kennst du den Toten?«, fragte sie.

»Der Sohn des Opfers von Mittwochnacht. Können Sie bereits etwas dazu sagen?«

»Seltsamer Mord.«

»Mord? Kein Selbstmord?«

»An einem Garagentor?«

»Ist dies der Tatort?«

»Er ist durch Erhängen ums Leben gekommen«, sagte Sturm.

»Was kann jemanden dazu gebracht haben, ihn zu töten?«, fragte Jan.

»Meine Aufgabe ist es, den Tod festzustellen und, wenn möglich, die Todesursache herauszufinden.« Sturm schaute auf die Uhr, während sie das Thermometer in Louws Ohr steckte. »Der Tod ist nachts zwischen null und fünf Uhr eingetreten.«

»Ziemlich große Zeitspanne.«

»Ich möchte sichergehen.«

Willem zeigte auf Sturms Schuhe, über die sie keine Plastikschuhe gezogen hatte.

»Entschuldigung«, sagte sie.

»Die latscht hier einfach mit ihren verdreckten Schuhen über meine kostbaren Spuren hinweg«, sagte Willem. »Bist du fertig?« Er hatte sich eine neue Selbstgedrehte zwischen die Lippen geklemmt.

»Ich habe den Tod festgestellt.«

»Schön. Dann können wir ja endlich loslegen. Wir rufen dich, wenn er abgenommen werden kann.«

»Nicht sonderlich klug, Willem«, sagte Laurien, als Sturm verschwunden war. »Im letzten Seminar zur Verbesserung der Teamarbeit hat man uns doch gepredigt, wie wir die Zusammenarbeit angehen sollen.«

»Vergebene Liebesmüh, Willem noch etwas beibringen zu wollen. Er ist nun mal ein grober Klotz und bleibt es auch«, sagte Klaas.

»Dich mit Sturm anzulegen, solltest du lieber lassen«, sagte Laurien. »Tue ich auch nicht.«

»Dann soll sie sich gefälligst an die Absprachen und Vorschriften halten«, sagte Willem.

»Stevi und Jan, schaut ihr euch mal in der Gegend um und versucht herauszubekommen, ob es Zeugen gibt?«

Durch eine Lücke in der Zeltwand schoss Laurien Fotos von den Zuschauern. Später wollte sie dann die Leute mit den anderen Gaffern vom Strand vergleichen. Willem und Klaas krochen auf den Knien herum, fotografierten und machten Videoaufnahmen.

Laurien fragte, wer den Toten gefunden habe. Klaas deutete auf eine aschfahle Frau mit Bahnen herabgelaufener Wimperntusche auf den Wangen, die sich an eine Gartenhecke lehnte. Laurien und Pier nahmen sie mit in Louws Wohnzimmer. Nervös klopfte die spindeldürre Frau eine Zigarette aus einem Päckchen mit den schwarzumrandeten Warnhinweisen. Ihre Finger zitterten so stark, dass sie mehrere Anläufe nehmen musste, bevor die Zigarette brannte.

»Ich habe mich zu Tode erschreckt«, sagte sie nach einigen langen Zügen. »Armer, guter, lieber Louw. Ich bin Mara, eine Freundin, nicht mehr, falls Sie auf falsche Gedanken kommen. Wir wollten über die Neugestaltung seines Ladens reden. Ich bin Innenarchitektin.«

»Jetzt ist es sieben Uhr dreißig. Wann waren Sie hier«, fragte Laurien.

»Wir waren für sechs Uhr verabredet. Louw ist dann noch wach, und ich bin schon wieder aufgestanden. Frühaufsteherin«, entschuldigte sie sich. »Ich hatte gehofft, Louw etwas ablenken zu können. Der Tod seines Vaters hat ihn ungeheuer mitgenommen.«

»Eine sonderlich gute Beziehung hatte er vorher doch wohl nicht zu ihm«, sagte Pier, während er seine Krawatte gerade rückte.

»Wie willst du darüber urteilen? In letzter Zeit verstanden sie sich besser. Und wenn du es ganz genau wissen willst: Der Tod seines Vaters hat ihm Angst eingejagt. Er glaubte, sein Vater sei ermordet worden.«

»Es wäre besser gewesen, wenn er das der Polizei gesagt hätte«, meinte Laurien.

»In die Polizei hatte er kein Vertrauen.«

»Trachtete denn jemand seinem Vater nach dem Leben?«

»Das nicht. Louw hatte Angst, dass sein Vater mit ihm verwechselt worden sein könnte, dass er selbst hatte ermordet werden sollen.«

»Wer wollte Louw ermorden?«, fragte Pier.

Mara nahm erneut einen langen Zug und blies den Rauch langsam an die Decke.

»Das weiß ich nicht. Es wird wohl irgendwie mit den Drogen zusammenhängen, glaubst du nicht auch? Ein Dealer hatte behauptet, Louw habe eine größere Partie zu sehr verschnitten und den Gewinn in die eigene Tasche gesteckt.«

»Den Namen des Dealers haben Sie nicht zufällig gehört?«

»Nein.« Sie nahm einen hastigen Zug. »Namen nannte er nie.«

»Konsumierte Louw viel?«

»Louw? Der war so gut wie clean.«

»Ach, ja?«

»Hör mal, er war alt genug, um selbst zu wissen, was und wie viel er nehmen durfte.«

»War er wirklich so gut wie clean?«

»Früher hat er mehr genommen. Mir hat er nicht erzählt, was er nahm. Es wird nicht viel gewesen sein, dafür aber regelmäßig, verstehst du? Gestern rief er mich voller Panik an. Du und dein Kollege vom Drogendezernat wäret bei ihm gewesen, ihr hättet seinen gesamten Vorrat eingesackt. Ausgerechnet jetzt, wo er etwas gebrauchen könnte. Wenn der Vater tot am Strand angespült wird, bräuchte man eben etwas zum Betäuben. Ich hatte nichts für ihn. Ihm ging es verdammt schlecht.«

Lauriens Augen tränten vom Rauch.

»Hatte Louw eine Lebensgefährtin?«

»Nein. Ein paar Jahre hat er mit Cretine zusammengewohnt, aber die Beziehung ist in die Brüche gegangen.«

Sie drückte den Stummel aus. Laurien notierte den Namen.

»Besitzt diese Cretine auch einen Nachnahmen?«

»Vermutlich, aber ich kenne ihn nicht.«

»Wissen Sie, wo sie wohnt?«

»Unbekannt. Mein Gott, die Beziehung ist schon seit Jahren beendet.«

»Sie haben Louw also heute Morgen gefunden?«

Mara pflückte eine neue Zigarette aus dem Päckchen, klemmte sie sich zwischen die Lippen und steckte sie an. Ihre Hände zitterten jetzt etwas weniger.

»Um sechs Uhr kam ich den Gartenweg herauf. Louw öffnete

nicht. Ich schaute durchs Küchenfenster, vielleicht setzte er ja gerade Teewasser auf und hatte mich nicht gehört. In der Küche war auch niemand. Ich habe noch ans Fenster geklopft und bin dann zur Einfahrt weitergegangen. Die Garage liegt etwas zurückgesetzt, deshalb habe ich ihn zunächst nicht gesehen. Als er dann plötzlich vor mir hing, habe ich den Schreck meines Lebens bekommen.« Sie schauderte bei der Erinnerung. »Ich habe die Polizei angerufen, alles andere wisst ihr ja selbst.«

Sie schüttelte den Kopf, um sich von dem grausigen Bild zu befreien.

»Louw war wirklich ein guter Kerl.«

Sie warf die halbe Zigarette weg und steckte sich sofort eine neue an.

»Gibt es Familienangehörige, die benachrichtigt werden müssen?«

»Irgendwo muss es noch einen Onkel geben, und in England leben wohl auch Verwandte seines Vaters, aber ich kenne niemanden.«

»Freunde, Freundinnen?«

»Freundinnen. Namen und Adressen habe ich nicht. Hier in Middelburg hatte er wenig Bekannte.«

»Überhaupt keine Freunde?«

»Einen. Paul Wolf. Mit ihm hatte Louw geschäftlich zu tun. Paul ist Geschäftsführer eines neuen Ladens in Vlissingen.«

»In Vlissingen?«, fragte Laurien. »Wir werden der Sache nachgehen. Und die Nachbarn?«

»Tratschverein nannte er sie, brillant im Klatschen. In dem, was sie über Louw zu erzählen hatten, erkennt man nicht mal den größten Knastbruder wieder.«

Laurien notierte Maras Namen und Adresse.

»Ich lasse noch von mir hören. Falls Ihnen irgendetwas einfällt, rufen Sie mich oder einen meiner Kollegen an.« Sie gab ihr ihre Visitenkarte.

Laurien schlug die Zeltplane zurück. Klaas und Willem arbeiteten sich in immer engeren Kreisen an Louw heran. Durch das Haar schimmerte eine kahle Stelle des Schädels hindurch. Die Haare waren nach dem Färben ungefähr einen dreiviertel Zentimeter herausgewachsen. Den Ring an seinem kleinen Finger schmückte ein großer Diamant, der Laurien vorher noch nicht aufgefallen war. Der Nagel dieses Fingers war lang, nicht ungewöhnlich für einen Kokser. Die Nasenlöcher waren leicht entzündet. Laurien leuchtete mit der Taschenlampe in seinen Mund. Die meisten unteren Zähne fehlten.

Willem rief Sturm hinzu. Zusammen mit Klaas schnitt er den Strick oberhalb des Knotens durch und legte Louw auf die Erde. Sturm benötigte nicht viel Zeit.

»Er nahm Drogen«, sagte sie nach einem Blick auf seine Arme. »Ihr könnt ihn ins Leichenschauhaus bringen. Obduktion in zwei Stunden.« Sie nickte kurz und verschwand.

Willem und Klaas untersuchten das Garagentor und die Klinke auf Fingerabdrücke. Außer Louws waren keine anderen zu finden.

»Heute Nachmittag fahre ich bei Sturm vorbei, um mir ihre Schuhe anzuschauen«, sagte Klaas. »Außer den Abdrücken von Louws abgelatschten Nikes habe ich noch die von mindestens acht weiteren Paar Schuhen gesehen. An der Garage vier verschiedene Paar.«

»Die Zeugin trug Schuhe mit hohen Absätzen, kleine Größe, sechsunddreißig oder siebenunddreißig«, sagte Pier.

»Die haben wir. Sie hat jede Menge Abdrücke hinterlassen, auch wenn sie auf Abstand geblieben ist. Louw hatte Größe zweiundvierzig, und dann war da noch einer mit Größe vierundvierzig, den wir noch nicht unterbringen können. Dann wird Größe vierzig von Sturm sein.«

»Hast du den Reklameprospekt untersucht, den ich in der Einfahrt bei John Campbell gefunden habe?«, fragte Laurien Klaas.

»Bin ich noch nicht zu gekommen.«

Das Bestattungsunternehmen holte Louw ab. Frans baute das

Zelt ab, Klaas und Willem gingen ins Haus. Langsam verzogen sich auch die Zuschauer. Die Sonne schimmerte jetzt zwischen den Wolken hindurch, der Wind brauste.

»Die haben Sturm vorhergesagt«, meinte Pier. »Und heute Nacht ist Springflut. Sie rechnen damit, dass die Sturmflutsperre dichtgemacht wird. Meine Mutter ist schon total aufgelöst.«

»Früher wurden wir aus dem Bett geholt, denn man wusste nie, ob die Deiche wieder brechen würden«, sagte Laurien. »Maatje hat von all dem kaum etwas mitbekommen, aber der Kakao und die Plätzchen waren natürlich äußerst angenehme Überraschungen. Meine Mutter verstaute die Fotoalben und das Stammbuch in einer Tasche. Durch die große Katastrophe hatte sie sämtliche Fotos von vor 1953 verloren. An die Gesichter ihrer Eltern hatte sie keinerlei Erinnerung mehr. Mein Vater kommt von Walcheren, dort hat das Wasser damals ja nicht so sehr gewütet. Deine Mutter stammt doch aus Serooskerke, nicht wahr?«

»Das stimmt, aber beim nächsten Mal kann es Walcheren ebenfalls treffen. Sündhafte Welt und so.« Pier lachte über das ganze Gesicht.

Das Kipptor wurde geöffnet, indem man den Griff um neunzig Grad drehte. Blaue Garagentür, mit hochglänzender Farbe gestrichen. Lauriens Finger glitten über die glatte Oberfläche, bis sie rechts unterhalb der Klinke Unebenheiten spürte. Die gleichen Unebenheiten befanden sich unten links, von etwa zehn Zentimeter unter dem Griff bis fünfzehn Zentimeter über der Erde. Sie nahm ihr Vergrößerungsglas; die Kratzer schienen neu zu sein. Sie fertigte eine Skizze an, bevor sie Willem und Klaas im Haus aufsuchte.

»Man hat versucht, einen Nagel in die Seite der Treppe zu schlagen«, sagte Willem, »aber das Holz ist da so schwach, dass man nicht mal eine Katze daran aufhängen könnte. Wahrscheinlich mit dem Absatz des Schuhs, der auf dem Dielenschränkchen steht. Nur Louws Fingerabdrücke befinden sich darauf. Das Handwerkszeug in diesem Haus ist nicht der Rede wert. Es ist ein Wunder, dass es überhaupt etwas gab, woran man ihn aufhängen konnte. Mehr als den kurzen Strick, an dem er hing, haben wir nicht gefunden.«

»Das Bewirken von Wundern ist den Menschen nicht vorbehalten«, sagte Klaas.

»Gibt es im ganzen Haus denn nicht einen einzigen Balken, in den man einen stabilen Haken hätte schrauben können?«, fragte Laurien.

»Wenn ein Haken vorhanden gewesen wäre, hätten sich die Treppe selbst oder der Dachboden als Möglichkeit angeboten«, sagte Klaas. »Die Klinken der Innen- und Hintertür sind zu schwach, und die Haustür hat einen unhandlichen Knauf.«

»Fremde Fingerabdrücke?«

»Mehr als genug. Es macht nicht den Anschein, als wenn hier oft geputzt wird«, sagte Willem. Er ging die Treppe hinauf. Kurze Zeit später rief er: »Laurien, interessierst du dich für Dildos?«

»Warum?«

»Entweder handelte Louw damit, oder er hatte mehr Freundinnen, als er bewältigen konnte. Oder beides zugleich. Hier auf dem Dachboden liegen ungefähr vierzig Stück in unterschiedlichsten Formen und Maßen. Neben einer ebenso umfangreichen Kollektion von Vibratoren, Peitschen und Lederunterwäsche.«

»Der Laden in Vlissingen, von dem Mara erzählt hat, ist vielleicht ein Sexshop, von dem der Herr Papa nichts wusste«, sagte Laurien. »Mit Paul Wolf als Geschäftsführer. Der passt auch eher in einen Sexshop als in einen Touristenladen.«

»Versuch das mal herauszubekommen, dann können wir hier weitermachen«, sagte Klaas.

Laurien war schon auf halbem Wege zur Tür, als sie sich umdrehte. »Bevor ich es vergesse, Klaas: Würdest du dich bitte um die Kratzer am Garagentor kümmern?«

Stevi und Jan hatten niemanden gefunden, der nachts etwas gehört oder gesehen hatte. Über Louw hatten die Nachbarn nicht viel herausrücken wollen, in ihren Augen war er ein seltsamer Typ, mit dem sie lieber nichts zu tun haben wollten.

Laurien versuchte dem Onkel einige freundliche Worte über Louw zu entlocken, doch der alte Mann ließ sich nicht umstimmen. Louw war der Nagel zum Sarg seiner Eltern gewesen. Er blieb drei Mal sitzen, bevor er vom Gymnasium flog, und lange Zeit war die Prüfung für sein Schwimmabzeichen das einzige Examen gewesen, das er bestanden hatte. Der Junge war schlau genug, nur taugte er eben nichts. Mit Mädchen rummachen, Wetten und Drogen, das war seine Beschäftigung. Noch mehr Familienangehörige als den Onkel und dessen Tochter mit ihrer Familie gab es nicht. Der Onkel war der letzte Überlebende jener älteren Generation, außer Johns Schwester in England. Diese Schwester war eine seltsame Frau, die sich immer noch kleidete, als befände sie sich in der Hippiezeit. Um ihr Alter zu kaschieren, glättete sie ihr Gesicht mit dicken Schichten Make-up. Ein grauenhaftes Wesen. John hatte nie über sie gesprochen. Louw hatte von seiner englischen Familie einen Tick mitbekommen, er war ein genauso schräger Vogel.

Sie gingen die Einzelheiten durch.

»Geht es vielleicht etwas schneller? Es ist halb eins, in anderthalb Stunden trete ich vor die Presse. Alleine«, sagte Emma bestimmt.

»Meinetwegen«, sagte Laurien. »Warum eigentlich?«

»Überlass das ruhig mir, es ist auf jeden Fall klüger. Ich bin darin geschult.«

»Empfindest du es als unangenehm, wenn die Journalisten mich etwas fragen?«

»Du könntest kurz angebunden antworten, und das käme nicht gut an. Dann haben wir plötzlich Artikel wie den gestrigen in der Zeitung, und das ist für unser Image nicht gerade förderlich. Ich habe mit Hans vereinbart, dass du vorläufig nicht in der Öffentlichkeit in Erscheinung trittst.«

»Hast du das Verhör gelesen?«

»Ich konnte nichts Widerrechtliches darin entdecken, aber dein Ton könnte drohend gewesen sein.«

»Du gehst davon aus, dass ich auf die eine oder andere Weise für den Inhalt des Artikels verantwortlich bin.« Laurien drehte sich zu ihrem Computer um.

Sie gab schnell die Daten ein und fertigte eine gesonderte Akte für die Fotos von der Thibautstraat an. Viele Übereinstimmungen mit den Zuschauern am Strand von Domburg entdeckte sie nicht.

Sturm legte den vorläufigen Bericht auf Lauriens Schreibtisch.

»Unzweifelhaft Mord«, sagte sie nachdrücklich.

Laurien lächelte dem entschwindenden Rücken hinterher. Eilig las sie das Papier durch. So wie es dort stand, konnte sie kein Haar in der Suppe finden, doch erneut zweifelte sie an der Schlussfolgerung. Rührte das daher, dass sie Sturm wegen des Irrtums im Fall John Campbell misstraute oder dass sie selbst etwas übersehen hatte? Etwas, dessen sie sich jetzt noch nicht bewusst war.

Laurien beschloss, ein Brötchen im Stadtzentrum zu essen, um nicht zufällig Emma über den Weg zu laufen. Sie winkte der Empfangsdame zu, die aus ihrem Kabuff herausgeschossen kam.

»Da wartet ein Journalist auf dich. Henk van Elst von *Radio Zeeland.*«

»Der will zu Emma.« Sie lief weiter.

»Nein, warte eben. Der hat ausdrücklich nach dir gefragt.«

Laurien ging zu dem Journalisten und machte ihm klar, dass sie ihm nicht zur Verfügung stehen würde. In diesem Augenblick kam Emma heraus. Frisch geschminkt, ordentlich gekämmtes Haar: fertig für das Foto. Hochgezogene Augenbraue, als sie Laurien erblickte.

Laurien wartete an der Tür. Ohne zu viele Einzelheiten preiszugeben, erläuterte Emma, was bis jetzt herausgefunden worden war. Henk van Elst hob die Hand. Er habe soeben erfahren, dass John Campbell möglicherweise ermordet worden sei. Was sie dazu sagen könne. Nach einem irritierten Blick auf Laurien sagte Emma, dass wegen des überraschenden Todes seines Sohn die Todesursache des Vaters noch einmal gründlich untersucht werden müsse. Vorläufig gehe sie aber weiterhin von einem unglücklichen Zufall aus. Morgen um dieselbe Zeit gebe es eine neue Pressekonferenz, und sie hoffe, dann mehr dazu sagen zu können.

Van Elst fragte, ob an den Gerüchten etwas dran sei, dass einer von Campbells Angestellten in einer der Filialen kurz vor dem Tod des alten Mannes entlassen worden sei. Emma antwortete, auch dazu werde sie sich morgen äußern. Laurien glitt aus der Tür.

12

»Unabhängig von Sturms Meinung möchte ich die Möglichkeit eines Mordes ebenso wenig wie die eines Selbstmordes ausschließen.«

»Du musst eben immer das tun, was du selbst für richtig hältst, Laurien. Denn auf andere zu hören ist wahrlich nicht deine Stärke«, sagte Emma.

»Meinst du damit etwa, dass ich vorhin entgegen deinem ausdrücklichen Wunsch bei der Pressekonferenz gewesen bin?«

»Das auch.«

»Und was sonst noch?«

»Das genügt doch wohl. Ich hatte dir unmissverständlich zu verstehen gegeben, dass du dich nicht mit Journalisten unterhalten sollst.«

»Wer sagt denn, dass ich mit Journalisten gesprochen habe?«

»Komm, Laurien, wenn ich dich in einer Gruppe von Journalisten stehen sehe, dann glaube ich nicht, dass du gerade den neuesten Witz erzählst.«

»Das Scheinbare muss nicht immer mit der Realität übereinstimmen. Wie kommst du eigentlich dazu, mir zu unterstellen, dass ich mit den Journalisten unter einer Decke stecke?«

»Du willst immer Recht haben. Du hast dich hinter meinem Rücken an Vriens herangemacht. Das habe ich in den falschen Hals bekommen. Wie ist sie an die Fotos gekommen?«

»Ich hatte weder bei dir noch beim Staatsanwalt eine Chance, meinen Standpunkt darzulegen. Ich habe nichts anderes getan, als Vriens die Fotos zur Begutachtung vorzulegen. Unsere Regionale Einheit ist nicht dazu da, das Ego einiger Leute aufzumöbeln, sondern der Allgemeinheit zu dienen. Und wenn ein Mord begangen wurde, ist es meine verdammte Pflicht, den Mörder zu fassen. Wenn du genau wissen willst, wie das eben abgelaufen ist: Beim Empfang wurde ich an Henk van Elst verwiesen, der nach mir gefragt hatte. Ich war gerade auf dem Weg zu einem Mittagsimbiss, und ich sagte van Elst, dass du mit ihm sprechen würdest. Genau in dem Moment …«

»Hör doch auf, ich habe keine Zeit für lange Erklärungen. Es ist eben gelaufen, wie es gelaufen ist. Ich möchte nicht noch einmal auf diese Art und Weise überrascht werden. Du hast deinen Willen, du hast deinen Fall.«

Verblüfft unterbrach Laurien die Verbindung.

Sie bat Jan, die Buchhaltung aus Het Anker zu holen. Auch den Beweis für Rons Unschuld, den Zettel aus der Kasse, sollte er mitbringen.

Danach rief sie beim Bestattungsinstitut an. Der Besitzer erinnerte sich an die Hose, die John Campbell getragen hatte. Er hatte sie dem Sohn gegeben und dafür einen Anzug bekommen, in dem der alte Campbell zunächst aufgebahrt und später eingeäschert worden war. Was der Sohn mit der Hose gemachte hatte, wusste er nicht zu sagen.

Klaas und er hätten die Taschen entleert, sagte Willem, und soweit er wisse, sei weiter nichts mit der Hose geschehen. Laurien ließ ihn nach Johns Hose suchen. Sie konnte sich nicht vorstellen, dass Louw die Hose in die Reinigung gebracht hatte, dessen Schlampigkeit würde ihnen hier durchaus zum Vorteil gereichen können. Nicht dass sie große Hoffnungen hegte, an der Hose etwas zu entdecken, das die Todesumstände klären konnte, doch ohne Fleiß kein Preis. In der Zwischenzeit las sie Sturms Bericht über John noch einmal durch. Der Tote hatte Meerwasser in der Lunge gehabt, ein Ertrinken zum Beispiel in der Badewanne war somit ausgeschlossen.

In dem Briefumschlag mit den Fotos, den Anna Vriens auf ihren Schreibtisch gelegt hatte, befand sich eine Kopie des kurzen

Schreibens an die Staatsanwaltschaft. Die undeutlichen Flecken unterhalb des Haaransatzes, die leichten Verfärbungen in der Nierengegend und die Schrammen sowie Wunden an der linken Hand hätten sie zu dem Schluss geführt, dass der Tote durch Gewaltanwendung ums Leben gekommen sei. Angesichts der Verletzungen erscheine ihr der Bruch des Genicks durch einen Aufprall auf einen der Pfähle im Meer als unwahrscheinlich. Für wahrscheinlicher halte sie den Genickbruch beim Anspülen des Körpers auf den Strand.

Jan rief an. In oder unter der Kasse habe er keinen Zettel finden können. Laurien schlug ihm vor zurückzukommen und die Tonbandaufnahme mit der Vernehmung von Ron noch einmal genau abzuhören. Dabei sollte er festhalten, was dieser über den Kassencomputer und die Auseinandersetzung mit John Campbell ausgesagt hatte. Wenn er damit fertig sei, solle er nach Oostkapelle fahren und Ron zur erneuten Vernehmung abholen. Eine Viertelstunde später lag ein Paket mit den Geschäftsunterlagen des Ladens auf ihrem Schreibtisch, und sie gab Jan das Tonband mit dem Verhör von Ron.

Ruhig verglich sie Rons Unterlagen mit denen aus Het Anker. Sie konnte keinerlei Unterschiede feststellen. Rons Ausdrucke umfassten den Zeitraum eines halben Jahres. Die Codes der Artikel standen auf der einen Seite, die Beträge auf der anderen Seite, aufgeteilt nach Barzahlung und Abrechnung per Scheckkarte. Es war deutlich, dass Els Recht hatte. Die Tageseinnahmen wurden durch zurückgenommene Waren erheblich reduziert, die ausnahmslos in bar ausgezahlt worden waren. Sie schrieb die Codes der zurückgenommenen Artikel untereinander. Es war fast jedes Mal dieselbe Kombination. Am auffälligsten war, dass dieser Artikel in den Ausdrucken nicht häufiger als ungefähr fünf Mal als verkauft auftauchte, innerhalb dieses halben Jahres jedoch mindestens hundertfünfzig Mal zurückgegeben worden sein sollte. Bedächtig blätterte Laurien die Papiere ein drittes Mal durch. Vor jedem Vorgang stand ein weiterer Code. Es gab vier Kombinationen, von denen zwei vor den zurückgenommenen Artikeln zu finden waren. Bingo! Sie rief Linda, das Ladenmädchen, an. Innerhalb einer Stunde hatte sie per E-Mail die gewünschten Informationen.

Jan teilte ihr mit, Ron befinde sich im Vernehmungszimmer. Sie nahm die Ausdrucke mit nach unten und bat Jan, den Buchhalter herzubringen. Pier setzte sich mit ins Vernehmungszimmer. Laurien breitete Blatt für Blatt auf dem Tisch aus. Die E-Mail und ihre eigenen Notizen legte sie umgedreht auf einen Stuhl. Ron ließ sich durch Komplimente für die gewissenhafte Buchführung einwickeln.

»Kannst du mir die Codes erklären?«

»Das sind die Codes des Personals, mit denen es Zugang zur Kasse bekommen konnte.« Er sagte es, als spräche er zu einem Halbidioten. »Jeder hat seinen eigenen Code.«

»Wer von euch konnte am besten mit dem Kassencomputer umgehen?«

»Ich.«

»Nicht Louw, Linda oder der alte Herr Campbell?«

»Ich sagte bereits, dass ich es bin.«

»Also hast wahrscheinlich du die Grundlagen für das System geschaffen.«

»So ist es. Ich habe einen speziellen Kurs dafür belegt.«

»Du hast dir die Codes ausgedacht und zugeteilt?«, fragte Pier.

»Natürlich.«

»Ich bin langsam von Begriff«, sagte Laurien. »Wenn ich bei dir bezahle, gibst du deinen Code ein, und damit kommst du in den Kassencomputer. Die Kasse registriert den Einkauf, sodass man später auch feststellen kann, wer am meisten verkauft hat. Und wenn ich etwas bei deiner Kollegin kaufe, erscheint an dieser Stelle ihr Code. Richtig?«

»So ziemlich.«

»Ziemlich oder ganz?«

»Ganz.«

»Jeder hat seinen festen Code. Du hast einen anderen als das Ladenmädchen oder Louw.«

»Dies ist meiner, dieser gehört Louw, dieser dem alten Campbell und der hier Linda.«

»Dann verstehe ich nur eines nicht.« Laurien nahm die E-Mail vom Stuhl. »Ich habe hier eine Liste mit jenen Tagen, an denen Linda frei hatte, und den Tagen, an denen Louw in einem der anderen Läden arbeitete. Trotzdem erscheinen ihre Codes hier und hier und hier.« Sie zeigte auf die Codes mit den zurückgenommenen Artikeln.

Ron lief rot an, was er zu verbergen versuchte, indem er sich über die Ausdrucke beugte. »Dann muss jemand einen Fehler gemacht haben.«

»Dieser Fehler wurde aber nur gemacht, wenn etwas zurückgebracht wurde. An diesem Tag stehen dort beispielsweise nur deine Codes, außer wenn etwas an einen Kunden zurückbezahlt werden musste. Da erscheint dann plötzlich der Code von Linda oder Louw. Fast immer handelt es sich um denselben Artikel. Was ist es? Ein vergoldetes Feuerzeug in Form einer Rettungsboje? Kostet fast sechzig Euro. Ziemlich viel für ein kleines Souvenir aus Middelburg.«

»Es könnte ein Leuchtturm aus Porzellan mit einer Spieluhr darin sein«, sagte Ron gleichgültig. »Ich kann mich erinnern, dass Louw sagte, die Dinger taugten nichts, verkauften sich aber gut.«

»Wirklich? Dieser Leuchtturm wird aber oft zurückgebracht und nur selten gekauft. Und er wird immer nur dann zurückgegeben, wenn dieser Liste zufolge du im Laden bist. Seltsamerweise wird an deinen freien Tagen nichts zurückgeliefert.«

»Unerklärlich«, meinte Ron.

»Fürs Erste wissen wir genug.«

Da Laurien keine Lust hatte, Emmas Zustimmung für eine vorläufige Festnahme einzuholen, ließ sie ihn gehen. Allerdings erlegte sie ihm auf, Oostkapelle nicht zu verlassen.

Nach Auskunft des Buchhalters war Louw ein weniger großer Chaot gewesen, als es auf den ersten Blick hatte erscheinen müssen. Trotz der Rezession war der Umsatz um durchschnittlich 3,7 Prozent gestiegen, weil Louw klug genug gewesen war, günstigere Artikel mit ins Sortiment zu nehmen. Dass der Gewinn in Middelburg niedriger war, musste andere Ursachen haben.

Der Buchhalter war mit seiner Buchführung im Rückstand. Im Frühling war er lange krank gewesen, und Louw hatte auch keine Zeit für die Verwaltungsarbeit gehabt, da er mit seiner neuesten Spielerei beschäftigt gewesen war, dem Laden in Vlissingen, von dem sein Vater nichts gewusst hatte. Der Buchhalter schaute Laurien unsicher an. Laurien nickte ihm zu, er solle fortfahren. Louw und er waren dadurch zu spät dahintergekommen, dass der Laden in Middelburg weniger gut lief als die beiden anderen Geschäfte. Der alte Campbell hatte sie darauf hingewiesen, als er Ron bei dem Diebstahl ertappt hätte. Doch bevor deutlich hätte werden können, wie Ron das angestellt haben könnte, war John gestorben.

Nachdem der Buchhalter gegangen war, schüttelte Pier den Kopf.

»John beschuldigt Ron des Diebstahls. Er hat keinerlei Beweis und entlässt ihn trotzdem.«

»Ron behauptet, John hätte ihn beim Stehlen eines Buches erwischt, was aber nicht der Wahrheit entsprochen habe, da Ron das Buch ausgeliehen habe. John hätte sich auf keine Diskussion eingelassen, obwohl da doch ein Zettel in der Kasse gelegen haben müsste, auf dem vermerkt war, dass er das Buch mit Louws Zustimmung nach Hause mitgenommen hatte. Der Zettel ist übrigens nicht auffindbar.«

»Trotz alledem, wegen eines gestohlenen Buches wird einer nicht gleich entlassen«, sagte Pier.

»Ron hat Angst, dass John hinter seine Unterschlagungen kommt, lockt ihn in sein Haus nach Oostkapelle und ermordet ihn.«

»Kräftig genug ist er dafür.«

»Deshalb gelangt er auch dort ins Meer und nicht in Zoutelande oder Vlissingen. Louw kommt dahinter, dass Ron der Mörder seines Vaters ist, konfrontiert ihn damit und wird ebenfalls ermordet. Motiv und Täter, Pier. Aber für mich sieht er nicht wie ein Mörder aus. Da steckt etwas anderes dahinter, ich weiß nur nicht, was.«

Willem hatte Johns Hose in der Thibautstraat gefunden. Zusammen mit Klaas untersuchte Laurien den Stoff unter einer starken Lampe auf Spuren. Im Bereich der Knie steckten Dornen darin. Unter der Lupe erwiesen sie sich als hakenförmig. Außerdem fanden sich im Stoff auch Stachel. Dieselben Dornen und Stachel hatten die Dünenrosen aufgewiesen.

Laurien bat Willem, einige Dünenrosen vom Strandaufgang in Oostkapelle zu holen. Diese sollte er zusammen mit der Hose nach Rijswijk schicken. Dort konnte dann entschieden werden, ob weitere Untersuchungen in Leiden erforderlich waren. An der dortigen Universität arbeitete man mit einem Botaniker zusammen, der DNA-Analysen vornehmen konnte. Sollte das Erbmaterial übereinstimmen, dann wüssten sie, wo John ins Wasser geraten war.

Laurien nahm sich einen Kaffee mit in Jochems Büro.

»Hat man dir schon gesagt, dass Louw Campbell nicht mehr unter den Lebenden weilt?«

»Louw ist tot?«

»Hast du ihn dir vielleicht vorgenommen?«, fragte Laurien.

»Ist das etwa verboten?«

»Das habe ich nicht gesagt. Hast du seinen gesamten Vorrat mitgenommen?«

»Dafür sind wir schließlich da. Er jammerte herum, die Polizei hätte ihm nun schon zum zweiten Mal in einer Woche alles gestohlen, und jetzt sitze er ohne etwas da. Louw hatte so seine Kanäle, und bevor wir um die erste Straßenecke waren, hatte der bestimmt schon seinen Dealer angerufen.«

»Was wolltest du von ihm?«

»Die Namen seiner Lieferanten.«

»Hat er sich noch zu Olmer geäußert?«

»Ich habe nicht danach gefragt … Hör mal, Laurien, unheimlich viele Kinder experimentieren mit Drogen, ohne dass deren Eltern großartige Entschuldigungen erfinden. Und wenn jemand deinen Sohn zum Drogenmissbrauch verleitet haben sollte, dann bestimmt nicht Louw. Der hatte viel zu viel Schiss, als dass er ein Dealer mit nennenswertem Umsatz hätte sein können.«

»Glaubst du das oder hast du Beweise?«

»Komm, ich mache diesen Job nicht erst seit heute. Louw war keiner von den Großen und er nahm selbst Drogen.«

»Wenn ich dich richtig verstanden habe, hast du gestern seinen gesamten Vorrat einkassiert.«

»Nachdem du offenbar auch schon einen Teil mitgenommen hattest.«

»Pier und ich waren nicht darauf aus, ihm alles wegzunehmen. Du schon, du hast ihn trockengelegt. Nach deinem Abgang musste er zusehen, wie er sich einen Schuss setzen konnte. Er rief seinen Lieferanten an, der ihm statt zu einem Schuss zum Tode verhalf.«

»Mein Stil ist es nicht, die Leute unter Druck zu setzen. Ich habe ihm einen vollen Tag Zeit gegeben, mir die Namen zu nennen.«

»Oder hast du ihm versprochen, dass sämtliche Schulden getilgt würden, falls er mitarbeitet?«

»Schulden?«, fragte Jochem.

»Ja, sicher. Wenn du deine Arbeit gewissenhaft gemacht hättest, wäre dir das nicht entgangen. Er hatte erhebliche Schulden.«

»Warte mal. Glaubst du, dass Louw den Herrn Papa im Meer ertränkt hat?«

»Das wissen wir nicht. Dir haben wir es im Übrigen zu verdanken, dass wir ihn jetzt nicht mehr danach fragen können.«

»Vielleicht war ich es noch, der den Alten umgebracht hat.« Jochem knallte Louws Akte auf den Schreibtisch und stellte sich mit dem Rücken zu Laurien ans Fenster.

An seiner Silhouette vorbei sah sie, dass die Straßenlaternen immer noch brannten. Der tobende Wind presste die Bäume tief zu Boden.

»Um wie viel Uhr warst du bei ihm?«, fragte Laurien.

»Ungefähr um neun, nicht viel später.«

»Ziemlich spät für ein Gespräch.«

»Vorher hatte ich keine Zeit. Außerdem war Louw ein Nachtmensch.«

»Machte er einen niedergeschlagenen Eindruck?«

»Der war nie sonderlich fröhlich, Laurien. Wie hat er denn sein Ende gefunden?«

»Aufgehängt. Wie kam er an seine Drogen?«

»Die sind ihm nicht zugeflogen, so viel steht fest. Vor ungefähr zwei Monaten hat er in Vlissingen einen Sexshop aufgemacht, in dem auch kräftig mit Drogen gehandelt wird. Wusstest du das?«

»Zufällig ja.«

»Bislang konnte ich Louw nichts anhaben. Es schien, als betreibe Paul Wolf, der Geschäftsführer des Ladens, seinen zwielichtigen Handel an seinem Chef vorbei. Ich kann mich aber auch täuschen.«

»Warum hast du dir denn den nicht vorgeknöpft?«

»Der ist nur eine kleine Nummer, der uns zu den Hintermännern bringen soll. Du hast doch nicht etwa mit ihm geredet? Dann hättest du mir schon wieder alles versaut. Ich vermute, dass Louw und Paul möglicherweise für Pauls Bruder gearbeitet haben. Kennst du Jan Wolf? Ein bekannter Dealer auf Walcheren.«

Laurien nahm Louws Akte an sich. »Die nehme ich mal eben mit.«

Bevor Jochem protestieren konnte, war sie schon aus der Tür. Sie tat, als könnte sie nicht hören, was er ihr in den Gang nachrief. Sie lief in den dritten Stock. Die Kälte hatte sich im Gebäude breitgemacht, gurgelnde Rohre und lauwarme Radiatoren. Der kräftige Wind heulte durch die Spalten. Die Lamellen vor den geschlossenen Fenstern schlugen aneinander, Plastik auf Plastik. Dieser Bau war wahrhaftig renovierungsbedürftig, doch für dergleichen gab es kein Geld.

In der Akte standen der Name und die Adresse von Jan Wolf. Die Adresse stimmte mit der des Sexshops überein.

»Das reicht ja wohl für heute«, sagte Pier.

»Kannst du, bevor du nach Hause gehst, erst noch Jan Wolf hierherbringen?«

»Kann dieses Arschloch nicht warten?«

»Ich glaube kaum.«

Es war später, als sie angenommen hatte. Sie rief Tiemen an. Er erzählte, Maatje sei heute ohne zu fragen zum Bäcker gegangen und mit Teilchen zurückgekommen.

»In der nächsten Woche werde ich täglich Kontakt mit Trudy aufnehmen«, sagte Tiemen. »Es muss etwas passieren. Bald hat Maatje sich mit unseren Gewohnheiten so vertraut gemacht, dass sie in Vlissingen wieder ganz von vorne anfangen muss.«

»Vergnügt sie sich denn mit sich selbst?«

»Nein, dazu hat sie mich auserkoren. Ich habe gerade ein Spiel mit ihr gemacht, sie verschiebt ihre Steine ständig zu ihrem Vorteil. Jetzt hängt sie vor dem Fernseher.«

Aus seiner Stimme konnte Laurien heraushören, dass er langsam genug davon hatte, für seine Schwägerin sorgen zu müssen.

»Sie zieht sich schon wieder Fußball rein. Bei jedem Tor habe ich Angst, dass das Sofa zu Bruch geht, so wild springt sie hoch und runter, ganz egal, wer gerade ein Tor schießt. Olmer ist auf seinem Zimmer. Ich habe mich in den Wintergarten zurückgezogen und höre die *Deutsche Messe* von Schubert.«

Er hielt den Hörer an den Lautsprecher. Laurien vernahm die Klänge ihrer Lieblings-Messe.

»Ist bei euch auch die Hölle los?«, fragte Tiemen. »Der Kübel mit Veilchen auf der Bank vorm Haus wurde vom Wind weggefegt und landete unter der Überdachung auf dem Vismarkt. Heute gab es hier ziemlichen Aufruhr um die Statue mit dem Mädchen. Irgendjemand ist heute Nacht in den Baum geklettert, hat einen dicken Strick um den Ast über dem Standbild gebunden und dann um den Hals des Mädchens geknüpft. Die Feuerwehr hat den Strick abgeschnitten. Das Mädchen steht da jetzt wieder einsam und unbeweglich halb vornübergebeugt.«

Die Statue inspirierte pubertierende Jugendliche nun mal zu seltsamen Reaktionen. Wie oft hatten Warre und Olmer getan, als würden sie das Mädchen von hinten nehmen? Jetzt hatten sie gar keinen Blick mehr für das Standbild und lachten über Touristen, die die gespitzten Lippen küssten.

»Wird es heute Abend spät bei dir?«

»Ich will versuchen, hier so früh wie möglich wegzukommen.«

Laurien setzte sich an den Computer. Eine Stunde lang gab es nichts als sie und ihre Notizen. Plötzlich fiel ihr ein, dass sie sich nicht mehr um den alten Volvo gekümmert hatte. Sie verfasste ein Fax mit den entsprechenden Angaben und schickte es als Fahndungsersuchen an alle Dienststellen.

War Louw wegen der Drogen getötet worden? Auf jeden Fall war er erpressbar gewesen. Außer Drogen und Geld boten sich keine anderen Motive an, und dennoch erinnerte sein Tod nicht an eine Abrechnung unter Kriminellen. Es war kein Blut geflossen, es sah eher raffiniert als grausam aus, eher spontan geschehen als gut vorbereitet und schnell ausgeführt. Zumindest, wenn Louw wirklich ermordet worden sein sollte.

Jan Wolf hatte eine Glatze und war tätowiert, sein Kaugummi rollte im Mund von einer Seite zur anderen. Viele Ringe, jede Menge Goldkettchen. Den Rauch seiner Zigarette blies er in Lauriens Richtung. Sie lachte über sein Machogehabe. Pier saß in angespannter Haltung neben ihr.

»Ist Ihr Bruder Geschäftsführer von Louws Laden in Vlissingen?«

»Na und? Was geht mich das an?«

Laurien schaute zu Pier hinüber. Der nickte fast unmerklich.

»Nicht viel. In welcher Beziehung standen Sie zu Louw Campbell?«

»Ein Bekannter, nicht mehr.«

»Der ab und zu etwas für Sie erledigte?«

»So läuft das eben.«

»Er holte beispielsweise schon mal ein Päckchen in Vlissingen für Sie ab.«

»Ein Päckchen?«

»Mit Stoff.«

»Haha, junge Frau, da täuschst du dich. Ich habe mich gebessert.«

»Das ist schön zu hören, aber wie sah es denn vor dieser Wende zum Guten aus?«

»Ich habe mitbekommen, dass er sich im Hafen rumtrieb, vielleicht auf der Suche nach einer Mieze. Mir hat er es nicht erzählt.«

»Louw ging im Hafen ziemlich vorsichtig zu Werke. Sie sind nicht der Erste, der uns von seinem Auftauchen dort berichtet. Über Ihre Anwesenheit im Hafen hat noch niemand geredet.«

»Vielleicht bin ich da ja nie.«

»Sollen wir es dort mal mit Ihrem Foto versuchen?«

»Gut, gut, ich bin schon mal da.«

»Aber sie halten sich verdeckt, während Louw da flanierte, um gesehen zu werden. Welchen Zweck hatte das? Louw zog die Aufmerksamkeit auf sich, sodass ein anderer inzwischen die eigentliche Ware abholen konnte.« Laurien schaute ihn direkt an. »Für seine Mühe bekam er ein paar Päckchen, und das war es dann.«

»Unsinn.« Jan Wolf wendete sich ab.

»Louw war sechsundfünfzig, besaß zwei Geschäfte, und selbst wenn er oft genug stoned war, er klaute nicht, er pisste nicht gegen den Lange Jan, und wenn er sich in Vlissingen rumtrieb, drohte er nicht direkt verhaftet zu werden. Gar nicht schlecht ausgedacht.«

»Sie können schöne Geschichten erzählen, nur beweisen können Sie nichts.«

»Das kommt schon noch.«

»Sollte ich vielleicht um einen Rechtsanwalt betteln?«

»Brauchen Sie einen?«

»Wenn Sie mir etwas in die Schuhe schieben. Darin scheinen Sie gut zu sein.«

»Hatte Louw Schulden bei Ihnen?«

Einen Moment blieb es still.

»Gleich werden Sie sagen, ich hätte ihn ermordet.«

»Bislang habe ich noch keinen Grund, dies zu sagen. Liege ich da falsch?«

»Louw stand mir nicht im Wege.«

»Nein, er war Ihre Milchkuh. Und wenn man die Kuh schlachtet, um sich ihr Fleisch zu nehmen, kann man sie nicht mehr melken.«

»Ich habe keine Kühe.«

»Wenn Sie abstreiten, dass Louw bei Ihnen in der Kreide stand, bringen Sie sich ganz schön in die Bredouille. Dann kann ich nämlich den Staatsanwalt um die Erlaubnis bitten, mal in Ihren Sachen herumzuschnüffeln, wobei ich vielleicht auf einen Wisch mit Louws Unterschrift unter einer langen Zahlenreihe stoße.«

Jan Wolf schaute böse drein. Laurien lächelte weiterhin entspannt. Piers Mund war ein schmaler Strich.

»Also gut, Louw hatte Schulden bei mir. Er spielte und er war süchtig. Geschah auch häufiger, dass seine Schulden aufliefen. Die verschwanden im Sommer, als Touristen bei ihm und seinem Vater Blödsinnsartikel kauften. Seine Schulden beweisen meine Unschuld. Ich drehe meinem eigenen Geldhahn doch nicht den Hals um.«

»Oder der Milchkuh.«

»Ich weiß gar nicht, was Sie von mir wollen.«

»Woher wissen Sie denn, dass Louw der Hals umgedreht wurde?«

In den Augen des Mannes ihr gegenüber begann es zu flackern.

»Ist doch nur so eine Redensart.«

»Die Schulden waren diesmal derart hoch, dass Sie ihn richtig in die Zange nehmen konnten. Um von seinem Schuldenberg herunterzukommen, musste Louw in Vlissingen einen Laden für unanständige Sächelchen eröffnen«, sagte Laurien.

»Sie sollten mit Ihren Geschichten jemand anderen langweilen.«

»Einen Geschäftsführer einsetzen, Ihren Bruder und Handlanger nämlich, ein paar Schachteln mit Dildos, etliche Peitschen, und der Laden konnte gestartet werden. Sie sagten Louw nicht, dass im Lager zwischen den Vibratoren und Peitschen Drogen auf Kundschaft warteten. Sie vertrauten ihm nicht, er war ein zu großer Liebhaber dieser Ware.«

Sie näherte sich seinem Gesicht bis auf wenige Zentimeter.

»Du willst hören, dass du Recht hast, aber das hast du nicht. Ich habe Louw zu überhaupt nichts gezwungen. Vielleicht war ich ja auch nicht derjenige, bei dem er die meisten Schulden hatte. Ich schwöre bei meiner Mutter, dass ich ihm nicht zu einem Sexshop verholfen habe und ihn auch nicht mit Drogen versorgt habe. Letzteres würde ich sowieso nie machen.«

»Interessant.«

»Du suchst an der verkehrten Stelle, du musst dich mal besser umschauen. Ich habe darüber gehört, was in seinem Laden vor sich ging, derartige Vorräte habe ich in den besten Jahren meines langen Lebens nicht auf einem Haufen gesehen. Da sind wichtige Leute am Werk, richtig Große, mit denen ich nicht gerne Ärger haben würde. Und, junge Frau, ich habe Louw nicht ermordet. Schreib dir das hinter die Ohren!«

»Trotzdem haben Sie ihn unter Druck gesetzt. Der war so am Ende, dass er sogar Bargeld aus seinem eigenen Laden abgezweigt hat.«

»Nicht er. Wenn Sie über alles so gut informiert sind, wissen Sie sicher auch, dass der Geschäftsführer aus Middelburg Geld gestohlen hat?«

»Das ist uns keineswegs unbekannt«, sagte Laurien. »Aber viel spannender finde ich, dass Sie das wissen.«

»Louw hat es gestern Abend erzählt. Er war vollkommen fertig. Die Polizei wühlte in seiner Buchhaltung herum, die Kerle hören ja nie dort auf, wo man es gerne hätte. Er hatte Angst, dass sie hinter seinen lukrativen Laden in Vlissingen kommen würden. Von dem versprach er sich größere Einnahmen als durch den Verkauf alberner Leuchttürme. Diese Durchsuchung konnte zu keinem schlechteren Zeitpunkt kommen. Louw verdächtigte diesen kleinen Dieb, seinen Vater umgebracht zu haben. Vielleicht hat derselbe Typ ja auch ihn selbst ins Jenseits befördert.«

»Aber dessen sind Sie sich nicht sicher. Haben Sie denn keine Nachforschungen angestellt?«

»Wo und bei wem denn?«

»Sie sind zwar Dealer auf Walcheren, aber nicht der Einzige.«

»Nicht mehr, liebes Mädchen, nicht mehr. Ich befasse mich nicht mehr mit dem Scheiß. Bei früheren Abnehmern treibe ich die Schulden ein, und wenn ich das hinter mir habe, verschwinde ich aus diesem gruseligen Land, in dem Dinge geschehen, von denen du und ich nichts wissen wollen. Im Untergrund, versteht sich. Die Polizei verfolgt die Kleinen wie mich, aber die Großen werden verschont. Sie suchen Drogen, statt sich um das Ganze zu kümmern. Wofür brauchen die Großen wohl viel Geld?«

»Im Augenblick beschäftige ich mich nur mit Louw Campbell.«

»Niemand von denen, die ich kenne, wollte Louw aus dem Weg räumen.«

»Hat er Sie gestern Abend um Dope gebeten?«, fragte Laurien.

»Ich habe ihm nichts gegeben.«

»Sie hatten Angst, dass Sie die Polizei am Hals haben, wenn Louw damit rausrücken sollte, wie er an seinen Schuss gekommen ist.«

»Gestern Abend bettelte er darum, aber von mir hat er nichts gekriegt, weil ich nichts mehr habe.«

Pier, der sich zurückgehalten hatte, fragte nun: »Du spielst hier doch nur das Unschuldslamm. Wo warst du am Mittwochabend?«

»Mittwochabend? Da saß ich zusammen mit meiner Frau auf

dem Sofa und habe Fußball geguckt. Du kannst sie ja anrufen, wenn du willst.«

»Und nach dem Fußball?«

»Sind wir ins Bett gegangen. Willst du wissen, was wir da gemacht haben?«

»Soll ich dir mal erzählen, was geschehen ist? Als John Campbell tot war, konnte Louw endlich bezahlen, aber noch machte er Faxen, weil er das Geld nicht rausrücken wollte, und davon hattest du die Schnauze voll«, sagte Pier. »Der Papa tot, und Louw reich. Weißt du genau, dass du den Papa nicht kopfüber unter Wasser gedrückt hast? Alter Mann, niemand würde ihn vermissen. Aber du hattest nicht mit Louw gerechnet. Louw liebte seinen Vater. Er vermutete, dass du seinen Papa Meerwasser hattest kosten lassen, und gestern Abend sagte er dir, dass er stinksauer auf dich ist. Da kam es zum Streit, du hast ihm einen prächtigen Schuss angeboten, und als er durch die Droge vollkommen benebelt war, hast du ihn aufgehängt. Wo warst du heute Nacht?«

»In meinem Bett.«

»Schlechtes Alibi«, sagte Pier. »Zisch ab, aber rechne damit, dass wir dich in den nächsten Tagen noch sprechen wollen.«

Anna Vriens teilte mit, dass sie in anderthalb Stunden in Rijswijk mit der Obduktion von Louw Campbell beginnen würde. Sie wollte gerne, dass Laurien dabei war. Laurien hätte jetzt viel darum gegeben, Sturms Gesicht zu sehen.

Willem und Klaas waren erneut in die Thibautstraat gegangen. Laurien wollte, dass sie sich noch einmal sorgfältig umschauten, genauer hatte sie sich nicht ausdrücken können. Es musste dort etwas geben, das sie näher an das Motiv für seinen Tod heranführte.

Als sie ihr Auto bei der Gerichtsmedizin parkte, rief Willem an.

»Du hattest Recht. Wir haben einen Dildo aufgeschnitten. Der war proppenvoll mit Koks. Jochem ist unterwegs. Jetzt kommt Bewegung in die Sache. Klaas will dich auch noch mal sprechen.«

»Ich habe die Kratzer an der Garagentür untersucht«, sagte Klaas. »Sie sind frisch. Es scheint sich um Spuren von Fingernägeln zu handeln.«

»Ich werde Anna Vriens danach fragen. Bin gerade in Rijswijk angekommen. Sie nimmt die Obduktion vor und bat mich, dabei anwesend zu sein.«

»Wie hat sie denn das gedeichselt?«, hörte sie Willem im Hintergrund sagen.

»Ich habe überhaupt nichts gedeichselt. Vriens hat den Fall an sich gezogen.«

Die Polizeiärztin war bereits mit den Vorbereitungen beschäftigt. Campbell lag nackt auf dem Seziertisch aus rostfreiem Stahl, grell von einer Lampe angestrahlt. Ein Mikrophon führte zu einem Lautsprecher und einem Diktaphon. Sie legte die Kamera auf den Tisch mit den Instrumenten. Laurien blieb hinter der Glaswand, um nicht im Wege zu stehen, auch wenn sie schon lange keine Angst mehr vor dem Leichengeruch oder dem Aufschneiden hatte. Anna klopfte ans Fenster und winkte. Laurien zog sich um. In schneller Folge machte Anna eine Serie von Röntgenaufnahmen, abgeschirmt durch eine Schutzwand.

»Würdest du mir bitte vormachen, wie Louw am Garagentor gehangen hat? Ich habe keine Vorstellung davon.«

Laurien lehnte sich mit der linken Seite an die Wand und ließ sich langsam hinabgleiten, bis sie fast in Hockhaltung saß.

»So ungefähr muss es ausgesehen haben. Jetzt versuche ich hochzukommen, der Strick sitzt stramm, aber ich bekomme noch etwas Luft.«

Mit den Fingernägeln probierte sie Halt an der Wand zu finden, doch es gelang nicht. Nachdem sie sich auf den Hintern hatte fallen lassen und aufgestanden war, nahm sie ein Vergrößerungsglas zur Hand. Genau wie sie vermutet hatte: Unter ihren Nägeln befanden sich Reste der Wandfarbe, und an der Wand selbst waren zwei leichte Spuren von drei Fingernägeln zu erkennen.

Neugierig hob Laurien Louws Hand hoch. Mit dem Vergrößerungsglas schaute sie auf die Nägel. Der Daumen und kleine Finger waren sauber, unter den anderen Nägeln saß blaue Farbe. Anna diktierte den Fund ins Diktaphon, bevor sie mit einem Spachtel unter jedem Nagel den Schmutz hervorholte und auf ein Glas legte.

»Kann er Selbstmord begangen haben?«, fragte Laurien.

»Schon möglich, aber an einer Treppe oder einem Haken unter der Decke hängt man bequemer.«

»Unmöglich ist es nicht?«

»Das nicht«, sagte Anna nach kurzer Überlegung. »Ich kann mich an keinen derartigen Fall erinnern, auch wenn es nicht unausführbar ist.«

»Wäre es möglich, dass es ihm im letzten Moment leidtat und er versuchte, sich wieder hochzuziehen? Und dass es ihm genauso wenig gelang wie mir eben?«

»Aus der Hockhaltung konnte er nicht mehr hochkommen. Sich auf den Hintern fallen lassen konnte er nicht wegen des Stricks um den Hals. Es ist vertretbar, dass er versucht hat, sich an seinen Händen hochzuziehen. Wenn es ihm gelungen wäre, an den Türgriff zu kommen, hätte er lebend davonkommen können. Er hätte sich auch am Strick aufrichten können, aber das macht man nicht, weil dieser das Todeswerkzeug darstellt.«

»Es gelang ihm nicht, wieder auf die Beine zu kommen, weil niemand in der Nähe war, der ihm helfen konnte. Oder weil ihm niemand helfen wollte, was auf dasselbe hinausläuft«, sagte Laurien.

»Es ist nicht auszuschließen, dass er versucht hat, sich aufzurappeln. Wir werden die Situation im Labor nachstellen. Die drei mittleren Finger üben die meiste Kraft aus. Das stimmt mit den unter den Nägeln gefundenen Farbresten überein. Auf dem Garagentor müssen sich zwei Reihen mit drei vertikalen Kratzern befinden, und das Tor muss blau angestrichen sein. Außer den Druckspuren des Stricks gibt es keine Anzeichen für Gewaltanwendung. Ich kann natürlich erst abschließend urteilen, wenn alle Ergebnisse der Laboruntersuchungen vorliegen. Sollte das Opfer betäubt gewesen sein oder unter Rausch gestanden haben, wird Selbstmord weniger wahrscheinlich. Selbstmord an einem Garagentor, das erscheint mir auch äußerst bizarr. Sobald ich mir Sicherheit verschafft habe, lasse ich es dich wissen.«

»Warum unternimmt jemand etwas derart Unmögliches, sich an einem Garagentor aufzuhängen, wenn an der Wand scharfe Küchenmesser hängen?«

»Besaß Louw Campbell den erforderlichen Mut, sich mit einem Messer umzubringen?«, fragte die Ärztin.

»Ich glaube nicht. Um sich aufzuhängen, braucht man eine andere Form von Mut, über die er möglicherweise verfügte. Ein Mörder hätte viel eher ein Messer oder einen Kerzenhalter benutzt, der wählt doch keinen dermaßen exponierten Ort direkt an einer öffentlichen Straße.«

»Innerhalb der nächsten vierundzwanzig Stunden hörst du mehr von mir.«

»Emma und Sturm werden nicht gerade glücklich sein, dass ich schon wieder anderer Meinung bin.«

»Bekam Emma einen Wutanfall, nachdem sie gehört hatte, dass John Campbell ermordet worden ist? Am Telefon klang sie alles andere als erfreut.«

»Es ging.«

Laurien holte Olmer im Laden ab und fuhr mit ihm nach Domburg. Ohne viele Worte zu wechseln wanderten sie am Strand entlang. Später tranken sie einen Kakao.

»Morgen geht's wieder in die Schule. Stinkt dir das?«

Trotzig schaute er zur Seite.

»Ein bisschen. Weißt du, wer heute im Laden erschienen ist?«, fragte er zögernd.

»Nein.«

»Hat Tiemen nichts erzählt?«

»Nein.«
»Trudy.«
»Die Sozialarbeiterin?«
»Genau die.«
»Warum?«
»Um über Maatje zu reden, und Trudy wollte zeigen, dass sie sich alle Mühe gibt. Außerdem wollte sie mit ihrem Dekolletee Eindruck bei Tiemen schinden. Ihren Vorbau konnte man nicht übersehen. Ihm entging wohl auch nicht, dass der verdammt cool war. Er schenkte ihr eine CD. Als ich was darüber sagte, behauptete er, er hätte sie bestechen wollen.«

Als Laurien nach Hause kam, stand Tiemen schon am Herd. Er war nicht unzufrieden damit, wie es mit Maatje lief. In den letzten Tagen hatte sie keine Wutanfälle mehr gehabt und auch keine plötzlichen Tränenausbrüche. Er glaubte, die Ausraster hätten eher mit den Veränderungen zu tun als mit dem Vermissen der Mutter. Soweit ihm bekannt war, hatte sie auch im Tagesheim nicht nach der Mutter gefragt. Wenn er sich bei ihr vorsichtig danach erkundigte, sagte Maatje, dass futsch nun mal futsch sei und schade, aber jetzt wohne sie bei ihm und Laurien, und da könne sie lachen. Die von ihr an den Tag gelegte Eigeninitiative empfand er als lästig, andererseits bedeutete sie einen Fortschritt. Mit dem Tagesheim war er wegen der Verabreichung von Beruhigungsmitteln im Gespräch. Es sah so aus, als seien sie häufiger eingesetzt worden, nicht nur bei Maatje. Wenn er keine befriedigende Auskunft über künftiges eigenmächtiges Verabreichen bekäme, wollte er nachträglich Anzeige erstatten. Ihm fiel gar nicht auf, dass Laurien die ganze Zeit still blieb.

Während des Essens fragte Olmer Maatje, ob sie ihm beibringen könne, wie man jemandem am besten eine Bratpfanne über den Schädel ziehen kann. Tiemen zwinkerte ihr zu; sein Zeichen, dass der Junge einen Scherz machte. Maatje lachte Olmer an. Dazu solle er sich gefälligst selbst etwas einfallen lassen.

Olmer fragte, ob sie vielleicht in den Knaben verliebt sei, den sie geschlagen hatte. Er machte vor, wie er mangels eines Balkons vor der Zimmertür einer Freundin auf den Knien ein Lied gesungen hatte. Hatte schon einmal ein Junge für sie ein Lied gesungen? Maatje kam aus dem Lachen nicht mehr heraus.

»Bist du manchmal verliebt?«

»Das geht doch nicht, du Blödmann«, sagte sie. »Das ist nur was für Jungs. Die tun fiese Sachen.«

»Woher weißt du das?«, fragte Olmer.

»Hat Mutter gesagt. Ich mag keine fiesen Sachen.« Sie zog den Reißverschluss ihrer Jacke bis zum Hals hoch.

13

Ihre Haut glühte, als sie aus der Dusche kam. Sie reckte sich und massierte ihre Nackenmuskeln. Trotz des heißen Wassers waren sie immer noch steinhart.

Ein Journalist warf in der Zeitung die Frage auf, ob die Polizei ihrer Aufgabe gewachsen sei. Zwei Morde innerhalb einer Woche, und sie habe keine Ahnung, in welcher Richtung sie nach dem Täter suchen müsse. War die Polizei vielleicht zu sehr damit beschäftigt, ihre internen Probleme auf die Reihe zu bringen? Laurien lächelte. So produzierte man Nachrichten.

Olmer kaute auf einem Stück Käse herum, unter dem das Brot zerbröselte. Die eindeutigen Absprachen mit Tiemen hatten ihm zunächst einigermaßen eingeleuchtet, doch heute Morgen versuchte er, sie zu unterlaufen. Er schaute sie hilfesuchend an.

Bevor sie sich aufmachte, fragte Tiemen, ob irgendetwas sei. Laurien wünschte ihm einen schönen Tag. Sie zog die Tür hinter sich zu. Er hatte kein Sterbenswörtchen über Trudys Besuch fallen lassen.

An ihrem Arbeitsplatz wählte sie Nico Verhulsts Nummer. Niemand meldete sich. Sie machte sich einen Vermerk, dass sie es zu einem späteren Zeitpunkt noch einmal versuchen sollte.

Emma wollte wissen, ob das Personal für zwei Mordfälle reiche.

»Vorläufig schaffen wir es«, sagte Laurien. »Im augenblicklichen Stadium sind wir mit einem kleinen eingespielten Team am besten bedient. Wenn ich Stevi und Jan zurückbekomme.«

»Die haben für Jochem nicht viel tun können.«

Emma spielte mit ihrem Kugelschreiber herum.

»Gibt es noch etwas?«, fragte Laurien.

»Mir ist zu Ohren gekommen, dass du erneut Sturms Diagnose anzweifelst.«

»Du glaubst sicher, dass ich das tue, um ihr eins auszuwischen.« Laurien unterdrückte ihren aufkommenden Ärger.

»Ist es so?«

Laurien kniff die Augen zusammen. »Du solltest es besser wissen.«

»Warum zweifelst du dann an Sturm?«

»Sie ist mir zu voreilig. Ich bin mir noch nicht sicher. Warum ein Mord auf so komplizierte Art und warum im Vorgarten? Ein Auftragskiller hat keine Probleme mit einer offenen Straße. Der gibt einen Schuss ab und ist innerhalb von Sekunden verschwunden. Jeder andere Mörder wird sich tunlichst nicht für die Vorderseite entscheiden, und ganz bestimmt nicht, wenn der Mord im Blickfeld der Straße einiges an Vorbereitung voraussetzt. Auch wenn es mitten in der Nacht geschieht, die Chance, dabei erwischt zu werden, ist gegeben. Und wenn man jemanden in der Nähe der Straße aufhängt, erscheinen mir ein Baum oder eine Laterne geeignetere Orte zu sein.«

Laurien zeigte, wie Louw am Tor gehangen hatte.

»Wenn du es dir vor Ort angeschaut hättest«, fuhr sie fort, »könntest du es besser beurteilen als anhand eines Fotos. Ein Mörder müsste zentimetergenau manövrieren und gleichzeitig das Opfer in Schach halten. Das ist nur möglich, wenn das Opfer selbst hilft oder betäubt ist. Ersteres können wir ausschließen, die zweite Möglichkeit wird untersucht. Doch es scheint so, als habe das Opfer versucht, sich hochzuziehen, was darauf hindeutet, dass Louw nicht restlos benebelt war. Logisch?«

Emma nickte abwesend.

»Der Mord muss zum Mörder passen.«

Emma versuchte offenbar, Lauriens Gedankengang zu folgen, mehr konnte man zur Zeit nicht von ihr erwarten.

»Dennoch schließe ich Mord nicht aus«, sagte Emma.

»Es ist durchaus möglich, dass Louw Campbell noch lebte, als sein Mörder ihn bereits für tot hielt. Es kann aber auch sein, dass Louw Selbstmord begehen wollte und der Griff an dem Garagentor die einzige Möglichkeit war, sich aufzuhängen.«

»Was kannst du zum eventuellen Täter sagen?«

»Dass er anscheinend nicht derselbe ist wie der seines Vaters, aber da bin ich mit meinen Überlegungen noch nicht am Ende. Vielleicht hatte er mehr Zeit, um den Mord an John vorzubereiten, während Louw im Affekt getötet worden sein kann. Zufällig war da ein kurzer Strick vorhanden. Ich stolpere immer über die Frage, warum er aufgehängt wurde. Um dazu etwas sagen zu können, benötige ich erst noch mehr Informationen. Untersuchung und Befragung der Nachbarschaft haben nichts erbracht.«

»Und wenn du zunächst einmal mit dem Mord an John Campbell beginnst?«

»Über ihn wissen wir ein wenig mehr, wenn auch nicht viel. Wir müssen uns mit ein paar Fotos behelfen und ansonsten Zeugen befragen.«

»Was hast du?«

»Es gibt mehr als einen Zeugen, die am späten Abend einen alten Volvo bemerkt haben. Ein Zeuge konnte uns sogar noch Näheres zum Auto sagen. Es war ein alter blauer Volvo-Kombi, der vor Campbells Haus in der Olmenlaan hielt. Neben dem Fahrer saß noch eine zweite Person. Es ist nicht auszuschließen, dass Campbell darin fortgeschafft wurde. Ein anderer Zeuge aus Oostkapelle war sich absolut sicher, dass ziemlich genau um Mitternacht ein alter Volvo Diesel an seinem Haus vorbeifuhr. Er ist Rentner und hat als Automechaniker gearbeitet.«

»Weißt du, wie viele alte Volvos hier in der Gegend herumfahren?«

»Keine Ahnung«, sagte Laurien. »Ich habe das Auto zur Fahndung ausgeschrieben. Wir haben vier Kriterien: Es ist ein Kombi, der Wagen ist alt, er ist blau und fährt mit Diesel. Und zwei Zeugen bekunden außerdem, dass der Auspuff kaputt war.«

Laurien fragte Jan, ob er alle alten Volvos auf Walcheren durchgehen könne.

»Wie stellst du dir vor, dass ich es anpacken soll?«, fragte Jan.

Er lehnte sich zu weit mit seinem Stuhl zurück und knallte rückwärts auf den Boden.

»Immerhin hast du schon die richtige Reihenfolge gefunden«, sagte Laurien. »Erst aufstehen und dann aktiv werden.«

»Du könntest dich auch dafür interessieren, ob ich mir wehgetan habe.«

»Hast du dir wehgetan?«

»Es geht, danke.«

»Zwei Möglichkeiten bieten sich an. Du kannst beim Straßenverkehrsamt in Veendam heraussuchen, wie viele Volvos eines bestimmten Baujahrs herumfahren. Anschließend nimmst du dir die Kennzeichen vor, danach die Personen. Eine ziemlich aufwändige Methode.«

»Alternative?«, fragte Jan.

»Du könntest die Video-Aufzeichnungen der Tankstellen anfordern oder vom Hafen von Vlissingen. Vielleicht bieten auch die Aufnahmen von Autos, die auf den Durchgangsstraßen geblitzt wurden, etwas. Lass deine kleinen grauen Zellen arbeiten. Und bitte so schnell wie möglich einen Bericht auf meinen Tisch.«

Mit Stevi ging sie noch einmal die gesamte Akte John Campbell durch. Vielleicht fiel ihr ja etwas auf, das sie übersehen hatte. Doch eine Stunde später waren sie kein bisschen schlauer.

Stevi übernahm die Aufgabe, ein weiteres Mal mit Ron zu reden und dessen Alibi zu überprüfen. Sie besprachen die Taktik. Laurien hatte ihn ziemlich schonend vernommen. Stevis Art war etwas aggressiver, was nicht schaden konnte. Dabei erwartete Laurien nicht, dass dieses Gespräch mit Ron viel bringen würde: Für sie war er nicht der Mörder. Stevi sah die Sache etwas anders.

In aller Ruhe las Laurien die beiden Dossiers ein weiteres Mal durch. Sie beschloss, die Angaben und Informationen zu Vater und

Sohn zusammenzufügen, um danach zu schauen, ob es zusätzliche Anknüpfungspunkte gab. Das führte zu nichts. Sie legte eine dritte Akte an: der Fall der beiden Campbells.

Am nächsten Morgen, acht Tage nachdem der alte Campbell am Strand angespült worden war, holte Laurien Pier in der Kantine ab, um zusammen mit ihm Louws Laden in Vlissingen aufzusuchen. Piers Nörgeln prallte an ihr ab. Sie war stinksauer, dass sie nach einer Woche immer noch nicht vorangekommen waren.

»Laden« war ein wahrhaft großes Wort für das dunkle Loch von Paul Wolf. Die Regale waren vollgestopft mit Artikeln, denen sie keinen Namen zuordnen konnte.

»Bist du dir sicher, dass hier keine Drogen verkauft werden?«, fragte Pier.

»Drogen in diesem Laden? Wie kommst du denn darauf?«, antwortete Wolf.

»Erfahrung, Fingerspitzengefühl, deine freche Klappe. Na, wie sieht's aus?«

»Du kannst jeden Zentimeter beschnüffeln lassen. *Be my guest.*«

»Das genau ist es, was ich vorhabe.«

Laurien rief Ekelmans an und bat ihn, einen Drogenhund zu schicken. Wolf lachte verächtlich.

»Wir können warten, sie kommen«, sagte sie nach fünf Minuten.

In der Zwischenzeit rief Jan an und berichtete, er habe bei den Tankstellen Videobänder besorgt. Er wollte sie sich mit Stevi anschauen. Ron war nicht zuhause gewesen, er stellte sich gerade für einen neuen Job in Goes vor. Über Jan ließ Stevi ausrichten, dass sie Ron später darauf ansprechen würde, Oostkapelle ohne Erlaubnis verlassen zu haben.

Es dauerte eine Stunde, bis der Hund mit seinem Begleiter im Laden erschien. Gleich beim ersten Dildo blieb der Hund stehen. Paul Wolf tat, als sei er bass erstaunt. Laurien und Pier schauten sich an. Pier schnitt den Dildo auf. Er war prall mit weißem Pulver gefüllt.

Pier legte Wolf Handschellen an. Laurien überstellte ihn an das Drogendezernat.

Auf halbem Wege des Treppenhauses hielt Klaas Laurien an. Endlich hatten sie mal Glück, das Labor bestätigte Lauriens Vermutung: Die Farbe unter Louws Fingernägeln stammte vom Garagentor.

Laurien ging zu Emma und danach zu Hans. Obwohl sie damit noch keinen Beweis für ihre Selbstmordtheorie hatte, schien dies doch so etwas wie ein Durchbruch zu sein.

Auf ihrem Schreibtisch lag eine Nachricht. Ein Polizist aus Oosterhout hatte angerufen und besaß vielleicht nützliche Informationen über einen Volvo. Sie solle ihn anrufen, er habe bis fünf Uhr Dienst. Sein Name war Rick de Wit. Sie sah, dass es noch nicht mal zwei Uhr war.

Bevor sie Kontakt mit Oosterhout aufnahm, rief sie Tiemen an. Nicht um zu kontrollieren, ob Olmer schon bei ihm war, sondern um zu hören, wie es in der Schule gelaufen war. Olmer war direkt am Apparat, er klang nicht gerade entgegenkommend. In der Schule war es wie immer gewesen, langweilig und uninteressant, die Anspielungen der Lehrer auf seinen Drogenkonsum waren nervtötend. Er wurde häufiger als die anderen rangenommen, und der Klassenlehrer hatte seine Arbeit besonders streng kontrolliert.

Die Stimme des Kollegen in Oosterhout klang um einiges lebhafter.

»Ich habe dein Fahndungsersuchen über alte Volvos gelesen. Heute Morgen fiel mir eine Anzeige in die Hände, die bereits gestern Morgen gemacht wurde, aber irgendwie im unteren Stapel liegen geblieben ist. Dabei ging es um den Diebstahl eines alten Volvo-Kombi mit Dieselmotor. Anscheinend haben sich die Anzeige und dein Ersuchen überschnitten, oder mein Kollege hat die Anfrage verpasst … Manchmal kommt man eben nicht dazu, die dringendsten Arbeiten zu erledigen. Der Volvo ist den Angaben zufolge neunzehn Jahre alt.«

»Wer hat die Anzeige erstattet?«, fragte Laurien.

»Ich schau mal eben nach.« Sie hörte das Klicken der Tasten. »Der Mann, der die Anzeige erstattet hat, ist nicht der Eigentümer. Der Eigentümer ist dessen Nachbar und zur Zeit im Urlaub.«

»Seit wann ist das Auto verschwunden?«

»Das konnte der Mann nicht genau sagen. Es kann sich um einen Tag oder auch anderthalb Wochen handeln.«

»Dazwischen liegt einiges an Zeit.«

»Das fand ich auch, und deshalb bin ich zu der angegebenen Adresse gefahren. Das Haus des Mannes und die Villa des Volvo-Besitzers liegen abgelegen im Wald von Dorst, einem Kirchdorf hier in der Nähe. In der Garage hinter der Villa stehen noch ein Panda, ein Corolla und außerdem ein Motorrad, eine Harley-Davidson.«

»Schloss aufgebrochen?«

»Die Schlösser der Garagentüren nicht, nur das der Seitentür. Aber das Schloss hatte der Eigentümer selbst aufgebrochen. Der Schlüssel war weg, und dann ist er nicht dazu gekommen, es reparieren zu lassen.«

»Weißt du, ob die Garagentüren von innen geöffnet worden sind?«

»Das ist unmöglich. An der Außenseite ist ein Vorhängeschloss angebracht. Der Nachbar, übrigens ein ziemlich alter Mann, ist felsenfest davon überzeugt, dass der Volvo in der Garage stand, als er das letzte Mal nachgeschaut hat, einen Tag nach der Abreise des Eigentümers. Irgendetwas stimmt da nicht. Wenn es dem Besitzer um Versicherungsbetrug ging, hätte er besser den viel neueren Corolla klauen lassen. Dieser Nachbar war übrigens nicht sonderlich kooperativ.«

»Warum schaut er sich in der Garage des abwesenden Nachbarn um?«

»Ein paar Mal pro Woche holt er die Post aus dem Briefkasten. Da wucherte der Zweig eines Brombeerstrauchs auf die Eingangstür zu, den wollte er mit der Heckenschere aus der Garage abschneiden. Dabei fiel ihm dann auf, dass der Volvo fehlte.«

»Und der Eigentümer ist ganz sicher nicht mit dem Volvo verreist?«

»Der Nachbar meint, das sei ausgeschlossen. Herr Loos ist vor etwa zwei Wochen über Schiphol nach Norwegen zu einer Schiffstour entlang der Fjorde aufgebrochen.«

»Wer hat denn sonst noch einen Schlüssel zum Haus?«

»Gute Frage. Darauf muss ich dir die Antwort leider schuldig bleiben. Der Nachbar wurde immer mürrischer. Er fragte, ob ich ein persönliches Interesse daran habe, dass die Polizei ihre kostbare Zeit mit einer simplen Anzeige verplempert. Wegen des Geldes hätte er die Anzeige nicht zu erstatten brauchen, es ginge ihm eher darum, dass die Haftungsfrage geklärt ist, wenn der Dieb mit dem Auto einen Unfall baut.«

»Nicht aufgebrochene Garagentüren und ein verschwundenes Auto. Wie kam der Dieb an die Autoschlüssel? Wurde in dem Haus vielleicht eingebrochen?

»Ein Küchenfenster war kaputt, aber der Nachbar meinte, das wäre schon lange zerbrochen. Die Schlüssel lägen noch im Tresor, das habe er kontrolliert.«

»Ein Auto ohne Schlüssel aus einer abgeschlossenen Garage weggefahren und eine abgelegene Villa mit einem zerbrochenen Küchenfenster. Seltsame Geschichte. Aber herzlichen Dank für die Mühe«, sagte Laurien.

»Einen Augenblick noch. Ich habe auch mit dem Büro in Breda gesprochen. Da hatte ich jemanden an der Strippe, der dein Fahndungsersuchen gelesen hatte und dich heute anrufen wollte. Ich habe ihm angeboten, das mit dir zu bereden. Heute Nacht wurde unser Volvo drei Kilometer von der Villa entfernt aufgegabelt, auf der anderen Seite des Waldes. Dieser Wald gehört zum Distrikt Breda. Hinter dem Steuer saß ein Junge von neunzehn Jahren, der gerade erst seinen Führerschein gemacht hat. Dieser gewisse Ugur behauptet, er habe das Auto herrenlos in Breda gefunden.«

»Mit Schlüsseln und allem?«

»Ich habe ihn nicht persönlich gesprochen. Er hat heute Nacht im Wald die Gewalt über das Steuer verloren. Ein Wildhüter, der Wilddieben auflauerte, hat ihn geblendet, und dadurch ist er gegen einen Baum gefahren. Ich werde dir die Unterlagen zufaxen.«

»Gerne.«

»Wofür brauchst du den Volvo denn? Ich habe gehört, dass du zum Morddezernat gehörst.«

»Wir suchen einen alten blauen Volvo, in dem möglicherweise ein Mann transportiert worden ist, der später ermordet wurde. Wir haben kaum Anhaltspunkte in dieser Sache, deshalb bin ich sehr froh über unser Telefonat.«

»Vielleicht solltest du selbst herkommen und mit Ugur reden.«

»Keine schlechte Idee.«

»Ich habe Wochenenddienst. Morgen passt es mir besser als heute Abend.«

»Prima. Wenn es nicht zu viel Mühe bereitet, könntest du mir inzwischen die Unterlagen nach Middelburg faxen. Hat man Ugur laufen lassen?«

»Es gab keinen Grund, ihn länger festzuhalten.«

Emma war wenig begeistert von Lauriens Absicht, nach West-Brabant zu fahren. Die Chance, dass der Volvo mit dem Fall zu tun hatte, war nicht groß.

Laurien stellte den Mantelkragen hoch und zog ihn sich bis unters Kinn. Bevor sie Maatje bei Tiemen abholte, kaufte sie noch im Supermarkt am Het Groene Woud ein. Sie hatte den Einkaufswagen schon voll beladen, als ihr einfiel, dass sie Getränke mitnehmen wollte. Erik Tromp schob gerade eine Palette Cola Light ins Regal. Sie nahm ein paar Flaschen heraus.

»Bist du Erik?«, fragte sie.

Der Junge nickte.

»Ich bin die Mutter von Olmer Maljaars.«

»Das weiß ich. Sie glauben, dass ich versucht habe, Olmer zum

Koksen zu verleiten, aber er hat selbst darum gebettelt. Weil ich sein Jammern nicht mehr hören konnte, habe ich ihm schließlich etwas Ungefährliches gegeben. Er bekam davon einen Rausch, wie ich ihn nach drei Linien mit sauberstem Stoff noch nicht erreiche. Nach dem einen Mal verlangte er mehr und drohte mir sogar, zu plaudern, wenn er nichts bekäme. Ich weiß sicher, dass er seinem Klassenlehrer einen Tipp gegeben hat. Mein Vater fand das alles andere als lustig. Was Sie da behaupten, ist Unsinn. Niemand hat Olmer gezwungen.«

Sie verabschiedete sich schnell. War Olmer wirklich nicht ehrlich gewesen?

An der Kasse drehte sie sich verärgert um, als ihr auf die Schulter getippt wurde. Els stand hinter ihr.

»War das nicht Erik Tromp?«

»Ja. Er sagt, er hätte Olmer den Stoff nicht aufgeschwatzt. Ich weiß langsam nicht mehr, was ich davon halten soll.«

»Du machst dir einfach zu viele Gedanken über Olmers Experimente, Laurien. Der Junge hat ein paar Mal gekokst, und du tust, als wenn davon gleich die ganze Welt untergeht.«

»Der Zeitpunkt, zu dem er seine Erfahrungen machen will, erscheint mir einfach zu zufällig.«

»Olmer ist ein störrischer Knabe in der Pubertät, und bei derart dominanten Eltern kann ich mir sein widerspenstiges Verhalten sehr gut vorstellen. Du hast die Gefahr von Drogen zu dick aufgetragen. Wenn seine Mutter dermaßen stark dagegen angeht, muss es eben spannend und schön sein. Schenk dem nicht zu viel Beachtung.«

»Der Rat wird Tiemen richtig glücklich machen. Der will, dass wir Olmer ständig unter Beobachtung halten.«

»Ihr macht ein unnötig großes Brimborium darum … Erinnerst du dich an meinen vorletzten Verlobten? Ich habe dir nie erzählen wollen, dass er vor allem am Dope Halt gefunden hat. Du wärst wahrscheinlich auf ihn zumarschiert und hättest ihm erklärt, was für ein Knallkopf er ist, was er natürlich auch war. Ich habe ihn aus diesem Grund ja auch zum Teufel gejagt, oder besser, als ich die Schnauze voll hatte von ihm, lief ihm eine andere über den Weg, auf die er schärfer war.«

»Und jetzt liegt er in der Gosse. Die verdiente Strafe für sein herzloses Verhalten.«

»Im Gegenteil, Laurien. Er ist von den Drogen runter, seit seine Freundin schwanger war. Er hat einen phantastischen Job im Bankwesen und verdient mehr Kohle als du und ich zusammen. Seine Tochter ist sein Augenstern und seine Freundin ein lieber Mensch.«

Olmer saß am Computer und war mit einer Hausaufgabe beschäftigt, Maatje hatte die Kopfhörer auf und hörte Musik. Fast friedlich saßen sie in dem kleinen Raum hinter dem Laden beisammen, während Tiemen gerade einen Kunden bediente.

Laurien nahm ihre Schwester und den Sohn mit. Sie gingen in ein Kleidergeschäft, das zu Maatjes Enttäuschung in ihrer Größe nichts zu bieten hatte. Im nächsten Geschäft war die Auswahl größer, doch Laurien und Olmer waren sich einig, dass der Pullover Maatje eher unförmig machte. Na gut, schade, sagte Maatje, dann eben beim nächsten Mal.

Als Laurien aufstand, um das Essen zu machen, klopfte Olmer neben sich auf das Sofa. Er legte eine CD mit Heavy-Metal-Musik ein, die er sich gerade gebrannt hatte. Einige Takte liefen in voller Lautstärke, danach stellte er sie mit der Fernbedienung leiser und scherzte, diese Musik sei ja wohl nichts für Laurien. In ein paar Jahren würde er wahrscheinlich dieselbe sterbenslangweilige Musik wie Tiemen und sie bevorzugen. Er lachte.

Laurien dachte an Nicos Mutter, die keine Ahnung hatte, wo sich ihr Sohn herumtrieb. Das hätte ihnen auch passieren können. Es fröstelte sie, sie wollte gar nicht daran denken, wie es mit ihm hätte laufen können, wenn man Olmer nicht erwischt hätte. Die Schule hatte sehr viel besser aufgepasst als sie.

Zögernd erzählte sie, was Erik Tromp gesagt hatte. Olmer lief rot an, schwieg aber.

»Eriks Version unterscheidet sich erheblich von deiner. Ich gehe davon aus, dass deine Erprobungsphase damit beendet ist.«

»Es war dumm von mir. Darf ich künftig nach der Schule meine Zeit wieder selbst einteilen?«

»Mal sehen. In einem günstigen Moment werde ich mit Tiemen darüber reden.«

Kurz darauf hörte sie ihn in seinem Zimmer herumpoltern. Eigentlich wusste sie immer noch nicht, ob sie ihm vertrauen konnte.

14

Sie zog den Verschluss der Cola-Dose hoch, pfiff eine Sonate von Schubert mit und stellte die Heizung im Auto auf volle Pulle. So übel war das Polizistendasein gar nicht. Rick de Wit rief an und meinte, es sei besser, direkt nach Breda zu fahren. Er sei weggerufen worden und komme vermutlich erst gegen Ende seines Dienstes zurück. Falls sie noch mit ihm reden wolle, solle sie den späten Nachmittag einplanen. Im Übrigen riet er ihr, sich zunächst mit dem Jungen zu unterhalten.

In Breda erkundigte sie sich nach Henk, den sie noch aus der Zeit ihrer Ausbildung zur Kriminalbeamtin kannte. Er hatte es inzwischen zum Kommissar gebracht. Henk selbst war nicht da, sein Assistent kam nach unten. Laurien ging mit ihm den Fall durch, und Ugurs Akte wurde herbeigeholt. Direkt nach der Festnahme war dieser ziemlich aggressiv gewesen, der diensthabende Polizist vermutete, dass er unter Drogeneinfluss gestanden hatte, war dem aber aus Zeitmangel nicht nachgegangen. Danach war der Fall an die Staatsanwaltschaft weitergeleitet worden, die den Jungen freigelassen hatte. Nach einigem Hin und Her zwischen Emma und dem Staatsanwalt erhielt Laurien die Erlaubnis, den Jungen zu vernehmen, obgleich Breda nicht zu ihrem Amtsbereich gehörte.

»Ist es denn nötig, dass du in Breda solchen Wirbel machst?«, fragte Emma.

»Sonst wäre ich jetzt in Middelburg«, antwortete Laurien. »Mensch, ich sitze auch lieber zuhause am warmen Ofen.«

»Dann sorg dafür, dass es nicht umsonst war.«

Der Freund gestohlener Autos wohnte zusammen mit seinen Eltern über deren Gemüseladen in der Innenstadt von Breda. Der Vater zeigte auf den Jungen, der Kisten mit Früchten und Gemüse auf den schmalen Bürgersteig stellte.

»Mein jüngster Sohn, Ugur. Was hat er denn jetzt schon wieder ausgefressen?«

»Ich möchte nur mal kurz mit ihm reden.«

Ugur schaute sie fast feindselig an. Sie zeigte ihm ihren Ausweis und fragte ihn nach dem Führerschein.

»Kommen Sie aus Middelburg?«

»Um mit dir über den Volvo zu reden.«

Er führte sie den Weg zu dem Parkplatz vor dem alten Kloster an der Durchgangsstraße beim Spanjaardsgat entlang, wo das Auto angeblich gestanden haben sollte. Laurien schaute ihn an.

»Hier hast du das Auto nicht gefunden.«

»Ach. Woher wollen Sie das denn wissen?«

Laurien trat auf ihn zu, der Junge wich zurück, bis er an der Klostermauer stand.

»Woher ich das weiß?« Sie stemmte ihre Hände am Kopf des Jungen vorbei gegen die Mauer, sodass er sich kaum bewegen konnte. Das rechte Knie winkelte sie leicht an.

»'tschuldigung, war nur 'n Scherz.«

»Wo stand der Volvo?«

»Vielleicht irgendwo anders.«

»Was heißt das?«

»Hab das Auto von jemand gekriegt.«

»Anscheinend willst du mit mir ins Büro nach Middelburg. Da kannst du dann ein paar Tage in Ruhe überlegen, bevor ich dich noch einmal frage. Nun, lass dir was einfallen. Ich habe Zeit.«

»Meine Freundin hat einen Daihatsu, so 'ne kleine Sardinenbüchse, damit sind wir in den Wald gefahren. Da haben wir Krach gekriegt, und dann ist sie einfach ohne mich abgehauen. Kein Bus, kein Taxi, kein gar nichts. Nicht normal, Mensch. Bin da rumgetigert, bis ich ein altes Auto rumstehen sah.«

»Wo?«

»Bei einem Haus im Wald. Ich schwör's.«

»Und die Schlüssel steckten.«

»Beim alten Auto brauchste keinen Schlüssel. Machste mit links, Mensch. Motor war noch warm.«

»Und der Besitzer kam nicht vor die Tür gestürzt, als er hörte, dass du mit seinem Wagen abhauen wolltest?«

»Da ging nirgends Licht an.«

»Woher weißt du, dass der Motor noch warm war?«

»Genau, wie ich es sage. Der sprang sofort an und stank nach Diesel. Der Motor klopfte sogar noch.«

»Müsste der Besitzer dann nicht in der Nähe gewesen sein?«

»Da war niemand im Haus. Hab mich doch vorher noch eine Zeit lang auf die Lauer gelegt.«

»Du bist also rein zufällig in seine Garage gucken gegangen, wo du ein gerade erst abgestelltes Auto stehen sahst.«

»In der Garage?« Ugur schaute überrascht auf. »Die Karre stand in der Einfahrt. Bin doch überhaupt nicht in der Garage gewesen.«

»Was hast du mit dem Wagen gemacht?«

»Fahren! Fahren, bis der Tank leer war.«

»Wie spät war es da?«

»Ungefähr drei. Musste vor fünf zurück sein, dann stehen wir auf, zum Arbeiten. Kriegte spitz, dass der Tank beinahe alle war und hab versucht, mittendurch nach Breda zu brettern, durch den Wald. Kommt da so 'n Kerl auf den Weg gerannt, knallt mir das Licht von der Lampe genau in die Augen, nicht normal der Typ. Fehlte nur 'n bisschen, und ich wär platt gewesen.«

»Dieser Kerl«, sagte Laurien, »war der Wildhüter auf der Suche nach Wilddieben. Er hatte das Recht, dich zum Anhalten zu zwingen. Du bist ohne Licht auf einem Weg gefahren, der für Autos gesperrt ist.«

»Der Wildhüter hätte doch einfach sagen können, dass ich mich vom Acker machen soll, aber nee, weil er Ausländer gefressen hat, muss er die Bullen rufen. Die halbe Nacht hab ich in der Zelle gehockt. Und die Bullen rufen dann auch noch meine Alten an. Nur weil ich mir mal kurz ein Auto geliehen hab. Ich hab doch nichts geklaut. Ständig sind die hinter mir her.«

»Du hast unter Drogeneinfluss gestanden.«

»Hab ich im Auto gefunden. Ehrlich!«

»Ja, ja.«

»Nur weil ich Türke bin, glauben Sie, dass ich lüge. Ich lüge nicht. Ich hab Ihnen alles erzählt.«

Laurien brachte ihn nach Hause. Sein Bruder stellte sich zu ihnen, als Ugur ausstieg.

»Eine Frage habe ich noch an dich. Wo warst du am Mittwochabend vergangener Woche?«

»Was denn sonst als arbeiten?«

»Im Laden?«

»Fragen Sie meinen Bruder.«

Nachdem dieser in einem Notizheft nachgeschaut hatte, bestätigte er es.

»An dem Abend war hier bis weit nach Ladenschluss ziemlich viel los. Ich habe Ugur die ganze Zeit im Auge behalten, wie immer.«

»Ist das nötig?«

»Sobald Ugur eine Möglichkeit sieht, zischt er ab. Seine Eskapaden sollten mal langsam aufhören. Wenn es nach mir ginge, würde ihn sich die Polizei mal so richtig vorknöpfen.«

»Ugur, wenn dir noch irgendetwas zu dem Auto einfällt, ruf mich bitte an.« Sie gab ihm ihre Karte.

Laurien fuhr zur Polizeistation von Oosterhout. Rick de Wit war inzwischen zurückgekommen und besorgte ihr eine Tasse Kaffee.

»Das Auto stand in der Einfahrt? Der Nachbar sprach von der Garage. Da war genügend Platz für ein weiteres Auto, da lässt man seinen Wagen doch während der Abwesenheit nicht draußen stehen.«

»Nachdem ich einmal hier bin, würde ich mir gerne die Villa in Dorst anschauen. Nur mal daran vorbeifahren, die Örtlichkeit in mich aufnehmen. Ich brauche mit niemandem zu reden. Meinst du, dass das möglich ist?«, fragte Laurien.

»Ich würde dich natürlich mit dem größten Vergnügen hinbringen, aber es trifft sich schlecht, ich muss meinen kleinen Sohn vom Judo abholen.«

»Kein Problem, ich finde es schon.«

»Versprich dir nicht zu viel davon, der Bewohner ist momentan in Norwegen. Er hält sich ziemlich oft im Ausland auf.«

»Kennst du ihn?«

»Sicher, schließlich bin ich in Dorst aufgewachsen. Er heißt Postumus Loos, ein zurückgezogen lebender Kauz, der sich nie im Dorf blicken lässt. Das Dorf nennt ihn den Bekloppten, schon früher, als ich mich mit Freunden an das Haus ranschlich. Loos schoss mit Schrot über unsere Köpfe hinweg. Heute würde man sich den ganz schön zur Brust nehmen, aber Mitte der siebziger Jahre meinten meine Eltern nur, dass wir auf seinem Grundstück nichts zu suchen hätten.«

»Sonst weiß man nicht viel über ihn?«

»Wenig. Sein Vater ist nicht aus dem Krieg zurückgekommen, die Mutter ist jung gestorben. Aufgewachsen ist er bei seiner Tante. Nach ihrem Tod begann er zu reisen. Die wenigen Male, die er zuhause ist, bekommt er ausländischen Besuch in teuren, protzigen Autos. Seine Gäste lassen sich auch nicht im Dorf blicken, nicht mal um eine Schachtel Zigaretten zu holen. Der Einzige, der Kontakt zu ihm zu haben scheint, ist sein alter Nachbar.«

Die rostigen Tore zur Einfahrt standen offen, sie waren wohl schon seit Jahren nicht mehr benutzt worden. Auf den ersten Metern des Wegs zur Villa waren Reifenspuren zu sehen, doch die konnten auch von Autos stammen, die den Platz zum Wenden genutzt hatten.

Laurien ging die lange Einfahrt hinauf. Die Villa mit Reetdach lag teilweise hinter Nadelbäumen verborgen. Auf den überdachten Terrassen standen Korbstühle. Es gab nur ein Erdgeschoss, darüber war der Dachboden. Drei Schornsteine. Blankes Holz, das offenbar seit einem halben Jahrhundert keinen Tropfen Farbe gesehen hatte.

Das nächste Haus lag ungefähr fünfzig Meter entfernt. »De Boer« las Laurien auf dem Türschild, ohne Vornamen. Der Nachbar war ein alter, zerbrechlicher Mann, der erst seinen Hörapparat einstöpseln musste, bevor er sie verstehen konnte. Er schlurfte zum Kalender; Herr Loos würde bis Mittwoch wegbleiben. Wie sie denn darauf komme, dass das Auto in der Einfahrt gestanden hätte? Wollte sie etwa einem Gauner Glauben schenken? Der Besitzer sei in Norwegen, und der Volvo habe vor den beiden anderen Wagen in der Garage gestanden. Loos wohne dort ganz alleine, sonst hätte er ihn ja wohl nicht gebeten, die Post aus dem Briefkasten zu holen.

Es schien, als wolle sich der Wind legen, doch der Himmel blieb grau. Ab und zu fielen unterwegs ein paar Regentropfen. Im Büro traf sie niemanden mehr an, alle waren schon nach Hause gegangen. Laurien hielt die wichtigsten Dinge in ihrem Computer fest. Diese Phase war unheimlich zäh, nur mühsam konnte sie die einzelnen Details zusammenkratzen.

Sie las noch schnell die eingegangenen E-Mails durch, und bei der letzten bekam sie einen gehörigen Schreck. Auf den ersten Blick schien die E-Mail von jemandem zu kommen, der sich Sorgen machte, aber mit einem bedrohlichen Unterton: Wie es um ihre Familie stehe und ob sie ihrem Sohn Olmer bitte Grüße ausrichten wolle. Als Absender stand T. Maljaars darunter, doch die E-Mail-Adresse gehörte nicht Tiemen. Sie ging der Adresse nach und fand heraus, dass es sich um ein Internetcafé in Amsterdam handelte. Unter den Ausdruck schrieb sie einige Zeilen an Emma. Steckte dahinter vielleicht dieselbe Person, die auch mit diesem Peter de Haas gesprochen hatte? Wer kannte außer ihren Kollegen und Kolleginnen ihre Dienstadresse? Innerhalb des Korps musste es einen Maulwurf geben; jemanden, der wusste, womit sie sich beschäftigte. Sie legte die ausgedruckte E-Mail auf Emmas Schreibtisch.

Sie schaute bei Pier in De Mug vorbei und erzählte ihm, was sie recherchiert hatte.

»Morgen um zehn Uhr eine Besprechung mit Emma, Hans und dir in meinem Büro.«

»Am Sonntagmorgen?«

»Wenn du nicht kannst, musst du es sagen.«

»Stevi und Jan?«

»Die brauchen wir morgen nicht. Ich bin mir noch nicht sicher, ob wir ohne Klaas und Willem auskommen, eventuell kann ich sie später dazurufen ... Ohne dich schaffe ich es nicht. Ich möchte, dass du mitdenkst bei der Sache.«

»Und genau das stinkt mir gewaltig.«

»Macht nichts.« Sie lachte. »Ich gehe nach Hause.«

»Kann ich mit dir mitfahren?«

»In fünf Minuten. Ich will nur noch mal Nico Verhulst anrufen, um einen Termin mit ihm zu vereinbaren. Er weiß vielleicht mehr über John Campbell.«

Die Mutter war am Telefon.

»Nico?« Sie seufzte tief. »Der ist schon wieder eine Nacht weggeblieben. Niemand hat ihn gesehen oder gesprochen, obwohl er es sonst meistens keine Stunde ohne sein Handy aushält.«

»Warum haben Sie mich nicht früher angerufen?«

»Ich wollte die Polizei nicht schon wieder belästigen, aber ich habe Angst. Die Zukunft sieht rabenschwarz aus. Die Tarotkarten sagen das Böse voraus, es ist schon im Anmarsch.« Für einen Moment blieb es still. »Es ist zu spät, zu spät.«

»Sehen Sie die Dinge nicht etwas zu düster? Nico bleibt doch häufiger für eine Nacht weg.«

»Die Karten sagen es.«

»Ich möchte, dass Sie mich auf dem Laufenden halten. Sie haben meine Durchwahl vom Büro, aber Sie können mich auch zuhause anrufen. Wenn Sie etwas hören, würde ich das gerne umgehend erfahren.« Zweimal wiederholte sie ihre Privatnummer ganz langsam.

Im Auto sagte Pier, sie sei doch wohl verrückt, jemandem ihre Privatnummer zu geben. Wenn seine eigene Mutter bei jeder Auseinandersetzung die Polizei gerufen hätte, hätte bei ihnen ein Polizist gleich ganz einziehen können. Laurien hätte Mutter Verhulst lieber beruhigen sollen. Dieser Nico sei ein durchgeknallter pubertierender Knabe, das ginge vorüber, und sie hätte nicht noch durch mitleidiges Nicken Öl ins Feuer gießen sollen. Und obendrein die Privatnummer herausrücken …

Laurien antwortete, sie könne sich in die Unruhe der Mutter hineinversetzen. Pier schaute sie kurz an. Ihr Vorgefühl eines drohenden Unheils war so ungreifbar wie ein nasses Stück Seife unter der Dusche.

Bevor sie zum Vismarkt fuhr, kaufte Laurien im Supermarkt einen Beutel Salat und vier Pizzen. Tiemen war mit Schnellgerichten nicht zu begeistern, doch sie hatte keine Lust, sich noch lange an den Herd zu stellen.

Auf dem Küchentisch lag ein Zettel, Maatje sei verschwunden.

Vollkommen aufgelöst fuhr sie in Richtung des Hauses ihrer Mutter. Die neuen Bewohner waren damit beschäftigt, die Zimmerdecken zu streichen. Sie hatten Maatje nicht gesehen. Laurien fuhr zurück zum Vismarkt. Es war noch immer niemand zuhause.

Eine halbe Stunde später kam Tiemen mit Maatje zur Tür herein.

»Maatje dachte, hier sei niemand.« Tiemens Stimme klang müde. »Sie ist zum Laden gelaufen. Olmer hat sie dort abgefangen.«

Maatje hielt sich die Ohren zu, als ihre Schwester darüber zu reden anfing. »Nein, nein, nein.«

»Lass es gut sein, Laurien«, sagte Tiemen. »Du weißt doch, wie sie ist.«

»Ich kann nicht ausstehen, dass sie keinerlei Reaktionen zeigt. Maatjes Freundinnen haben geheult, als sie hörten, dass unsere Mutter gestorben ist. Maatje hat nicht die geringste Gefühlsregung gezeigt.«

Sie hatten sie zum Kondolieren in die Leichenhalle mitgenommen. Maatje war widerstrebend mitgegangen, dadurch verpasste sie *Gute Zeiten, schlechte Zeiten.* Das da im Sarg war nicht ihre Mutter, es war eine blöde Puppe. Sie wollte sie nicht anschauen und popelte ausgiebig in ihrer Nase herum, ihrer toten Mutter den Rücken zugewandt. Während des Gottesdienstes saß sie verkehrt herum auf ihrem Stuhl, lachte und winkte einem Leiter des Tagesheims zu. Laurien hatte kein Wort von dem, was da gesagt wurde, mitbekommen.

Bei ihrer Mutter hatte sich alles um Maatje gedreht, vierunddreißig Jahre lang. Jetzt war sie gestorben, und Maatje hatte sie einfach vergessen. Tot ist weg, und schade drum.

Maatje hatte nicht einmal gemerkt, dass die Mutter neben ihr auf dem Sofa vom Tode ereilt wurde. Es war purer Zufall gewesen, dass Laurien kurz nach acht bei ihrer Mutter angerufen hatte, um ihr zu sagen, im Fernsehen komme etwas über das Down-Syndrom. Mittags war sie noch bei ihr gewesen, nichts hatte auf den nahenden Tod hingedeutet. Um ungestört mit ihrer Mutter reden zu können, hatte sie mit dem Telefonat bis acht Uhr gewartet. Zu ihrer Überraschung hatte die Schwester den Hörer abgenommen und regte sich auf, weil Laurien während ihrer Lieblingssendung anrief. Die Mutter reagierte nicht. Maatje legte den Hörer neben den Apparat und unterhielt sich mit dem Fernseher. Laurien hatte noch eine Weile gewartet, doch die Mutter war nicht ans Telefon gekommen. Tiemen hatte ihre Besorgnis als übertrieben bezeichnet, dennoch war Laurien nachschauen gegangen.

Maatje saß ungerührt da und futterte Chips. Das Fernsehgeräusch übertönte das Knacken der Chips. Die Mutter lag mit nach hinten gesunkenem Kopf und weit aufgerissenem Mund auf dem Sofa. Maatje reagierte erst mit panischem Entsetzen, als Laurien ein paar Kleidungsstücke zusammenpackte und sie mit zum Vismarkt nehmen wollte. Laurien hatte vergessen, ihre CDs einzupacken. Maatje jammerte, bis sie den Koffer mit ihrer gesamten Musiksammlung an sich pressen durfte.

Maatje war zwölf Jahre jünger als Laurien. Diese erinnerte sich noch allzu gut an die Zeit vor und nach der Geburt ihrer Schwester. Ihre Mutter war mit dreiundvierzig Jahren ein zweites Mal schwanger geworden. Sie hatte die Schwangerschaft akzeptiert und war letzten Endes glücklich über die zweite Tochter gewesen.

Das Baby war erst ein paar Tage alt gewesen, als Laurien beobachtet hatte, wie sich die Eltern mit besorgten Gesichtern über die Wiege beugten. Ihr Vater hatte das Wort Mongolchen gebraucht. Es hatte die Wirkung eines Keulenschlags. Die Mutter hatte ihre Lippen zu einem schmalen Strich zusammengezogen. Das Kind sei willkommen, egal ob mit oder ohne Down-Syndrom, hatte sie gesagt. Dem Vater hatten Tränen in den Augen gestanden, der Mutter nicht. Von diesem Tage an hatte ihre Mutter fast ausschließlich für Maatje gelebt.

Die Beziehung zwischen ihrer Mutter und Maatje war nach dem Tod des Vaters noch enger geworden. Lauriens Freundinnen bezeichneten Maatje als Scheißmongolchen. Laurien schämte sich ihretwegen, gleichzeitig schämte sie sich wegen dieser Scham. Sie ärgerte Maatje, was nur zum soundsovielten Krach mit der Mutter führte, weil Maatje noch nicht einmal merkte, wenn Laurien sich über sie lustig machte. Das war das Frustrierendste von allem gewesen. Die Auseinandersetzungen mit der Mutter hatten erst nachgelassen, als Laurien selbst Kinder bekommen hatte. Doch zu mehr als einer Großmutter mit Abstand zu der gesamten Familie hatte es bei ihrer Mutter nicht gereicht.

Tiemen streichelte Laurien den Rücken, sie solle sich nicht zu viele Gedanken machen, Maatje würde nicht so leicht etwas zustoßen. Laurien seufzte und wischte sich die Tränen aus dem Gesicht. Sie wusste nicht, ob diese Maatje oder Olmer galten.

Tiemen machte nach dem Essen Feuer im Kamin und öffnete eine Flasche Wein. Olmer beschäftigte sich oben mit einem Computerspiel. Er war eingeschnappt, weil Laurien geäußert hatte, sie bleibe bei ihrem Beschluss. Vorläufig hieß das: von der Schule direkt in den Laden. Wie lange dieses »vorläufig« dauern würde, wollte oder konnte sie ihm nicht sagen, das hing einzig und allein von seinem eigenen Verhalten ab.

Nach ein paar Schlucken Wein erzählte Laurien, dass es sie nicht wundern würde, wenn sie den Volvo gefunden hätten. Ob der schwerhörige Nachbar noch alles so richtig mitbekomme, bezweifele sie. Doch damit genug von der Arbeit. Mit dem Glas in der Hand wanderte sie durch das Zimmer und blieb vor der Musikanlage stehen. Tiemen wollte in diesem Winter mit seinem Kammerorchester *Der Hirt auf dem Felsen* von Schubert aufführen. Er hatte Laurien noch kaum etwas daraus vorgespielt. Jetzt fragte er, ob sie das Crescendo vom Anfang des Stücks hören wolle. Mit den Lippen befeuchtete er das Blättchen, holte tief Luft, und ganz leise, fast zärtlich setzte er zum ersten Ton an. Der Klang der Klarinette schwoll an, erstarb fast. Noch bevor Laurien Tiemen bitten konnte, die Passage ein zweites Mal für sie zu spielen, kam Olmer ins Zimmer gestürzt. Dieses elende Tuten mache seine ganze Musik kaputt. Fassungslos ließ Tiemen das Instrument sinken.

15

Bevor Laurien zu der Besprechung ging, rief sie bei Frau Verhulst an. Nico war immer noch nicht aufgetaucht, die Stimme seiner Mutter klang schrill vor Angst. Machte diese Besorgnis Laurien unruhig, war sie es bereits?

Als sie mit Emma, Hans und Pier über die Faktenlage diskutierte, machte sich eine immer gedrücktere Stimmung breit. Sie konnten kaum Fortschritte verbuchen. Das Trommeln des Regens gegen das Fenster trug auch nicht gerade zur Verbesserung der Atmosphäre bei.

»Es gibt nichts Neues zu bereden«, sagte Emma nach zehn Minuten. »Warum hast du uns eigentlich kommen lassen, Laurien?«

»Um noch einmal alles gemeinsam durchzugehen. Vielleicht gelangen wir ja mit vereinten Kräften zu neuen Erkenntnissen.«

»Ist es nicht eher so, dass du uns davon überzeugen willst, wie richtig du mit deiner Meinung liegst?«

»Ihr beide, du und Hans, hämmert mir doch immer ein, dass ich euch über das, was ich gerade tue, auf dem Laufenden halten soll, dass Teamarbeit gefragt ist. Und der Sonntagmorgen schien mir geeignet, weil es am Montag schier unmöglich ist, alle zusammenzubekommen. Morgen fährst du in die Veluwe, und Hans hat eine Sitzung. Uns geht zu viel Zeit verloren, wenn wir uns nicht selbst Druck machen.«

»Laurien hat Recht«, sagte Hans, »lasst uns weitermachen.« Der Staatsanwalt blätterte in Lauriens Bericht über den Volvo herum. »Möglicherweise Drogenmissbrauch?«

»Das lässt sich nicht eindeutig sagen«, meinte Laurien. »Der

Dienst habende Polizist hat den Jungen bei der Festnahme auf den Besitz von Drogen untersucht, aber nichts gefunden. Obwohl er den Eindruck hatte, dass er unter Drogeneinfluss stand. Der Junge selbst wurde keinem Test unterzogen, keine Blutabnahme. Er selbst behauptete, im Volvo hätten Drogen herumgelegen.«

»Hat er mit Drogen zu tun?«

»Dazu wird er kaum Gelegenheit haben, bei einem Vater und einem Bruder, die ihm ständig auf die Finger schauen.«

»Ugur Kraman. Türke?«, fragte Hans.

»Eine hart arbeitende Familie, die zum Mittelstand zählt.«

Hans setzte sich aufrecht hin.

»Terrorist? Waffen in jeder Hosentasche? Scharfe Messer? Wir haben es!«

Laurien schwieg unbehaglich.

»Du treibst es zu bunt«, sagte Emma.

»Humor.«

Das Wort blieb im Raum hängen.

»Wir schweifen ab. Gibt es einen Zusammenhang zwischen diesem Volvo und den Campbells? Ich neige dazu, diese Frage positiv zu beantworten«, sagte Laurien. »Die Spurensicherung von West-Brabant wird den gestohlenen Volvo untersuchen.«

»Auf was?«, wollte Hans wissen.

»In erster Linie wird nach Spuren von John Campbell gesucht, aber sie werden auch Drogenhunde einsetzen. Vielleicht stößt man auf eine Verbindung zwischen Louw und dem Auto.«

»Hat Louw mit Drogen gehandelt?«, fragte Emma.

»Die Dildos auf Louws Dachboden entsprachen einem Verkaufswert von etlichen tausend Euro pro Stück. Wegen der genauen Menge und des Gesamtwertes musst du dich an Jochem wenden … Während wir uns in dem Laden mit unanständigen Dingen beschäftigen mussten, kamen mehrere als regelmäßige Drogenkonsumenten bekannte Leute vorbei. Die hatten noch nicht gewarnt werden können. Jochem hat sie zum Verhör festgenommen, aber das hat nichts gebracht: Die Leute kannten Louw nicht. Sie kauften Vibratoren, die Jochem beschlagnahmt hat, die aber aus massivem Gummi bestanden. Wahrscheinlich wurde nach Johns Tod der größte Teil des Drogenvorrats vorsorglich direkt an einen anderen Ort geschafft, denn im Haus des Geschäftsführers lag nichts. Auch nicht im Haus von dessen Bruder.«

Die Überlegungen schleppten sich hin.

»Bist du in der Sache Louw Campbell noch weitergekommen?«, fragte Emma mit einem Blick auf die Uhr.

»In Anbetracht der Farbe vom Garagentor unter seinen Fingernägeln bleibe ich bei meiner Vermutung, dass es Selbstmord war.«

»Der Mörder kann geglaubt haben, Louw sei bereits tot, und sich verzogen haben«, sagte Hans. »Man darf nicht vergessen, dass ihn dort jeder sehen konnte. Er dürfte kaum länger gewartet haben, als unbedingt erforderlich.«

»Ich habe die Laborergebnisse der Blutanalyse und der Untersuchung des Mageninhalts.« Laurien wühlte in ihren Papieren. »Die Blutanalyse weist keine Spuren übermäßigen Drogengebrauchs aus. Zum Todeszeitpunkt war Louw leicht benommen, aber nicht betrunken, und neben den Spuren des Erhängens fanden sich keine Anzeichen extremer Gewaltanwendung.«

»Dennoch schließe ich Mord nicht aus«, sagte Emma. »Ich habe das Garagentor gesehen, Selbstmord erscheint mir unter diesen Umständen als beinahe undurchführbar.«

»Kannst du den Abend vor dem Tod rekonstruieren?«, fragte Hans.

»Ungefähr um neun Uhr beschlagnahmte das Drogendezernat seinen gesamten Vorrat an Stoff, insgesamt ungefähr zehn Gramm. Zumindest glaubte er das. Dass sein Dachboden das reinste Schlaraffenland war, wusste er wahrscheinlich nicht. Louw hatte an jenem Tag seinen Vater einäschern lassen. Seine Freundin berichtete, der Tod seines Vaters habe ihn stark mitgenommen. In diesem Zustand habe er einen Schuss besonders nötig gehabt.«

»Warum hat ihn das Drogendezernat aufgesucht?«

»Jochem hoffte, über Louw an die Großen heranzukommen, außerdem wollte er mehr über Louws neues Spielzeug in Vlissingen wissen.«

»Spielzeug?«, fragte Hans.

»Sein Sexshop«, sagte Laurien.

»Mangel an Drogen ist noch kein Grund für einen Selbstmord.« Emma schaute jetzt sehr nachdrücklich auf ihre Uhr.

»Da hast du Recht. Aber es gab da noch etwas anderes. Nach der Einäscherung ist Louw zum Notar gegangen, der das Testament mit ihm besprach, und das dürfte ihn kaum fröhlicher gestimmt haben. Johns Schwester in England wurde in dem Testament zur Erbin ernannt, es sei denn, Louw hätte für Nachwuchs gesorgt. Abgesehen natürlich von dem, was Louw gesetzlich zustand und dem Laden in Middelburg, den er im Januar bekommen hatte. Dies alles zusammen hätte schon ein schönes Kapital dargestellt, wenn John nicht Louws Schulden festgehalten hätte, die er für ihn beglichen hatte. Alle Schulden zusammengerechnet waren so groß, dass für Louw außer dem Laden nicht mehr viel übrig blieb. Sein holländischer Schwager wurde in dem Testament nicht berücksichtigt.«

»Und genau in diesem Geschäft hat Ron jede Menge Geld unterschlagen«, sagte Pier. »Nach Auskunft des Buchhalters hat er den gesamten Gewinn abgeräumt.«

»Wenn man die Hypothek berücksichtigt, die Louw auf den Laden aufgenommen hat, benötigte er offensichtlich mehr, als das Geschäft abwarf. Wir wissen, dass er enorme Schulden gemacht hatte. Ist ja auch kein Wunder, er war schließlich drogen- und spielsüchtig. Für den Sexshop hatte er eine Hypothek auf sein Haus aufgenommen. Dieser Laden warf aber noch keinen Gewinn ab. Auf die Dauer glaubte er seine Schulden über den Sexshop abzahlen zu können. Finanziell würde er nicht mehr lange durchhalten können.«

»Kannst du dich bitte kurzfassen?«, fragte Emma. »Ich hatte mir diesen Sonntagmorgen anders vorgestellt.«

»Ich erkenne immer noch keinen Grund für einen Selbstmord«, sagte Hans.

»Nach Jochem erschien Jan Wolf auf der Bildfläche. Bei ihm hatte Louw ebenfalls Schulden auflaufen lassen. Louw hoffte, ihm etwas abschwatzen zu können, doch der war gekommen, um Schulden einzutreiben, nicht um Louw mit noch mehr Drogen zu versorgen. Er machte Louw klar, dass er so lange nichts bekäme, bis er bezahle, und ganz sicher nichts, solange die Polizei ein Auge auf ihn geworfen habe. Louw fühlte sich wie ein geprügelter Hund. Die Zukunft sah rabenschwarz aus, da ihm sein Vater nicht mehr helfen konnte und er seine Schuldner auch nicht mehr mit der Aussicht auf ein baldiges Erbe vertrösten konnte.«

»Und deshalb erschien ihm Selbstmord als der einzige Ausweg. Können wir es so abkürzen?«

»Noch nicht, Emma. Das letzte Gespräch, von dem wir wissen, führte er mit seiner Freundin Mara. In dem Telefonat mit ihr war er depressiv und pessimistisch gestimmt. Ihrer Meinung nach klang er aber nicht alarmierend genug, um sofort zu ihm zu fahren. Sie vereinbarten, dass sie am frühen Morgen zum Frühstück bei ihm erscheinen würde. Ich vermute, dass zwischen diesem Gespräch und dem Selbstmord noch jemand bei Louw gewesen ist. Jemand, der ihm einen Grund zum Selbstmord geliefert hat.«

»An wen denkst du?«

»An jemanden, vor dem Louw großen Respekt hatte. Soweit wir das beurteilen können, hat der Unbekannte ihn selbst die Tat verrichten lassen, auch wenn es nicht unwahrscheinlich ist, dass er den orangefarbenen Nylonstrick geliefert hat. Im ganzen Haus haben wir kein anderes Stück Tau finden können, und die Schnittflächen wiesen darauf hin, dass der Strick erst vor Kurzem von einem anderen Teil abgeschnitten worden ist.«

»Sucht die Rolle Tau, und wir haben den Unbekannten«, sagte Hans.

»Louw befestigte den Strick, vielleicht unter Mithilfe des großen

Unbekannten, er ging in die Hocke und ließ sich fallen. Während sich der Strick zuzog, tat es ihm leid. In gehockter Haltung versuchte er, sich am Garagentor hochzuarbeiten.«

»Trotzdem bleibt dieses Tor ein Schwachpunkt«, sagte Pier.

»Die Chance, dass er mitten in der Nacht in der abgelegenen Straße gesehen wird, ist nicht groß«, meinte Laurien. »Ich schlage vor, dass wir unsere gesamte Energie auf die Suche nach Johns Mörder konzentrieren. Dann kommen wir vielleicht auch dahinter, warum Louw Selbstmord begangen hat. Meines Erachtens ist der Hauptgrund schiere Verzweiflung.«

»Was wissen wir über John Campbell?«

»Aus seinem Haus ist nichts verschwunden. Soweit sein Buchhalter das beurteilen kann, wurden von seinen Konten keine größeren Summen abgehoben. Der Mörder wollte John aus dem Weg räumen. Warum? Wusste John etwas? Hatte er etwas gesehen, das nicht gesehen werden durfte? Wurde er ermordet, um Louw den Mund zu stopfen?«

»Die Fakten sprechen für Ron als Täter«, sagte Emma. »Es handelt sich um einen raffinierten Mord, der zunächst an einen Selbstmord denken lässt. Die Unterschlagungen hat Ron auch geschickt angestellt.«

»Nicht übermäßig wahrscheinlich«, widersprach Laurien. »Es geht vor allem um das Motiv. Wir müssen zunächst in der Breite suchen, solange wir keine deutliche Spur haben. Die Lösung haben wir vermutlich schon in Händen, wir müssen sie nur noch erkennen.«

»War es das? Ich schlage vor, dass ihr euch morgen zusammensetzt«, sagte Emma.

»Dann werde ich Klaas und Willem sowie Stevi und Jan hinzubitten.«

Gerade als Laurien sich schlafen legen wollte, rief Frau Verhulst an. Ihre Stimme überschlug sich fast. Nico hatte sich noch immer nicht blicken lassen. Auch nicht bei seinen Freunden. Einer von ihnen,

Harry, hatte sich eben bei ihr gemeldet. Seine Freunde und er würden sich jeden Samstag und Sonntag in einer bestimmten Kneipe in Vlissingen treffen. Nico sei jedes Mal dort, nur gestern und heute Abend sei er nicht aufgekreuzt. Harrys Unruhe hatte ihre noch einmal verstärkt. Sie hatte gefragt, ob er wisse, womit sich Nico beschäftige. Zunächst hatte er um den heißen Brei herumgeredet, und sie hatte eindringlicher werden müssen. Harry wusste es auch nicht so genau; Nico hatte seine Freunde aus der Sache herausgehalten, doch soweit er es verstand, hatte sich Nico mit einem Mann eingelassen, der Ärger machte. Mehr hatte er nicht herausgerückt.

Nico sei in Gefahr, dessen war sich die Mutter sicher. Seit heute Morgen um ungefähr fünf Uhr empfange sie keine Signale mehr. Laurien fragte, was sie damit meine. Sie habe ein dermaßen starkes Band zu Nico, dass seine Gedanken sie erreichten, selbst wenn er nicht in ihrer Nähe sei. Der Kontakt sei urplötzlich abgebrochen. Der Junge sei gestorben.

Laurien versuchte Frau Verhulst zu beruhigen, doch es gelang ihr nicht. Spürte Nicos Mutter, dass auch sie beunruhigt war? Nachdem sie das Gespräch beendet hatten, rief Laurien bei Achter de Houttuinen an. Sie bat den Streifendienst, nach Nico Verhulst Ausschau zu halten. Die Frau in der Zentrale lachte, Nico Verhulst sei ein lästiger Halbstarker, der mal eine kräftige Tracht Prügel brauche. Was Laurien denn von dem Knaben wolle, schließlich sei sie doch für Mordfälle zuständig. Laurien unterbrach sie. Seine Mutter habe sie ersucht, den Jungen zu finden und bei ihr abzuliefern, und diesem Ersuchen sollte Achter de Houttuinen gefälligst Folge leisten. Aber nicht nur die Mutter habe ein Interesse daran, Nico aufzuspüren, auch sie wolle wissen, wo er sich herumtrieb, selbst wenn es jetzt mitten in der Nacht sei. Die Sache sei dringend, und wenn sie dringend sage, dann meine sie es auch so. Die Frau in der Zentrale pfiff zwischen den Zähnen hindurch. Sie würde den Jungen zur Fahndung ausschreiben, mit den Grüßen von Laurien Minnaar.

Laurien träumte von einem Typen mit kahlgeschorenem Kopf. Er saß auf dem Zaun des Friedhofs. Als sie näher herantrat, sah sie, dass er auf den scharfen Spitzen aufgespießt war. Es war nicht Nico Verhulst, sondern Olmer. Sie erwachte von ihrem eigenen Kreischen. Tiemen schlief ruhig weiter. Keuchend setzte sie sich aufrecht hin. Schließlich stellte sie sich ans Fenster. Der Himmel war hell, übersät von Sternen. Auf dem Dach der Fischhalle lag Raureif.

Vorsichtig mied sie die knarrenden Stellen der Treppenstufen und machte sich einen Becher Milch mit Honig. Bevor die Milch kochte, erklang die idiotische Melodie ihres Handys. Nach dem dritten Ton hatte sie das Gerät schon am Ohr. Die Zentrale meldete, da hinge jemand an einem Baum. Zwischen dem Walensingel und den Seismühlen, hinter dem Friedhof. In einem automatisierten Reflex schaute Laurien auf ihre Uhr: Dreizehn Minuten nach drei.

Tiemen wachte auf, als sie nach ihren Kleidern griff. Bevor er sich umdrehte, murmelte er, dass es diese Woche wieder hoch herginge. Er schlief bereits wieder, als sie das Schlafzimmer verließ.

16

»Verflucht, es ist Nico Verhulst«, sagte Laurien nach einem kurzen Blick auf den Jungen im Baum. Sie trommelte auf dem Autodach herum. »Verfluchte Scheiße! Das hätte nicht geschehen dürfen. Wir hätten uns an seine Fersen heften müssen, aber wir haben uns nicht die Zeit genommen, nach einem Jungen mit Glatze zu suchen. Und jetzt, jetzt hängt er da.«

»Ach, komm, wir sind doch nicht die Kindermädchen von solchen Krawallmachern.«

»Seine Mutter hatte bereits Angst, dass er tot sein könnte. Die arme Frau! Ihre schlimmste Vermutung hat sich bewahrheitet.«

»Ach, ja?«, fragte Pier.

»Sie hat ein Signal von oben empfangen.«

»Die Frau ist doch nicht ganz dicht. Oder glaubst du an solchen Blödsinn?«

»Vielleicht. Warum auch nicht?«

»Ich denke mal, dass die gute Frau Mama die Faxen dicke hatte mit ihrem verkorksten Sohn und ihn von seinen Leiden erlöst hat. Würde ich auch tun, wenn ich so einen Sohn hätte.«

»Die war total verzweifelt, ja, aber nicht in der Form, wie du es dir vorstellst. Sie liebte ihn und wollte, dass ihm nichts zustößt. Sie tat alles in ihrer Macht Stehende, um ihn auf eine Art und Weise zu schützen, die du und ich niemals verstehen werden.«

An dem dicken Ast einer Eiche schwang Nico leicht hin und her. Den Kopf vornüber geknickt, mit geöffneten Augen, die Arme am Körper herabhängend, dunkle Flecken auf den verschlissenen Jeans, die Füße nach vorne gestreckt. Unter dem Baum lag kein weggestoßener Schemel, und vor allem: Er hatte sich unmöglich selbst umbringen können, sein Hinterkopf war ein gähnendes Loch.

Der Ort war offensichtlich mit Bedacht gewählt. Vor ein paar Wochen hatte in demselben Baum eine Puppe mit dem Judenstern auf der Brust gehangen. Die Täter hatte man nicht geschnappt, auch wenn in der Zeitung spekuliert worden war, sie seien in den Reihen der Neonazis zu suchen, und die Polizei ginge der Sache nicht mit dem erforderlichen Nachdruck nach.

Wenn Nico noch etwas hätte wahrnehmen können, dann hätte er die Mauer des Friedhofs gesehen. Und wenn er nicht tot gewesen wäre, würde er jetzt frieren in den zerfransten Jeans und der schwarzen Lederjacke ohne T-Shirt darunter. Er drehte sich im Mondlicht um die eigene Achse und tanzte seinen Totentanz.

Laurien seufzte tief, um sich von dem widerwärtigen Gefühl aufkommender Übelkeit zu befreien. Sie würde sich nie an den Anblick einer Leiche gewöhnen, aber wenn ein Kind getötet worden war, geriet ihr Magen noch mehr in Aufruhr. Um sich von dem Brechreiz abzulenken, streifte sie sich die blauen Plastiktüten über die Schuhe.

Willem und Klaas erschienen nicht lange nach ihnen am Tatort. Sie begannen zu fotografieren und machten Aufnahmen mit der Videokamera. Die Leichenbeschauerin kam gähnend auf Laurien zugelaufen.

»Wer ist es?«, fragte Sturm.

»Der Tote heißt Nico Verhulst«, sagte Laurien. »Sechzehn Jahre alt.«

»War der nicht wieder aufgetaucht?«, fragte Klaas.

»Und danach erneut verschwunden. Ungefähr um fünf Uhr gestern Morgen getötet.«

»Woher weißt du das?«

»Seine Mutter rief mich gestern Abend an und teilte mir mit, der Kontakt sei abgebrochen. Sie wusste einfach, dass er gestorben war.«

»Vielleicht einfach ein bisschen nachgeholfen?«, fragte Willem.

»Das halte ich für ziemlich unwahrscheinlich. Eine so schmächtige Frau bekommt einen toten Halbwüchsigen nicht auf den Baum.«

»Außer wenn sie Hilfe hatte.«

»Dann liegt der Fall anders«, gab Laurien zu.

Mehrere Polizisten rollten Kabel vom Generator zum Baum aus. Plötzlich war Nico in grelles Licht getaucht. Der Totentanz wurde dadurch nicht weniger makaber. Andere Scheinwerfer waren auf das Terrain um den Baum herum gerichtet. In dem unbarmherzigen weißen Licht sahen Lauriens Kollegen müde aus. Innerhalb zu kurzer Zeit hatte es einfach zu viele Tote gegeben.

Klaas deponierte Planen auf der Erde und erinnerte Sturm daran, keine Spuren zu verwischen.

»Ein Glück, dass es mitten in der Nacht ist«, sagte ein Feuerwehrmann, der darauf wartete, den Jungen losmachen zu können.

»Wer hat ihn gefunden?«, fragte Laurien Klaas.

»Unbekannt. Kurz vor drei kam eine anonyme Meldung aus einer Telefonzelle herein. Das Gespräch war zu schnell beendet, als dass man hätte feststellen können, ob es sich um eine Männer- oder Frauenstimme handelte. Der Polizist dachte zunächst an den Scherz eines Betrunkenen, schickte dann aber doch einen Streifenwagen hierhin.«

Schweigend starrten sie auf den kreisenden Jungen. Ein Pathologe hatte Laurien einmal erklärt, dieses Kreiseln habe mit dem Magnetismus der Erde zu tun.

Noch vor Einsetzen der Morgendämmerung stand Emma neben Laurien.

»Hat dieser Mord mit den Campbells zu tun?«

»Emma, der Junge hängt noch am Baum. Es könnte sein, dass der Mord im Zusammenhang mit den beiden steht, es muss aber nicht sein. Im Moment ist das alles, was ich dazu sagen kann.«

»Für zwei Uhr habe ich eine Pressekonferenz anberaumt. Ich

möchte, dass du sie abhältst. Um halb neun fahre ich in die Veluwe, die Konferenz dort beginnt bereits um zehn Uhr dreißig.«

»Bitte jemand anderen darum, ich habe weiß Gott genug zu tun.«

»Mir ist es lieber, wenn du es machst.«

»Mal sehen. Zwei Uhr ist aber zu früh. Wir müssen noch die Eltern des Jungen informieren. Verschiebe es auf drei Uhr.«

»Zwei Uhr. Bevor ich losfahre, will ich den Bericht auf meinem Schreibtisch haben.«

Klaas rief nach Laurien.

»Schau mal, ziemlich frische Fußabdrücke von jemand, der etwas Schweres in einer Schubkarre transportiert hat. Geschoben hat die Karre jemand mit Schuhgröße vierundvierzig, nebenher lief jemand mit kleinerer Schuhgröße, zweiundvierzig schätze ich. Hattest du nicht beim alten Campbell eine Reklamebroschüre mit einem Fußabdruck gefunden? Der war auch Größe vierundvierzig, mit Gewichtsverlagerung auf den Vorderfuß, genau wie bei diesem hier.«

»Siehst du einen Zusammenhang mit Campbell?«, wandte sich Emma an Klaas.

»Zusammenhänge und Schlussfolgerungen fallen in Lauriens Bereich, ich bin lediglich für Hinweise zuständig. Wie viele Männer haben Schuhgröße vierundvierzig und die meiste Kraft im Vorderfuß? Davon gibt es nicht gerade wenig. Da vorne kannst du den Reifenabdruck sehen«, sagte er zu Laurien. Mit der Taschenlampe wies er auf eine schlingernde Spur. »Es muss eine schwere Last gewesen sein, die er kaum halten konnte. Schau mal, er schwankte von links nach rechts. Hier hat er mit der Schubkarre angehalten, direkt unter dem Baum. Der Mörder hat den Strick über den dicken Ast geschleudert.« Er blickte hinauf. »Der Ast ist zu hoch, im Dunkeln schafft man das nicht alleine. Bingo, Abdrücke der Füße einer Leiter, ganz dicht am Baum. Der Strick wurde über den Ast geworfen, danach legte der Mörder dem Jungen das Tau um den Hals und benutzte den Ast als Hebel. Das dürfte ganz schön Kraft gekostet haben. Größe zweiundvierzig hat Nico unter dem Baum festgehalten. Der Abdruck von Größe vierundvierzig ist hier und hier erheblich tiefer als dort. Siehst du? Größe vierundvierzig hat den Strick mit einem einfachen Doppelknoten am Baumstamm befestigt. Ganz schön fester Strick.«

»Auch orangefarben. Derselbe wie bei Louw?«

»Bitte unterbrich mich jetzt nicht, Laurien. Auf den ersten Blick könntest du Recht haben, das werden wir bei der Laboruntersuchung herausfinden. Es gibt eine zweite Spur der Schubkarre, ihr Abdruck ist viel weniger tief und verläuft in gerader Linie. Auf dem Asphalt ist leider kein Abdruck mehr zu sehen. Ich nehme an, dass das Auto dort drüben in der Kurve gestanden hat.«

Emma verabschiedete sich mit einem flüchtigen Gruß in alle Richtungen.

»Wurde der Junge aufgehängt, als er schon tot war?«, fragte Pier.

»Die Obduktion wird ergeben, ob man seinen Kopf vorher oder nachher kaputtgeschossen hat. Aber was macht es für einen Sinn, den Hinterkopf eines Toten wegzuballern?«, sagte Klaas.

»Welchen Sinn macht es denn wohl, einen Toten aufzuhängen?«

»Pier, wenn er hier erschossen worden wäre, hätten wir Reste seines Gehirns finden müssen. Zumindest wäre graue Masse über seinen Rücken auf die Erde getropft. Schau es dir an, in seinem Kopf befindet sich nur noch ganz wenig Inhalt.«

Laurien warf einen kurzen Blick auf Nico.

»Er wurde zwei Mal getötet«, sagte Klaas.

»Wenn das möglich wäre, in der Tat«, bemerkte Pier.

»Ein schrecklicher Anblick!« Laurien versuchte, ihre Atmung unter Kontrolle zu bringen. »Noch einmal zurück zu den Fußabdrücken. Ähneln sie denen am Haus von John Campbell?«

»Ähneln ja. Es handelt sich nicht um dieselben Schuhe, aber das besagt noch nicht alles. Genug gesehen? Wir sollten den Jungen jetzt mal herunterholen lassen, dann kann Sturm ihn für tot erklären. Was wissen wir bisher über den Mörder?«

»Einiges. Er ist kaltblütig«, antwortete Laurien. »Ein Mann. Eine Frau kriegt ihn nicht hochgehoben, selbst wenn ihr geholfen wird.«

»Dem stimme ich zu«, sagte Klaas.

»Und die Abdrücke scheinen auf Herrenschuhe hinzudeuten. Nicos Spuren sind es nicht.« Laurien schaute nach oben. »Schuhgröße fünfundvierzig, sechsundvierzig. Wer so etwas macht, muss vollkommen gestört sein … Es könnte ein junger Mann sein, aber das glaube ich nicht. Der wäre in seiner jugendlichen Ungeduld nicht so raffiniert zu Werke gegangen.«

»Mach weiter«, sagte Pier.

»Ich vermute, dass der Mörder auch John Campbell umgebracht hat, selbst wenn das ein völlig anderer Mord war, verglichen mit dem hier nahezu liebevoll ausgeführt. Der Mörder will mit der Inszenierung etwas mitteilen. Für Nico war ein gewöhnlicher Tod noch nicht schlimm genug. Er wartet den richtigen Moment ab, weiß bereits in Einzelheiten, wie er den Mord zu Ende bringen wird und nimmt sich alle Zeit der Welt für die Durchführung.«

»Warum hängt er Nico hier auf? Die Chance, dabei beobachtet zu werden, war ziemlich groß«, meinte Klaas.

»In einer Nacht mit Neumond ist die Chance am geringsten«, sagte Laurien nachdenklich. »Viel einfacher wäre es gewesen, den Jungen irgendwo in die Dünen zu legen, aber der Mörder wollte ihn unbedingt an diesen Ort schaffen. Ein Skinhead, ein Neonazi, ein Antisemit wird in Sichtweite des Jüdischen Friedhofs aufgehängt. Doch ich kann auch vollkommen daneben liegen; vielleicht wollte der Mörder damit etwas anderes signalisieren. Wir sollten nicht einfach vom Naheliegendsten ausgehen, schließlich haben wir es mit einem intelligenten Mörder zu tun.«

»Mach es bitte nicht komplizierter, als es ohnehin schon ist.« Klaas gähnte. »Wir wissen ja noch nicht einmal, ob die beiden Morde auf die Rechnung desselben Mörders gehen. Jemanden ertränken und jemanden erschießen sind zwei grundverschiedene Dinge.«

»Es kann einen direkten Zusammenhang zwischen dem Tod von

John, Louw und Nico geben. Eigentlich bin ich mir dessen sogar sicher.«

»Du immer mit deinem Gefühl.«

»Die Beweise kommen von selbst, lieber Pier.«

Sie schauten zu Willem hinüber, der sich mit dem Rücken zu ihnen einen hinter die Binde goss.

»Probleme mit seiner Frau«, sagte Klaas.

»Hoffentlich nimmt es nicht überhand«, meinte Laurien mit einem zweifelnden Blick.

»Bis jetzt noch nicht.«

»Der sollte lieber alleine leben, als ständig in der Scheiße zu hängen«, sagte Pier. »Anfangs ist das auch beschissen, aber es geht vorbei.«

Klaas winkte den Feuerwehrleuten zu. Willem gab Sturm ein Zeichen. »Die Arbeit ruft!«

Das Feuerwehrauto fuhr direkt an den Baum heran, die Leiter wurde ausgefahren, und Sturm kletterte hoch, wobei ihr ein Feuerwehrmann dicht auf den Fersen blieb. Sie war schnell wieder unten. Klaas nickte den Männern zu, sie könnten Nico jetzt losmachen. Der Strick musste so weit wie möglich vom Opfer entfernt durchgeschnitten werden. Sie pressten ihn gegen die Leiter und befestigten ihn dort mit Riemen. Von unten wurde die Leiter noch etwas hochgefahren, sodass der Strick um den Hals jetzt lose hing. Die Feuerwehrleute kappten das Tau ganz oben. Äußerst vorsichtig, fast liebevoll trugen sie Nico nach unten.

Laurien lief weg, sie wollte nicht zusehen, wie der Junge auf den Boden gelegt wurde. Sie hörte die Ketten an seiner Hose klirren. Pier begleitete sie, er riss einen Beutel mit Bonbons auf. Laurien holte einen Apfel aus der Manteltasche und schlug ihre Zähne hinein.

»Ich werde den Hausarzt von Nicos Mutter anrufen und ihn fragen, ob er mitgeht. Nico ist ihr einziges Kind. Nicht dass es einen Unterschied macht, ob da noch sechs andere herumlaufen, aber wenn man nur eins hat, und das wird ermordet, dann gibt es auch keinen Trost mehr im Hause. Ich werde mich nie daran gewöhnen können, diese Nachricht zu überbringen.«

»Berührt es uns in dem Maße stärker, wie wir älter werden?«

»Kann sein.« Laurien schauderte. »Er war ein Jahr jünger als Olmer.«

Klaas stellte sich zu ihnen. »Du könntest Recht haben mit deiner Hypothese. Er wurde genau wie Louw mit einem dicken orangefarbenen Strick aufgehängt.«

Sturm war mit ihrem Urteil wie immer schnell bei der Hand: kein natürlicher Tod. Laurien beschlagnahmte die Leiche offiziell.

»Können Sie sagen, wie viele Schüsse auf ihn abgegeben wurden?«

»Ich vermute einer, aber nagle mich nicht darauf fest«, sagte Sturm. »Das Loch sieht so aus, als sei aus der Nähe geschossen worden. Der Hinterkopf ist ab dem linken Ohr verschwunden.«

Sie drehte den Toten auf die Seite und zeigte auf den zerschmetterten Schädel. Laurien beugte sich über den Jungen.

»Es muss ein großkalibriges Geschoss gewesen sein«, sagte Laurien. »Er dürfte nicht lange gelitten haben.«

»Richtig. Das Stammhirn ist so gut wie weggepustet. Der Tod ist unmittelbar eingetreten. Der Schuss wurde von links abgegeben.«

»Ist der Schütze Linkshänder?«

»Das ist nicht gesagt. Wahrscheinlicher ist sogar, dass der Mörder links vom Opfer stand und mit der rechten Hand geschossen hat. Deshalb ist auf der linken Seite mehr vom Schädelknochen übriggeblieben als auf der rechten Seite. Hätte er mit der linken Hand geschossen, wäre rechts noch mehr vom Schädel.« Sturm nahm eine Lupe und untersuchte die Tätowierungen. »Hakenkreuze und Teufel. Ist der Tote der Polizei bekannt?«

»Wegen eines kahlgeschorenen Kopfes und ein paar dummen Tätowierungen?«

»Artige Jungen hängen nicht an Eichenästen herum. Meistens hält die Polizei solche Leute unter Beobachtung«, sagte Sturm.

»Nur gut, dass wir nicht jeden mit Tätowierungen und Glatze verfolgen. Wir müssten zehnmal so viele Leute bei uns einstellen. Aber um auf Ihre Frage zurückzukommen: Wir kennen das Opfer«, antwortete Laurien. »Nico war sechzehn. Er war von zuhause weggelaufen, das wussten wir, deshalb wurde er gestern Abend zur Fahndung ausgeschrieben. Heute wäre dann intensiv nach ihm gesucht worden.«

»Gestern Abend war er bereits tot.«

»Können Sie etwas zum Todeszeitpunkt sagen?«, fragte Pier.

»Nur ganz grob«, sagte Sturm. »Heute Nacht war es kalt. Da verlangsamt sich der Zersetzungsprozess. Konservativ geschätzt dürften es zwischen zwanzig und dreißig Stunden sein.«

»Es ist jetzt halb fünf. Könnte es sein, dass es vor dreiundzwanzigeinhalb Stunden war? Seine Mutter behauptete, sein Gedankenstrom sei Sonntagmorgen um fünf Uhr abgebrochen, und daraus schloss sie, dass er nicht mehr unter den Lebenden sei. Sie war sich sicher, dass er gestorben ist.«

»Unsinn!«

»Im Nachhinein nicht.«

»Außer wenn sie ihn selbst ermordet hat.«

»Erst mäht Mutter Verhulst ihren Sohn mit einer großkalibrigen Pistole um. Dann stopft sie ihn in eine Schubkarre, wandert damit hierhin, zieht ihn am Baum entlang hoch und befestigt den Strick mit einem kräftigen Knoten am Stamm. Sturm, das glauben Sie doch selbst nicht!«, sagte Laurien.

»Sagt es dir etwas, dass der Knabe hohe Backenknochen hat?«

»Sind Sie etwa eine Verfechterin der Lombroso-Schule, die behauptet, man könne Kriminelle an bestimmten physiognomischen Merkmalen erkennen? Wenn Sie Menschen nach Ihrem Äußeren beurteilen, hinken Sie der Zeit gewaltig hinterher.«

»Nicht jeder Kriminologe denkt so darüber.«

»Sehr richtig, die Nazis erkannten mit einem kurzen Blick, ob jemand etwas taugte oder nicht. Vor Kriminologen, die noch immer diesen Theorien nachhängen, graut mir. Genauso wie vor Politikern, die vermuten, dass sich hinter einem langen Gewand, einem Bart und einer Kopfbedeckung gleich ein Terrorist verbirgt.«

»Nimm doch nur einmal an, dass er seiner Mutter das Leben zur Hölle gemacht und sie ihn im Streit getötet hat. Beim Aufhängen kann ihr jemand geholfen haben.« So leicht gab sich Sturm nicht geschlagen.

»Nico bedeutete seiner Mutter alles. Er war nicht schlimmer als andere Jugendliche in seinem Alter. Die Mutter war realistisch genug, um zu erkennen, dass die Pubertät eine Übergangsphase ist.«

»Tätowierungen verschwinden aber nicht«, antwortete Sturm.

»Sie dürfen feststellen, ob die Todesursache natürlich oder nicht natürlich ist. Und im Falle eines unnatürlichen Todes, ob es sich um einen Unfall, Mord oder Selbstmord handelt«, sagte Laurien. »Den Rest überlassen Sie bitte uns.«

Der Leichenwagen fuhr langsam davon. Laurien stellte sich zu Pier und Willem, die ihre Hände an einem Becher mit Kaffee wärmten. Sie redeten darüber, wie kalt sich der Wind anfühlte, über Stevis kurze Röcke – ganz gewiss nicht den Vorschriften entsprechend – und ihre hübschen Beine. Sie wollten sich über etwas anderes unterhalten als über einen toten Jungen im Baum.

Emma schaute wie immer zur Tür herein. Ob Laurien mit dem Briefing bereits fertig sei? Sie wolle es vor ihrer Abreise lesen. Laurien antwortete, dafür habe sie keine Zeit, doch das hörte Emma nicht mehr.

In aller Eile tippte Laurien etwas herunter und öffnete ihre Mailbox, um den Bericht abzuschicken. Sollte Emma zusehen, was sie damit anfing.

Sie selbst hatte eine E-Mail mit dem Absender »T. Maljaars« in der

Box. Darin wurde erneut nach Olmer gefragt, für ihn lägen Süßigkeiten bereit. Sie brauche ihm nur Bescheid zu sagen, er wisse schon, wo er es abholen könne. Laurien rief im Büro von Klaas und Willem an. Niemand nahm ab, wahrscheinlich waren sie noch bei den Seismühlen beschäftigt. Stevi, die einen Bericht über die vorläufige Recherche in der Nachbarschaft abliefern wollte, las die E-Mail gründlich durch.

»Der Absender muss dich kennen und will dir ein Bein stellen. Hast du eine Ahnung, wer dahinterstecken könnte? T. Maljaars hat doch nichts mit Tiemen zu tun?«

»Natürlich nicht. Irgendjemand gibt sich hier für Tiemen aus.«

»Aber wer?«

»Wenn ich das wüsste, würde ich dich wohl kaum die E-Mail lesen lassen, sondern sofort auf die Person, die sie abgeschickt hat, zumarschieren.«

»Mein Gott, deswegen brauchst du doch nicht gleich wütend zu werden. Ich habe eben nicht auf Anhieb für alles eine Lösung parat.«

»Es muss jemand aus unserem Umfeld sein, und diese Person muss mich hassen wie die Pest.«

»Nein, das siehst du verkehrt. Seit diesem Zeitungsartikel weiß ganz Walcheren, dass dein Sohn drogenabhängig ist.«

»Olmer ist nicht abhängig, verdammt noch mal! Du scheinst diesem Schmierfinken Peter de Haas wohl eher zu glauben als mir.«

»Immer mit der Ruhe …«

Emma reiste nach ihrer Konferenz in der Chefetage in Richtung Veluwe ab. Donnerstag würde sie zurückkommen. Außer wenn Laurien nicht alleine zurande käme, dann würde sie in Middelburg bleiben, hatte Emma gesagt.

Kurz nach zehn erschien Laurien zusammen mit dem Hausarzt bei Frau Verhulst. Als diese Lauriens trauriges Gesicht sah, begann sie zu jammern.

»Es ist nicht wahr, mein Nico ist doch nicht tot? Ist mein Junge tot? Nico ist alles, was ich habe. Er darf nicht sterben!«

Die gemurmelten Beileidsbekundungen ließ sie an sich vorüberrauschen, als könnte sie dadurch den Tod besiegen.

Obgleich sie den Tod vorausgesagt und ihre Angst sich als realistisch erwiesen hatte, war das Sterben ihres Sohnes völlig inakzeptabel. Der Arzt musste ihr zur Beruhigung eine Injektion geben. Bis das Mittel zu wirken begann, klang ihre Stimme in dem übervollen Zimmer wie die eines verwundeten Tieres.

»Nach meinem Anruf hast du nichts getan! Hättest du sofort gesucht, dann hätte mein Sohn da vielleicht noch gelebt.«

Was sollte Laurien darauf antworten? Wie konnte sie eine Mutter trösten, die gerade ihr einziges Kind verloren hatte? Nie mehr würde das Leben wie vorher sein, die Zeit würde eingeordnet werden in ein Vorher und ein Nachher, mit dem Tod ihres Sohnes als Scheidewand. Laurien streichelte ihr über den Rücken, die Frau ächzte und stöhnte.

»Warum ausgerechnet mein Nico? Es gab keinen lieberen Jungen als ihn.«

Laurien fragte, ob sie vielleicht alte Fotos von ihm habe. Etwas gefasster holte Frau Verhulst ein Album aus dem Schrank. Fotos von einem verlegenen kleinen Jungen, der sich hinter dem Rock der Mutter versteckt. Mit jedem Foto rückte er etwas weiter von der Mutter ab, bis diese für das Kameraauge unsichtbar blieb.

»Nico war ein störrischer Bengel, aber für mich bleibt er ein guter Junge, wirklich wahr. Sie sind ihm begegnet. Er war so liebenswert. Sie kennen ihn doch auch«, sagte sie zum Hausarzt. »Seit seiner Geburt. Einen besseren Sohn gab es nicht. Jeder mochte ihn gerne. Er hat doch nicht leiden müssen?«

»Er hat nicht gelitten«, sagte der Arzt.

Laurien nickte. Selbst wenn man Nico zu Tode gequält hätte, was ja immerhin möglich war, hätte sie es nicht gesagt.

»Werde ich ihn erkennen?«

»Sicher«, sagte der Hausarzt. »Dann werden sie sehen, dass er in Frieden ruht.«

»Wann war er denn das letzte Mal zuhause?«, fragte Laurien.

Frau Verhulst rechnete zurück. »Donnerstagmorgen. Als ich vom Markt zurückkam, war er schon weg. Ich war nur kurz bei meiner Mutter und meiner Schwester, und danach hielt mich eine Nachbarin auf. Auf dem Tisch lag ein Zettel. Zum Abendessen sollte ich nicht mit ihm rechnen, hatte er geschrieben.«

»Haben Sie diesen Zettel aufbewahrt?«

»Nein. Er ist am Freitag mit dem Abfall mitgegangen.«

»Waren Sie beunruhigt?«

»Donnerstag noch nicht. Es passierte ziemlich oft, dass er einfach abgehauen ist, einen sechzehnjährigen Jungen kann man nicht mehr den ganzen Tag an der Leine halten. Ich dachte, er wäre bei Freunden.«

»Wie war er denn an jenem Morgen?«

»Wie immer. Ich fragte, ob er nicht mal endlich in seinem Zimmer aufräumen will, wenn er schon nicht arbeiten geht. Da konnte man sich nicht mal mehr um die eigene Achse drehen. Er gab keine Antwort, was ich auch gar nicht erwartet hatte. Später sah ich, dass sein Zimmer seit Monaten nicht mehr so sauber ausgesehen hat.«

»Wann kamen Sie nach Hause?«

»Ungefähr um eins.«

»Wies irgendetwas darauf hin, dass er vielleicht wegbleiben könnte?«

Die Frau zögerte. Nervös drehte sie eine Haarsträhne zu Kringeln.

»Nicht wirklich.« Einen Moment lang blieb es still. »Vielleicht doch. Als ich zum Markt gehen wollte, kam er hinter mir her und sagte mir in der Küche, dass er mich wirklich gerne hat. Das war so ungewohnt für mich. Ich bekam einen Schrecken.«

»Einem Halbwüchsigen kommt das wirklich nicht so leicht über die Lippen«, meinte Laurien. »Kannten Sie übrigens John Campbell?«

»Wer in Middelburg kennt ihn nicht.«

»War er bei Ihnen, um Ihnen mitzuteilen, dass er Ihren Sohn am Friedhof erwischt hat?«

»Wie der hier an der Haustür rumgewütet hat, können Sie sich gar nicht vorstellen. Ich kam überhaupt nicht zu Wort. Nico hatte mir schon erzählt, dass er mit ein paar Freunden am Friedhof gestanden und rumgealbert hat, als Campbell plötzlich auftauchte und ihnen Respektlosigkeit vorwarf. Völlig grundlos packte er Nico beim Kragen.«

»Wann war das?«

»Vor ein paar Wochen. Ich habe Nico gesagt, er solle den alten Mann in Ruhe lassen.«

Mit demselben Hausarzt fuhr Laurien zu Nicos Vater in der Berkenlaan. Vom Vorgarten aus konnte man die Villa in der Olmenlaan sehen. Der Vater wischte die Hände an der Hose ab und schaute sie an. Laurien fragte, ob sie eintreten dürften. Im Wohnzimmer sagte sie, sie hätten eine schlechte Nachricht für ihn; sein Sohn sei gestorben. Dann kondolierten sie ihm. Er geriet ins Wanken, Laurien musste den großen, schweren Mann behutsam in einen Sessel drücken. Sein Junge tot. Das durfte nicht wahr sein. Seine Ex-Frau hatte den Tod vorausgesagt, aber die redete oft den größten Nonsens, ihrer Weissagung hatte er nicht den geringsten Glauben geschenkt. Ob sie sicher seien, dass es Nico ist? Sie würden sich bestimmt täuschen, vor allem wenn es nicht das eigene Kind sei, in diesem Alter hätten Jungen oft sehr viel Ähnlichkeit miteinander. Wie er denn gestorben sei? So schonend wie irgend möglich berichtete Laurien, dass er aller Wahrscheinlichkeit nach getötet worden war.

Der Vater stützte den Kopf in die Hände und murmelte, dass er den Mörder eigenhändig erwürgen würde. Nico sei ein guter Junge gewesen. Laurien verließ das Haus, ohne dass er es bemerkte. Der Hausarzt blieb dort.

Peter de Haas stellte die meisten Fragen. Es überraschte Laurien nicht, ihn hier zu sehen, auch wenn seine Spezialität Denkmäler und Ehrenmale waren, allerdings ausschließlich in Middelburg, da er es nicht geschafft hatte, den Führerschein zu machen. Wenn er dann einmal über ein anderes Thema schrieb, führte das meist zu seltsamen Ausrutschern.

Laurien blieb sachlich, lieferte Fakten, nicht zu viele, aber auch nicht zu wenige. Sie machte deutlich, die Polizei schenke dem Fall ihre volle Aufmerksamkeit.

Als De Haas den Raum verlassen wollte, hielt ihn Laurien auf.

»Wollen Sie sich noch einmal setzen?«

»Keine Zeit.«

»Zwei Minuten, nicht länger. Ich habe Ihren Artikel mit großem Interesse gelesen.«

»Danke.« Er zog seine buschigen Augenbrauen hoch. »Fanden Sie sich darin wieder?«

»Um das eine oder andere zu verifizieren, würden Sie mir einen außerordentlichen Dienst erweisen, wenn wir uns einmal ausführlicher darüber unterhalten könnten.«

»Sie wollen Namen?«

»Sehr gerne.«

»Das ist unmöglich.«

Er stand auf und reagierte linkisch, als sie ihm eine Hand gab.

Das Drogendezernat war nicht viel weitergekommen, weder im Fall Louw Campbell, noch im Fall Erik Tromp. Jochem hatte die Herkunft des Kokains an der Nehalennia-Schule nicht verfolgen können. Mit Louws Lieferanten sah der Erkenntnisstand auch nicht besser aus. Womit er sich die ganze Zeit so emsig beschäftigte, war Laurien ein Rätsel. Jochem erkundigte sich nach Olmer. Der Artikel hatte ihm zu denken gegeben, aber ein Dealer, der einen Jungen auf diese Weise hereinlegt, davon hatte er noch nie gehört.

Nach dem Essen fuhren Tiemen und Laurien nach Breda. Laurien wäre lieber zuhause geblieben, doch sie war zu müde für einen Streit. Tiemens Mutter wollte auf Olmer und Maatje aufpassen. Die Schwiegermutter war der Meinung, Tiemen und Laurien gingen mit dem Vorfall, wie sie es nannte, zu ernsthaft um, Olmer sei ein guter Junge. Im Chassétheater wurde *Tosca* von Puccini aufgeführt. Für einen ganzen Abend vergaß Laurien die Morde, Olmer, das Kokain und die E-Mails. Auf der Heimfahrt im Auto schlief sie.

17

Sie trafen sich im kleinen Sitzungszimmer. Stevi und Jan wurden auf den Stand der Dinge gebracht, Aufgaben verteilt. Laurien brach die Besprechung ab, als sie merkte, dass sich nicht mehr viel Neues ergab. Es musste endlich mehr Schwung in die Ermittlungen kommen, bevor noch ein viertes Opfer zu beklagen sein würde. Für Jans Sorgen bezüglich seiner Frau brachte sie keine Geduld auf.

In ihrem Büro beschäftigte sie sich mit der Frage, ob oder was sie übersehen haben könnte. Ein kleines Detail konnte alles entscheidend sein. Gab es einen Zusammenhang zwischen den beiden Campbells und Nico, und wenn ja, welchen? Der Zusammenstoß am Friedhof reichte nicht aus, um zwei Morde zu rechtfertigen. Nico hätte John sehr wohl töten können, umgekehrt aber war es nun mal ein Ding der Unmöglichkeit. War es Zufall, dass die Campbells und Nico so kurz nacheinander zu Tode gekommen waren? Zufälle gab es in ihrem Metier so gut wie nie. Sie vermisste etwas Fundamentales, etwas, mit dem alles zu tun hatte.

Es musste in dem zur Verfügung stehenden Material verborgen liegen; es wartete darauf, von ihr gefunden zu werden. Je mehr Tote, desto weniger Zusammenhänge sah sie. Hatte Nico seine Strafe für das Leid bezahlt, das er anderen zugefügt hatte? Rache für John Campbells Tod? Aber wessen Rache? Warum beging Louw kurz nach dem Mord an seinem Vater Selbstmord? Wer hing sich überhaupt an einem Garagentor auf? Bizarr. Es zeugte von großer Todesnot. Doch den Tag zuvor hatte er noch kein Todesverlangen gezeigt. Was war zwischen ihrem Besuch bei ihm und seinem Tod geschehen?

Stundenlang versuchte sie, zwischen den Zeilen ihrer eigenen Aufzeichnungen zu lesen. Pier setzte sich zu ihr. Die Mordermittlungen beherrschten seine Gedanken ebenso wie ihre. Der Notizblock lag ständig in ihrer Reichweite. Jüngere Kollegen waren im Stande, Abstand zu ihrer Arbeit zu schaffen. Je älter man wurde, desto schwieriger wurde es, sich gedanklich von einem Mordfall zu lösen. Oder waren sie schon immer so gewesen, und die Jüngeren waren einfach nur gleichgültiger, abgestumpft durch die unzähligen Tragödien in Fernsehen und Zeitungen?

Laurien rief Stevi und Jan wieder zu sich. Zu viert diskutierten sie jedes Detail und kamen zu dem Schluss, dass es immer unüberschaubarer wurde, je mehr Tote es gab. Dutzende Hinweise waren bei ihnen eingegangen, nicht einer half ihnen weiter. Stevi und Jan boten an, jedem Einzelnen noch einmal nachzugehen.

Um an brauchbare Tipps zu gelangen, könnte Laurien doch der Presse etwas mitteilen, schlug Pier vor. Möglicherweise hatte jemand auf dem Walensingel ein Auto in den Weg zu den Mühlen abbiegen sehen.

»Das Einzige, was wir von Johns Mörder wissen, ist die Tatsache, dass er in einem alten blauen Volvo fuhr«, sagte Laurien. »Ich werde in Breda Bescheid sagen, dass sie sich mit der Spurensuche mehr beeilen sollen. Wir müssen damit rechnen, dass der Mörder unerbittlich zuschlägt und treffsicher tötet.«

»Könnten es vielleicht Auftragsmorde gewesen sein?«, fragte Jan.

»Ich glaube eher an große Leidenschaftlichkeit. Das Aufhängen einer Leiche setzt starke Emotionen voraus, das passt nicht zu einem Berufskiller. Der Mörder nahm sogar das Risiko auf sich, entdeckt zu werden. Noch einmal: Warum wird ein toter Nico genau an dieser Stelle in einem Baum aufgehängt? Warum wird John in Oostkapelle ins Meer getrieben? Zurück nach England? Ein professioneller Mörder macht daraus kein Kunstwerk. Der tötet effizient und schnell.«

»Ron könnte dieser Mörder sein«, sagte Stevi.

»Ron? Für einen Mord wie an John fehlen ihm die Phantasie und die Geduld. Und sollte er Louw dazu gebracht haben können, sich aufzuhängen? Das glaube ich kaum, und mit Nico Verhulst hatte er nichts am Hut. Mit ihm brauchen wir unsere Zeit nicht zu vergeuden. Vielleicht ergibt die Untersuchung der Spuren an der Stelle, wo Nico aufgehängt wurde, ja etwas. Ich werde mit Nicos Freunden reden und noch einmal seinen Vater besuchen. Pier, du könntest Paul Wolf unter Druck setzen, gemeinsam mit Jan. Ich will wissen, wer dieses Lager mit den Drogendildos angelegt hat, wer da so viel in einen Vorrat investieren konnte.

Laurien erstattete dem Staatsanwalt Bericht. Er kommentierte die Sache so gut wie gar nicht.

Nicos Vater schraubte in einem Schuppen hinter dem Haus an einer Harley-Davidson herum. Fortwährend wischte er seine Hände an den ausgebleichten Jeans ab. Er war sich wohl dessen bewusst, dass dies nicht der geeignete Moment war, an seinem Motorrad herumzubasteln, doch es war die einzige Möglichkeit, seinen Schmerz zu bekämpfen. Obgleich es natürlich nicht wirklich half. Er hatte geplant, im nächsten Sommer zusammen mit Nico in die Vereinigten Staaten zu reisen und dort mit dem Motorrad die legendäre Route 66 unsicher zu machen. Er hatte nicht die geringste Ahnung, wer ein Interesse daran gehabt haben könnte, seinen Sohn zu ermorden. Das wäre auch besser so, meinte er, denn sonst bestünde die Gefahr, dass er ihn zwischen seinen Fäusten zerquetschen würde. Er griff nach Lauriens Händen und flehte sie an, alles in ihrer Macht Stehende zu tun, um den Mörder seines Sohnes zu finden.

Bevor sie sich verabschiedete, gab er ihr eine Liste mit den Namen von Nicos Freunden. Am häufigsten war er mit Harry unterwegs gewesen. Dieser arbeitete in einem Motorradgeschäft, war aber aus lauter Verzweiflung über Nicos Tod nicht zur Arbeit erschienen.

Laurien traf ihn zuhause an. Harry hatte mehr als ein Piercing in seiner rechten Augenbraue, in der Nase, der Unterlippe, im Bauchnabel. Sein Kopf war genauso kahl geschoren wie der von Nico. An den Wangen war er tätowiert. Hakenkreuze, Drachen und Teufel schienen ihn zu faszinieren. Eine Lederjacke, mit Eisennägeln abgesetzt, Jeans mit Ketten. Stämmig, aber rot verheulte Augen. Laurien bekundete ihr Beileid, er schaute sie gelassen an.

»Ich kann's nicht fassen, Nico tot. Wer kann so 'nen Kerl nur umlegen?«

»Das versuchen wir herauszubekommen. Und wir hoffen, dass du uns dabei helfen kannst.«

Der Junge schwieg.

»Frau Verhulst erzählte, dass ihr meistens mit einer Gruppe von Freunden loszieht, Nico aber am letzen Wochenende nicht aufgetaucht ist.«

Er nickte. »Wir haben versucht, ihn anzurufen. Sein Handy war nicht an.«

»War das häufig der Fall?«

»Nie.«

»Was dachtest du?«

»Dass irgendetwas nicht stimmt. Ich hab ihm was draufgesprochen. Er hat sich nicht gemeldet, auch Sonntag nicht. Sonnabend hab ich den Vater angerufen. Nico hatte sich ein paar Tage nicht zuhause sehen lassen, auch nicht bei seinem Alten. Mit dem hab ich dann die bekannten Adressen abgeklappert. Niemand hatte ihn gesehen. Niemand. Hab dann seinen Boss angerufen. Nico meinte, das wär 'n prima Typ. Der fragte gleich, ob ich weiß, wo Nico gerade rumhängt.«

»Blieb er denn oft einfach so weg?«

»Nie. Das war ja so komisch daran. Sonnabend bin ich noch zu seiner Mutter hin. Die fing an mit Kreischen und Schreien und Schimpfen, wie sie mich sieht. Dachte wohl, ich würd mit schlechten Neuigkeiten bei ihr aufkreuzen. Die hatte nämlich so 'ne Nachricht von irgendwo da oben gekriegt, dass Nico in Gefahr ist. Die wirkte wie 'ne Hexe, echt wahr. Als wenn sie weiß, dass da was Böses am Passieren ist. Wegen den komischen Anfällen ist Nico manchmal zu seinem Vater hin, bei ihm untergetaucht. Jedenfalls, die Alte erzählt mir, dass Nico nach Hause gekommen ist, wie Sie auch da waren. Er hat aber nicht rausgelassen, wo er war. Es hatte mit irgendwas zu tun, worüber er nicht quatschen wollte. Als die Alte ihn nachher immer noch damit belaberte, ist er wütend geworden. So war der sonst nicht, jedenfalls nicht bei seiner Alten. Und dann war er nervös, erzählte sie. Zuckte schon zusammen, wie das Gartentor klappert. Sie meinte wohl, ich könnte mehr davon wissen.«

»Und, stimmt das?«

»Nee. Der hat mir kein Wort verklickert.«

Laurien griff zu ihrem Notizblock.

»Ich bin Nico vor anderthalb Wochen begegnet, als er unerwartet nach Hause kam. Hast du danach noch mit ihm gesprochen?«

»Letztes Wochenende nicht.«

»Und wie war er davor?«

»Still. Das war er oft, aber der war mit seinem Kopf jetzt irgendwie irgendwo anders. Seine Alte meinte, am Donnerstag ist er wieder abgehauen und hat auch das Essen verpeilt. Dabei hatte der mit der Alten abgemacht, er würde anrufen, wenn er nicht zum Essen da ist. Und der machte, was er versprochen hatte, auch bei uns.«

Er zog die Schultern hoch und hob eine Hose von der Erde auf.

»Womit beschäftigte sich Nico denn?«, fragte Laurien.

»Er war hinter jemandem her. Mehr hat er nicht rausgelassen.«

»Hast du denn nicht versucht dahinterzukommen?«

»Natürlich, wir waren doch Freunde. Aber das könnte ganz schön in die Hose gehen, hat er gesagt, darum sollte ich auch die Finger davonlassen. Ich glaube, dass das mit dem ermordeten Mann angefangen hat. Erst sagten die, dass er tot ist, Selbstmord. Nico war stocksauer, mir war's scheißegal, so 'n alter lästiger Kerl. Ich mein, der war doch schon fast über'n Jordan, bisschen älter wie mein Opa, und der ist schon steinalt.«

Harry hing in seinem Sessel.

»Du meinst John Campbell?«, fragte Laurien.

»Genau.« Er schien etwas mehr Interesse zu zeigen. »Wenn der in der Olmenlaan wohnt, dann ist es der. Wir hängen manchmal am Seisplein ab.«

»Am Friedhof. Dann verziert ihr die Grabplatten mit einem Farbpinsel und scheucht Passanten auf oder hängt eine Puppe in eine Eiche hinter dem Friedhof.«

»Wir haben nie was mit den Grabplatten gemacht. Der Alte hat gelogen.«

»Aber Passanten aufscheuchen und Puppen aufhängen stimmt.«

»Ach, alles nur Spaß.«

»So spaßig ist das nicht, in demselben Baum hing später schließlich Nico. Vielleicht war die Puppe im Baum für euch ein Scherz, aber für andere kehrte damit ein Albtraum zurück.« Laurien betrachtete seine Wangen. »Ein Runenzeichen steht für Gewalt, Grausamkeit. Du würdest dich damit wohl kaum identifizieren wollen.«

»Dieses Geschwätz nur wegen einem Scherz! Ich sag alles, was ich über Nico weiß, und dann krieg ich so 'ne Predigt. Ich brauch gar nichts sagen.«

»Dann willst du also nicht, dass der Mord an Nico aufgeklärt wird?«

»Logo will ich das.«

»Dann rede über Campbell!«

»Der lauerte uns auf. Nico hat ihn geärgert, ist auf den Zaun geklettert, und der Alte hat über den Krieg gelabert. Krieg ist cool, aber das hatte der Alte verpeilt. Der schnappt sich Nico und reißt ihn runter. Dabei geht ihm die Hose in 'n Arsch. Nico gibt dem Alten 'nen kleinen Klaps auf die Fresse und sagt, dafür würd er noch blechen. Gleich Drohungen von dem Alten, er würd Nico wegen Vandalismus anzeigen. Wir sagen, er soll halblang machen, aber der Kerl sieht nur noch rot. Und dann zieht er über Nicos Vater her. Er würd auch in der Gosse landen, genau wie sein Alter. Das durfte er nicht sagen, nicht zu Nico. Wenn's um seinen Alten ging, bekam er von seiner Alten schon genug Scheiß erzählt … Campbell latscht zur Wache, wir hinterher. Hatten aber bald die Schnauze voll. Nico nicht, der ließ seinen Alten nicht beleidigen.«

»Woher kannte Campbell denn Nicos Vater?«

»Der wohnt doch in derselben Gegend. Campbell hatte richtig Hass auf Nicos Alten. Der Hund hat wohl mal in dem seine Einfahrt geschissen, glaub ich. Geht dieser alte Schleimer zu den Bullen und zeigt Nicos Alten an. Und den Hund. Der musste überall rumstänkern.«

»Und deshalb hat Nico ihn ermordet.«

»Nico? Sie haben wohl 'ne Meise! Campbell latscht da bei den Bullen rein, ist aber gleich wieder draußen. Die Bullen hatten keinen Bock auf den.«

»Wann war das?«

»Vor ein paar Wochen. Am Tag drauf treff ich Nico. Ist der alte Sack doch glatt bei Nico seiner Alten gewesen! Da fing das an, dass Nico so komisch wurde … Der Alte hatte ein Baumhaus im Garten. Welcher Idiot ohne kleine Kinder lässt sich so 'n Baumhaus in 'n Garten setzen, fragt Nico. Und die Antwort hat er gleich parat: Jemand, der schmutzige Spielchen mit kleinen Jungs treibt. Er wollte ihn erwischen, weil er diesen Alten gefressen hatte. Einen Abend war ich mit ihm da, da war aber nichts los. Campbell hatte einen im Kahn, wie er nach Hause kommt, macht die Gardinen dicht und pennt. Nico meint, wir müssen Geduld haben. Donnerstag war ich mit seinem Alten da und hab geguckt, ob er da ist. Lagen Decken drin, 'ne Zeitung und ein Kasten Bier.«

»Wann hast du ihn gesehen? Keine Ausflüchte!«

Harry schaute sie erstaunt an.

»Was?«

»Montag?«

»Mittwoch. Rief mich auf der Arbeit an, erzählte mir, dass Louw, der Sohn vom alten Campbell, tot ist. Könnte vielleicht mit ihm zu tun haben. Ich sag ihm, er soll endlich Schluss machen mit dem

Scheiß, ganz egal, was er da macht. Er sagt, dass er im Baumhaus sitzt und darüber nachdenkt.«

»Und die Nachbarn haben nichts von seiner Anwesenheit bemerkt?«

»Die müssen stocktaub sein.«

»Nico saß alleine in dem Baumhaus?«

»Es war da kalt und zog mächtig. Ich hatte nach dem ersten Mal die Schnauze voll. Nico nicht. Der war richtig fanatisch. Vor ungefähr zwei Wochen ruft der mich total aufgeregt vom Baumhaus aus an, will mir aber nicht sagen, was Sache ist. Flüstert irgendwas, er hat da was entdeckt. Ich denke, der hat den Sohn vom Alten bei was erwischt, der hat vielleicht was mit Kindern gemacht. Oder der hat Drogen im Baumhaus untergebracht, und Nico hat 'nen Teil davon auf die Seite geschafft.«

»War der Sohn denn ein Dealer?«

»Wie kriegen die Campbells sonst so viel Geld? Der Sack, der Louw, der rückte nur was raus, wenn du bar bezahlen konntest.«

»Nehmt ihr harte Drogen?«

»Zeigen Sie mir einen, der nichts nimmt. Ihr Sohn doch auch.«

»Du nimmst also Drogen?«

»Wenn ich Geld habe. Manchmal konnten wir was für Louw verticken oder irgendwo für ihn abholen. Aber glauben Sie bloß nicht, dass dieses Arschloch bei uns großzügiger gewesen ist.«

»Ihr habt mehr Menschen übel mitgespielt als nur John Campbell.«

»Ach, ich hab schon mehr gequatscht, als ich soll.«

»Aber immer noch nicht genug. Du verschweigst mir irgendetwas.«

Harry erhob sich und hielt ihr die Tür auf.

Als Laurien gegen drei Uhr auf einen Sprung am Vismarkt vorbeischaute, saß Olmer wieder einmal am Computer.

»Keine Schule?«

»Niederländisch und Mathe sind ausgefallen. Ich gehe gleich zu Tiemen. Hast du schon mit ihm gesprochen?«, fragte er, ohne vom Bildschirm aufzublicken.

»Noch nicht.«

»Ich habe dir doch gesagt, dass ich mich saublöde verhalten habe. Glaubst du mir etwa nicht?« Er drehte sich zu ihr um.

»Olmer, wir wollen wissen, warum Drogen für dich verlockend sind.«

»Nur weil du bei der Polizei bist, darf ich nichts ausprobieren.«

»Weil bei harten Drogen die Grenze sehr schnell erreicht ist, wo du nicht mehr ausprobierst, sondern nicht mehr davon loskommst.«

»Jeder, den ich kenne, nimmt Drogen.«

»Dann hast du wahrscheinlich die falschen Freunde gewählt. Wo sind die sympathischen Jungen geblieben, mit denen du immer zusammen warst? Weniger macho, dafür mehr Mann. Dass es dich zu Erik Tromp und dessen Clique hinzieht, sagt einiges über dich aus.«

»Was denn?«

»Erzähl du es lieber. Das ist interessanter.«

»Woher soll ich das wissen?«

»Solange du nicht von selbst dahintergekommen bist, habe ich keine Lust, mit Tiemen darüber zu reden.«

»Hör mal, du hast versprochen, es zu tun. Ich frage dich doch auch nicht, warum Els deine Freundin ist.«

»Wir können miteinander lachen und wir können miteinander reden.«

»Solche Freunde suche ich mir erst, wenn ich kurz vorm Altersheim stehe. Mir zu öde. Ich werde keine Drogen mehr nehmen, weil ihr euren Willen haben sollt. Aber dann bitte auch kein Nörgeln mehr.«

»Olmer, deine Antworten gefallen mir nicht. Du stehst nicht dazu. Ich hätte gerne, dass du mal mit jemand anderem darüber redest, mit einem Spezialisten.«

»Siehst du, jetzt tue ich, was ihr wollt, und dann ist es auch wieder nicht in Ordnung.«

»Du hast die Wahl.«

»Groß wählen kann ich wohl kaum, wenn ich nicht monatelang wie ein Baby behandelt werden will. Tiemen kann sich nicht mehr normal mit mir unterhalten.«

»Es gibt hier einen guten Jugendpsychologen. Wenn du willst, kannst du Montagnachmittag um zwei Uhr zu ihm. Er schlägt vier, höchstens sechs Besuche vor. Zwei pro Woche, in drei Wochen hast du es hinter dir. Du brauchst nur Ja zu sagen.«

»Hinter meinem Rücken. Du hast wirklich ungeheures Vertrauen zu mir. Ich gehe nur, wenn du mit Tiemen sprichst.«

»Ich werde mit Tiemen über den Psychologen reden.«

Maatje war schon im Laden abgesetzt worden. An dem Tisch mit den Notenblättern machte Laurien eine Partie Gänsespiel mit ihr. Maatje verlor, schleuderte das Spielbrett mit den Steinen durch den Laden und schrie, Laurien sei gemein. Sie heulte, als habe ihr jemand nach dem Leben getrachtet. Tiemen schaute zornig in Lauriens Richtung. So konnte er sein Gespräch mit den deutschen Kunden nur schwer fortsetzen. Laurien grapschte ihr Handy vom Tisch und zog Maatje mit nach draußen. Mühsam unterdrückte sie das Verlangen, ihr kräftig in den Arm zu kneifen. Erst als sie die Bäckerei betraten, kam sie zur Ruhe. Tiemen hatte Recht: Maatje war in erster Linie verwöhnt.

Laurien fragte, ob Tiemen etwas dagegen habe, wenn sie noch einmal kurz ins Büro ginge. Er zog die Augenbrauen hoch, eine weitere Szene mit Maatje wollte er nicht riskieren.

Auf ihrem Schreibtisch lag eine Liste mit den Angaben zu alten blauen Volvos. Davon gab es mehr, als Laurien erwartet hatte. Sie rief beim Technischen Dienst in Breda an. Der Volvo aus dem Wald von Dorst war noch nicht untersucht worden. Ob sie in der Leitung bleiben könne, wurde sie gefragt. Nach ein paar Minuten berichtete der Hauptwachtmeister, augenblicklich seien zwei Leute mit dem Volvo beschäftigt. Seine Kollegen hätten verstanden, dass es ihr sehr eilig damit sei, und deshalb machten sie auch Überstunden für die Kollegin aus Walcheren. Morgen Früh könne sie mit den Ergebnissen rechnen.

18

Frühmorgens schon saß Laurien an ihrem Schreibtisch. Die Zeitung hatte sie nur überflogen. Unternahm die Polizei wirklich genug, um den Täter oder die Täter zu finden? Die Opfer wurden immer jünger und auf immer gewaltsamere Weise umgebracht. War die Polizei für derartige Fälle genügend gerüstet?

Aus Breda lag noch kein Fax vor. Laurien konnte sich nur schlecht auf die Akten konzentrieren. Obwohl es um vier Uhr in der Frühe Verkehr in der Gegend der Seismühlen gegeben hatte, war bislang noch keine einzige brauchbare Information eingegangen. Jemand hatte Nico dort angeblich gehen sehen, einen anderen hatte er sogar nach dem Weg gefragt. Es war von Autos die Rede, die den Weg zu den Seismühlen benutzt hatten. Dort musste wirklich Hochbetrieb geherrscht haben. Ein Zeuge hatte einen alten Mann in der Nähe der Mühlen gesehen.

Laurien ging zum Büro von Jan und Stevi. Sie bat die beiden, sich vor allem weiter um die Hinweise zu kümmern, sie selbst müsse noch einmal nach Breda. Wenn noch genügend Zeit zur Verfügung stehe, sollten sie Rons Alibi für die Nacht von Sonntag auf Montag überprüfen. Nicht dass sie ihn als ernsthaft verdächtig betrachtete, aber um alle Eventualitäten auszuschließen. Dasselbe galt für Paul und Jan Wolf. Zu guter Letzt gab sie ihnen die Liste mit Nicos Freunden. Auch deren Alibi musste überprüft werden. Sie ging davon aus, am frühen Nachmittag zurück zu sein.

Von unterwegs rief sie bei Pier an.

»Du hättest doch auf das Fax aus Breda warten können«, sagte er. »Was erhoffst du dir von der Fahrt?«

»Wir haben genügend Zeit vergeudet. In ein paar Stunden wissen wir, ob wir auf der richtigen Spur sind. Pass auf, der Volvo in den Wäldern von Dorst ist genau das Auto, das wir suchen.«

»Laurien, hier fahren dutzende Autos dieses Typs auf den Straßen herum. Und ausgerechnet dieser Wagen soll es gewesen sein? Der Besitzer ist im Ausland!«

»Der Motor war noch warm«, widersprach Laurien. »Das lässt mich nicht los. Bis heute Nachmittag.« Sie beendete das Gespräch.

Pier rief zurück.

»Klaas hat sich die E-Mail vorgenommen, die du ihm auf den Schreibtisch gelegt hast. Sie stammt aus einem Internetcafé in Amsterdam.«

»So weit war ich auch schon. Ich will wissen, wer sich als T. Maljaars ausgibt.«

»In welchen Reihen vermutest du den Absender?«

»Wenn ich das wüsste, hätte ich Klaas nicht einzuschalten brauchen. Ich habe das Gefühl, dass es jemand aus dem Korps ist.«

»Erzähl das bloß nicht Emma. Über ihre Leute darfst du nicht einen Pieps von dir geben, das darf nur sie. Soll ich der Sache mal nachgehen?«

»Vorläufig konzentrieren wir uns auf die Morde, sonst haben wir womöglich noch einen Toten am Hals.«

Warre antwortete nicht. Laurien konnte nur hoffen, dass er die Vorlesungen besuchte. Sie sprach ihm eine Nachricht auf den Anrufbeantworter, dass sie am frühen Nachmittag bei ihm vorbeikommen wolle. Tiemen war sofort am Apparat. An seiner Stimme hörte sie, dass der Krieg zwischen ihm und Olmer noch voll im Gange war.

»Lass uns einen Außenstehenden hinzuziehen, Tiemen. Einen Profi.«

»Er ist unser Sohn, das schaffen wir auch alleine. Nur weil wir das Problem nicht sofort im Griff haben, brauchen wir es doch nicht gleich aus der Hand zu geben. Auch Zorn ist eine Art der Zuwendung.«

»Ist dein Ärger eine Garantie dafür, dass Olmer keinen Bockmist mehr baut?«, fragte sie. »Gelingt es dir, seine verstockte Abwehrhaltung aufzubrechen? Mir gelingt es jedenfalls nicht.«

»Mir auch nicht … Da kommt gerade ein Kunde.«

Eine halbe Stunde später rief Tiemen wieder an. Jetzt konnten sie sich plötzlich ruhiger über die Möglichkeiten unterhalten. Tiemen gab schließlich nach, um die Diskussion zu beenden.

Die Sonne stand tief über dem flachen Land, die Pappeln hielten sich aufrecht im Westwind, der wieder etwas aufgefrischt hatte. Laurien summte eine Messe von Brahms mit. Die Straße war wenig belebt. Auf der A 16 gab es einen kurzen Stau, den sie, alleine im Auto und mit ihrer eigenen Musik, besser überstand.

Kurz bevor sie Breda erreichte, rief Pier ein weiteres Mal an.

»Ich habe doch gesagt, dass du lieber in Middelburg hättest bleiben sollen. Hier ist ein Fax aus Breda für dich. Der Technische Dienst hat Haare auf dem Rücksitz und dem Armaturenbrett des Volvo gefunden. Unter dem Mikroskop ähneln sie sehr denen von John. Die DNA muss natürlich erst noch bestimmt werden, das dauert ein paar Wochen, aber der Technische Dienst würde sich stark wundern, wenn es sich nicht um Johns Haare handeln würde. Man ist sich so gut wie sicher, dass Johns Fingerabdrücke an den beiden hinteren Türen und Fenstern gefunden wurden. Und dreimal darfst du raten: Spuren von Drogen! Endlich kommt Bewegung in die Sache. Bestimmt melden sich weitere Zeugen, wenn wir der Presse etwas mehr mitteilen.«

»Damit warten wir, bis Emma zurück ist. Hast du überprüft, ob Loos der Besitzer des Fahrzeugs ist?«

»Warte eben. Hier habe ich ihn. Loos, Postumus. Komischer Vorname.«

»Nachdem ich schon einmal hier bin, scheint es mir kein Fehler zu sein, mir die Villa und das Umfeld etwas genauer anzuschauen.«

»Feindliches Terrain, Laurien. Region West-Brabant. Mach das nicht ohne Rücksprache.«

»Selbstverständlich werde ich zunächst Kontakt aufnehmen.«

»Braves Mädchen!«

Henk hatte nichts dagegen, sofern Laurien versprach, keine Zeugen zu vernehmen. Sie vereinbarten, dass sie sich in diesem Fall vorher bei ihm melden würde.

Von Breda fuhr sie nach Dorst, an der Wallfahrtskirche vorbei, die viel zu groß für das kleine Dorf erschien. Auf gut Glück bog sie an der Ampel links ab. Auf dem Seitenstreifen der Hauptstraße stand die Statue eines Bauern, dem eine Ziege einen zu blasen schien: das Landleben kurz und bündig symbolisiert.

Hinter den Bahnschienen fuhr sie den Sandweg entlang. Sie wendete das Auto, sodass es mit der Schnauze zum Dorf wies, und lief um das Haus herum. Eine Fensterscheibe war kaputt, die Gardine wehte leicht. Unter dem Fenster stand ein altmodischer Mülleimer aus Eisen, über den man bequem auf die Fensterbank klettern konnte. Sie schlug die Gardine zurück und schaute in die Küche. Danach kehrte sie zur Vorderseite zurück. Kein Namensschild an der Tür, kein Namensschild am Briefkasten, nur die Hausnummer. Die Villa sah verlassen aus, sicherheitshalber klingelte sie dennoch. Sie klingelte ein zweites Mal. Es blieb still. Rückwärts trat sie von der Haustür weg. Hatte sich da etwas im Haus bewegt? Sie musste es sich eingebildet haben. Loos befand sich in Norwegen. Gespannt lauschte sie. Eine Ringeltaube gurrte, der Wind rauschte in den Bäumen, ein Zug fuhr vorbei. Ein Ast knackte. Laurien spürte, dass sie eine Hand auf die Hüfte gelegt hatte, als ob sie jeden Moment die Pistole ziehen könnte, die sie nicht bei sich trug und die sie auch nicht bei sich haben wollte.

Ein Eichelhäher flog krächzend hoch, ein Eichhörnchen flitzte am Stamm einer Fichte empor. Laurien erreichte wieder die Einfahrt, die sich vor dem Haus gabelte. Der schmale Weg führte zum Hauseingang, der breitere verlor sich zwischen den Bäumen.

Sie folgte dem breiten Pfad und kam zur Garage, die noch verwitterter aussah als das Wohnhaus. Die Garagentüren waren durch ein schweres, halb verrostetes Vorhängeschloss gesichert. Durch ein verstaubtes Fenster schaute Laurien nach drinnen; auf der anderen Seite war es von einem dichten Geflecht aus Spinnweben bedeckt, sodass es wie undurchsichtiges Glas wirkte. Die Seitentür stand einen Spalt offen. Vorsichtig drückte sie die Tür weiter auf und sah dort einen Panda stehen sowie dahinter den Corolla. Rick de Wit hatte gesagt, sie hätten nebeneinandergestanden. Im Hintergrund entdeckte Laurien das Motorrad, die Harley-Davidson.

Als sie die Garage verließ, schaute sie zur Villa hinüber. Ihre Aufmerksamkeit galt den Fenstern zu ebener Erde. Dort bewegte sich nichts, und dennoch traute sie dem Frieden nicht. War da jemand im Haus, und wenn ja, warum verbarg er oder sie sich vor ihr? Sie wollte es wissen. Sollten ihre Vorgesetzten Wind davon bekommen, blühte ihr gehöriger Ärger. Für einen Moment zögerte sie. Es wäre besser, die Sache mit Henk zu besprechen. Er konnte ein paar Leute schicken. Andererseits, was sollte so schlimm daran sein, sich mal ein verlassenes Haus von innen anzuschauen? Es brauchte niemand zu erfahren, die Villa lag weit abgelegen, und sie würde ja auch nur ein paar Minuten drinnen bleiben.

Sie schlüpfte durch das Fenster hinein. Als sie von der Fensterbank sprang, schlug im vorderen Teil des Hauses eine Tür zu. Ihr Herz machte einen wilden Sprung. Schnell kletterte sie wieder durchs Fenster nach draußen und schnitt sich einen Finger an einer Glasscherbe auf. Neben dem Mülleiner lag eine Latte, die sie als Waffe zur Vorderseite des Hauses mitnahm. Mit der schützenden Hand über den Augen konzentrierte sie sich auf den Brombeerstrauch. Es war nichts zu sehen.

Erneut stieg sie in das Haus ein, ließ sich diesmal aber vorsichtig von der Fensterbank gleiten. Die Küche war seifengrün, in der Mitte stand ein Tisch. Sie befühlte die Stuhlsitze – kalt. Sie schaute in den Kühlschrank – mehrere Joghurtbecher, das letzte Verfallsdatum lag vier Tage zurück. Mit vor sich hingestreckter Latte öffnete sie die Tür zum Flur. Niemand. Links ein Garderobenschrank, am Kleiderständer hing eine Lederjacke, darunter standen hohe Schnürschuhe. Trocken. Neben der Haustür ein Schirmständer ohne Regenschirm.

Im Flur gab es vier Türen. Eine steile Treppe führte in den Keller hinab. Es stank nach einer kaputten Kanalisation. Die Wanduhr im Wohnzimmer stand still.

Laurien lief die Treppe hinauf. In einem Zimmer sah sie ein Bett; jemand hatte darin geschlafen, es fühlte sich aber nicht warm an. Der Dachboden war dunkel, sie wagte nicht, das Licht anzumachen. Neben der Tür zum Boden gab es noch eine Tür, die sie vorsichtig öffnete. Auf einem kleinen Tisch flimmerte ein Computerbildschirm. Wer für mehrere Wochen verreist, stellt seinen Computer aus. Laurien versuchte, die Startseite zu öffnen, doch es erschien ein freies Feld, in das sie das Passwort eingeben musste. Vergeblich tippte sie die gebräuchlichsten Wörter ein, wie Sicherung, Passwort oder Banktresor. Als das nicht klappte, Dorst und Eichenwald. Das Knacken eines Computers war wirklich nicht ihre Stärke. Bis auf den Computer, einen Telefonanschluss, den Tisch und einen Stuhl war der Raum leer. Der Ort war strategisch gut gewählt. Wer sich der Villa näherte, wurde bereits von Weitem gesehen.

Ihr Handy klingelte. Vor Schreck stellte sie es aus, kurz darauf stand sie mit klopfendem Herzen im Freien. Langsam atmete sie ein und aus, startete den Motor und fuhr schlingernd den Weg zurück.

Warre freute sich, als sie vor seiner Tür stand. Er hatte sie gar nicht erwartet. Sie hatte eine Nachricht hinterlassen? Er holte sein Handy unter einem Stapel schmutziger Kleidung hervor und hörte den Bericht ab. Er wollte mit ihr nach Middelburg mitkommen, für die Zwischenprüfung in der nächsten Woche konnte er ein bisschen mehr Zeit zum Lernen gut gebrauchen. In Tilburg hatte er damit immer Schwierigkeiten. Er stopfte die Wäsche in eine Tasche, stellte das Geschirr in die Spüle und warf ein paar Bücher in seinen Rucksack.

Im Auto öffnete Warre das Handschuhfach: Außer den CDs nur Kaugummi? Hatte sie sich wieder Askese auferlegt? Er kannte eine hervorragende Imbissbude.

Laurien setzte Warre zuhause ab und ging ins Büro. Pier hatte Louw Campbells Buchführung durchforstet. In den letzten Monaten waren große Beträge vom Konto abgegangen. Wofür das Geld benutzt worden war, konnte er nicht eruieren. Er hatte versucht, mit Mara zu reden, doch die hatte keinen zusammenhängenden Satz zu Stande gebracht, weil sie bis unter die Haarspitzen mit Dope vollgepumpt war.

Jan hatte sich noch einmal mit dem Dossier von Nico befasst. Der Junge hatte die Schule ohne Abschluss beendet und einige Gelegenheitsjobs gehabt, bevor er Schweißer wurde. Das hatte ihm Spaß gemacht. Jan hatte seinen Meister aufgesucht. Für den hatte sich Nico als Überraschung entpuppt. Seine gleichgültige Haltung sei reine Schau gewesen, meinte er, keiner der Lehrlinge sei lernbegieriger als Nico gewesen, keiner so bereit wie er, auch unangenehme Dinge zu erledigen. Der Meister zeigte anhand eines Computerausdrucks, dass Nico bis vor einem Monat nicht einen einzigen Tag gefehlt hatte. Seitdem aber war er ohne ersichtlichen Grund nur noch unregelmäßig zur Arbeit erschienen. Am Donnerstag war er schon wieder nicht aufgetaucht, am Freitag auch nicht. Am Wochenende hatte er mit Nicos Mutter reden wollen, doch es war nicht dazu gekommen. Sehr lange hätte er Nico nicht mehr decken können, meinte er. Jan hatte gefragt, welches Ansehen Nico bei den Kollegen gehabt habe. Darüber ließ sich der Meister relativ einsilbig aus. Die anderen hätten wenig am Hut mit jemandem, der wie ein Neonazi aussah, großspurig daherquatschte und am Arbeitsplatz übereifrig war. Nico habe sich um niemand gekümmert, und die anderen hätten ihn links liegen lassen.

Klaas hatte keine Zeit gehabt, sich der E-Mail von T. Maljaars anzunehmen.

Auf ihrem Schreibtisch fand Laurien eine Zeitung vom letzten Monat, die ihr Klaas dort hingelegt hatte. Die Titelzeile auf der ersten Seite lautete: »Neonazis in Zeeland«. Puppen mit einem Stern auf der Brust seien an Straßenlaternen aufgehängt worden. Eine Puppe sei in Middelburg am Ast einer Eiche hängend gefunden worden. Die Neonazis sorgten für einen schlechten Ruf der Provinz, was in dieser ökonomisch angespannten Situation katastrophale Folgen für den Tourismus mit sich bringen könne. Der Artikel war nicht namentlich gekennzeichnet.

Zuhause trank Laurien mit Tiemen und Warre ein Glas Wein am Kamin. Warres lustige Geschichten über Tilburg lenkten sie ab. Tiemen erzählte über einen guten Kunden von ihm, Professor am Konservatorium in Rotterdam. Er hatte Tiemen während eines Hauskonzerts singen gehört und wollte ihn gerne unterrichten. Für Gesangsunterricht sei er noch nicht zu alt. Tiemen schenkte noch einmal ein. Warre meinte, Tiemen solle das Angebot annehmen. Sie starrten lange in die Flammen. Es habe ihm geschmeichelt, sagte Tiemen, dass der Gesangslehrer seine Stimme so sehr schätze. Auf höchstem Niveau Unterricht zu bekommen, sei zwar äußerst reizvoll, aber dieses ständige Üben, ach, warum sollte er sich das antun? Die Mischung aus Musizieren und Musik verkaufen gefiel ihm auch so.

Sie blieben sitzen, bis das Feuer heruntergebrannt war. Der Name Trudy war nicht gefallen.

19

Da Maatje nach dreimaligem Rufen immer noch nicht geantwortet hatte, ging Laurien nach oben. Maatje zog sich die Bettdecke über den Kopf. Heute wollte sie nicht mit dem Bus fahren. Das Bett war klatschnass, ebenso wie Maatje selbst. Es ist eine Kunst für sich, nicht in Wut auszubrechen, überlegte sich Laurien. Um sich zu beruhigen, schaute sie auf den Vismarkt hinab. Aus diesem Zimmer war die Aussicht am schönsten. Maatje hatte Warres Zimmer bekommen. Von hier aus hatte sich früher seine Musik im ganzen Haus verbreitet. Damals hatte sie schon befürchtet, die Pubertät würde nie ein Ende nehmen, jedenfalls nicht bei ihm. Es hatte sie verunsichert. Jetzt sehnte sie sich diese Zeit fast zurück, im Nachhinein erschien ihr sein trotzköpfiges Verhalten durchaus akzeptabel.

»Dalli«, sagte Laurien, »sonst musst du laufen. Deine Lieblingsjeans liegen bereit.«

»Nein.« Maatje verschränkte ihre Arme.

»Dann wirst du eben im Schlafanzug gehen, Maatje Minnaar.«

»Ich will mit ihm mit.«

»Wen meinst du?«

»Mit ihm.«

»Nenn ihn beim Namen … Meinst du vielleicht Pier?«

»Ihm, ihm, ihm«, schrie Maatje. »Von der Musik.«

»Ihm von der Musik? Kenne ich nicht. Wohnt er vielleicht in Middelburg?«

»Ihm von der Musik.« Maatje schleuderte ihren Pandabär durchs Zimmer und ließ sich auf die Erde fallen.

»Du meinst den Mann, mit dem ich seit achtundzwanzig Jahren verheiratet bin. Deinen Schwager, Tiemen.«

Laurien zog ihre Schwester ins Badezimmer, wo sie das Wasser der Dusche langsam warm werden ließ und ihr beim Auskleiden half.

»Geht es?«, rief Tiemen. Er kam nach oben.

»Phantastisch. Ich vergnüge mich mit meiner Schwester, die deinen Namen vergessen hat.«

Olmer lag auch noch im Bett. Chemie fiel wieder einmal aus. Er brauchte nicht mit Tiemen mitzugehen, Warre war ja im Haus. Laurien stellte die Tasse Tee auf den kleinen Tisch neben dem Kopfende und strich seine Bettdecke glatt. Bevor sie das Zimmer verlassen hatte, rief er sie und zeigte auf einen Computerausdruck auf seinem Schreibtisch.

»Da steht alles drin, was du wissen willst. Aber nicht lesen, wenn ich dabei bin.«

Sie nahm das Papier und warf ihm einen Handkuss zu. »Es wird schon alles gut, Olmer.«

Unten hatte Tiemen Kaffe gemacht und den Frühstückstisch gedeckt.

Im Büro las sie zunächst die E-Mails. Nichts Besonderes dabei. Sie ging zu Klaas und Willem und fragte, ob Klaas schon etwas über die beiden E-Mails aus dem Amsterdamer Internetcafé herausgefunden habe. Er streckte die Arme in die Luft: Sobald er den Rücken frei habe, werde er sich darum kümmern.

Zurück in ihrem Büro, schaute sie im Terminkalender nach. Um drei Uhr wurde sie vom Staatsanwalt erwartet. Sie rief seine Sekretärin an und fragte, ob es ihm auch jetzt passe. Nach fünf Minuten hörte sie, sie könne kommen. Pier begleitete sie.

Hans stimmte mit ihnen darin überein, dass die von John hinterlassenen Spuren den Volvo zum vorläufigen Mittelpunkt ihrer Aufmerksamkeit machten. Wie war er in das Auto gekommen, wie und wann wieder heraus, wer hatte das Auto gefahren, wohin und vor allem warum?

Pier hatte die Schritte des Besitzers verfolgt. Postumus Loos befand sich im Ausland. Er war mit dem Flugzeug nach Norwegen gereist, hatte dort den Zug zur Küste genommen und war nicht mit dem Postschiff gefahren, weil er es verpasst hatte. Er hatte ein Boot gemietet, um zu angeln. Da er innerhalb der Fjorde bleiben wollte, hatte der Bootsverleiher seine Bemühungen aufgegeben, ihm ein Radio anzudienen. Es war nicht bekannt, ob er ein Handy bei sich hatte. Die Bootsmiete war für drei Wochen im Voraus bezahlt worden. Davon waren inzwischen zweieinhalb Wochen verstrichen. Pier schaute Hans an, weitere Informationen besaß er nicht. Es sei nicht sehr wahrscheinlich, dass der Besitzer des Volvo etwas mit dem Fall zu tun habe, meinte Hans. Dass sie anders darüber dachte, behielt Laurien für sich.

In ihrem Büro vereinbarten sie, diesmal solle Jan Paul Wolf zur Vernehmung kommen lassen. Er sollte den heißen Atem der Polizei in seinem Nacken spüren. Früher oder später würde er mit einem Namen herausrücken. Pier sollte zusammen mit Stevi herausfinden, ob John und Louw außerhalb der Arbeit nicht doch intensiveren Umgang miteinander gepflegt hatten, als Louw ihnen hatte weismachen wollen. Möglicherweise hatten Vater und Sohn ein Team des Bösen gebildet und ihre Differenzen nur gespielt. Laurien fragte, ob es noch irgendetwas Neues gebe. Stevi hatte einen Bericht von Achter de Houttuinen erhalten. In der Nacht von Donnerstag auf Freitag war schon wieder eine Puppe an einem Baum aufgehängt worden. Diesmal nicht nur mit einem Stern auf der Brust, man hatte ihr auch einen Eimer um den Hals gebunden, in den der Kopf der Puppe gedrückt worden war. Auf Ersuchen des Bürgermeisters hatte man den Vorfall nicht publik gemacht. Der Tourismus hätte dadurch ernsthaften Schaden nehmen können. Für einen Moment verschlug es ihnen allen Vieren die Sprache.

Im Vernehmungszimmer wartete Harry auf Laurien. Pier ging mit ihr mit. Harry müsste mehr über die Puppe erzählen können. Sie sprachen ab, dass Pier ihn notfalls unter Druck setzen sollte, während Laurien den gemäßigteren Part übernehmen würde.

Harry begrüßte sie mit einem Schwall von Flüchen.

»Beruhige dich ein bisschen«, sagte Laurien. »Hier spricht es sich gemütlicher als auf der Arbeit oder bei deinen Eltern. Setz dich erst mal, ich fresse dich nicht auf. Letztes Mal hast du mir zwar schon einiges erzählt, aber nicht alles. Was weißt du über John und Louw Campbell?«

Er setzte sich kurz hin, zündete sich eine Zigarette an und lief dann eine Runde durch den Raum. Pier schickte ihn zurück auf seinen Stuhl.

»Würdest du bitte laut und deutlich ins Mikrophon sprechen?«, sagte Laurien.

»Mensch, ich hab doch gesagt, dass dieser Louw Campbell ein Drogendealer war. Er hat den besten Stoff in der ganzen Gegend hier verkauft, aber das war ein Knallharter. Immer Butter bei die Fische, sonst kannste Leine ziehen. Ist der wirklich ermordet worden? Kann er sich nicht auch selbst um die Ecke gebracht haben? Strick um den Hals, und dann war's das.«

»Warum sollte er das denn getan haben?«

»Weiß ich das? Quatsch doch nicht dauernd über diesen Campbell. Der kann mir gestohlen bleiben. Das war 'n Arschloch, und was für eins. Und ganz dicht war er auch nicht. Wegen dem LSD, sagten die. War für 'ne Zeit in der Klapsmühle, hat sich danach aber weiter seinen Stoff reingezogen. Zusammen mit 'ner Tussi, die er aus der Klapsmühle mitgenommen hat.«

»Wer war das?«

»Cretine. Dumm wie Brot, außer wenn du bei der oder bei Louw in der Kreide standst. Schon lange tot durch 'ne Überdosis.«

»Du hast auch von einer Puppe erzählt, die ihr an einem Baum aufgehängt habt, an dem später auch Nico hing. Ist es eigentlich bis in deinen beschränkten Verstand vorgedrungen, wie bescheuert das war?«, fragte Laurien.

»Mensch, das war 'n Scherz!«

»Das hast du schon einmal gesagt. Ich kann aber immer noch

nichts Lustiges daran finden. Ihr macht Walcheren damit unglaubliche Schande. Von der Wache Achter de Houttuinen habe ich gehört, dass in der letzten Woche wieder eine Puppe in einem Baum aufgehängt wurde. Die Polizei hat verhindern können, dass es an die große Glocke gehängt wurde. Diesmal hatte die Puppe einen Wassereimer um den Hals, in den der Kopf gesteckt worden ist. Es muss ganz schön anstrengend gewesen sein, das hinzubekommen.«

»Das war Nicos Idee.«

»Wirklich?« Laurien näherte sich ihm bis auf wenige Zentimeter.

»Ja.«

»Warum hast du vorher nichts von der Puppe erzählt?«

»Ich durfte mit niemandem darüber reden. Er klang verzweifelt. Ich hab's ihm versprochen.«

»War die Situation so ausweglos, dass du mich belügen musstest? Begreifst du eigentlich, was du damit angerichtet hast?«

»Wär der denn noch am Leben, wenn ich gequatscht hätte? Der war doch schon längst alle, als Sie mich da belabert haben.«

»Noch eine Lüge, und du kannst hier bei uns darüber nachdenken. Wolltest du nicht wissen, warum noch eine Puppe aufgeknüpft werden musste?«

»Das war 'n Zeichen für jemand.«

»Was für ein Zeichen und für wen?«

»Hat Nico nicht gesagt. Würde schon noch davon hören und einen Teil von der Beute kriegen. Wegen dem Ärger mit der ersten Puppe hatte ich nicht mehr so 'n Bock, aber einen Freund lässt man nicht hängen.«

»Du quälst Menschen, nur um einem Freund einen Gefallen zu tun. Wie war das mit dem Zeichen? Worauf bezog sich das?«

»Woher soll ich das wissen?«

»Wäre es möglich, dass es sich auf den Tod durch Ertrinken des alten Campbell bezog?«

Es wurde still.

»Nun?«, setzte Laurien nach.

»Wie meinen Sie das?«

»Denk doch mal nach, Junge. Für wen wollte Nico die Puppe in dem Baum platzieren?«

»Was weiß ich?«

»War es eine Möglichkeit, dem Mörder von Campbell zu zeigen, dass Nico wusste, was da geschehen war?«

Harry zuckte die Achseln.

»Antworte bitte laut ins Mikrophon!«

»Könnte sein.« Das Gemurmel war fast nicht zu verstehen.

»Du glaubst also, dass Nico mit der Puppe etwas deutlich machen wollte?«

»Ja.«

Pier hielt sich im Hintergrund.

»Warum sollte Nico Campbells Mörder ein Zeichen geben wollen?«

Wieder langes Schweigen.

»Du solltest einen Teil der Beute erhalten«, drängte Laurien. »Von welcher Beute?«

»Der Mörder sollte zahlen, sonst würde Nico ihn anzeigen.«

»Das hätte er direkt machen müssen. Nico kannte also den Mörder. Woher?«

Harry trommelte auf den Tisch. Er starrte auf die Wand hinter Laurien.

»Willst du an einem ruhigen Ort darüber nachdenken?«

»Nein.«

»Dann gibst du jetzt eine ehrliche Antwort.«

Er schlug die Augen nieder.

»Nico hatte von Campbells Baumhaus aus beobachtet, dass jemand den Alten in ein Auto stieß, einen Volvo. Er wollte gerade nach Hause gehen, als ein Auto unter der Laterne anhielt. Nico spürte sofort, dass da etwas nicht stimmte und schrieb sich das Kennzeichen auf. Der Mann klingelte bei Campbell. Als der Alte die Tür öffnete, packte ihn der Mann am Kragen, zerrte ihn nach draußen, zog die Tür zu, stieß den sich wehrenden und schreienden Alten ins Auto und fuhr davon.«

Harry schaute Laurien schief von unten an, sagte jedoch nichts.

»Wohin wurde Herr Campbell gesetzt?«, fuhr Laurien fort. »Nach hinten oder nach vorne?«

»Nach hinten. Vorne, auf dem Beifahrersitz, saß noch einer. So 'n kleines mickriges Kerlchen, das keinen Finger krummmachte.«

»Und Nico unternahm nichts, um das zu verhindern?«

»Er meinte, das wär alles viel zu schnell gegangen. Hätte sich noch nicht von seinem Schrecken erholt, da war die Kiste schon um die Ecke.«

»Kannte Nico den Fahrer?«

»Nee. Rief mich an. Ich kannte den auch nicht. Konnte ja so 'n großer Boss sein, für den Louw arbeitete, und der seinen Alten mitnahm, um Louw zu zeigen, wo's langgeht, wenn er nicht spurt. Nico hat Louw angerufen. Hätte ja was einbringen können.«

»Sah Nico denn keine Gefahr?«

»Hab ihn ja gewarnt, das könnte 'ne ganz linke Kiste sein.«

»Steckte Louw hinter dem Verschwinden seines Vaters?«

»Blödsinn. Dann wär Louw nicht mucksmäuschenstill geworden, als Nico die Karre beschrieb. Wollte, dass Nico ihm Bescheid gibt, falls noch irgendwas ist, und wenn er seinen Alten frei bekäme, gäb's 'ne dicke Belohnung. Louw selbst machte nichts. Sagt doch alles, nicht? Wir wussten direkt, da ging's um Drogen.«

»Wie kam Nico dahinter, wer Herrn Campbell entführt hat?«

»Ein Freund von uns kommt in so 'n System, wo man Autonummern und Versicherung verkoppeln tut. Der hatte noch in derselben Nacht den Namen vom Besitzer parat. Nico hat weitergemacht, ich hatte keinen Bock. Nach zwei Tagen stand in der Zeitung, Campbell ist über 'n Jordan. Nico ging nicht ans Handy, sonst haben wir jeden Tag mindestens zwei Mal gequatscht. Der rief erst an, als ich ihm helfen sollte. Ich hatte Muffe, wollte erst nicht. Nico meinte, ich wär 'ne Memme. Na ja, dann haben wir vereinbart, wir würden uns an dem Baum treffen, wo wir vorher die Puppe aufgehängt hatten, in der Nähe von den Seismühlen.«

»Da habt ihr euch ja ganz schön blöde angestellt. Wer einmal mordet, tut das auch ein zweites Mal.«

»Nico faselte irgendwas von 'ner Zahl mit fünf Nullen«, sagte Harry. »Er meinte, das sei seine Sache. Ich konnte nichts dagegen sagen, verstehen Sie? Aber jetzt ist er hin, und da ist es nicht mehr seine Sache. Deshalb erzähl ich Ihnen das.«

Lauriens gedrückte Stimmung war verschwunden. Sie roch die Kanalisation in Dorst, sah das Flimmern auf dem Computerbildschirm, strich sich über die Wunde an ihrem Finger. In dieser Villa, das fühlte sie, wartete die Lösung. Wie ein Spürhund ließ sie sich von ihren Sinnesorganen leiten. Jetzt war es an ihr, die Sache am Laufen zu halten, ihr hier und da neuen Schub zu geben, die Fahrt nicht herauszunehmen.

Sie besorgte sich eine Thermoskanne voll Kaffee, und Pier nahm Brote mit in ihr Büro. Jan und Stevi hatten das Verhör hinter einer Glaswand mitbekommen. Sie waren sich alle darüber einig, dass sie es mit jemandem zu tun hatten, der gnadenlos und berechnend Morde plante und ausführte. Bei der Frage, ob jemand ganz alleine im Stande gewesen sein könnte, Nico an einem Ast hochzuziehen, waren sie nicht direkt einer Meinung. Laurien hielt es für unmöglich. Pier wollte die Frage dem Technischen Dienst vorlegen.

Laurien verteilte die Aufgaben. Stevi sollte sich um Johns Vergangenheit kümmern, diese Spur durfte auf keinen Fall aus dem Auge verloren werden. Jan musste an Louw dranbleiben und Pier an Nico. Laurien versprach sich davon keine weiteren Aufschlüsse, doch sie wollte sich später nicht den Vorwurf machen lassen, etwas vernachlässigt zu haben.

Sie selbst wollte morgen wieder nach West-Brabant fahren. Pier warnte sie, die Ermittlungen nicht dadurch zu gefährden, dass sie widerrechtlich in die Villa eindrang. Schließlich kannte er sie nicht erst seit heute. Sie bestritt, ihre Kompetenzen überschreiten zu wollen, doch seinem Blick konnte sie entnehmen, dass er ihr kein Wort glaubte.

Sie machte ein Spiel mit Maatje. Olmer setzte sich dazu und nahm ein paar Steine weg. Maatje protestierte, denn wenn Olmer aufpasste, konnte sie nicht so leicht schummeln. Laurien fiel es schwer, mit ihren Gedanken bei der Sache zu bleiben. War es wirklich erforderlich, morgen nach West-Brabant zu fahren?

Nachdem Maatje ins Bett gegangen war, lief Laurien draußen ein paar Schritte mit Olmer. Solange sie über nichts redeten, war er wieder der Alte.

20

Es war noch keine acht Uhr, als Laurien Middelburg hinter sich ließ. Heute Morgen würde Emma wieder im Büro erscheinen, und Pier sollte ihr dann berichten.

Laurien war in Breda, bevor Emma von ihr verlangen konnte, zunächst um eine offizielle Erlaubnis zu fragen und erst danach auf dem Gebiet einer anderen Region zuzuschlagen. Dass Laurien ihr Kommen durch ein simples Telefonat mit Henk regelte, erschien einer Emma zu informell.

Laurien legte *Ein deutsches Requiem* von Brahms ein. Eine Aufnahme von *Ihr habt nun Traurigkeit* war bei der Einäscherung ihrer Mutter gespielt worden. Nach ein paar Minuten schob sie eine andere CD in den Player, da die vertrauten Klänge zu viel in ihr aufwühlten. So vieles war unausgesprochen geblieben zwischen ihnen. Laurien hätte eine freundlichere Tochter sein wollen, vor allem erheblich geduldiger.

Aus den Augenwinkeln sah sie die Ausfahrt Roosendaal. Breda war nicht mehr weit. Laurien nahm etwas Gas weg und stellte die Musik leiser, als Tiemens Erkennungsmelodie auf dem Handy erklang.

»Kann ich Maatjes Jeans aus dem Wäschekorb nehmen? Sie will keine andere Hose anziehen.«

»Da ist ein großer Fettfleck drauf.«

»Das habe ich gesehen, deshalb rufe ich ja an, um dich zu fragen.«

»Im Schrank hängen doch noch mehrere andere Jeans.«

»Die sind ihr alle nicht recht. An jeder hat sie etwas auszusetzen, und sie weigert sich schlichtweg, eine davon anzuziehen. Sie ist heute extrem schlecht drauf, Laurien. Ihr Bett war klitschnass, und es kostete mich ungeheure Mühe, sie unter die Dusche zu kriegen. Sie hätte gestern Abend schon geduscht, und zu viel sei ungesund, habe die Mutter ihr beigebracht. Und ich wolle sie nur zum totalen Ausflippen bringen, indem ich ihr auch noch eine andere Hose aufzwinge.«

»Dann gib ihr doch eine kurze Mitteilung für das Tagesheim mit.«

Im Dienstgebäude der Regionalpolizei in Breda konnte sie direkt zu Henk vordringen. Er hatte die Beine auf den Schreibtisch gelegt und las Zeitung.

»So kann man es ja wohl aushalten«, sagte sie, während er die Zeitung zusammenfaltete. »Ein guter Chef lässt seine Mitarbeiter die Arbeit verrichten.«

»Warum bist du auch keine Kommissarin? Kriminalbeamtin im Außendienst spielen ist zwar schön, aber in meinem Job hält man länger durch.«

»Man lässt mir eben keine Chance, eine Bewerbung abzugeben.«

»Und das, obwohl du die weitaus Beste unseres Jahrgangs warst?«

»Das ist ja wohl noch lange keine Garantie für eine steile Karriere. Außerdem weiß ich auch gar nicht, ob ich überhaupt Kommissarin werden will. Viel mehr würde mir die Ausbildung von Kriminalbeamten liegen.« Sie zuckte die Achseln. »Vorläufig gefällt mir die Feldarbeit aber noch. Mit etwas Glück und großem Einsatz kann ich schon mal den einen oder anderen Fall lösen.«

Henk blätterte das Dossier durch. »Bist du noch auf etwas Wichtiges gestoßen?«

»Kaum. Der Besitzer des Volvo wohnt in Dorst, schippert momentan aber in norwegischen Fjorden herum. Postumus Loos heißt er.«

»Postumus?«

»Diesen Namen erhielten früher Kinder, deren Vater vor der Geburt verschwunden oder gestorben war.«

Zur Sicherheit überprüfte Henk diesen Postumus Loos im Computer.

»Der ist noch nicht mal wegen Falschparkens registriert. Bist du dir sicher, dass er für deine Ermittlungen wichtig ist? In unseren Unterlagen taucht er wirklich nicht ein einziges Mal auf.«

»Ich würde mich einfach mal gerne um die Villa herum umschauen und mit dem Nachbarn reden.«

Henk schaute sie zweifelnd an. »Nur um die Villa herum? Nicht in der Villa selbst?«

»Wofür hältst du mich? An Scherereien ist mir nicht gelegen.«

»Du weißt, dass du echte Probleme bekommst, wenn du das Haus ohne Vollmacht betrittst?«

»Komm, ich bin doch kein Anfänger mehr.«

»Ich werde mein Bestes für dich tun, aber versprechen kann ich nichts.«

Nach einer halben Stunde kam er mit der Zustimmung zurück.

»Wenn wir nicht unter akutem Personalmangel zu leiden hätten, wäre jemand mit dir mitgegangen. Glaubst du, dass du es alleine schaffst?«

»Es scheint ja wohl nicht anders zu gehen.«

Er händigte ihr ein Schreiben aus, das nicht nur seine, sondern auch die Unterschrift des Staatsanwalts trug. Emma würde es glücklich machen.

Sie rief Tiemen an, um zu hören, wie es um ihre Schwester stand.

»Maatje ist wieder zuhause. Sie hat eine Blasenentzündung. Deshalb war sie heute Morgen so von der Rolle«, sagte Tiemen.

»Muss ich nach Hause kommen?«

»In einer dreiviertel Stunde ist Warre wieder da. Ich habe Maatje zu Bett gebracht und ihr ein paar Flaschen Wasser hingestellt. Sie ist sofort eingeschlafen.«

»Hast du noch mal bei Trudy angerufen?«

»Ihre Stimme klingt immer weniger begeistert, wenn sie mich hört«, sagte Tiemen.

Tiefe Reifenspuren im nassen Sand führten zum Haus und zur Garage. Sie klingelte, doch nichts regte sich. Von den Bäumen tropfte der Regen des letzten Schauers herunter. Laurien lauschte. Ein Lastwagen donnerte über den Bahnübergang, in der Ferne war undeutlich das Geräusch eines Zuges zu hören. Kein Vogelgezwitscher. Im Wind knarrende Äste. Laurien folgte den Spuren, die zur Garage führten. Die Seitentür war immer noch nicht abgeschlossen.

Als sie vor dem kaputten Küchenfenster stand, konnte sie der Verlockung nicht widerstehen. Nur ganz kurz. Nachschauen, ob sich etwas verändert hatte. Sie ließ sich nach drinnen gleiten. Immer noch dieser Gestank aus der Kanalisation. Vorsichtig schlich sie in den Flur. In dem Kasten mit dem Stromzähler lag ein orangefarbener Nylonstrick. Die Materialprüfung würde ergeben, ob Louw und Nico mit demselben Strick aufgehängt worden waren, aber sie hegte keinerlei Zweifel, wie diese Untersuchung ausgehen würde.

Frostige Räume, und das lag nicht nur an der Temperatur. Genau wie bei John Campbell fehlte auch diesem Haus jede persönliche Note. Nur dass hier noch nicht einmal Fotos an der Wand hingen. Nirgends eine Spur von Unordnung, selbst der Wäschekorb war leer.

Der Computer war nicht mehr eingeschaltet. Hatte sie ihn in einer Art automatischem Reflex ausgemacht? Sie versuchte, sich daran zu erinnern. Ihre Sinnesorgane waren dermaßen angespannt gewesen, dass sie jede Handlung äußerst konzentriert ausgeführt hatte. In diesem Raum war jemand gewesen, der den Fehler von vorgestern korrigiert hatte. Sie schaltete den Computer an, und wieder stolperte sie über das Passwort. Darum würde sich Stevi kümmern müssen, sie war der Computer-Freak des Korps.

Welche Beziehung bestand zwischen Loos und Campbell? Oder hatte sich ein Dritter Loos' Volvo ausgeliehen und damit während dessen Aufenthalt im Ausland Campbell an den Strand in Oostkapelle gefahren? Das war nicht ausgeschlossen, doch Laurien glaubte nicht daran. Loos war nicht im Ausland, er konnte jeden Moment auftauchen.

Plötzlich hatte sie es sehr eilig, dieses Haus zu verlassen. Sie schaltete den Computer aus und schob den Stuhl unter den Tisch. Im Treppenhaus blieb sie stehen. Außer dem Knacken der Balken war in der alten Villa kein einziges Geräusch zu hören. Die Zwischentür zur Küche war geschlossen. Laurien war sich sicher, diese einen Spalt offen gelassen zu haben. Wieder die Hand an der Hüfte, wieder die Erkenntnis, dass sie keine Waffe bei sich hatte. Sie stieß die Tür auf und schaute hinein. Nichts zu sehen. Beruhigt kroch sie auf allen Vieren in die Küche, drückte sich an den Schränken entlang, bis sie das Fenster erreicht hatte.

Sie kletterte auf die Anrichte, steckte das rechte Bein durch das Loch in der Scheibe und hielt sich dabei am Fensterbrett fest. Diesmal passte sie auf, dass sie sich nicht am Glas schnitt. Heftig warf sie die wehende Gardine zur Seite. Sie wollte gerade ihr Gewicht verlagern, als vor dem Fenster plötzlich der Kopf eines Mannes erschien. Mit einem Schrei zog sie sich zurück, wobei sie sich die halbe Wade des Unterschenkels aufriss. Sie fiel rückwärts auf den Küchenboden und drehte sich blitzschnell um. Der Mann sprang neben ihr auf die Erde.

Bevor sie sich hätte hochrappeln können, hatte er sie bereits gepackt, schleifte sie in den Flur und presste sie mit dem Gesicht gegen die Wand. Dann drückte er ihre Arme hoch und tastete sie nach Waffen ab. Schließlich griff er nach ihrer Tasche und untersuchte ihre Papiere. Das alles vollzog sich schnell, effizient und wortlos.

Laurien schwieg, da sie Angst hatte, ihre Stimme könne durch den Schreck unsicher klingen. Wenn sie etwas sagte, sollte es klar und kräftig aus ihrer Kehle kommen.

»In Ihrer Tasche befindet sich kein Hausdurchsuchungsbefehl«, sagte der Mann. »Ich glaubte an Hausfriedensbruch, aber wenn die

Polizei ohne den entsprechenden Auftrag in ein Haus eindringt, ist das ein ernsthafterer Verstoß als nur Hausfriedensbruch.«

»Sie sind gut informiert«, antwortete Laurien. »Der Hausdurchsuchungsbefehl liegt in meinem Auto, unterzeichnet von Polizei und Staatsanwaltschaft.«

»Sie lügen!«

»Ich kann das Schreiben holen«, sagte sie.

Laurien nahm die Arme herunter und drehte sich um. Der Mann war spindeldürr. Sie war ihm bereits vorher begegnet, ja, er hatte bei Johns Einäscherung neben Paul Wolf gestanden, und davor hatte sie ihn für den Bruchteil einer Sekunde am Strand von Domburg gesehen, vielleicht auch in der Thibautstraat.

»Hände hoch und an die Wand!« Er holte eine Pistole aus der Tasche. »Ich habe keine Hemmungen, dieses Ding zu benutzen. Wenn ich aus dem Urlaub zurückkomme, hat hier niemand in meinem Haus herumzuschleichen. Eine mir unbekannte Frau, zweifellos eine Einbrecherin, will mich angreifen, als ich sie erwische. Ich war gezwungen, meine Pistole zu benutzen. Notwehr.«

Er setzte ihr die Waffe an die Schläfe.

»Dann holen Sie doch selbst den Hausdurchsuchungsbefehl aus meinem Auto. Ich habe Sie möglicherweise durch mein Kommen erschreckt, aber auf mein Klingeln öffnete niemand.«

»Das ist kein Freibrief für widerrechtliches Eindringen. Sie haben Ihre Kompetenzen überschritten. In Zeeland, unter Wilden, kann man sich vielleicht dergleichen erlauben, hier gelten die Gesetze eines zivilisierten Umgangs miteinander. Wenn Sie nicht ausdrücklich hereingebeten werden, bleiben Sie draußen.«

»In meinem Auto liegt der Beweis dafür, dass die Regionalpolizei von West-Brabant über mein Kommen informiert ist.«

»Die Ankündigung hohen Besuchs ist etwas anderes als sich unangemeldet Zugang zu verschaffen. Eine Polizistin, die ganz alleine ein Haus durchsucht. Dass ich nicht lache! Sie tun etwas Unerlaubtes. Wer sagt mir denn, dass Sie keine ganz normale Diebin sind, die einen läppischen Polizeiausweis geklaut hat? Was suchen Sie hier?«

»Rufen Sie doch die Polizei an.«

Er fuchtelte wild mit der Pistole herum und näherte sich ihrem Gesicht immer mehr. Loos war groß, größer als Pier und noch magerer. Seine grünen Augen leuchteten im halbdunklen Flur. Er lachte mit entblößten Zähnen. Die Waffe wurde ihr wieder an die Schläfe gesetzt.

»Nehmen Sie bitte dieses Ding weg!«

»Ich bestimme hier, was geschieht. Sie haben schon einmal in meinem Haus herumgeschnüffelt.«

»Und Sie kommen gerade aus Norwegen?«

»Darf ich mich nicht mehr aufhalten, wo ich will? Noch ist dies hier mein Haus.« Er drehte ihr die Hände auf den Rücken und stieß sie weiter in den Flur hinein, bis sie am Stromzähler standen. Laurien versuchte, ihre Handgelenke so weit wie eben möglich auseinanderzuhalten, während er ihr die Hände auf den Rücken fesselte, und hielt den Atem an.

»Solche Tricks kenne ich.« Er riss noch einmal am Strick. »Was suchen Sie hier?«

»Was glauben Sie?«

Er riss ihr den Kopf an den Haaren nach hinten.

»Ich stelle die Fragen! Was wollen Sie hier?«

»Ich suche den Mörder von John Campbell und Nico Verhulst.«

»Die kenne ich nicht.« Seine Hände ließen sie los.

»Wenn Sie klug sind, lassen Sie mich gehen. Dann bin ich bereit, darüber nachzudenken, ob ich Ihr Verhalten mir gegenüber als Schreckreaktion interpretieren kann.«

»Darauf falle ich nicht herein. Sie stecken Ihre Nase in meine Angelegenheiten, und als Bürger darf ich mich zur Wehr setzen.« Er stank nach ungewaschener Kleidung.

»Die Folgen haben Sie zu tragen.«

»Wer weiß, dass Sie hier sind?«

Wieder blies er ihr seinen schlechten Atem ins Gesicht.

»Sowohl meine Kollegen in Middelburg als auch die in Breda.«

»Sie lügen! Wenn Ihre Kollegen davon wüssten, hätte Sie jemand begleitet.«

Das Handy meldete Tiemens Erkennungsmelodie.

»Wer?«

Er hielt ihr das Handy vor das Gesicht.

»Ein Kollege. Wenn ich nicht drangehe, wird Alarm gegeben.«

Er beobachtete sie mit fast geschlossenen Augen.

»Wenn Sie etwas sagen, was mir nicht gefällt, blase ich Ihnen den Kopf weg.«

Er drückte auf die grüne Taste und hielt ihr das Gerät ans Ohr. Laurien schob ihre Tasche halb hinter den Schirmständer. Wer sie suchen käme, würde wissen, dass sie hier gewesen war.

»Ja.«

»Alles in Ordnung?«, fragte Tiemen.

»Nein«, sagte sie in einem Ton, als unterhielten sie sich darüber, was sie essen sollten. »Du weißt, wo ich bin. Pier ist in Middelburg, Henk in Breda.«

Der Mann nahm das Handy von ihrem Ohr, drückte die rote Taste, steckte das Gerät in die Tasche und schob Laurien in Richtung Keller. Sie versuchte, sich loszureißen, als er mit einer Hand die Kellertür öffnete. Der Druck des Pistolenlaufs an ihrer Schläfe ließ sie zur Vernunft kommen.

»Versuchen Sie es ruhig noch einmal.«

Er führte sie die Treppe hinab, der Gestank nahm mit jeder Stufe zu. Sie würgte. Postumus warnte sie, sie müsse ihre Kotze selbst auflecken. Es herrschte eine klamme Kälte. Sie versuchte sich dagegen zu wappnen. Er stieß sie in eine Kellerecke.

»Hat die Bootstour Spaß gemacht?«

»Schnauze!«

»Wie Sie wollen. Sie wissen ganz genau, wie unangenehm die Polizei werden kann, wenn einer ihrer Leute bedroht wird.«

»Ich bedrohe Sie nicht. Oder bedrohe ich Sie etwa? Sie sind bei mir eingebrochen. Und ich weiß nicht, dass die Einbrecherin Polizistin ist.«

»Meine Kollegen sind doch nicht auf den Kopf gefallen. Was haben John und Nico Ihnen getan?«

»Klappe halten! Kommen Sie doch selbst dahinter. Sie haben Zeit genug, darüber nachzudenken. Ich habe einen hübschen Ort für sie vor Augen, an dem sie in einem mörderisch langsamen Tempo zu Grunde gehen werden.« Er lachte über sein eigenes Wortspiel.

»Welchen Grund haben Sie denn, mich zu töten?«

»Gründe genug. In meinem Haus herumschnüffeln, meinem Nachbarn einen Schreck einjagen, Louw Campbell verwirren. Ihr Herumpoltern hat ihn zur Heulsuse gemacht.«

»Dann kannten Sie ihn ja wohl.«

»Sie halten jetzt den Mund, oder ich stopfe ihn Ihnen mit der Faust.«

Ihn am Reden halten, ihn langsam von der Idee abbringen, noch einen Menschen töten zu müssen. Einfach reden, um zu verhindern, dass er ihre Panik spürte.

»Gut, ich werde schweigen, aber ist es denn so schlimm, wenn Sie mir etwas erzählen? Wenn ich schon sterben muss, wüsste ich doch gerne den Grund. Hat Louw Ihnen manchmal geholfen?«

»Louw mir geholfen? Ich wüsste nicht, was das gewesen sein sollte.«

»Und trotzdem ist er tot.«

»Niemand machte ihm Schwierigkeiten, Sie blöde Kuh, bis Sie ihn aufs Korn nahmen. Sie sahen Gespenster, und durch Ihre Hirngespinste machten Sie ihm erst die Hölle heiß. Noch ein kleiner Schubs von diesem oder jenem, und er hätte zu quatschen begonnen. Nicht dass er oder ich viel hätten ausplaudern können, schließlich bin ich nur ein kleiner Laufjunge, der ein bisschen Ware verschiebt, und Louw war ein kleiner Verticker.« Er lachte wieder sein selbstzufriedenes Lachen. »Genug davon. Fand Ihr geliebter Sohnemann die Süßigkeiten lecker? Mein Gott, hatte ich einen Spaß, als ich von Louw hörte, dass der Knabe das Zeug freiwillig nahm. Noch ein Monat, und Ihr Söhnchen wäre voll auf Drogen gewesen.«

»Freiwillig, mit ein bisschen Nachhilfe von Louw.«

»Oh nein, gute Frau, der Bursche wurde von niemandem gezwungen. Aber sie trauten Louw nicht, Sie haben ihm mit Ihren Fragen Angst eingejagt. Sie besitzen die Statur und den Charakter eines Bullterriers und den Takt eines Bulldozers. Um Louw zu beruhigen, verabredete ich mich mit ihm in Vlissingen. Da warnt mich der Kneipenwirt, dass eine Razzia bevorsteht, und schon bemerke ich, wie Sie hereingestürmt kommen. Ein Glück für mich, dass ich Sie am Strand hatte herumturnen sehen. Damals war mir schon klar, dass wir beide es miteinander zu tun haben würden. Ich habe sogar überlegt, Ihre bedauernswerte Tochter als Geisel zu nehmen. Kapiert?« Seine Stimme überschlug sich. »Ich lasse nicht mit mir spaßen!«

»Meine Tochter?«

»Stellen Sie sich doch nicht blöde.« Seine Augen schossen hin und her, die dünnen Lippen waren aufeinandergepresst, bewegten sich wieder. »Wie fanden Sie übrigens Nicos Tod? Sie können ruhig zugeben, dass es ein Kunststück war. Die Welt ist ohne ihn besser dran, genauso wie es der Welt besser geht, wenn neugierige Geschöpfe wie Sie verschwinden. Sie haben es sich selbst zuzuschreiben, Sie haben alles vermasselt.«

»Da unten am Strand von Domburg trugen Sie einen Regenmantel.«

Solange er redete, hatte sie vielleicht eine Chance, ihm zu entkommen.

»Schlaues Mädchen! Bei dem Regen wohl nicht gerade außergewöhnlich.«

»Haben Sie John Campbell auf dem Soldatenfriedhof in Vlissingen getroffen?«

»Ja.« Er spitzte die Lippen. »Sie haben Ihre Hausaufgaben gemacht. Gratuliere!«

»Wie kamen Sie dazu, ihn ausgerechnet auf einem Friedhof zu treffen?«

»Er hatte mich hier zuhause aufgesucht. Ohne dass ich ihn eingeladen hätte.«

»Warum kam er Sie denn besuchen?«

»Spielt das eine Rolle? Das Gespräch war nicht sonderlich befriedigend verlaufen. Ich wollte ihn auf andere Gedanken bringen und fuhr ihm nach. Er fuhr nicht direkt nach Hause, sondern zum Friedhof. Deshalb sprach ich ihn dort und nicht in seiner Wohnung an.«

»Campbell war gekommen, um mit Ihnen über seinen Sohn zu reden.«

»Hören Sie mit Ihrem Gequatsche erst auf, wenn Sie alles wissen? Also gut, es ändert ja doch nichts. Am Grabstein irgendeines Soldaten faselte er über das unbescholtene Leben seines Sohnes, das nicht durch Drogen besudelt werden dürfe, über den Krieg und seinen so jung verstorbenen Freund. Mein Vater hat kein Grab.«

»Wurde er eingeäschert?«

»Spuren meines Vaters waren nicht zu finden … Und wenn man doch Reste von ihm gefunden hat, wurden sie wahrscheinlich verbrannt oder zusammen mit den Überresten anderer auf einen Haufen gekehrt und in ein Massengrab geworfen. Kalk drüber, und man findet nicht mal mehr einen Zahn. Für ein Gedenken an meinen Vater ist es sinnlos, auf einen Friedhof zu gehen, aber so ungewöhnlich war meine Anwesenheit in Vlissingen nun auch wieder nicht. Ich besuche regelmäßig Soldatenfriedhöfe, um nach Angehörigen der Royal Air Force zu suchen, die am 17. August 1943 abgestürzt sind. Am liebsten würde ich auf ihren Gräbern tanzen. Ihr verdienter Lohn, denn sie haben meinen Vater getötet, als sie Bomben auf seine Baracke abwarfen. Systematisch habe ich sämtliche Soldatenfriedhöfe von Peenemünde aus in Richtung Westen abgesucht.«

»Lindert es den Schmerz?«

»Es macht ihn nicht erträglicher. Er wird größer, immer größer.« Er presste die Hände auf die Augen. »Der Schmerz steckt in meinem Kopf, in meinem Herzen, er schnürt mir die Brust zusammen. Mein armer Vater! Für mich war es ein ungeheurer Schock, als ich sah, vor welches Grab sich Campbell gesetzt hatte. Campbell schaute kaum hoch, als ich dort plötzlich erschien. Fast konnte man meinen, er habe mich erwartet. Er faselte immer noch von seinem unschuldigen Sohn, dessen Gewissen genauso blütenrein sei wie das seines Freundes von damals, der dem deutschen Abwehrfeuer ein Ende bereitet hatte. Ich war zu geschockt, um sofort zu reagieren. Der Mann neben mir und der Mann in dem Grab waren die Henker meines Vaters gewesen. Einer der beiden hatte sein Verbrechen mit dem Tode bezahlen müssen, dem anderen stand die Strafe noch bevor.«

»Campbell?«

»Über wen reden wir denn sonst? Er war auch noch stolz auf seine Tat. Als wenn das Abwerfen von Bomben eine Heldentat ist. Auf Soldaten, ja, aber nicht auf unschuldige Lagerinsassen, nicht auf meinen Vater. Ich fragte ihn nach der Bombardierung des Dora-Lagers. Er wusste sofort, wovon ich sprach. Er tat es als kleinen Unfall ab. Der Tod meines Vaters war für ihn ein kleines Missgeschick, sein Opfer wog nicht all die Bomben auf, die ihr Ziel erreicht hatten. Plötzlich wusste ich ganz sicher, dass ich neben dem Mörder meines Vaters saß. Wenn er wenigstens geschwiegen hätte. Aber er musste es auch noch aller Welt erzählen. Ein winziger Fehler war es gewesen, nicht mehr und nicht weniger. Auf zum nächsten Luftangriff!«

»Woher wussten Sie denn, dass Campbell abends immer im St John's saß?

»Dieser großkotzige alte Kerl! Der hatte ja keine Ahnung, was in dem Mann neben ihm vorging. Er musste damit prahlen, wie er dank seiner Kriegsvergangenheit gelernt hatte, sich zu behaupten. Die hätte aus ihm einen ganzen Kerl gemacht. Er gab mit seinem täglichen Programm an. Ob ich wollte oder nicht, ich musste mir anhören, was für ein Energiebolzen er war. Die letzten Stunden jeden Tages würde er jeweils in derselben Kneipe verbringen. Er, Campbell, sei darauf geeicht, eiserne Disziplin zu wahren. Das sei auch darauf zurückzuführen, dass er keine Drogen nehme. Er rauche, er trinke, aber mit Drogen habe er nichts am Hut. Niemand sei in der Lage, ihm dieses Teufelszeug aufzuschwatzen. Die Leute würden es noch nicht einmal wagen, es ihm anzubieten. Ich würde wehrlose Menschen als meine Opfer aussuchen. So wie seinen Sohn. Er hatte mitbekommen, wie ich eine Bestellung in Louws Laden ablieferte. Während ich daneben stand, hatte er seinen Sohn gezwungen, das Päckchen zu öffnen. Louw war immerhin schon weit über die fünfzig. Das war mir der richtige Vater! Aber er lebte auch nicht hinter dem Mond, er kapierte sofort, dass da Drogen drin waren. Er beschuldigte mich, aus seinem Sohn ein Wrack zu machen.«

»Stimmte das denn nicht?«

»Fangen Sie jetzt auch noch damit an? Man darf nie seine eigene Verkaufsware antasten, das habe ich Louw tausendmal erklärt. Wenn sein Vater nicht zu mir gekommen wäre, wäre auch nichts passiert. Campbell hat Louw noch an demselben Abend gezwungen, meine Adresse rauszurücken. Am nächsten Tag tauchte er hier auf, um mir mitzuteilen, er ginge zur Polizei, wenn ich nicht damit aufhören würde, seinen Sohn zu beliefern. Aus heutiger Sicht war es natürlich ein Glücksfall, dass Campbell zu mir kam. Seit Jahren schon hatte ich den Mörder meines Vaters gesucht. Es verschaffte mir Frieden.«

»Mörder? Campbell selbst dürfte sich kaum als solchen bezeichnet haben.«

»Sein Tod ist auf nichts anderes als den Bumerangeffekt seiner eigenen Bombe zurückzuführen. Ich war damals noch nicht einmal geboren!« Seine Stimme überschlug sich wieder. »Die Deutschen konnten meinen Vater gut gebrauchen. Deshalb erteilten die Alliierten ihren Bombenwerfern den Auftrag, das Lager zu bombardieren. Um meinen Vater zu ermorden. Die waren es, die mein Leben zielbewusst zerstört haben, nicht die Deutschen.«

»Schließlich haben aber doch die Nazis Ihren Vater inhaftiert, nicht die Alliierten.«

»Gefangenschaft kann man überleben, eine Bombe auf deinen Kopf nicht.«

Er stieß sie mit dem Gesicht in Richtung eines Eisenringes in der Mauer.

»Und als sie hörten, dass John Campbell der Pilot dieses fatalen Fluges gewesen ist, beschlossen Sie, er müsse sterben.«

»Ich musste meinen Vater rächen, meine Mutter gab mir nicht umsonst den Namen Postumus. Jedes Mal wenn ich meinen Namen höre, erinnert mich das an die Ermordung meines Vaters. Campbell habe ich es zu verdanken, dass in meinem Leben alles schief ging. Ich hätte genau wie mein Vater Maschinenbauingenieur werden sollen, aber ein Kind ohne Vater ist wie ein Fahrrad ohne Lenker. Ich wurde zum Prügelknaben, zum Punchingball. Kaum hatte ich einen Job, verlor ich ihn wieder. Loos war bei jeder Reorganisation der Erste, der flog.«

»Und deshalb ließen Sie sich auf Drogen ein?«

»Das habe ich nicht gesagt.«

»Wenn der Krieg Ihre Rechtfertigung für die Ermordung von John Campbell war, hätten Sie seinen Sohn doch in Ruhe lassen können. Gab es einen anderen Auslöser als eine Meinungsverschiedenheit wegen der Drogen, um Louw umzubringen?«

Er zog den Strick um ihre Handgelenke auf dem Rücken strammer und knüpfte ein anderes Stück daran fest. Es schnitt ihr ins Fleisch.

»Wer sagt denn, dass ich ihn getötet habe?«

»Sie haben Louw nicht ermordet?«

»Ich habe ihm lediglich ein paar Argumente geliefert.« Postumus lachte hohl. »Louw hat es selbst getan.«

»Unter Ihrer Aufsicht.«

»Ich habe ihm ermutigend zugesprochen. Und ihm den Weg ins Jenseits gewiesen. Persönlich fand ich die Klinke des Garagentors gar nicht mal unwitzig. Sie sind scharfsinniger als ich dachte, bemerkenswert für eine kleine Polizistin. Ich habe Sie herausgefordert.

War es ein Zufallstreffer, dass Sie in Johns Tod einen Mord erkannten? Ich war stolz auf Sie. Der lange Dünne hielt es für einen Selbstmord. Ihre Belohnung ist nun Ihr Tod.«

»Die Rache meiner Söhne wird schrecklich sein.«

»Ich kann mir vorstellen, dass Ihr Mann heilfroh sein wird, wenn er Sie los ist. Erscheint da nicht ab und zu so eine knackfrische Kleine in seinem Laden?«

»Mein Mann und meine Kollegen sind auf dem Weg hierhin, sie bringen Sie für den Rest Ihres Lebens hinter Gitter, selbst wenn sie mich nicht finden. Die wissen, dass Sie es waren und kein anderer.«

»Ihre Drohungen lassen mich kalt.«

»Sie werden die Drogen finden. Die transportieren Sie in Ihrem Volvo und verstecken Sie in diesem Haus. Auch wenn Sie sich die allergrößte Mühe geben, die Hunde werden sie aufspüren, und dann sind Sie geliefert.«

»Reden Sie kein dummes Zeug! In meinem Haus hat nie ein einziges Gramm gelegen. Wenn die Hunde hier etwas riechen, liegt es an der korrupten Polizei, die einen Unschuldigen hochnehmen will, indem sie ihm ein Päckchen Koks unterjubelt.«

»Drogen fordern Opfer, genauso wie die Bombardierung des Dora-Lagers.«

»Halten Sie den Mund!«

Er näherte sich ihrem Gesicht wieder ganz dicht. Sie wich zurück. Sie hätte ihm in die Nase beißen und seine Verwirrung ausnutzen sollen. Irgendwie musste sie versuchen, hier herauszukommen.

»Es ist ganz egal, ob man an Drogen oder etwas anderem zu Grunde geht«, sagte er.

»Warum haben Sie Nico getötet, Postumus Loos?«

»Sie haben Gefallen an meinem Namen, so wie ich an dem Ihren, Laurien Minnaar.«

»Warum Nico?«

»Zu dumm, dieser Junge. Ein erpresserischer Faschist. Der verdiente es nicht, zu leben.«

»Warum Louw?«

»Das können Sie sich doch an zehn Fingern abzählen. Louw wollte wissen, warum sein Vater sterben musste. Sein Vater hatte meinen Vater mehr als sechzig Jahre zuvor ermordet.«

»Im Nachhinein verklärten Sie den Tod Ihres Vaters zur Rechtfertigung für einen ganz gewöhnlichen Mord, bei dem es um Drogen ging.«

»Sie erzählen schon wieder Unsinn.«

»Sie können die Wahrheit nicht ertragen.«

»Und Sie amüsieren mich. Ich muss noch eine kleine Arbeit verrichten.«

Er drehte sie um, zog den Strick durch den Ring und versetzte ihr einen Schlag mit dem Kolben der Pistole.

Es dauerte eine ganze Weile, bevor ihr klar war, wo sie sich befand. Sie hockte auf den Knien, ihre Hände waren auf den Rücken gebunden, und der Strick, der ihre Handgelenke wie in einem Schraubstock hielt, war mit einem anderen Tau an dem Ring in der Wand befestigt. Vorsichtig richtete sie sich auf, wodurch sich der Druck auf ihre Arme verringerte. Ihre Handgelenke waren gefühllos, und als das Blut jetzt zu strömen begann, war das, als stieße ihr jemand dicke spitze Nadeln in die Haut. Um sich von den Schmerzen abzulenken, konzentrierte sie sich auf ihre Atmung. In der Hoffnung, die Blutzirkulation zu beschleunigen, rieb sie ihre Handgelenke aneinander.

Wo blieb Tiemen nur? Sie hatte ihm doch deutliche Anweisungen gegeben. Sie versuchte, sich loszuwinden. In ihrer Panik begann sich die Welt um sie herum zu drehen. Was hatte Loos mit ihr vor? An diesem gottverlassenen Ort war Schreien vollkommen sinnlos. Ruhe bewahren, redete sie sich ein. Ob er sie hier einfach verrecken lassen würde? Keine voreilige Kapitulation! Postumus irrte sich, Laurien war die Klügere.

Sie hätte sich mehr Informationen über ihn beschaffen müssen, aber bis heute Morgen war er nicht wirklich verdächtig gewesen.

Ihre Handgelenke waren immer noch gefühllos, auch wenn sie dafür sorgte, dass der Strick lose herunterhing. Sie hatte Durst.

An etwas anderes denken. An den Wasserfall, unter dem sie mit Tiemen und den Kindern hindurchgelaufen war. Die Sonne hatte gnadenlos geschienen. Sie kam hinter dem herabströmenden Wasser zum Vorschein, und da stand Postumus. Er lachte bösartig.

Sie atmete tief durch, konzentrierte sich aufs Ausatmen. Sie, Minnaar, ließ sich nicht ermorden. Ihre Lage war nicht hoffnungslos. Sie erinnerte sich nur allzu gut daran, wie ein frommer Ghanaer sie im letzten Jahr mit einer Pistole in Schach gehalten hatte. Der Mann hörte Stimmen, seine Medikamente hielt er für den Versuch, ihn zu töten. Mit Frau und Tochter wohnte er illegal in einem Lagerhaus. Es hatte nach einem Routinefall ausgesehen, als sie mit Pier losgezogen war. Sie begegneten dem vor sich hin brabbelnden Mann auf der Treppe, und Pier ging nach draußen, um einen Krankenwagen zu rufen. Im Gebäude hatte sein Handy keinen Empfang. Laurien folgte dem Mann die Treppe hinauf. Auf dem Treppenabsatz lagen seine tote Frau und Tochter. Er richtete eine Waffe auf ihren Kopf, jeden Moment konnte er zu schießen beginnen. Sie sei eine Teufelin, konnte sie seinen wirren Worten entnehmen, und seine Aufgabe sei es, die Dämonen zu vernichten. Sie war ruhig geblieben, das hatte sie gerettet. Der Mann befand sich bereits im Jenseits. Vor Loos hatte sie weniger Angst als damals vor dem geistig Gestörten.

Nicht zu früh jubeln, Minnaar! Welche Chancen besaß sie denn eigentlich?

Hoffentlich würde Tiemen die Karten für die Oper in der Arena von Verona rechtzeitig finden. Sobald sie frei wäre, würde Olmer den Hund bekommen, den er schon so lange haben wollte. Und Warre sein Saxofon.

Was sollte sie unternehmen, wenn Postumus zurückkehrte, selbst wenn sie sich von den Fesseln befreien konnte? Sie war ohne Waffe. Hätte sie in Breda doch nur um eine Pistole gebeten! Aber nein, eine Pistole war nichts für sie. Am Schießstand konnte sie gut damit umgehen, doch dort sollte das Ding auch bleiben. Pier hatte einmal jemanden erschossen. Nach all den Jahren hatte sie das Bild immer noch gestochen scharf vor Augen, wie der Mann innerhalb weniger Sekunden buchstäblich leichenblass wurde, wie sich seine Freundin auf ihn stürzte. Der Junge war erst Anfang zwanzig gewesen. Sie hatte Pier den Vorgesetzten gegenüber verteidigt, aber nur widerwillig. Wenn er seine Dienstpistole im Halfter gelassen hätte, hätte er getan, was getan werden musste: reden. Damals hatte sie sich vorgenommen, selbst niemals zu schießen. Sie wollte nicht Gott spielen, nicht einmal gegenüber Postumus.

Von Louw konnte sie sich vorstellen, dass er mit Postumus Geschäfte gemacht hatte, doch John war ein strikter Gegner jeder Art von Drogen gewesen. Oder hatte er seine Abneigung nur als Deckmantel benutzt? War Campbell wirklich wegen des Bombardements ermordet worden? Eine auf die ziemlich lange Bank geschobene Rache. Zweifelhaft, trotz aller Behauptungen von Postumus.

Campbell pflegte in der Kneipe jeden Gast mit seinen Kriegsgeschichten zu belästigen, wahrscheinlich hatte er auf dem Friedhof in Vlissingen ebenfalls über die Bombardierung von Peenemünde geredet. Das nahm sie Postumus durchaus ab. Vielleicht war sein Vater in der Baracke getötet worden, doch ebenso gut konnte sein Vater auch geflohen oder an einer Herzattacke gestorben sein.

Sie hielt es in dieser Haltung nicht länger aus, ihre Arme waren müde, die Muskeln angespannt. Fünf Sekunden zum Einatmen, in sechs Sekunden die Luft entweichen lassen.

Sie hörte ihn erst, als er die Treppe herabkam. Er band ihr ein Tuch um die Augen und löste den Strick, mit dem er sie am Ring festgemacht hatte. Ihre Handgelenke bekamen immer mehr Bewegungsspielraum. Er stieß sie die Treppe hinauf, über den Flur und durch die Haustür. Vorsichtig tastete sie mit dem rechten Fuß, wo die Schwelle war, stieg darüber hinweg auf den Absatz aus Granit vor der Eingangstür mit dem Fußabtreter, setzte dann behutsam einen Fuß von der Stufe hinab auf den Sandweg. Ihr wurde ganz schwindelig davon.

»Was haben Sie mit mir vor?«

Stille.

»Wohin bringen Sie mich?«

Ein Stoß in den Rücken, als sie zögerte.

»Sagen Sie mir jetzt endlich, was Sie vorhaben!«

Sie blieb in der Erwartung stehen, eine Schimpfkanonade über sich ergehen lassen zu müssen, doch diese blieb aus. Er stieß sie weiter, sie strauchelte, er hielt sie fest. Es gelang ihr nicht, ihn zum Reden zu bewegen. Wenn sie nicht gesehen hätte, dass es Loos war, bevor er ihr die Augen verband, hätte sie denken können, er habe jemand anderen geschickt. Noch war nicht alles verloren. Beherrschung, das war jetzt das Wichtigste. Schritt für Schritt trippelte sie geradeaus, immer in der Angst zu stolpern. Mit dem Fuß tastete sie, ob da keine Unebenheiten wie Tannenzapfen oder Baumwurzeln waren. Schneller ging es nicht, wie sehr die Faust in ihrem Rücken auch zur Eile mahnte.

Das anschwellende Geräusch eines Zuges, in der Ferne klimperten die Signale eines Bahnübergangs. Unter ihren Füßen sandiger Boden. Ihr Gleichgewichtsgefühl war verschwunden. Wie ein Betrunkener taumelte sie jetzt voran, als Loos ihr plötzlich einen Stoß in den Rücken versetzte. Sie strauchelte, fiel. Postumus riss sie hoch und schleppte sie am Oberarm weiter. Außer dem Knacken der Äste unter ihren Füßen und dem Rauschen des Windes in den Bäumen war es ringsherum still.

Laurien zählte ihre Schritte, sie war schon bei über zweihundert angelangt. Er zerrte sie nach rechts, dann wieder nach links, rechts und wieder links. Plötzlich blieb er stehen. Sie versuchte, sich loszureißen, doch damit hatte er gerechnet.

»Wenn Sie das noch ein einziges Mal versuchen, jage ich Ihnen eine Kugel in den Kopf.«

»Wie bei Nico?«

»Schnauze!«

»Lassen Sie mich frei«, bat sie. »Ich habe Ihnen doch nichts getan.«

»Klappe halten, sage ich.«

»Wo bringen Sie mich hin?«

»Wollen Sie das wirklich wissen?«

»Natürlich.«

Er riss ihr das Tuch herunter, wobei eine Haarsträhne mit daran glauben musste. Sie standen vor einer ziemlich kleinen Grube, mit Mauern und einem rauen Zementboden. Auf der Erde lagen neben einer Luke ein Stapel Holzblöcke und mehrere Büschel Heidekraut.

»Muss ich da hinein?«

Erschrocken drehte sie sich um und schaute Loos an. Er lachte.

»Sie wollen mich doch nicht in diesem Loch einschließen? Das ist unmöglich!« Ihre Stimme klang schrill. »Das ist doch einem Menschen nicht zuzumuten. Bringen Sie mich in den Keller zurück.«

»Sogar Sie bringen wir dort mit etwas Schieben und Ziehen unter, obwohl es mit ein paar Kilo weniger auf den Rippen leichter wäre.«

»Nein.« Sie beugte sich vornüber. »Da passe ich niemals rein.«

»Sie müssen die Arme über den Kopf heben und sich dann hinhocken. Los jetzt! Ich habe nicht den ganzen Tag Zeit.« Er setzte ihr die Pistole an den Kopf. »So lange dauert es nicht. Sie sterben entweder an Sauerstoffmangel oder durch die etwas unglückliche Haltung. Sie haben es Ihrer eigenen Quengelei zuzuschreiben.«

Er bückte sich, um die Luke etwas weiter wegzuziehen. Laurien riss sich los und rannte in den Wald. Lieber ließ sie sich von ihm abknallen, als in diesem Loch zu verrecken. Sie befanden sich an der Rückseite der Garage. Sie musste nach links, zum Haus von Loos' Nachbarn. In der Grube war sie chancenlos.

Loos erwischte sie bereits nach wenigen Metern.

»Sie scheinen unbelehrbar zu sein!«

Er zerrte sie zum Loch und schubste sie hinein.

»Arme hoch, sonst passen Sie da nicht rein.«

»Wie soll das denn gehen, wenn Sie mir die Hände auf den Rücken gebunden haben?«

»Sie glauben wohl, mich linken zu können. Dann stopfen wir Sie eben so ins Loch.«

Während er ihren Kopf mit dem Fuß nach unten drückte, schob er die Luke darüber. Langsam wurde es dunkel. Sie brüllte, er solle sie herauslassen. Konnte denn niemand ihre Schreie hören?

Die Grube war zu niedrig, um darin stehen zu können, zu schmal zum Sitzen, zu eng, um sich umzudrehen. Durch einen Schlitz drang noch etwas Licht.

»Lassen Sie mich raus!« Mit dem Kopf schlug sie gegen die Bretter. »Lassen Sie mich raus!«

»Schreien Sie nur. Niemand hört Sie.«

»Lassen Sie mich frei!«

»Sie haben Zeit, um sich auf den Tod vorzubereiten. Meinen Vater hat er überrascht.«

Loos schob die ersten Holzblöcke auf die Luke, ein schabendes Geräusch von rauem Holz auf Holz.

»Es wird Ihnen noch leidtun, wenn Sie mich hier drinlassen.«

Außengeräusche drangen nicht mehr zu ihr durch. Hatte sie vor Kurzem noch den Zug gehört, so war hier jetzt nichts als Stille. Sie rieb die Finger aneinander und fühlte die Wärme ihrer Haut.

Die Dunkelheit wirkte erstickend. Würde sie den Sauerstoff schnell aufbrauchen? Sie bekämpfte ihre Panik, indem sie sich selbst erklärte, aus jeder Situation gebe es eine Fluchtmöglichkeit. Diesen Gedanken musste sie schon bald aufgeben.

Sie wollte nicht sterben. Tief einatmen, langsam wieder ausatmen. Je ruhiger sie war, desto weniger Sauerstoff verbrauchte sie.

Mit dem Kopf hämmerte sie gegen die Bretter. Es hatte keinen Zweck, den Holzstapel konnte sie nicht bewegen, doch irgendetwas musste sie probieren. Ihre Kopfhaut platzte auf, Blut lief ihr über das Gesicht. Sie versuchte, den Strick um ihre Handgelenke am Zement zu zerreiben, doch außer dass jetzt auch ihre Hände zu bluten begannen, erreichte sie nichts.

Wäre sie schlanker gewesen, hätte sie mehr Bewegungsspielraum gehabt. Sie lehnte sich an die Mauer, um das taube Gefühl in den Beinen loszuwerden. Loos würde es nicht gelingen, sie kleinzukriegen. Ihre Gedanken tanzten wild durcheinander, in dieser Dunkelheit konnte man nicht klar denken.

Sie versuchte, ihre Finger zu bewegen. Roch sie ihre Angst, oder hatte sie sich in die Hose gemacht? Sie stöhnte und ächzte. Ihre Augenlider schwollen an. Sie musste durchhalten, bis Tiemen kam. Die Stille war erdrückend, selbst ihr eigenes Stöhnen klang gedämpft. Die Arme zogen sie nach unten. Sie war unendlich müde.

Sie jammerte, sie wolle hier heraus. Hörte sie denn niemand? Sie wurde lebend in einem Zementsarg begraben. Tiemen würde zu spät kommen, lange konnte sie das nicht mehr aushalten. Ihre Beine fühlten sich bereits tot an. Armer Tiemen, arme Jungen!

Verglichen mit diesem Loch war der Keller das Paradies gewesen. Bei jedem Atemzug dachte sie an die Jungen, an Tiemen. Immer oberflächlicher, immer heller. Es war gut so. Es brauchte nicht mehr lange zu dauern, es hatte keinen Sinn.

21

Erwachte sie aus einem Rausch, als sie über sich etwas hörte? Das Schnüffeln eines Hundes. Bildete sie sich ein, ein helles Klappern zu vernehmen? War dies das Ende, das Licht am Ende des Tunnels, von dem allenthalben geredet wird?

Die Luke wurde zur Seite geschoben, ein Meer von Licht. Durch die kleinen Augenschlitze bemerkte sie eine Hundeschnauze, ein unbekanntes Gesicht, dann Tiemen, schließlich Pier.

»Sie lebt noch«, sagte eine fremde Stimme.

»Tiemen«, wollte sie sagen. Sie versuchte zu lächeln, doch ihr fehlte die Kraft, ihre Gesichtsmuskeln zu bewegen. »Alles in Ordnung.« Auch diese Worte blieben stecken. Tiemen fiel vor der Grube auf die Knie. Sie spürte, wie ihr seine Tränen auf die Wangen tropften. Er murmelte in einem fort etwas vor sich hin, und sie konnte ihn durch den Druck auf den Ohren nicht verstehen. Ihr Leben war nicht in einer Grube zu Ende gegangen, alles war gut.

Das Licht war kaum auszuhalten. Neben Tiemen tauchte ein Hundekopf auf, schoss wieder davon. Kläffen in der Ferne. Sie hatte es überlebt. Nico nicht. Letzteres drang stärker zu ihr durch als der erste Gedanke. Ihr drohte, schwarz vor Augen zu werden. Mit allerletzter Kraft versuchte sie, eine Ohnmacht zu verhindern.

Tiemen wurde zur Seite gedrängt, fremde Hände zogen sie aus dem Loch, legten sie auf die Erde. Sie ließ es mit sich geschehen. Sie roch den Herbstwald, einen dermaßen intensiven Duft, dass es sie fast betäubte. Die Hände drehten sie auf den Bauch, die Stricke um ihre Handgelenke wurden durchtrennt. Es tat weh. Rufe nach einem Rettungswagen ertönten, nach Decken. Stimmen. Sie ließ sie an sich vorübergleiten.

Wie spät war es? Sie wollte auf die Uhr schauen, doch es gelang ihr nicht, die Hand zu heben. In ihrem Kopf hämmerte es. Ihr war schlecht, vor Erleichterung und Schmerzen.

Tiemen setzte sich neben sie auf die Erde. Er nahm ihre Hände in seine. Jetzt verstand sie, was er sagte. Sie war in Sicherheit. War das wirklich wahr? Wo war Loos? Sie wollte sich aufrichten und schauen, ob er nicht zu den Männern gehörte, die sie befreit hatten. Doch ihr Kopf wollte sich nicht bewegen.

Die geschwollene Zunge hing ihr aus dem Mund. Hände tasteten ihr Gesicht ab, die Haare waren durch das Blut total verklebt. Das feuchte Lecken eines Hundes über ihr Kinn, ein Riemen wurde festgezogen, die Hundeschnauze verschwand wieder.

Mühsam drehte sie den Kopf zur Seite und schaute zur Grube hinüber; ein dunkler Fleck in ihrem Augenwinkel. Hatte er sie wirklich in dieses Loch gepfercht? Jemand kniete zwischen ihr und der Grube. Pier.

»Sieh gar nicht hin. Es ist vorbei!«

War es vorbei? Wo war Loos?

Tiemen breitete eine Decke über ihr aus, sie hatte gar nicht bemerkt, dass sie fror. Er nahm sie fest in den Arm, seine Wärme erst ließ sie ihre eigene Kälte spüren. Mit stechendem Prickeln kehrte das Gefühl in Arme und Beine zurück. Pier setzte ihr eine Wasserflasche an die Lippen, sie würgte und spuckte das Wasser sofort wieder aus. Ganz in ihrer Nähe wurden die Sirenen eines Krankenwagens abgestellt. Man hob sie auf eine Bahre, jemand legte ihr eine Infusion am Arm, um sie herum beruhigende Worte. Tiemen ließ sie nicht los.

Mit Hilfe eines Wattestäbchens wurden ihre Lippen befeuchtet. Sie klapperte mit den Zähnen, der Sanitäter wickelte sie in eine zweite Decke. Noch immer wusste sie nicht, wie spät es war, was ihr momentan wichtiger erschien als alles andere. Wie viel Zeit hatte Loos gehabt, um sich davonmachen zu können? Der Sanitäter wusch ihr das Gesicht. Er erklärte Tiemen, dass Kopfwunden im Allgemeinen stark bluten, aber meist nur oberflächliche Verletzungen darstellen, die schnell verheilen. Nachdem der Rettungswagen festen Untergrund unter den Rädern hatte, nahm er Geschwindigkeit auf. Ohne geronnenes Blut im Gesicht gelang es Laurien sogar, Tiemen anzulächeln. Sie wollte, dass der Sanitäter ihr mit dem Wattestäbchen den Gaumen befeuchtete, doch sie konnte es ihm nicht klarmachen.

Im Krankenhaus erklärte ihr der Sanitäter, dass sie zum Notarzt gebracht würde. Tiemen half ihm beim Schieben, und als sie hochschaute, fasste auch Pier mit an. Er sollte nicht hier bei ihr sein, er hätte besser Loos verfolgt. Sie konnte sich nicht verständigen. Pier lachte und sagte, ohne diese Blutkrusten sehe sie schon wieder einigermaßen manierlich aus.

Die Ärztin schickte Tiemen und Pier auf den Gang. Sie untersuchte Laurien gründlich, half ihr dabei, sich aufzusetzen und gab ihr einen Schluck Wasser. Diesmal wurde ihr nicht übel davon. Die Zunge schien wieder in den Mund zu passen. Die Ärztin meinte, durch die Zeit in der Grube würden keine bleibenden Schäden zurückbleiben. Sie verabreichte Laurien ein Schlafmittel, auch wenn diese protestierte, sie müsse doch den Mann verfolgen, der sie eingesperrt hatte.

Während sie den Gang hinunter in ein Krankenzimmer geschoben wurde, schlief sie bereits ein.

Es dämmerte schon, als sie aufwachte und die Ärztin neben ihrem Bett stand.

»Wie spät ist es?«

»Halb acht.«

»Abends oder morgens?«

»Wir haben schon wieder Morgen«, antwortete die Ärztin. »Sie haben mehr als fünfzehn Stunden geschlafen. Wie fühlen Sie sich?« Sie zog einen Stuhl heran.

»Ausgeruht.«

»Sie haben Glück gehabt, dass man sie so schnell gefunden hat. Ein Mensch übersteht einen Raum, in dem man nicht sitzen, stehen oder liegen kann, nicht länger als vierundzwanzig Stunden.«

Laurien rechnete zurück. »Um halb fünf wurde ich hier gestern eingeliefert? Dann muss ich ungefähr vier Stunden in dem Loch zugebracht haben.«

»Wenn Sie getrunken und gegessen haben, werde ich die Infusionsnadel entfernen, und danach können Sie wieder aufstehen.«

Als die Ärztin ein zweites Mal erschien und Tiemen bereits zu Besuch gekommen war, fragte Laurien, ob sie nach Hause dürfe. Tiemen meinte hastig, das sei keine gute Idee. Die Ärztin schaute auf den leeren Teller und das Glas.

»Keine Übelkeit?«, fragte sie.

»Ich fühle mich putzmunter. Ich muss etwas zu tun haben, um nicht ins Grübeln zu verfallen.«

»Laurien«, sagte Tiemen.

»Nach einem traumatischen Erlebnis wie dem Ihren würde ich wahrscheinlich genauso reagieren«, sagte die Ärztin. »Ich sehe keinerlei Notwendigkeit, Sie hier länger festzuhalten. Sie verfügen in den Reihen der Polizei doch sicher über Ärzte und Psychologen. Wenn Sie unter Albträumen zu leiden beginnen oder das Bedürfnis verspüren, über ihre Erlebnisse zu reden, wenden Sie sich an diese.«

Um halb zehn standen sie vor dem Krankenhaus. Es war trocken, die Sonne schien matt. Laurien atmete die Luft tief ein. Sie konnte sich schon gar nicht mehr genau daran erinnern, welche Ängste sie durchgestanden und wie sie sich damit abgefunden hatte, sterben zu müssen. Hatte ihre Mutter in den letzten Momenten ihres Lebens dieselbe Ruhe erlebt? Sie schlug Tiemen vor, zusammen in die Stadt zu gehen, inmitten der Menschen würde sie am schnellsten ihre Unruhe überwinden. Doch danach wollte sie an die Arbeit gehen. Sie rief Pier an. Er hatte vor, nach Breda zu kommen. Um ein Uhr würden sie sich beim Italiener gegenüber dem Sozialamt treffen.

Sie tranken Kaffee in einer Konditorei. Laurien erzählte, was seit dem Moment geschehen war, als sie ihr Auto auf dem Sandweg gewendet hatte. Wie die Gardine am Küchenfenster geweht hatte, wie sie durchs Haus geschlichen war, und dass plötzlich Loos' Kopf vor dem geöffneten Küchenfenster aufgetaucht war. Wie sie sich erschrocken hatte und sich danach alles wie in einem Strudel abgespielt hatte, bis die Luke über ihr geschlossen wurde. Sie erzählte von ihrer Angst und von der später einsetzenden Gelassenheit. Jetzt schon konnte sie sich nicht mehr vorstellen, dass sie sich mit ihrem Ende abgefunden hatte, wo sie doch so sehr am Leben hing. Tiemen zog ihre Hände an die Lippen und küsste sie.

Gegen elf Uhr schlenderten sie durch die Stadt. Tiemen lächelte in einem fort, auch wenn er kaum Hände genug hatte, all die Taschen mit Kleidern und Schuhen zu tragen. Durch den Einkaufsmarathon lösten sich, zumindest vorläufig, die Schreckensbilder von Loos auf. Nicht zu lange damit aufhalten, arbeiten und zur rechten Zeit entspannen, das war auf jeden Fall besser, als in einem nüchternen Sprechzimmer eines Psychologen zu reden.

»Hätte nie gedacht, mich noch mal so zu freuen, wenn ich dich sehe«, sagte Pier, der an einem Tisch in der Nähe des Fensters auf sie gewartet hatte.

»Und ich hatte schon gedacht, überhaupt nie mehr jemanden zu sehen. Das wäre wohl auch passiert, wenn du und Tiemen nicht sofort aktiv geworden wärt. Ohne euch … Wie habt ihr mich eigentlich gefunden?«

»Deine Hinweise und Anweisungen waren doch eindeutig. Ich habe Pier abgeholt«, sagte Tiemen.

»Er fuhr genauso unverantwortlich wie du.«

»Aber er hat diesmal nicht so laut gemosert wie sonst. Anfangs konnten wir Henk nicht erreichen, er hatte sein Telefon abgestellt, und im Büro hatte er keine Adresse hinterlassen. Rick de Wit hat uns begleitet, inzwischen tauchte auch Henk auf, und zu viert sind wir dann zur Villa aufgebrochen.«

»Tiemen sah deine Tasche im Flur stehen, aber du selbst warst nirgends zu finden. Er wollte nicht aufgeben, er war davon überzeugt, dass du irgendwo in der Nähe sein müsstest.«

»Ich habe dein Parfüm gerochen. Also war ich mir sicher, dass du nicht weit entfernt sein konntest.«

»Ich habe mich von Loos auf die falsche Fährte locken lassen. Ich ging davon aus, er habe dich ins Ausland entführt«, sagte Pier. »Nach Dänemark oder nach Deutschland.«

»Wieso?«

»Während wir auf Henk warteten, kam auf deinem Handy ein Anruf für mich«, sagte Tiemen. »Ein Mann mit einer mir fremden Stimme sagte, er würde nur ein einziges Mal anrufen. Wenn ich zu dumm wäre, seine Worte zu behalten, würde das meiner Frau das Leben kosten.«

»Ich kann mir nicht vorstellen, dass Loos ein Interesse daran hatte, mich überleben zu lassen. Was wollte er denn von dir?«

»Lösegeld. Das sollte heute Abend um sechs Uhr an einer Raststätte kurz vor Hamburg in einem Mülleimer unter dem Reklameschild für Magnum-Eis deponiert werden. Emma nahm sofort Kontakt mit der deutschen Polizei auf. Die hat die Gegend kartiert, durchkämmt und die erforderlichen Vorsichtsmaßnahmen getroffen. Aber du hattest ja deinen Aufenthaltsort deutlich umschrieben, und der war in Dorst. Ich habe einfach nicht geglaubt, dass er dich irgendwo anders hin verfrachtet hat.«

»Mit dem Anruf hat er versucht, die Polizei von der Villa wegzulocken.«

»Ohne Tiemen wäre ihm das auch geglückt«, sagte Pier. »Loos konnte in Deutschland sein, aber du warst hier, davon war er fest überzeugt.«

»Pier wollte auch nach Breda, trotz des Drucks von Emma, er solle in Middelburg bleiben.«

»Loos erweckte den Eindruck, als wolle er sich auf die Bahamas absetzen«, sagte Laurien.

»Er wird eher in Dänemark sitzen oder dorthin unterwegs sein«, meinte Pier. »Dänemark kann man ohne eine Kontrolle erreichen. Hamburg liegt direkt auf dem Weg.«

»Die Menschen fliehen meistens in den Süden, aber meines Erachtens befindet er sich irgendwo hier in einem Umkreis von zehn Kilometern.«

»Und das Lösegeld?«, fragte Pier.

»Das ist nur eine falsche Fährte. Er weiß, dass er sich dumm verhalten hat, seine Fehler bereiten ihm Sorgen und machen ihn gefährlich.« Laurien schüttelte den Kopf. »Wie seid ihr denn dahintergekommen, dass ich in dieser Grube saß?«

»Tiemen hat nicht lockergelassen. Henk forderte schließlich die Hundestaffel an, mehr um Tiemen einen Gefallen zu tun, er selbst glaubte nicht an einen Erfolg. Der Hund lief mit dem Geruch deiner Tasche in der Nase in den Keller. Bist du da auch gewesen?«

»Loos hat mich dort an einem Eisenring festgebunden, während er in der Zwischenzeit wahrscheinlich die Grube leerräumte.«

»Wovon?«

»Es würde mich kaum überraschen, Pier, wenn er dort sein Drogenlager hatte.«

»Der Hund blieb nicht lange im Keller, er zog seinen Hundeführer an der Leine mit, zunächst wieder die Treppe hinauf, durch den Flur, durch die Haustür nach draußen. Wir hatten Angst, Loos sei mit dir verschwunden, vor allem als der Hund Richtung Garage lief, doch dann schnüffelte er weiter, um die Garage herum, bis er an ein paar Heidesträuchern stehen blieb und zu bellen begann. Unter den Sträuchern lagen Holzklötze. Wir stießen auf eine Luke, na ja, den Rest kennst du.«

Sie warteten, bis die Vorspeise auf dem Tisch stand.

»Tiemen«, sagte Laurien, »Olmer bekommt seinen Hund.«

»Da drin muss es verdammt eng für dich gewesen sein«, meinte Pier.

»Und Warre ein Saxofon.«

Tiemen lächelte. »Olmer wird sich freuen. Dann wird nicht mehr nur meine Klarinette seine Musik übertönen.«

»Und für dich habe ich mir auch etwas ausgedacht. Aber das verrate ich dir noch nicht. Das Wichtigste ist jetzt, Loos zu schnappen. Ihr wisst ganz sicher, dass er sich nicht im Haus versteckt hält?«

»Das Haus ist verlassen. Der hat sich bestimmt ins Ausland abgesetzt, nachdem er mitbekommen hat, dass du befreit worden bist.«

»Nein, der hält sich hier in der Gegend auf.«

»Wie willst du das so genau wissen? Wieder dein berühmtes Fingerspitzengefühl?«

»Intuition, Pier.«

»Emma wirst du mit überzeugenderen Argumenten kommen müssen.«

»Hat Emma erlaubt, dass du mitsuchst?«, fragte sie Tiemen.

»Ich habe sie nicht um Erlaubnis gebeten.«

»Sie hat wenig Verständnis für deinen Alleingang. Das war aber auch ziemlich dumm von dir. Du kannst dich schon mal innerlich darauf vorbereiten. Sie wird dir in Kürze einiges dazu sagen, sie ist in Breda«, meinte Pier.

»Was will sie hier?«

»Sie leitet die Koordination mit Deutschland.«

»Zeitverschwendung.«

Es war drei Uhr, als sie das Restaurant verließen.

»Kommst du mit nach Hause?«, fragte Tiemen. Er schaute sie an.

»Ich gehe auf die Jagd nach Loos«, sagte Laurien. Sie zögerte. »Dann hast du aber wieder Maatje am Hals.«

»Vergiss die Jungs nicht. Die helfen mir mit ihr.«

»Geht es ihr wieder besser?«

»Rundum. Sie terrorisiert die Jungs, wo es nur geht. Heute und morgen bleibt Warre bei ihr. Nächste Woche darf sie wieder ins Tagesheim. Bring du diesen Fall erst mal in aller Ruhe zu Ende, zuhause ist alles unter Kontrolle … Täuschst du dich nicht ein zweites

Mal in Loos?« Er legte seinen Kopf an ihre Schulter. »Ich hab von Olmer gehört, dass er und du glauben, ich hätte etwas mit Trudy. Eigentlich solltest du es doch besser wissen. Ich will mit dir zusammen alt werden. Gestern wäre ich lieber selbst über den Jordan gegangen, als dich zu verlieren. Ohne dich würde ich es nicht aushalten.«

»Wir werden langsam zu sentimentalen alten und armen Irren. Willst du das?«

»Aber gerne.«

Im Büro in Breda wartete Emma mit Klaas, Willem, Stevi, Jan und Henk auf sie. Die Begrüßung war, als sei sie Monate verschwunden gewesen. Fast hätte sie selbst auch noch ihre Rührung gezeigt. Sie schlug mit einem Löffel auf den Tisch, um die Szene zu beenden.

»Genug, Leute! Schön, dass ihr da seid … Natürlich ist es eigentlich nicht erlaubt, aber Henk hat sicher nichts dagegen, wenn wir hier eine kurze Konferenz abhalten; nicht länger als eine halbe Stunde.«

Nach einem schnellen Blick zu Stevi hinüber meinte Jan: »Glaubst du, wir schaffen es in einer halben Stunde?«

»Wir versuchen es. Was wissen wir über Loos? Junggeselle, Villa im Wald, Drogenkurier.«

Licht fiel in breiten Streifen durch die Fenster, unten pulsierte der Verkehr. Stimmen auf dem Gang. Vor allem wollte Laurien Loos schnappen. Die Gesichter konzentrierten sich auf sie; die Aufmerksamkeit der anderen galt noch nicht so sehr dem Fall, als vielmehr ihrer Rückkehr. Das berührte sie.

»Loos ist gefährlich wie ein angeschossenes Tier«, sagte Laurien. »Wir wissen, dass er durch sein Vorleben traumatisiert ist. Er kennt nur ein Prinzip: Auge um Auge. Freunde? Ausbildung? Arbeit? Wodurch, durch wen, wann scheiterte er? Da gibt es noch einiges zu recherchieren. Zufällig sieht Nico Verhulst die ersten Schritte zur

Ermordung von Vater Campbell und kann sich den Rest zusammenreimen. Statt zur Polizei marschiert Nico zu Louw, der daraufhin Loos zur Rede stellt. Louw ist entsetzt. Es ist nur noch eine Frage der Zeit, wann er der Polizei die Wahrheit erzählt. Also muss auch Louw sterben. Der erneute Versuch, einen Mord als Selbstmord erscheinen zu lassen, verläuft diesmal mit mehr Erfolg. Aber Loos ist noch nicht fertig, er muss mit Nico abrechnen. Dass sein Auto gestohlen wird, ist nichts als Pech.«

»Hätte Loos diesen Autodieb ebenfalls töten wollen?«, fragte Pier.

»Die Chance ließ er ungenutzt. Weil sein Nachbar Anzeige erstattete, hielt er sich lieber zurück. Der warme Motor gab mir zu denken. Welcher Zusammenhang bestand zwischen dem Volvo und dem Mord an John? Ich dachte nicht sofort an Loos, schloss ihn aber auch nicht aus. Kommen wir also zur entscheidenden Frage: Wo ist Loos abgeblieben?«

»In der Gegend von Hamburg«, sagte Henk.

»Das glaube ich auf keinen Fall. Habt ihr eine Karte der Gegend um Dorst?«

»Du musst sofort wieder querschießen. Loos ist doch nicht so dumm, in der Nähe des Tatorts zu bleiben«, sagte Emma. »Alles, was du über ihn weißt, kann bei der Suche nach ihm helfen.«

Laurien dachte kurz nach. »Ist das eine verdeckte Vernehmung?«

»Wenn du lieber unter vier Augen mit mir reden möchtest ...«

»Es betrifft uns alle. Fang ruhig an.«

Emma befragte sie äußerst gewissenhaft. Auch jetzt merkte Laurien, dass sie das hervorragend beherrschte.

»Die Predigt über dein eigenmächtiges Handeln erspare ich dir«, schloss Emma.

Klaas applaudierte, Stevi heulte. Die Karte von West-Brabant lag unangetastet auf dem Tisch.

Pier und Laurien blieben zurück, die anderen fuhren nach Middelburg.

Wie hatte sich Loos aus dem Staub gemacht? Mit einem gestohlenen Auto war die Chance, geschnappt zu werden, groß; und für einen Mietwagen hätte er seinen Ausweis vorlegen müssen. Laurien wusste von drei Autos, aber vielleicht besaß er ja noch mehr. Beim Straßenverkehrsamt waren auf seinen Namen nur die drei Wagen gemeldet. Ob er möglicherweise das Auto seines Nachbarn benutzte? Nach einigem Hin und Her erfuhr sie, dass De Boer einen Saab und einen Golf hatte. Sie rief ihn an.

»Mit welchem Auto ist Loos nach Schiphol gefahren?«

»Mit meinem Golf«, sagte De Boer.

»Sie besitzen auch noch einen Saab?«

»Der steht in der Garage.«

»Ich möchte Sie bitten, dort einmal nachzuschauen.«

Er schlurfte davon, und es dauerte lange, ehe er sich wieder meldete.

»Der Saab steht noch da.«

Sie glaubte nicht, dass der Golf am Flughafen abgestellt war.

»Warum hast du ihm nicht stärker auf den Zahn gefühlt?«, fragte Pier.

»Zu alt und zu empfindlich.«

»Ist er wirklich so alt?« Pier gab den Namen De Boer im Computer ein. »Er ist fünfundsiebzig, das ist noch kein hohes Alter. Könnte sein Kokettieren mit dem Alter nicht auch eine aufgesetzte Pose sein?«

»Vielleicht. Er wirkt erheblich älter. Aber der Mann ist unwichtig, Pier.«

Während sie dies sagte, kamen ihr auch schon Zweifel. Die beiden Männer waren aufeinander angewiesen. Loos war einundsechzig, nicht sehr viel jünger als sein Nachbar. Zwischen den Häusern gab es keinen Zaun, und die Bäume dazwischen waren gefällt. Sollte er wirklich so unwissend sein, wie er sich gab?

»Was hältst du von einem Besuch?«, fragte Laurien.

»Willst du ihn verhören?«

»Nein, eine Tasse Tee mit ihm trinken.«

»Und wenn wir Loos begegnen?«

»Dann verhaften wir ihn.«

Als Laurien und Pier ausstiegen, war es im Wald bereits dunkel. Vor der Villa von Loos stand eine kleine Gruppe Polizisten. Nachdem sie ihren Ausweis gezeigt hatte, fragte Laurien, ob man schon neue Erkenntnisse gewonnen habe. Der für die Spurensicherung zuständige Mann erklärte, man habe nichts von Bedeutung gefunden, er habe aber auch nichts anderes erwartet. Nach einem langen Zug an seiner Zigarette drehte er sich um und setzte sein Gespräch mit einem jungen Polizisten fort. Laurien ärgerte sich, dass die Leute unbekümmert ihre Pause machten und dass von der Szene etwas Friedliches ausging, so als gebe es nichts Besseres zu tun als zu rauchen und zu schwatzen.

Sie winkte Pier heran und ging auf das andere Haus zu. Durch den Weg zwischen den beiden Häusern hatte De Boer aus den Seitenfenstern freie Sicht auf die Villa und den Garten mit Loos' Garage. De Boer hatte sie also um das Haus schleichen sehen können. Als ihr das bewusst wurde, war das wie ein kleiner Schock. Dieser alte gebrechliche Mann der Beobachtungsposten von Loos?

Als De Boer die Tür öffnete, schauten sie direkt in die Küche hinein. Auf der Anrichte standen ein paar Lebensmittel, die in den Kühlschrank gehörten, mehrere Dosen Bier und Erfrischungsgetränke. Er sah, wie sie einen Blick darauf warf, und zog die Küchentür zu, bevor er ihnen ins Wohnzimmer vorausging. Seine Bemerkung, er habe gerade eingekauft, blieb im Raum hängen.

Laurien setzte sich in den Sessel, von dem aus sie Aussicht auf Loos' Grundstück hatte: Richtig, aus dieser Position hatte ihm nichts entgehen können. De Boer meinte, endlich sei ja etwas besseres Wetter zu erwarten, und fragte, was er für sie tun könne.

»Herr Loos und Sie sind ja doch wohl mehr als nur gewöhnliche Nachbarn.« Laurien sagte dies in einem Ton, als verfüge die Polizei über ein System zur Kontrolle der sozialen Kontakte.

»Wie meinen Sie das?«

»Sie helfen ihm. Die Sachen da auf der Anrichte sind für Loos.«

»Wie kommen Sie denn darauf? Ich war eben im Supermarkt. Ist das vielleicht nicht mehr erlaubt?«

»Haben Sie eine Ahnung, wo sich Loos versteckt haben könnte?«

»Irgendwo in Norwegen. Er hält sich nicht verborgen, er macht dort Urlaub. Ich erwarte ihn in den nächsten Tagen zurück.«

»Aus zuverlässiger Quelle wissen wir aber, dass er vorzeitig zurückgekehrt ist.«

»So zuverlässig kann Ihre Quelle nicht sein. Herr Loos käme als Erstes zu mir, um mich zu begrüßen und die Post zu holen.«

»Sind Sie schon lange Nachbarn?«

»Seit Postumus' Geburt. Die Villa stammt aus den vierziger Jahren, Anfang der vierziger Jahre. Damals wohnten meine Eltern und ich schon hier. Ich wurde in diesem Haus geboren.«

»Wie hieß seine Mutter?«

»Livia Triepels.«

»Wann haben die Eltern geheiratet?«

»Ende 1942, Anfang 1943. Livia stammte aus einer betuchten Familie in Dongen. Ihre Eltern besaßen dort ein großes Anwesen. Sie haben dieses Haus da drüben für Livia bauen lassen. Peter Loos war nicht so vermögend.«

»Befindet sich das Haus in Dongen noch in Familienbesitz?«

»Woher soll ich das wissen?«

»Ja?«, fragte sie.

»Was meinen Sie?«

Laurien hatte vergessen, was sie fragen wollte. »Woher stammte sein Vater?« Dies war nicht die Frage, die sie eigentlich hatte stellen wollen.

»Falls ich es einmal gewusst haben sollte, ist es mir wieder entfallen. Jedenfalls kam er nicht aus so guter Familie wie Livia. Noch etwas? Ich bin nämlich müde.«

»Dongen, sagten Sie. Livia Triepels.« Laurien schrieb die Namen auf. »Sollten Sie etwas von Herrn Loos hören, rufen Sie uns bitte an.«

Henk bat Laurien, sich aktiv an der Besprechung zu beteiligen. Es war warm in dem kleinen Sitzungszimmer. Erkenntnisse wurden abgeglichen, die Stimmen kamen aus weiter Ferne. Bisher hatte die Spurensuche lediglich ergeben, dass Nico und Laurien in der Grube gewesen waren. Keine Spuren der Campbells.

Laurien überließ es Pier, eine Zusammenfassung ihrer Recherchen vorzutragen. Diesmal kostete es sie keinerlei Mühe, ihm nicht ins Wort zu fallen.

Henk meinte, es sei noch zu früh, eine Hausdurchsuchung bei De Boer durchzuführen. Man sollte ihn aber genau beobachten. Auch wenn Laurien ihre Augen geschlossen hielt, entging ihr kein Wort. Sie war anderer Meinung als Henk. Beobachtung und ihm auf den Fersen bleiben waren zwecklos, De Boer war gewarnt. Sollte er ein Auto gemietet haben? Das wäre lediglich Irreführung. Loos mit einer Garage voller Autos lässt seinen Nachbarn ein Auto mieten, das Loos anschließend benutzt.

Pier bemühte sich weiterhin darum, De Boers Haus durchsuchen zu lassen. Er erhoffte sich davon einen Hinweis auf Loos' Versteck. Henk antwortete darauf in einem Ton, als langweile ihn Pier mit seiner Hartnäckigkeit.

Laurien öffnete die Augen und fragte: »Warum bist du dagegen?«

»Ich will erst einmal Beweise dafür sehen, dass De Boer über Loos' kriminelle Handlungen informiert war.«

»Es scheint mir sogar unwahrscheinlich, dass De Boer etwas davon wusste, auf jeden Fall wird er nicht die genauen Einzelheiten gekannt haben, aber ich glaube, dass er ihm jetzt hilft. Um das festzustellen, ist eine Durchsuchung erforderlich«, sagte Laurien.

Henk schüttelte den Kopf. »Nur wegen der paar Lebensmittel auf der Anrichte und der Aussicht auf das Grundstück? Du musst mir schon Beweise liefern, dann ändere ich vielleicht meine Meinung.«

Nachdem sie in Breda für Maatje einen MP3-Player und für Olmer ein Hundelexikon gekauft hatten, setzte Pier sie an der Lange Delft ab. Für Warre nahm sie einen Saxofonkatalog mit und für Tiemen einen Prospekt mit semiprofessionellen Espressoautomaten. Für Pier kaufte sie einen Mikrowellenherd.

Tiemen und die Jungs erwarteten sie mit Champagner. Maatje schlang die Arme um sie. Sie habe sie so vermisst, wiederholte sie ein ums andere Mal. Olmer setzte sich neben sie aufs Sofa, und das tat er gewiss nicht nur wegen des Hundes.

»Ich habe erfreuliche Neuigkeiten«, sagte Tiemen, als sie sich endlich sortiert hatten. »Bevor Pier und ich gestern nach Brabant fuhren, habe ich Trudy von deiner Entführung erzählt, auch um ihr klarzumachen, dass das Problem Maatje immer dringlicher wird. Sie hatte keine Ahnung davon, welch aufreibenden Job du hast, und sie wünschte mir viel Glück.« Er bemerkte nicht, dass Laurien den Atem anhielt. »Kurz bevor du eben kamst, rief Trudy an. In dem Heim in Vlissingen wurde vorübergehend ein kleines Zimmer für Maatje freigemacht. Bis einer der Bewohner das Heim verlässt, und das ist für diesen Winter vorgesehen, müssen Maatje und wir uns damit begnügen. Anfang nächster Woche soll ein erstes Treffen stattfinden.«

22

Nach einer Nacht ohne Träume fühlte Laurien sich fit genug, wieder nach Breda zu fahren, doch ausgeruht war sie immer noch nicht.

Auf der A 58 berichtete sie Pier von der Akte De Boer, die sie angefordert hatte. Pier schimpfte, an ihnen sei es jetzt, Henks Aufgaben zu erledigen. Die Vorgesetzten seien doch alle gleich, immer würden sie die Arbeit von sich schieben. Darin seien sie in der Tat meisterlich, meinte Laurien. De Boer hatte eine faszinierende Karriere hinter sich. Ein Volkswirt, der sich am Rande des Legalen bewegt hatte. Es hatte den Verdacht betrügerischer Machenschaften gegeben, doch bewiesen werden konnte ihm nichts.

Pier hatte die Verleiher von Mietwagen in der Umgebung von Breda telefonisch abgeklappert und ihnen die Beschreibung von Loos und dessen Nachbarn gegeben. Beim fünften Verleiher war er an der richtigen Adresse. Unter falschem Namen hatte De Boer am Freitag einen Opel Astra gemietet, für zwei Wochen, bar im Voraus bezahlt.

Laurien rief Henk an.

»Hat Loos versucht, die Tasche mit dem Lösegeld abzuholen?«

»Da ist niemand gekommen«, sagte Henk.

»Irreführung also. Der hält sich hier irgendwo in der Gegend auf.«

»Weil er das Geld nicht abgeholt hat?«

»Wo fühlt sich Loos sicher?«, fragte Laurien, nachdem das Gespräch beendet war. »Im Umkreis seines eigenen Wohnortes. Und genau da werden wir ihn schnappen.«

»Du weißt, dass du außerhalb unseres Dienstbereichs wilderst? Henk könnte sich auch mal empfindlich auf den Schlips getreten fühlen.«

»Henk sucht ihn weit weg von hier. De Boer erwähnte gestern die Familie von Loos' Mutter, die Familie Triepels. Komischer Name.« Sie suchte in ihren Notizen. »Livia Triepels aus Dongen, einem Dorf in der Nähe von Oosterhout. Das Haus kann immer noch der Familie gehören. De Boer hat Loos' Versteck unwissentlich verraten, das kannst du mir glauben.«

Triepels in Dongen war im Computer nicht zu finden. Wohl aber in einem fünfzig Jahre alten Telefonbuch. Pier lehnte sich zurück und knackte mit den Fingern.

»Wenn Loos nicht in Dongen ist, gebe ich auf«, meinte Laurien.

»Du weißt, dass Dongen zur Region Mittel-Brabant gehört?«, sagte Pier.

»Auf wie viele Schlipse treten wir damit?«, fragte Laurien. »Es ist wohl besser, wenn wir mit Henk darüber reden.«

Henk verständigte sich mit Tilburg und beschloss mitzukommen. Sie suchten die Villa auf der Landkarte und verglichen diese mit einem Lageplan aus den vierziger Jahren. Die Villa hatte eine neue Hausnummer erhalten, stand aber immer noch dort. Der Besitzer, Van Dijk, wohnte schon seit Jahren im Ausland.

»Ein nahezu perfektes Versteck«, sagte Laurien.

Sie schauten sich die Lage auf der Karte noch einmal genau an. Wenn es Loos gelingen sollte, aus dem Haus zu fliehen, konnte er den Wilhelminakanal entlang in den Wald entkommen oder in der anderen Richtung ins Industriegebiet. Es ging also in erster Linie darum, ihn an der Flucht zu hindern. Laurien schlug vor, ein unauffälliges Auto der Bredaer Polizei zu nehmen. Schließlich kannte Loos ihren Wagen.

Das Haus war größer, als Laurien gehofft hatte. Am Nachbargarten entlang schlichen sie zur Garage. Durch ein kleines Fenster sahen sie dort den Astra stehen, Laurien und Pier reckten begeistert den Daumen, bevor sie sich vorsichtig zurückzogen. Jetzt, da die Chance groß war, dass sich Loos in dem Haus aufhielt, durften sie nicht zu überhastet vorgehen. Henk wollte das mobile Einsatzkommando heranziehen, doch dann hätte er erst den Staatsanwalt einschalten müssen. Laurien flüsterte, er könne doch den regionalen Hilfstrupp herbeirufen, der brauche weniger Zeit, um nach Dongen zu kommen. Vier kostbare Minuten gingen verloren, bevor Henk endlich die Hilfstruppe anrief. Man ging davon aus, dass sie in etwa fünfundvierzig Minuten vor Ort sein würde.

»Eine dreiviertel Stunde?«, fragte Laurien. »Bist du dir darüber im Klaren, dass wir in der Zwischenzeit Loos nicht aus dem Auge verlieren dürfen? Dann können fünfundvierzig Minuten verdammt lang werden.«

Um den Fluchtweg zum Kanal hin abzuschneiden, schlich Laurien erneut am Garten der Nachbarn entlang zur Rückseite der Villa. In dem Moment, als sie gebückt lief, schob eine Frau die Gardine zur Seite und klopfte ans Fenster. Laurien zückte fluchend ihren Ausweis, doch die Frau öffnete das Fenster und schrie, sie solle verschwinden. Ihre Stimme trug weit genug, um Loos zu warnen. Blöde Kuh, murmelte Laurien, als sich eine Gardine im ersten Stock bewegte. Pier und Henk folgten ihrem Blick und sahen dasselbe. Sie winkte Pier heran, und im Zickzack laufend eilten sie zur Rückseite. Pier entsicherte seine Pistole.

Sie ignorierten Henks Rufe, dass sie draußen warten sollten, bis der Hilfstrupp eingetroffen sei. Dies sei keine Bitte, sondern ein Befehl, schrie er.

Dank der verrotteten Fensterrahmen genügte ein kleiner Stoß, um in den Wintergarten zu gelangen. Rücken an Rücken bewegten sie sich vorwärts. Im Wintergarten befand sich eine Sitzecke mit Korbmöbeln, dicht an der Wand standen Pflanzenkübel auf dem Boden. Pier stieß dagegen. Er unterdrückte ein Fluchen.

Laurien öffnete ganz langsam die Tür zum Flur. Ein Garderobenständer, ein Schirmständer, ein niedrig hängender Kronleuchter, ein Tischchen mit einer Mappe aus Krokodilleder. Sie wies Pier die linke Seite zu, selbst nahm sie den rechten Teil des Flurs. Toilette, Zugang zum Keller. Sie drehte den Schlüssel herum, bückte sich, um in den Keller zu schauen. Ihre Taschenlampe beleuchtete Konservengläser mit Gemüse und Büchsen mit Korinthenbrot wie beim Militär. Hier konnte Loos bequem überleben. Auf den ersten Blick gab es keinen geheimen Zugang. Das Kellerfenster stand offen. Geeignet als Fluchtweg? Zu schmal.

Pier reckte drei Finger in die Höhe. Er hatte drei Zimmer durchsucht und schüttelte den Kopf: niemanden angetroffen. Wieder Rücken an Rücken gingen sie die Treppe hinauf. Oben blieb Laurien still stehen, jeder Nerv angespannt. Ihre Angst war so groß, dass sie Loos förmlich riechen konnte. Und sie roch ihn. Sie folgte dem Geruch, achtete kaum noch auf Pier, dem sie mit einer leichten Handbewegung ein Zimmer zuwies, und öffnete selbst die Tür, die zur Dachbodentreppe führte. Konzentriert auf das kleinste Geräusch schlich sie die Treppe hinauf, der Quelle des Geruchs entgegen. Im Unterbewusstsein war ihr klar, dass sie einen Dachboden erst durchsuchen durften, wenn eindeutig feststand, dass sich die verdächtige Person nicht im Stockwerk darunter befand. Der Gesuchte konnte fliehen oder den Fluchtweg abschneiden. Doch Laurien zweifelte nicht daran, dass sich Loos auf dem Dachboden befand.

Dort oben standen genügend alte Möbel herum, hinter denen er sich versteckt haben konnte. Dennoch ging sie nicht darauf zu, sondern näherte sich der Tür eines mit Hartfaserplatten abgeteilten Raums. Mit dem Ärmel trocknete sie ihr Gesicht ab. Sie erschrak über Piers leichte Atemzüge dicht hinter sich. Sie spürte, wie er seinen Arm ausstreckte und die Pistole an ihr vorbei auf die Tür richtete. Sie gab ein Zeichen nach hinten, dass Pier die Pistole etwas tiefer halten sollte, sonst würde er noch sie treffen. In dem Moment, als Laurien die Tür aufstieß, schoss Loos in ihre Richtung. Ohne zu überlegen stürzte sie vorwärts, holte mit dem rechten Arm aus und benutzte ihre Faust wie einen Hammer. Sein Unterkiefer krachte, er ging zu Boden. Sie hörte, wie Pier den Hahn spannte und brüllte ihn an, er solle seine Waffe einstecken. Loos nutzte die Verwirrung und rappelte sich hoch. Laurien stieß seine Pistole mit dem Fuß in die Ecke, versetzte ihm mit dem Knie einen Stoß ins Kreuz und presste ihn gegen die Wand. Danach überließ sie es Pier, ihm Handschellen anzulegen und ihn abzuführen.

23

Am Rand von Emmas Kaffeetasse klebten dicke Lippenstiftspuren. Sie sah aus, als habe sie sich für einen Empfang des Hauptkommissars zurechtgemacht. Laurien war sich mit den Fingern durch die Haare gefahren und einmal mit dem Lippenstift über die Lippen gehuscht. Das große Sitzungszimmer war voll mit Presseleuten, Fotografen machten Bilder von Emma, als sei sie die Hauptdarstellerin eines Films. Pier hatte behauptet, Emma sei lediglich wegen ihres Äußeren zur Kommissarin ernannt worden, für die Arbeit seien die kleineren Götter wie sie zuständig. Und wenn diese dafür sorgten, dass ihre Chefin nicht allzu dumme Sprüche von sich gebe, sei Emma als PR-Zugpferd hervorragend zu gebrauchen.

Dass die Zeitung Peter de Haas geschickt hatte, ärgerte Laurien, doch sie lächelte, als er ihr die Hand drückte und zu ihrem Erfolg gratulierte.

»War es zu verantworten, mit nur zwei Leuten die Villa zu betreten?«, fragte er.

»Als Kriminalbeamter muss man nun einmal gewisse Risiken eingehen, und solange sich das innerhalb vertretbarer Grenzen bewegt, habe ich keine Schwierigkeiten damit«, antwortete sie freundlich.

»Sind Sie sicher, dass der Beschuldigte die Morde wirklich begangen hat?«

»Dazu kann ich, solange die Ermittlungen laufen, weder Ja noch Nein sagen.«

Sie behielt für sich, dass Loos eisern schwieg.

Den Nachmittag nahm sie sich frei, um mit Maatje zur Van Karnebeekstraat zu gehen. Tiemen konnte es sich nicht leisten, den Laden schon wieder für mehrere Stunden zu schließen. Viele Deutsche machten bereits jetzt ihre Weihnachtseinkäufe.

Trudy führte sie im Haus herum. Laurien musste ihre Schwester hinter sich herziehen. Maatje wollte sich nichts anschauen, sie wollte bei Laurien und dem mit der Musik wohnen bleiben. Als Letztes zeigte Trudy das Zimmer, in dem Maatje wohnen sollte. Es war klein, und durch das Fenster fiel wenig Licht.

Sie gingen die Treppe hinab ins Wohnzimmer, wo eine Gruppenleiterin mit einigen Bewohnern Tee trank. Ein Mann im Alter von ungefähr fünfundzwanzig Jahren schimpfte, sein Tag sei beschissen gewesen; eine Frau, vielleicht etwas jünger als Maatje, popelte ungeniert in der Nase herum; ein autistischer Mann rieb sich das Geschlecht. Passte Maatje in diese Gruppe? Die Gruppenleiterin bemerkte, wie Maatje zögerte. Das kleine Zimmer sei wahrlich nicht die geräumigste Unterkunft, sagte sie. Habe Maatje Schwierigkeiten beim Treppensteigen? Laurien berichtete, bei ihnen habe sie ein Zimmer im zweiten Stock. Gleichzeitig sagten Trudy und die Gruppenleiterin, dass sich dann vielleicht eine bessere Lösung anbiete. Unter dem Dach gebe es zwei Zimmer, eins werde vom Gruppenleiter mit Nachtdienst genutzt, das andere werde von den Bewohnern nicht in Anspruch genommen, weil dort oben keine Toilette vorhanden sei, aber dieser Raum sei groß, sonnig und hell. Dieses Zimmer könne Maatje vorläufig beziehen.

Zuhause sortierte Laurien die Wäsche, füllte den Kühlschrank auf und nahm ein gepflegtes Bad, das sie zusätzlich nutzte, um ausgiebig mit Els zu telefonieren. Sie vereinbarten, am Samstag nach Hasselt zu fahren. Mittags aß sie mit Tiemen und Olmer eine Kleinigkeit im Laden. Der Platz in dem winzigen Raum reichte gerade für sie aus. Maatje war wieder im Tagesheim, Warre zurück in Tilburg, obwohl er am nächsten Wochenende erneut nach Hause kommen wollte. In Middelburg sei es nun einmal aufregender als in Tilburg, erklärte er.

Laurien arbeitete an der Akte Campbell. Nachmittags nahm sie sich erneut frei, um mit Maatje Möbel für ihr neues Zimmer auszusuchen. Maatje protestierte noch immer heftig gegen den Umzug.

Als sie ihre Unterlagen des Falls Campbell auf den neuesten Stand gebracht hatte, machte sie sich an die Aktenberge auf ihrem Schreibtisch. Dass die Möglichkeit bestand, Akten im Archiv aufzubewahren, erfüllte sie mit Genugtuung, auch wenn sie sich lieber die Zunge abgebissen hätte, als dies Emma gegenüber zuzugeben.

Zuweilen gab es Neuigkeiten bezüglich Loos. Der Schuhabdruck in der Olmenlaan entsprach dem von Loos, Schuhgröße vierundvierzig, Gewicht auf den Vorderfuß verlagert. Die Verhöre brachten wenig Erhellendes. Loos schwieg, mit dem Anwalt neben sich, so geschickt Emma ihr Verhör auch anstellte. Er wollte nur mit Laurien Minnaar sprechen, doch davon konnte keine Rede sein. Kein Richter würde eine Vernehmung durch das Opfer akzeptieren. Das war Emma natürlich nur recht. Laurien wusste aber auch nicht, ob sie in der Lage wäre, ihn zu verhören, ohne etwas von ihrer Wut herauszulassen.

Nach einer Woche rief Emma bei Laurien an und teilte ihr mit, die Verhöre drehten sich im Kreise.

»Kannst du mir einen Ratschlag geben?«, fragte Emma.

»Wenn du mit ihm über seine Familie redest, kommt er vielleicht aus sich heraus. Es muss etwas sein, das ihn so sehr interessiert, dass er einfach nicht länger schweigen kann.«

»Sobald der Name seines Vaters genannt wird, blickt er mich mit glasigen Augen an. Für Frauen hat er nur ein Achselzucken übrig. Wenn ich mit dem Krieg anfange, schaut er nur starr durch mich hindurch. Auf Peenemünde und das Dora-Lager reagiert er genauso wenig. Ich habe seine Stimme bislang kein einziges Mal vernommen, er räuspert sich noch nicht einmal.«

»Schade.«

»Im Prozess macht es einen eigenartigen Eindruck, wenn die

Justiz zugeben muss, dass die Verhöre absolut nichts erbracht haben. Hans liegt mir in den Ohren, wir sollten endlich Resultate liefern.«

Einen Moment schwiegen beide.

»Eine andere Idee, wie ich ihn aus der Reserve locken kann, hast du nicht?«

»Tut mir leid.«

Auch am zehnten Tag nach Loos' Verhaftung war Emma noch keinen Schritt weitergekommen. Der Mann wollte weiterhin ausschließlich mit Laurien sprechen. Er war dickköpfig genug, um seine Rolle als stummer Fisch lange durchzuhalten. Emma war freundlich gewesen, grob, drohend, doch Loos klimperte noch nicht einmal mit den Augen. Jeden Tag verbrachte sie eine halbe Stunde mit ihm und dem Anwalt im Vernehmungsraum. Pier saß jedes Mal schweigend daneben, weil Emma nicht aufgeben wollte. Dass sie ihre Geduld immer mehr verlor, war ihrem bissiger werdenden Ton anzumerken. Einmal stand sie sogar mit erhobener Faust vor Loos. Sie wolle endlich seine Stimme hören, jetzt sofort, sonst würde sie Maßnahmen ergreifen, die ihm schlecht bekämen. Loos schaute ungerührt durch sie hindurch, der Anwalt maßregelte Emma geduldig. Klaas verfolgte mit Willem, Stevi und Jan das Verhör hinter dem Spiegelfenster. Unter Druck setzen, sagte Klaas zu Laurien, das könne man nur, wenn man genau wisse, dass niemand zuschaut. Schade, dass Laurien nicht dabei sein wolle, wirklich schade.

Der Anwalt hatte wiederholt, Loos sei durchaus zu einem Geständnis bereit, jedoch nur gegenüber Frau Minnaar. In sie habe sein Klient Vertrauen. Sie würde ihm nicht nach dem Leben trachten, dazu sei Frau Minnaar zu sehr professionelle Kriminalbeamtin. Herr Loos habe außerordentlich positive Erinnerungen an ihr Gespräch im Keller.

Emma hatte den Anwalt wutentbrannt angefaucht, seine Aufgabe sei es, den Klienten davon zu überzeugen, dass er endlich den Mund aufmacht. Ihre Geduld sei langsam am Ende. Emma hatte nicht nur erhitzt ausgesehen, sie wirkte wirklich verzweifelt.

Am elften Tag berichteten Stevi und Jan Laurien beinahe triumphierend vom Stand der Dinge. Da sie langsam keine alten Akten mehr sehen konnte, ging Laurien mit den beiden in die Kantine, wo Willem bereits vor einer Tasse Kaffee saß.

»Pier hat Emma heute vorgeschlagen, dich hinzuzuziehen«, sagte Willem. »Aber ans Aufgeben denkt sie noch nicht. Wahrscheinlich nimmt sie an, ein Vorgesetzter müsse grundsätzlich kompetenter sein als ein einfacher Kriminalbeamter.«

»Womit sie ja auch Recht hat. Zumindest sollte es so sein.«

»Du und Emma, ihr geratet euch doch ewig wegen Kinkerlitzchen in die Haare«, sagte Stevi. »Aber wenn es darauf ankommt, schützt du sie. Das will mir nicht in den Kopf.«

»Emma gestaltet ihre Verhöre ausgezeichnet. Loos soll nicht glauben, er könne sich beliebig aussuchen, wer hier die Vernehmungen macht. In diesem Fall bin ich einer Meinung mit Emma.«

Pier kam herein, er holte sich sein obligatorisches großes Stück Apfelkuchen.

»Ging's einigermaßen heute Morgen?«, fragte Klaas. »Ich kann mir das nicht mehr lange mit anschauen. Da scheinen nur Verlierer im Vernehmungsraum zu sitzen.«

»Emma kann unmöglich gewinnen«, sagte Pier. »Sie will dich um jeden Preis übertrumpfen, Laurien. Es wird langsam peinlich, das mit ansehen zu müssen. Wir sind uns wohl darüber einig, dass du beschissen eigensinnig sein kannst, dass du manchmal ungehörig ausfallend wirst und dass du von uns das Unmögliche verlangst, aber bei diesem Verhör kriegt Emma nichts gebacken. Je länger sie weitermacht, desto weniger überzeugend ist sie. Ein ums andere Mal beweist sie damit doch nur, dass sie nicht in deinem Schatten stehen will.«

»Unsinn«, sagte Laurien. »Loos meint, er könne hier die Regeln bestimmen. Wenn wir uns darauf einlassen, setzen wir unsere Autorität aufs Spiel. Emma hat Recht. Irgendwann wird Loos merken, dass sein Schweigen sich gegen ihn selbst richtet, und dann wird er anfangen zu plaudern.«

»Loos ist doch noch halsstarriger als Emma«, sagte Pier. »Für Emma ist das ein Spagat. Einerseits will sie den Fall zu Ende bringen, andererseits läuft sie Gefahr, dass Loos sein Schweigen bis zum Prozess durchhält. Vergiss nicht, der hat wenig zu verlieren. Wenn der Anwalt dann vor Gericht aussagt, Loos habe angeboten, mit Minnaar zu sprechen, muss sich Emma dafür verantworten. Alles andere als gut für ihren Ruf.«

»Minnaar ist nicht die Einzige, die verhören kann«, sagte Laurien. »Sitzt du bei der Vernehmung denn nicht mit am Tisch?«

»Glaubst du etwa, der würde mir gegenüber den Mund aufmachen? Der schaut mich doch noch nicht mal an!«

»Ein Punkt für Emma, Pier. Es geht doch wohl auf keine Kuhhaut, dass hier ein Beschuldigter einfach Forderungen stellt.«

Sie stand auf.

Am Ende des elften Tages nach Loos' Festnahme betrat Emma Lauriens Büro. Sie machte einen aufgeregten Eindruck.

»In Absprache mit Hans möchte ich, dass du das Verhör übernimmst.«

»Hast du dir überlegt, dass das ein Präzedenzfall wäre? Welche Auswirkungen hätte das auf die Vernehmungen anderer Beschuldigter? Wenn man nur lange genug durchhält, bekommt man seinen Willen. Und vergiss bitte nicht, dass ich ihn bezüglich meiner Freiheitsberaubung befragen muss. Das ist doch unmöglich. Der Richter wird die Ergebnisse meiner Vernehmung nicht berücksichtigen.«

»Das weiß ich alles. Komm, Laurien, mach es.«

Loos saß zusammengesunken am Tisch. Seine glanzlosen Augen zeigten keine Regung des Erkennens. Auf alles, was Laurien fragte, antwortete er mit »Ja« oder »Nein«. Wenn sie um nähere Erklärungen bat, starrte er schweigend auf seine mageren Finger. Sie kamen nur langsam voran. Nach einer Viertelstunde beschloss Laurien aufzuhören. Sie gab Loos die Hand und sagte, morgen würden sie weitermachen. Er fragte sie, welcher Tag heute sei. Morgen war Freitag. Dann würde er reden, sagte er. Es sei gut, dass sie das Verhör übernommen habe.

In ihrem Büro ging sie die Unterlagen durch, überdachte die letzte Viertelstunde. Befürchtete Loos, sie könne ihm etwas antun, und reagierte er deshalb so zurückhaltend? Sie musste ihn mit etwas konfrontieren, womit er nicht gerechnet hatte. Wenn sie ihm das Geständnis, das er an der Grube abgelegt hatte, in schriftlicher Form vorlegen würde, würde er das Papier wahrscheinlich blind unterschreiben. Sie aber wollte wissen, was er mit diesen Morden erreichen wollte. Und warum, warum jetzt? Sie stürzte sich ein weiteres Mal in die Akten, doch die richtigen Fragen wollten ihr nicht einfallen. Pier schlug vor, einen Psychiater hinzuzuziehen, doch das erschien Laurien zu verfrüht.

24

»Lass uns erst zu De Boer gehen«, sagte Laurien am nächsten Tag zu Pier. »Er kennt Loos' Hintergründe.«

»Wofür soll das gut sein?«

»Ich glaube, dass Loos keinen Respekt vor uns hat und auch nicht vor der Justiz, sondern einzig vor der Meinung von De Boer.«

»Glauben? Vermuten? Beweise, das ist es, was zählt.«

»Die kommen noch.«

»Sie erzählten, Postumus sei in dem Haus nebenan geboren worden«, sagte Laurien. »Herr De Boer, sind Sie mit den damaligen Umständen vertraut? Die waren traurig, nicht wahr?«

»Hat er Ihnen das gesagt?«

Laurien erwiderte den harten Blick. De Boer hatte angebissen, jetzt hieß es, vorsichtig die Informationen aus ihm herausholen. Ob sie damit etwas anfangen konnte, würde sich später erweisen.

»Es kann wichtig sein, etwas mehr über seine Vorgeschichte zu erfahren.«

»Wenn ich ihm damit helfen kann.« Für Sekunden war es still im Raum. »Seine Mutter war achtzehn. Ungefähr zu der Zeit, als Postumus geboren wurde, war sein Vater von den Deutschen festgenommen worden. Livia ist nie darüber hinweggekommen. Sie starb, als Postumus acht war.«

»Sehen Sie Loos oft?«

»Wenn er nicht gerade wieder einmal auf Reisen ist. Er ist ein guter Mensch, ganz egal, weswegen Sie ihn beschuldigen.«

»Er hat sich zu drei Morden und einem Mordversuch bekannt.«

»Reine Phantasie. Stimmt nicht.«

»Wer hat denn dann die Morde begangen? Sie vielleicht?«, fragte Laurien. »Waren Sie derjenige, der neben Loos in dem Volvo saß, mit dem Campbell zum Meer gebracht wurde?«

»Ich kann Ihre unsinnigen Fragen nicht beantworten. Ich bin ein alter Mann, und ich muss Sie bitten, auf der Stelle das Haus zu verlassen.«

Er schaute zum Sekretär hinüber und dann wieder auf sie. Sie sah den Brieföffner auf der Schreibplatte liegen.

»Wenn ich Sie wäre, Herr De Boer, würde ich das Ding dort nicht anrühren.«

»Komische Frau!«, sagte er.

»Komische Frau«, wiederholte Laurien draußen. Sie begannen zu lachen, bis ihnen die Tränen über die Wangen liefen.

»Volltreffer!«, sagte sie. »Er ist der Beifahrer.«

»Und wie hast du ihn genannt? Zerbrechlicher alter Mann?«, fragte Pier.

In Middelburg fing die Frau vom Empfang Laurien schon an der Tür ab und sagte ihr, sie solle sofort ins Büro des Staatsanwalts kommen. Hans hörte sich ihren Bericht voller Ungeduld an.

»Was glaubst du eigentlich, damit erreichen zu können? Loos muss verhört werden, und das bitte schön ein bisschen plötzlich. Das Provozieren eines alten Mannes kannst du dir sparen.«

»Ich gebe zu, mein Auftritt war nicht sonderlich gelungen«, antwortete sie, »aber eins ist klar, De Boer hat ihm geholfen.«

»Wie lange ist Loos jetzt in Untersuchungshaft?«, fragte Hans etwas ruhiger.

»Seit sechs Tagen. Uns bleiben noch acht Tage, bis wir beim Gericht die Überführung ins Gefängnis beantragen müssen.«

»Das Gericht kann lästige Fragen stellen, wenn wir nichts in der Hand haben.«

»Was erwartest du denn von mir? Bislang habe ich ihn genau fünfzehn Minuten vernommen.«

»Der Anwalt des Beschuldigten will bei jedem Verhör anwesend sein. Du sprichst mit Loos also nicht, ohne dass es zu Protokoll genommen wird.«

»Der Anwalt ist willkommen«, sagte Laurien und stand hastig auf.

Die Wand hinter Loos war schlecht verputzt und nur grob getüncht. Irgendjemand hatte dort mit einem scharfen Gegenstand etwas Unleserliches hineingekratzt. Einen Notschrei, eine Verwünschung, einen Namen oder ein Datum. Verzweiflung.

»Kennen Sie diesen Schlüsselbund?«, fragte Laurien. Sie hielt den Plastikbeutel hoch.

Überrascht schaute Loos hoch. »Den habe ich verloren.«

»In Campbells Tasche gefunden. Wir sind bei Ihrem Nachbarn gewesen. Kerniger alter Mann. Schade, dass Ihre Eltern so früh gestorben sind.«

»Er hat Ihnen doch nicht von meinen Eltern erzählt?« Entgeistert schaute er sie an.

»Ihre Muttermilch war durchtränkt mit Rachegedanken. Sie mussten den Mord an Ihrem Vater rächen. Mit Campbells Tod haben Sie Ihr Versprechen eingelöst.«

Loos senkte den Kopf. Laurien wunderte sich selbst darüber, dass sie ihm so ruhig gegenübersitzen konnte, dass sie nur die Wahrheit hören wollte; nicht seine Wahrheit, sondern die beweisbare Wahrheit, mit der das Gericht etwas anfangen konnte.

»Lassen Sie uns noch einmal ganz von vorne beginnen. Was geschah auf dieser Bank auf dem Friedhof in Vlissingen und später in dem Café in Middelburg?«

»Ich will kein Wort mehr darüber verlieren. Ich habe ihn getötet. Das muss doch genügen.«

»Aber warum haben Sie ihn getötet?«

»Dafür, was er meinem Vater angetan hat.«

»Nach nahezu sechzig Jahren? Ihre Mutter war schon längst gestorben. Ihretwegen konnte es also völlig egal sein, ob Sie Campbell das Leben nahmen oder nicht.« Ihre Aufgabe war es, ihn vorsichtig anzustoßen und zu kneten. »Campbell hat Sie also in Dorst aufgesucht. Bemerkenswert. Er verließ Zeeland schon seit Jahren nicht mehr. Aber die Nachricht war ihm so wichtig, dass er seinen Widerwillen überwand.«

Loos schwieg. Schließlich fragte er, ob sein Nachbar das auch schon erzählt habe.

»Was glauben Sie denn, wie wir sonst davon Kenntnis bekommen haben?« Laurien holte tief Luft. »Sie selbst erzählten es mir damals, und De Boer hat es bestätigt. Er war bei Ihnen zu Besuch, als Campbell bei Ihnen aufkreuzte. Campbell fühlte sich als Held, und er ließ sich sein Heldentum nicht durch Sie oder Ihren Nachbarn in Frage stellen. Auf dem Friedhof entdeckten Sie, dass er der Pilot des Flugzeugs gewesen war, dessen Bomben auf die Baracke Ihres Vaters fielen.« Loos senkte wieder den Kopf. »Im Nachhinein wurde dies für Sie zum legitimen Grund, ihn zu töten.«

Loos reagierte nicht.

»Wir möchten Ihre Geschichte hören«, sagte Laurien. »Nicht die auswendig gelernte Version von Herrn De Boer. Wie oft haben Sie John Campbell getroffen?«

»Fünf Mal. In Dorst, in Vlissingen, in dem Café, bei ihm zuhause und das letzte Mal …« Er stockte.

»Warum kam Campbell nach Dorst?«

Laurien hörte, wie Pier durch die Nase atmete. Der Anwalt tat, als sei er nicht bei der Sache und kritzelte auf seinem Notizblock herum, doch Laurien sah, dass seine Finger den Kugelschreiber krampfhaft umklammerten. Es blieb lange still. Laurien wiederholte die Frage.

»Ich weiß es nicht mehr«, sagte Loos schließlich.

»Antworten Sie mir!«

»Er drohte mir damit, zur Polizei zu gehen, wenn ich Louw auch nur noch ein einziges Gramm Stoff liefern würde. Ich fuhr ihm nach Vlissingen nach, dort setzte er sich auf eine Bank vor einem Grab. Er wollte nichts mit mir zu tun haben, bis ich ihm erzählte, mein Vater sei in einem Konzentrationslager gewesen. Da hörte ich dann, dass er die Bombe abgeworfen hat, die meinen Vater tötete. Campbell war ein Mörder.«

»Und das gab Ihnen das Recht, ihn umzubringen?«

»Ja.« Er stand auf und schrie noch einmal: »Ja! Mein Leben wurde durch diesen Campbell zu dem, was es ist. Ein ums andere Mal wurde ich auf die Straße gesetzt. Ich konnte nicht anders, als den einzigen Job anzunehmen, der mir angeboten wurde. Ich war selbst ein Opfer, alles ist mir passiert.«

»Setzen Sie sich und sprechen Sie ins Mikrophon. Ist auch der Mord an Campbell Ihnen passiert? Sie hatten doch die freie Wahl, Ihn laufen zu lassen.«

»Beim dritten Mal, an einem Morgen bei ihm zuhause, drohte er erneut mit der Polizei. Er meinte, wir sorgten dafür, dass sein Sohn vor die Hunde geht. Das vierte Mal war in dem Café. Campbell hörte nicht auf damit, Drogen würden nicht nur aus seinem Sohn ein Wrack machen. Ich sollte ganz aus der Sache aussteigen. Ohne Transport keine Drogen. Er behauptete, alles liege nur an den Kurieren. Welche Wahl hatte ich da?«

»Tun, worum er sie bat.«

Loos schnaubte durch die Nase.

»Wie haben Sie ihn ermordet?«

Er rieb sich die Stirn. »Es war ein schöner Abend, trotz der schlechten Wettervorhersagen. Zumindest für November war es schön. Wir sollten ihm die Antwort überbringen.«

»Es war doch ziemlich absehbar, was Sie ihm erzählen würden. De Boer blieb wahrscheinlich im Auto sitzen, oder ging er mit?«

»Campbell brauchte Zeit, um sich zu besinnen. Während unseres Gesprächs in Vlissingen wollte er nicht glauben, dass sein Sohn schon seit Jahren ein Junkie war. Ich hoffte, er hätte sich mittlerweile etwas beruhigt. Leider hatte er seine Meinung nicht geändert. Er wollte, dass sein Sohn clean wird, eine eigene Familie gründet, glücklich wird, und das könnte er nur, wenn ich damit aufhören würde, ihn zu beliefern. Der Mann war unglaublich naiv. Ich war ja bereit, die Lieferungen einzustellen, doch dadurch wäre dieser Louw doch noch nicht von dem Zeug runter. In dem Café ergab ein Wort das andere, ich wollte, dass er die Sache mit seinem Sohn bespricht, dann würde ich auch darüber nachdenken, keine Bestellungen mehr entgegenzunehmen. Als ob ich etwas dabei zu melden hätte … Ich bin doch nur ein Laufbursche, und Louw konnte seinen Stoff genauso gut über jemand anderen beziehen. Aber in solch einer Situation sagt man dann eben einfach etwas, um den alten Mann zufrieden zu stellen. Allerdings verlangte ich von Campbell einen Ausgleich für meinen Verdienstausfall, schließlich sei ich ja kein Wohltätigkeitsverein. Er lief rot an. Von ihm bekäme ich keinen Cent. Bedingungslose Zusage, nichts mehr zu liefern, oder er ginge zur Polizei. Danach lief er nach Hause, und ich wusste ja, wo er wohnt.«

»Am Friedhof in Vlissingen hatte er Ihnen seine Visitenkarte gegeben.«

»Woher wissen Sie das?«

»Fahren Sie fort.«

»Das Wetter hatte sich inzwischen total geändert. Wenn man den Kopf aus dem Fenster streckte, ertrank man schon fast.«

»Das hat Ihre Arbeit auch nicht gerade erleichtert«, sagte Pier.

Loos grinste. Pier saß hochaufgerichtet auf seinem Stuhl und hatte seine Augen zu schmalen Schlitzen gemacht, durch die er Loos so neutral wie möglich anschaute.

»Campbell machte seinen Kontrollgang an Fenstern und Türen des Hauses. Das Fernsehgerät war genauso laut gestellt wie gewöhnlich bei meinem Nachbarn, dennoch hörte er die Klingel.«

Nachdem er einmal zu reden begonnen hatte, hörte Loos nicht mehr auf. Der Anwalt legte seinen Kugelschreiber auf den Tisch. Laurien schaute zum Aufnahmegerät hinüber. Das Band drehte sich zum Glück.

»Die Außenlampe ging an. Ich hatte eine Pistole in der Hand. Campbell starrte mich an. Bevor er sich von seinem Schrecken erholen konnte, hatte ich ihn schon in den Regen gezogen. Er fragte mich, was ich von ihm wolle und drohte mit der Polizei. Ich stieß ihn zu meinem Auto, und bevor er wusste, wie ihm geschah, war er bereits gefangen genommen. Er rüttelte an der Tür, bei der ich die Kindersicherung eingestellt hatte, schlug gegen die Fenster, aber der Regen schluckte jedes Geräusch.«

»Hatten Sie denn kein Mitleid mit ihm?«, fragte Pier. »Campbell war doch ein alter Mann, der sich für seinen Sohn einsetzte.«

»Er drohte mit der Polizei, mit solchen Leuten habe ich kein Mitleid. In Oostkapelle fuhr ich am Friedhof vorbei in den Duinweg. Ich sagte ihm, es würde keine Woche dauern, dann läge auch er auf einem Friedhof. Er bot mir Geld an. Mein Nachbar hatte genug von dem Gejammer und stopfte ihm das Maul. Campbell saß auf der Rückbank und wimmerte vor sich hin. Wir fuhren am Parkplatz vorbei, danach an den Fahrradständern. Am Aufgang zum Strand hielten wir an. Während ich um das Auto herumlief, versuchte er zu fliehen. Er kroch zur anderen Seite der Sitzbank, aber auch da war die Kindersicherung eingeschaltet. Ich zerrte ihn aus dem Auto, er riss sich kreischend los. Auf Händen und Füßen kroch er davon. Am Stacheldraht neben dem Weg schlitzte er sich die Hand auf, das war alles, was er mit seinem Fluchtversuch erreichte.«

»Ich möchte dasselbe wissen wie mein Kollege. Hatten Sie kein Mitleid?«

»Hatte er denn Mitleid mit meinem Vater? Der hatte nie jemandem etwas zu Leide getan, und trotzdem tötete Campbell ihn.«

»Darum ging es doch gar nicht. Sie hatten Angst, dass er zur Polizei gehen würde. Deshalb musste er sterben«, sagte Pier.

»Nein.« Er hob die Stimme. »Nein, nicht deshalb! Wegen dem, was er meinem Vater angetan hat!«

»Fahren Sie fort«, sagte Laurien.

»Er versuchte, sich umzudrehen, wollte zurück zum Duinweg. Wir hatten Hochwasser. Er entschuldigte sich für alles, was er an Fehlern begangen hatte, auch dafür, was seine Frau und sein Sohn falsch gemacht haben könnten, es täte ihm leid, und es täte seiner Frau und seinem Sohn leid, es würde nie wieder etwas geschehen.« Loos lächelte in der Erinnerung daran. »Er zappelte wie ein Fisch an der Angel. Im Piraat war es glücklicherweise dunkel. Wenn da jemand in dem Strandlokal gewesen wäre, wäre es natürlich ärgerlich gewesen.«

»Hätten Sie sich dadurch zurückhalten lassen?«, fragte Pier.

»Ich glaube nicht. Campbell zitterte wie Espenlaub. Er pisste sich in die Hose, als wir an der Flutlinie standen und bettelte darum, ihn in Ruhe zu lassen. Als es ihm nicht gelang, sich loszureißen, klammerte er sich an mich. Welchen Sinn es denn machte, einen alten Mann zu töten? Das würde nur zu jeder Menge Ärger führen. Und dann fragte er mich, ob ich schon mal jemanden getötet hätte.«

»Was antworteten Sie darauf?«, fragte Laurien.

»Nein, hätte ich nicht. Er sei es, der mich zum Mörder machte.«

»Stimmt das?«

Der Anwalt protestierte.

»Er zwang mich zu diesem Mord. Ich hatte genügend Gründe.«

Loos schaute Laurien herausfordernd an.

»Darüber können Sie sich mit dem Richter auseinandersetzen. War es schwierig, Herrn Campbell zu töten?«

»Der Mann besaß die Ausdauer einer lästigen Fliege. Ich stieß ihn in Richtung des dunklen, tobenden Meeres. Er strauchelte und fiel auf die Knie. Er heulte und flehte um Gnade.«

Fast mechanisch kamen die Worte aus seinem Mund. Wie ein Beobachter, wie ein Außenstehender hatte er den Mord registriert. Laurien unterdrückte ihren Drang davonzulaufen.

»Fühlten Sie denn nichts, als dieser wehrlose alte Mann um Gnade bettelte?«, fragte Pier.

»Halt, diese Frage gehört nicht zur Sache«, sagte der Anwalt.

»Der Mann hätte sich nicht bei mir einmischen sollen. Es waren nicht nur die Drogen, er hatte auch meinen Vater umgebracht.«

»Lassen Sie uns zu den Ereignissen am Strand zurückkehren«, sagte Laurien.

»Ich bin müde.«

»Beantworten Sie meine Frage!«

»Bringen Sie mich in meine Zelle.«

»Ich möchte dieses Gespräch jetzt zu Ende führen«, sagte Laurien. »Dann können Sie sich morgen mit anderen weiter unterhalten.«

»Was hatten Sie gefragt?«

»Herr Campbell schnappte nach Luft. Er war ins Wasser gefallen«, sagte Laurien.

»Eine Welle rollte über ihn hinweg, er prustete, stand auf, versuchte, zu Atem zu kommen und fuchtelte wild mit den Armen herum. Was ich mit ihm vorhätte? Er jammerte mir etwas über seine Herzbeschwerden und das kalte Wasser vor, klammerte sich wieder an mich. Ich stieß ihn ins Meer, er tauchte Wasser spuckend auf. Ich hatte keine Lust mehr und drückte ihn nach unten.«

»Mit den Händen?«

»Weiß ich nicht mehr so genau. Kann sein.«

»Versuchen Sie sich zu konzentrieren, Herr Loos. Wie drückten Sie ihn nach unten?«

»Ungefähr so.« Loos krümmte die Hände um einen imaginären Nacken.

»War das alles?«

»Ich glaube ja.«

»Sie glauben es?«

»An so etwas erinnere ich mich.«

»Denken Sie noch einmal ruhig darüber nach.«

»Er versuchte, wieder hochzukommen und drehte sich um. Da habe ich ihn mit dem Fuß unter Wasser gedrückt, mit meinem Fuß auf seinem Rücken.«

»John Campbell leistete größeren Widerstand, als Sie erwartet hatten«, sagte Laurien.

»Es ging. Er kam noch einmal an die Wasseroberfläche, mit seiner Brieftasche in der Hand. Ich könnte alles haben, was er besaß, wenn ich ihn nur leben ließe.«

»Aber dieses Glück gönnten Sie ihm nicht. Er hoffte nämlich, noch zu erleben, wie sein Sohn eine Freundin und Kinder bekommen würde. Wenn sein Sohn den Drogen erst einmal abgeschworen hätte, würde er eine Familie gründen. Und dieses Glück verhinderten Sie mit Ihrer verfluchten Ware, dachte er.«

»Ach, Sie erzählen doch Blödsinn. Louw war für seine Situation selbst verantwortlich. Ich habe ihn zu nichts gezwungen.«

Laurien blätterte in ihren Unterlagen. »Warum musste Louw sterben?«

»Das habe ich Ihnen doch schon erzählt. Er regte sich über den Tod seines Vaters auf. Das kam durch diesen kleinen Mistkerl, der seine Nase in alles stecken musste. Ich kannte noch nicht mal dessen Namen. Der hatte Louw alles brühwarm berichtet. Ich hatte Louw gewarnt, er solle Ruhe geben, aber auch er drohte mir mit der Polizei. Er behauptete sogar, er habe für den nächsten Tag einen Termin hier bei Ihnen gemacht.«

»Woher kannten Sie Louw?« Laurien nahm einen Schluck Wasser.

»Ab und zu bekam er von mir ein Päckchen. Die Ironie der Geschichte war, dass da andere waren, die ihn mit sehr viel mehr belieferten. Sein Vater war unglaublich naiv.«

»Drogen.«

Er zuckte die Achseln.

»In der Grube hinter der Garage hatten Sie Ihr Lager. Da passen eine ganze Menge Päckchen mit weißem Pulver rein. Tun Sie also bitte nicht so, als wären Sie nur ein kleiner Fisch.«

»Dann beweisen Sie es doch. Es stimmt nämlich nicht. Haben Sie meine Fingerabdrücke gefunden?«

»Nein.«

»Also kein Beweis.«

»Aber einige Haare von Ihnen. Sie dürfen es abstreiten, aber Erfolg werden Sie damit nicht haben.«

Loos nickte. Der Einwand des Anwalts kam zu spät.

»Louw bezog die Ware nicht nur für den Eigengebrauch, er handelte auch damit«, konstatierte Laurien mehr als sie fragte.

»Das sehen Sie falsch. Sie haben sich schlecht informiert. Der alte Campbell hatte auch nicht die geringste Ahnung.«

»Nein?«

»Manchmal brachte ich Louw etwas, und manchmal bekam ich etwas von ihm. Hing davon ab, was gerade geliefert wurde. Ich war für den Stoff in Pulverform zuständig, Louw für die Pillen. Über Louw lief immer mehr. Seit Rotterdam praktisch dicht ist, ist Vlissingen mehr und mehr zum Anlaufhafen geworden. Louw konnte sich ungehindert und unbemerkt in Vlissingen herumtreiben.«

Er erschrak über seine eigenen Worte.

»Erhielten Sie den Auftrag, die Campbells aus dem Weg zu räumen?«

Loos schwieg. So sehr sie ihn auch bearbeiteten, er sagte kein Wort mehr. Deshalb beschlossen sie, am nächsten Tag weiterzumachen.

Am späten Nachmittag besprachen sie die Vernehmungsergebnisse. Es war mehr dabei herausgekommen, als sie hatten erwarten können. Emma wollte, dass Laurien am Drogenkomplex dranblieb. Henk war mit Laurien einer Meinung, sie solle sich auf die Morde beschränken. Bezüglich der Drogen verhandelte er lieber mit dem Nationalen Kriminalamt, als dass er die Sache Jochem überließ. Loos war ein großer Fisch. Emma muckte dagegen auf. Wenn er schon Hilfe von außen heranziehen wolle, dann sollten sie sich lieber an Rotterdam halten. Dort gebe es erfahrene Leute. Nachdem man Rotterdam trockengelegt habe, sei Vlissingen zum

Durchgangshafen geworden, aber das Drogendezernat in Rotterdam verfüge immer noch über das beste Know-how. Das Problem auf Walcheren erweise sich als erheblich größer, als sie gedacht hätten, und vielleicht könne man zusätzliche Kräfte für das eigene Drogendezernat bekommen. Jochem habe schon lange um Verstärkung gebeten.

Emma stand auf. Laurien fragte sie, ob sie schon etwas über den Maulwurf in den eigenen Reihen in Erfahrung gebracht habe. Dafür habe sie keine Zeit gehabt, sagte Emma und schob den Stuhl unter den Tisch. Noch sei die Sache überschaubar, sagte Laurien, so groß sei die Regionale Einheit ja nun auch wieder nicht. Aber wenn Emma die Angelegenheit auf die lange Bank schiebe, könnte sie irgendwann überproportional große Formen annehmen. Emma drehte sich um. Laurien solle endlich damit aufhören, ihre Kollegen anzuschwärzen. Sie sei davon überzeugt, dass es eine ganz simple Erklärung für die Vorfälle gebe.

Abends saßen sie lange zu Tisch. Maatje bestand darauf, während des Essens ihren MP3-Player zu hören. Laurien war dagegen, doch Tiemen beruhigte sie, während der paar Tage, die Maatje noch bei ihnen wohnte, könnten sie ihr doch ihren Willen lassen. Triumphierend schaute Maatje ihre große Schwester an. Warre hatte einen Saxofonlehrer gefunden, der ihm samstags Unterricht geben konnte. Olmer murmelte, er müsse erst noch mal sehen, ob sein Hund dermaßen viel Krach im Haus ertragen würde.

Er holte das Hundelexikon aus seinem Zimmer. Tiemen und Warre waren für einen Deutschen Schäferhund, aber sie gaben zu, dass ein großer Hund eigentlich nichts für die Stadt ist. Warum keinen Terriermischling, fragte Laurien, oder eine Promenadenmischung aus dem Tierheim? Die drei Männer starrten sie entgeistert an. Hatte sie denn nicht begriffen, dass der Hund einen bestimmten Charakter haben musste? Olmer blätterte im Buch herum und zeigte auf einen Mudi, einen etwas kleineren ungarischen Schäferhund, der viel mehr konnte, als nur eine Herde bewachen. Im Internet hatte er sich schon schlau gemacht. Es gab einen Züchter in den Niederlanden, die Adresse hatte er notiert. Gespannt schaute er seine Eltern an. In Kürze sei ein neuer Wurf zu erwarten, meinte er, und den könne man sich anschauen kommen. Olmer hatte gut vorgearbeitet.

25

Am Montag begann sie bereits früh mit der Vernehmung. Loos machte eine Bemerkung über den Weihnachtsbaum auf dem Gang. Laurien ging nicht darauf ein.

»Louw und Sie halfen sich schon mal untereinander. Können Sie das näher erläutern?«

»Nein.«

»Eröffnete Louw auf Ihr Anraten hin den Sexshop in Vlissingen?«

»Sex ist geil, Sex ist legal, oder ist der jetzt auch schon verboten? Meine Idee war das nicht, aber sie war wirklich gut.«

»Wessen Idee war es denn?«

Wieder blieb es still.

»Springt ein bisschen was dabei heraus?«

»Auf jeden Fall mehr als bei Meerjungfrauen mit einem Teelicht darin.«

»Der Sexshop bot den perfekten Deckmantel«, sagte Pier. »Sowieso schon ein schmieriges Geschäft, da passten die Drogen als Ergänzung ganz gut dazu. In einen Leuchtturm geht weniger Stoff als in einen Dildo.«

»Hab ich noch nie was von gehört, Stoff in einem Dildo«, kicherte Loos. »Mit so einem Sexshop war Louw ein gemachter Mann.«

»Und plötzlich schien er einen neuen Lieferanten zu haben«, sagte Laurien.

»Von Sexartikeln? Die Konkurrenz in dieser Branche ist ja vielleicht mörderisch, aber mir hat Louw nie etwas davon erzählt. Ich habe Ihnen gestern schon berichtet, dass ich manchmal mit Louw zusammengearbeitet habe. Ich belieferte ihn, aber andere auch. Namen kenne ich nicht. Stehen Sie auf Dildos?«

»Ihr Boss war sauer. Louw durfte nicht mit anderen zusammenarbeiten, er sollte größere Mengen abnehmen und schneller bezahlen. Daran haperte es zuweilen, denn Louw war ein Liebhaber seiner eigenen Ware und zockte auch noch ohne viel Erfolg. Sie wussten nicht, dass Louw noch andere Lieferanten hatte. Sie erfuhren es erst von dritter Seite. Sie wunderten sich, wussten aber nicht, ob es stimmte. Ich glaube, ich habe es durchschaut. Paul Wolf, Louws Geschäftsführer, verkaufte vornehmlich jenen Stoff, den sein Bruder lieferte. Louw wusste nichts davon, und Sie schon gar nicht. So blieb Louws Umsatz hinter den Erwartungen zurück. Sie aber nahmen an, Louw spiele ein falsches Spiel mit Ihnen. Bislang hatten Sie ihm gegenüber Geduld gezeigt, sogar mit seinen verspäteten Zahlungen. Nachdem nun aber sein Vater tot war, hätte er etwas mehr Engagement zeigen können. Stattdessen wollte Louw die Verbindung zu Ihnen ganz kappen. Er war wegen des Mordes an seinem Vater fuchsteufelswild. Sie hatten natürlich etwas gegen diesen Bruch der Geschäftsbeziehungen. Wenn Sie nichts dagegen unternahmen, hätte sich Johns Ermordung plötzlich gegen Sie selbst gerichtet.«

Stille.

»Sie wollten Louw deutlich machen, dass sein Vater getötet worden war, um ihn zu schützen. Wenn sein Vater zur Polizei gegangen wäre, wäre Louw für einige Zeit in den Knast gegangen. Sie hatten sich in Ihrer gemeinsamen Stammkneipe in Vlissingen verabredet. Für Sie war es ein Test. Wenn Sie Louw vertrauen konnten, dann würde er pünktlich erscheinen, andernfalls wüssten Sie nicht, was Sie von ihm halten sollten und müssten auch ihn töten. Er versetzte Sie, Sie fühlten sich auf den Arm genommen. Kurz bevor ich dort aufkreuzte, warnte Sie der Wirt, jeden Moment könne es eine Razzia geben. Louw hatte von der Polizei die Schnauze voll. Sie betrachteten es als eine von Louws Schweinereien, um Sie hereinzulegen und dabei selbst ungeschoren davonzukommen. Sie waren auf hundertachtzig.«

»Sie behaupten viel und haben nicht einen Beweis.«

»Ich erhebe Einspruch.« Die Stimme des Anwalts war schrill.

»Geschenkt«, sagte Laurien. »Aber so war es. Sie erkannten mich sofort, als ich die Kneipe betrat, und verschwanden wie der geölte Blitz. Ich hatte Sie nicht erkannt. Wie Sie kürzlich schon einmal so feinsinnig bemerkten, hat uns beide das Schicksal miteinander verkettet, und dazu gehörte auch diese Begegnung. Sie brauchen keine Angst zu haben, wir werden Sie dem Wirt und den Gästen gegenüberstellen. Dann haben wir den Beweis. Louw hatte sein eigenes Todesurteil unterzeichnet, indem er nicht in der Kneipe erschien.«

»Er war genau so ein Arschloch wie sein Vater, nur unberechenbarer … Nach dem Tod seines Vaters zog er sich noch mehr Stoff rein als je zuvor. Er plärrte wie ein kleines Kind, als er nichts mehr hatte.«

»Da blieb natürlich nichts anderes übrig, als ihn von seinem Elend zu erlösen«, sagte Laurien.

Loos gähnte. »Sie sagen es. Ich habe ihn nicht einmal angerührt.«

»Sie haben ihm den Strick verschafft und wahrscheinlich auch den Ort zugewiesen.«

»Beweisen Sie es doch!«

»Das Ende des Stricks, an dem Louw aufgehängt war, wurde von dem Tau abgeschnitten, an dem Nico Verhulst baumelte. Und dieses wiederum passt zu dem Strick, mit dem meine Hände an den Ring im Keller Ihres Hauses geknotet waren. Das Tau um meine Hände stammte zweifelsfrei von der Rolle, die in dem Kasten mit dem Stromzähler lag … Aber, was mich besonders interessiert: Warum so umständlich am Garagentor? In Louws Haus gab es doch Messer und Kerzenständer.«

»Der Tod muss eine gewisse Ästhetik haben, Schönheit ausstrahlen.«

»Man kann sich ja auch nicht selbst mit einem Kerzenständer den Schädel einschlagen. Meinen Sie das?«, fragte Pier.

»Ihnen antworte ich nicht.«

»Warum das Garagentor?«, fragte Laurien.

»Mit seinem Werkzeug konnte man nichts anfangen. An den Nägeln hätte man noch nicht einmal eine Maus aufhängen können, die Türen im Haus bestanden aus Pappe, und die Treppe war verkleidet und tapeziert.«

»Sie haben ihn nicht gehindert.«

»Kommen Sie, ich bin doch nicht seine Mutter. Ohne Drogen war sein Leben im Arsch … Und sein Vater war tot.«

»Sie vergessen den wichtigsten Grund«, sagte Laurien. »Louw wollte einfach Schluss machen. Durch die Ermordung seines Vaters erkannte er, in was er da geraten war. Auch wenn er mit seinem Vater nicht gerade gut auskam, seinen Tod hatte er nicht gewollt. Und durch sein Zutun war sein Vater getötet worden. Sein Vater hatte ihn oft genug darauf hingewiesen, dass er sich selbst zu Grunde richtet, und jetzt erst hatte er kapiert, was damit gemeint war. Er erfasste die Konsequenzen seines Handelns, und das stimmte ihn gewiss nicht glücklich. Nachdem ihm Jochem seine letzten Drogen abgenommen hatte, fühlte er sich auch noch physisch am Ende. Er hatte die Schnauze voll vom Leben. Sie hatten den Auftrag, ihn von seinem Leiden zu erlösen, und dass er dabei mithalf, passte Ihnen gut in den Kram.«

Loos hielt den Mund. Sie hatte ihn zu sehr unter Druck gesetzt.

»Diese Last liegt nicht nur auf Ihren Schultern. Leute wie Sie arbeiten nicht alleine. Sie mussten Maßnahmen ergreifen, sonst wären Sie der Nächste gewesen, den es erwischt … Ich wüsste gerne, für wen Sie gearbeitet haben.«

»Ich bin selbständig. Das habe ich Ihnen doch schon gesagt.«

»Sie wollen alles auf sich nehmen? Ist mir auch recht. Dann machen wir weiter. Sie zeigten ihm also die schöne feste Klinke eines

Garagentors. Aber damit waren Sie noch nicht fertig. Nico hatte gesehen, wie Sie John Campbell von zuhause geholt haben.«

Laurien zog an ihren Haaren, um den Druck in ihrem Kopf zu mindern. Irgendwo hatte sie das gelesen. Wenn man lange genug zog, verschwanden die Kopfschmerzen.

»Diese kleine Pestbeule ließ mich nicht einen Tag in Ruhe. Wollte mich erpressen und drohte. Ein bisschen hätte ich ihm ja gegeben, schließlich waren wir alle mal jung, und so einem Burschen kann man ja auch unter die Arme greifen, aber dieser Mistkerl war einfach zu habgierig. Ich lockte ihn nach Dorst. Da habe ich ihn zum Abkühlen für eine Stunde in das Loch gesteckt. Das wirkt ganz gut, wenn man so kleinen Gaunern zeigen will, wo's langgeht, doch durch den Diebstahl meines Autos lief plötzlich alles anders. Dieser Türke hätte seine Hände von meinem Wagen lassen sollen. So geriet mein Haus ins Blickfeld der Polizei.«

»Bleiben wir doch noch eben bei Nico.«

»Der Türke fuhr so wild, dass es schief gehen musste. Es war mein Auto, und da war es nur eine Frage der Zeit, bis jemand kommen und fragen würde, ob ich mein Auto vermisse.« Wütend schaute er zu Laurien hinüber. »Ich wollte Nico freilassen, ganz ehrlich. Er hatte meinen Vater nicht ermordet. Zusammen mit De Boer holte ich ihn aus der Grube. Er führte sich wie ein Tollwütiger auf, schimpfte wie ein Rohrspatz und gab keine Ruhe. Von oben bis unten hatte er sich vollgeschissen. Den konnte man nicht mal mehr mit der Kneifzange anpacken. Ich wollte ihn zum Reden bringen, aber De Boer bekam es mit der Angst zu tun, jeden Moment könnte ein Bulle vor der Tür stehen. Er setzte ihm die Pistole an den Kopf, damit er endlich aufhören sollte, da herumzuschreien. Aus Versehen hat er den Abzug durchgedrückt, es war wirklich keine Absicht. Ich bekam einen unheimlichen Schrecken. Wir haben uns deshalb sogar noch in die Wolle gekriegt. Meinetwegen sollten die Campbells verrecken, der Junge nicht.«

»Sie mussten ihn irgendwie loswerden, und daher brachten Sie ihn nach Middelburg.«

»Zu seiner Mutter.«

»Nein, Sie haben ihn nicht seiner Mutter gebracht. Sie haben ihn aufgehängt.«

»In dem Baum, den er praktisch selbst ausgesucht und mir gezeigt hatte. Tolle Symbolik, finden Sie nicht? Wir haben der Gesellschaft einen Dienst erwiesen. Die Einzigen, die sich über derartige Knaben freuen können, sind die Gerichte, die verdienen ihre Brötchen mit solchem Pack.«

»Und damit war es immer noch nicht genug«, sagte Pier. Er zog Loos über den Tisch zu sich heran.

Laurien und der Anwalt schritten gleichzeitig ein. Pier ließ ihn los.

»Sie haben versucht, meine Kollegin zu ermorden!« Die geballten Fäuste legte er auf die Knie.

»Sie hatte sich nicht in meine Angelegenheiten einzumischen. Bis auf den alten Campbell gehen alle Toten auf ihr Konto. Hätte sie akzeptiert, dass er Selbstmord begangen hat, wäre es bei ihm geblieben. Später mit Louw genau dasselbe. Und dann bricht sie auch noch bei mir ein!« Loos' Stimme hatte sich von kriecherisch in frech gewandelt.

»Ach, ja?«, sagte Pier. »Meine Kollegin hat sich ausgewiesen. Vor Gericht wird das keinen guten Eindruck machen.«

»Ich wollte sie nur erschrecken.« Loos schien zum ersten Mal bestürzt zu sein. »Ich hatte nicht vor, sie zu töten. Hat sie es denn nicht lebend überstanden?«

Im Spiegel stand Laurien eine ausgepumpte, bleiche und verschwitzte Frau gegenüber. Sie war leer.

»Gute Arbeit«, sagte Emma. »Der Zufallsfaktor, der zur Lösung führt, fehlte auch diesmal nicht. Deine Fragen waren nicht sonderlich stark, aber darum geht es nicht.«

Das Johlen überstimmte den Rest ihrer Rede.

Ein paar Tage später saß Laurien mit Tiemen auf der kleinen Bank vor dem Haus. Es war so viel gesagt worden, und es gab noch immer so viel zu sagen, doch jetzt schwiegen sie. Das Mädchen schien im Vornüberbeugen zur Statue erstarrt zu sein. Zum letzten Mal warteten sie auf den kleinen Bus für Maatje. Langsam begann es zu regnen.

Danksagung

Mein Dank gilt all jenen, die mir mit allen möglichen Informationen über die Polizeiarbeit geholfen haben. Hier muss vor allem F. J. Bos von der Regionalpolizei Zeeland genannt werden; er hat sein Wissen mit mir geteilt und meine Fragen zu internen Abläufen und Polizeitechniken immer wieder geduldig beantwortet. Auch den Herren R. W. H. Kersten und Ad Beenhakker möchte ich für ihre kritischen Beiträge herzlich danken.

»Trosell gehört ganz klar zur schwedischen Krimi-Elite.«

GEFLE DAGBLAD

Aino Trosell
SIEH IHNEN NICHT
IN DIE AUGEN
Roman
400 Seiten
ISBN 978-3-404-15670-2

Im nordschwedischen Sälen herrscht geschäftiges Treiben. Im Hotel am Platz haben sich ranghohe Politiker, Journalisten und ausländische Honorationen zu der jährlichen Konferenz über Sicherheitsfragen versammelt. Als der Hauptredner des Tages, der schwedische Oberbefehlshaber, seinen Vortrag beendet, erhebt sich ein Mann im Publikum. Er spricht von Vaterlandsliebe und Verrat. Dann richtet er einen Gegenstand auf den Redner. Eine Zehntelsekunde zu spät erkennen die Sicherheitskräfte, was hier geschieht. Siv Dahlin, die im Hotel arbeitet, wird in das Attentat verwickelt und landet unfreiwillig in einem Hexenkessel von Gewalt und Dramatik.

Bastei Lübbe Taschenbuch

Der neue, gnadenlos spannende Thriller vom Autor des Bestsellers CRUCIFIX

Richard Montanari
MEFISTO
Roman
608 Seiten
ISBN 978-3-404-15677-1

Sommer in Philadelphia. Doch die Ruhe trügt. Kevin Byrne, Detective der Mordkommission, und seine Partnerin Jessida Balzano werden zu einem bizarren Fall hinzugerufen. Eine Frau ist ermordet worden, und ihr Todeskampf wurde von dem Mörder auf Video aufgenommen, hineingeschnitten in die berühmte Dusch-Szene aus Alfred Hitchcocks »Psycho«. Doch diesmal ist das Blut rot und das Messer real. Bald tauchen weitere Filmklassiker auf, in denen Mordszenen nachgestellt und nachträglich eingefügt wurden. Ist ein Verrückter am Werk, der die Filmgeschichte zum Hintergrund seiner perversen Fantasien macht?

Bastei Lübbe Taschenbuch